TENDRES SILENCES

DU MÊME AUTEUR

CHEZ LE MÊME ÉDITEUR

Les Filles de Hallows Farm, 1997.
L'Invitation à la vie conjugale, 1998.

Angela Huth

TENDRES SILENCES

Roman

Traduit de l'anglais par
Marie-Odile Fortier-Masek
et Henri Robillot

Quai Voltaire

Pour Diana Baring.

Titre original :
Easy Silence.

Première publication : Little, Brown and Company, 1999.

1

« Et où ça se passe, ce soir ?

– À Slough.

– *Slough* ?

– Oui, à Slough.

– Jamais je n'aurais pensé…

– Il s'agit d'un domaine appartenant à une compagnie industrielle. Une grande salle. Et pour autant que je m'en souvienne, l'acoustique y est convenable.

– Slough ! J'avoue que j'ai peine à croire qu'il puisse y avoir foule.

– Tu te trompes, mon Cœur.

– J'en conclus que tu rentreras tard, mon pauvre ami.

– Pas si tard que ça.

– Slough… Mozart ? »

William Handle jeta un coup d'œil à son épouse pour évaluer l'intérêt qu'elle portait à la question. Il connaissait bien la ligne d'horizon de ses yeux bleus qui départageait politesse et intérêt véritable… Ce soir, en la voyant épuisée au terme d'une longue journée dont elle lui avait fait revivre les tribulations autour d'une tasse de thé, il se disait qu'elle avait posé la question par simple courtoisie. Non, elle n'avait pas réellement envie de connaître la réponse, elle n'éprouvait pas, à coup sûr, le désir de rentrer dans les détails du programme. William les lui épargna.

« Mozart, oui, se contenta-t-il de lui répondre.

– Vérifie que tu as bien… »

William tapota sur son porte-musique. « J'ai vérifié trois fois. » Depuis ce jour, cinq années plus tôt, où il s'était aperçu, en se rendant à un grand concert à Manchester, qu'il avait pris ses partitions de Bach au lieu de celles de Brahms, ces vérifications tournaient presque à l'obsession.

« Alors, parfait ! » Grace lui donna une petite tape sur l'épaule, notant au passage que la toile raide de son ciré avait craqué. Demain, en temps voulu, elle lui suggérerait d'investir dans un ciré neuf. Dire quoi que ce soit pour l'instant ne servirait à rien. Avant les concerts, William n'angoissait plus comme au temps de sa jeunesse, mais il aimait se mettre à penser à la musique sitôt sa deuxième tasse de thé achevée. Le moindre changement dans ses habitudes le déstabilisait, et Grace était la seule à avoir le privilège de s'en apercevoir. Elle lui tendit son violon, ouvrit la porte d'entrée. La voiture, garée dans l'allée, ruisselait de pluie.

« Mon Dieu ! Quelle barbe ! Je ne vais pas pouvoir me dépêcher. » William s'en voulait toujours de ne pas être un pro du volant, surtout quand il faisait sombre et qu'il pleuvait. « J'osais espérer que ça s'arrêterait.

– Je peux t'assurer que d'ici ton retour, il ne pleuvra plus, reprit Grace, une inconditionnelle des encouragements.

– Bonsoir, mon Cœur. » William embrassa son épouse sur la joue. Quand il avait les mains libres, il aimait lui prendre le menton et poser un baiser délicat sur ses lèvres, il s'était aperçu qu'elle aimait cela à l'époque où il lui faisait la cour et c'était devenu entre eux une habitude. Encombré de son instrument et de son porte-musique, il ne put cette fois lui donner que ce qu'ils appelaient en plaisantant un baiser pré-concert. Les mallettes rentrèrent dans les cuisses de Grace qui recula en souriant.

« Sois prudent en conduisant.

– Promis. »

Pendant tout le trajet jusqu'à Slough, William eut des problèmes avec ses essuie-glaces. Ils allaient tantôt trop vite, tantôt trop lentement, mais le résultat laissait à désirer. Le pare-brise demeurait barbouillé, un écran de dessins abstraits, mobiles, dégoulinant des enseignes au néon et des réverbères. William était contraint de rouler doucement, il s'efforçait d'évaluer à quelle distance il était des phares agressifs qui venaient vers lui. Il avait peur d'être en retard. Il aurait bien voulu consulter sa montre, mais combien de fois Grace ne lui avait-elle pas dit et répété qu'un conducteur ne doit jamais éloigner son regard de la route ? En son absence, il estimait plus crucial que jamais de suivre ses conseils toujours judicieux, aussi renonça-t-il à consulter sa montre.

Ce soir, quelque chose de plus sérieux que la pluie préoccupait William. À travers le gribouillis de phares importuns, il essaya de se rappeler ce dont il s'agissait. À un feu rouge, après avoir diligemment serré le frein à main, cela lui revint : Andrew. Andrew Fulbright. Andrew son ami le plus cher, son ami de presque trente ans, Andrew, le meilleur altiste de tous les quatuors du pays. Andrew... s'en était allé ! Oui, s'en était allé ! La nouvelle semblait toujours tout aussi incroyable. William ne parvenait pas à se mettre dans la tête qu'en arrivant aux loges ce soir, il ne trouverait pas Andrew en train de discourir sur le piètre état de son habit : chiche qu'il était pour les petites choses, ce ne serait pas demain qu'il daignerait le remplacer. Il ne serait pas non plus en train de se lamenter sur la banalité du programme si celui-ci n'incluait pas quelque compositeur contemporain difficile, pas plus qu'on ne l'entendrait se plaindre de la tiédeur de la bière offerte après le concert, ou du manque de considération des chemins de fer britanniques pour ceux qui devaient rentrer chez eux à une heure tardive. Ah ! ce cher Andrew ! William et les deux autres membres du Quatuor Elmtree étaient tellement habitués à ses récriminations que leur commisération était devenue automatique ; qu'elle fût en harmonie ou en solo, elle leur était pour ainsi dire aussi spontanée que d'attaquer la *Sonate K 458* de Mozart. C'en était assez pour consoler Andrew, un homme qui n'avait pas son pareil pour se remettre promptement des malheurs qu'il s'inventait. Deux minutes plus tard, il était là, qui riait tout en accordant son alto avec une acuité, une précision qui faisaient sourire les autres. Et puis, qu'importe le nombre de fois où Andrew avait joué un morceau, jamais il n'avait recours au pilote automatique. Il se donnait corps et âme à la musique avec une constance que ses partenaires, souvent fatigués, énervés et qui voyaient là une corvée, ne pouvaient égaler. Maintenant, Andrew s'en était allé. À jamais. Ce serait leur premier concert sans lui.

La voiture derrière William klaxonna quatre fois, évoquant l'ouverture de la *Cinquième Symphonie* de Beethoven. C'était là un signal que William pouvait décoder. Loin d'être contrarié par l'impatience de l'autre conducteur, il en fut apaisé. Qui sait, peut-être y avait-il un autre musicien qui se rendait au concert ? William eut l'obligeance d'embrayer, non sans remarquer que le feu vert avait viré à l'orange, mais il fonça, n'ayant aucune envie d'exaspérer davantage le gars qui était derrière lui. Grace prétendait que la moindre hésitation au volant pouvait provoquer une crise de folie furieuse chez un autre conducteur. William avait peine à imaginer la façon dont il réagirait si un conducteur en colère venait cogner à sa fenêtre, prêt à se bagarrer. Grace lui recommandait de verrouiller les portières du dedans s'il flairait que les choses pouvaient mal tourner, mais William n'avait jamais été confronté à pareille éventualité et il avait oublié comment fermer les portières du dedans. En cet instant, conscient de sa vulnérabilité, il appuya à fond sur l'accélérateur, défiant un feu rougeoyant, entraînant autour de lui et dans les deux sens de la circulation une véritable cacophonie de klaxons qui lui rappela un peu ceux des taxis, si bien accordés par Gershwin dans *Un Américain à Paris.*

Il ne tarda pas à retrouver son calme, ses mains agrippées au volant se détendirent, il repensa à Andrew. À vrai dire, hélas, Andrew avait été contraint de démissionner du Quatuor Elmtree en raison de « problèmes conjugaux ». Il avait confié à William qu'après de nombreuses années difficiles, la situation était devenue critique. Zara l'avait prévenu : il lui fallait opter entre ces foutus concerts et elle. À lui de choisir. De la musique, encore de la musique, rien que de la musique, lui avait hurlé Zara, fana du pluriel.

Oui, au bout de vingt années de musique, elle en avait par-dessus la tête ! Par conséquent, il pouvait soit prendre ses cliques et ses claques, soit donner sa démission illico et rester au foyer conjugal. Homme d'honneur, fidèle aux liens sacrés du mariage, Andrew avait été contraint de choisir sa femme. Il avait donné son violon à son fils et juré de ne jamais plus y retoucher, redoublant ainsi le triomphe de Zara.

La raison officielle du départ d'Andrew était une arthrite évolutive de l'épaule aggravée par les mouvements de l'archet. William, le premier violon, Rufus, le second violon et Grant, le violoncelliste, ne l'avaient jamais entendu s'en plaindre, mais ils ne le pressèrent pas de questions. Ils organisèrent des auditions afin de lui trouver un remplaçant. William se souvenait de semaines consternantes passées à écouter de jeunes espoirs racler leur sonate préférée de Brahms. Aucun ne pourrait rivaliser avec Andrew, mais il fallait faire un choix. William s'accorda à reconnaître avec les deux autres musiciens qu'une jeune fille, ou une jeune femme, du nom de Bonnie serait l'option la plus judicieuse, même si, dans le fond de son cœur, chacun lui eût préféré un homme. Vu le nombre de candidats, William ne se souvenait guère de Bonnie, si ce n'est qu'elle avait une frange imposante et une bouche qui ne laissait pas indifférent. Pour l'audition, elle avait joué un passage du *Concerto pour alto* de Walton, ce dont Andrew s'était réjoui : voilà une fille qui aimait le défi, avait-il remarqué. Soucieux de savoir Andrew satisfait de sa remplaçante et estimant que la façon de jouer de la jeune femme était, de toute évidence, originale, même si elle était un tantinet fantaisiste, ce choix s'imposa plus ou moins. En outre, le temps pressait. Zara allait visiter des maisons dans le Yorkshire pour s'assurer qu'Andrew ne puisse pas reprendre sa parole et tous en avaient assez des auditions. Ils détestaient qu'il leur incombât de pouvoir ainsi décourager une douzaine d'espoirs par jour.

Ils avaient eu de nombreuses répétitions avec Bonnie avant leur premier concert ensemble. William s'était efforcé de conjurer de son esprit le son unique et merveilleux de l'alto d'Andrew. Bonnie à la frange à la Jeanne d'Arc fit de son mieux. Réservée, accommodante, elle était prompte à réagir à toute suggestion visant à améliorer son jeu. William essayait de se persuader qu'il finirait à la longue par s'habituer à l'étrangeté de sa présence. Pour le moment, il voyait en elle une solution de remplacement plutôt qu'un être humain. Certes, elle était bonne musicienne, et même particulièrement bonne, reconnurent-ils après avoir joué environ une semaine avec elle, mais en tant que jeune femme, en tant qu'être de chair et de sang, aux yeux de William elle n'existait pas encore.

Cette soirée devait être le premier concert de Bonnie en sa qualité de membre du Quatuor à cordes Elmtree. Voilà qui perturbait William. Voilà qui lui faisait paraître plus pénible qu'à l'ordinaire cette route de nuit et sous la pluie. Comment diable cela se passerait-il ? Ce ne serait plus jamais comme autrefois, bien sûr... Quatre vieux copains si habitués à leurs petites manies, si loyaux lorsqu'il s'agissait de compenser leurs fragilités mutuelles... Et maintenant, il leur fallait accueillir un nouveau musicien dont ils ignoraient l'état d'esprit, la vie, la tonalité, la façon d'appréhender une partition. Qui plus est, ce nouveau membre de leur Quatuor, ce *remplacement*, n'était pas un homme. Honteux de ses affres secrètes et de ses préjugés, William s'empressa de se dire qu'il n'était que justice de donner sa chance à cette jeune fille ou jeune femme répondant au nom de Bonnie. De l'aider. Elle devait se sentir plutôt mal à l'aise. Elle aurait besoin de tout le soutien que Grant, Rufus et lui-même pourraient lui apporter. Bref, cette perspective était tout simplement un cauchemar.

Le temps que William parvienne à la salle de concert de Slough, il pleuvait si fort que les deux essuie-glaces flanchèrent en même temps, toutefois, le nom de famille de Bonnie lui était revenu. *Morse.* Bonnie Morse. Pas franchement un nom susceptible de donner de la classe à un programme... Il décida de décrire en détail à Grace, le lendemain matin, les débuts de la nouvelle altiste et le concert. Il se retrouverait en train de barrir son nom avec cette drôle de voix dont il se servait pour masquer sa désapprobation, une voix qui avait l'art de faire rire Grace. Bonnie Morse, vraiment ! À coup sûr, ils tomberaient d'accord !

Tandis que William courait sous la pluie vers la porte éclairée, violon et mallette à musique cognant contre son ciré craquetant, il se rendit compte qu'il n'avait pas réfléchi un instant aux morceaux de Mozart qu'il allait jouer, mais il se rassura en se disant qu'il les connaissait si bien que, pour une fois, son interprétation ne s'en ressentirait pas. Ce qui le perturbait bien davantage c'était cette fille, cette jeune femme, en train d'arriver avant lui, le dos aussi luisant qu'un phoque sous la pluie, la boîte de son alto calée fort professionnellement sous son bras. Bonnie Morse, en personne.

Cela s'annonçait mal. Il avait promis aux autres d'arriver le premier. D'accueillir cette Bonnie. De la mettre à l'aise. De la rassurer. De faire ce qui lui incombait en tant que premier violon.

William se força à courir. Il s'imaginait la pauvre fille perdue dans les couloirs en quête de la salle que les directeurs de la société d'aliments pour chats qui parrainait le concert se plaisaient à appeler la Salle verte. Il paraissait déjà clair que le choix de la nouvelle altiste était une erreur. Il y aurait forcément des problèmes. William éprouvait la douleur d'un homme endeuillé en pensant à ce cher Andrew qui ne serait plus parmi eux. Dans l'ardeur du remords et de la mélancolie, il voulut sauter par-dessus une flaque pour aller plus vite. Il se souleva avec la lourdeur d'un insecte assoupi par la fin de l'été, glissa à l'atterrissage, tomba et finit par se relever tout en pestant contre Bonnie Morse. Dans l'ultime sprint dégoulinant qui le mena jusqu'à la porte, il essaya, mais en vain, de se calmer en pensant à Mozart.

Le lendemain matin, au petit déjeuner, ce fut Grace qui évoqua le sujet qui avait tenu l'esprit de William en éveil, lui faisant trouver la nuit bien longue.

« Alors, comment ça s'est passé avec le nouvel altiste ?

– Très bien. Sans problème. Elle n'est pas mauvaise du tout.

– Elle ?

– Ne te l'ai-je pas dit, mon Cœur ? » Après tant d'années, il avait perdu l'habitude de raconter les potins du Quatuor, en général sans grand intérêt pour son épouse. « Le nouvel altiste, c'est une demoiselle ! »

Le couteau de Grace allait et venait sur le toast, étalant le beurre jusqu'à ce qu'il devienne un voile, pauvre en calories.

« Non, tu ne m'as rien dit.

– Oh ! Avouons que cela ne semblait guère important. Toutes ces auditions sans personne qui sorte vraiment de la moyenne. Je finissais par confondre les candidats. Peut-être ai-je oublié de te dire qu'à la fin nous avons retenu cette jeune femme, Bonnie Morse.

– Bonnie Morse ?

– C'est exact. » Ce nom leur fit échanger un sourire, comme William l'avait prévu.

« Une jeune femme ?

– Pour le moment, je n'ai pas réussi à déterminer s'il s'agit d'une jeune femme ou d'une jeune fille prolongée. Que veux-tu, ce n'est pas le genre de choses que l'on demande… Disons qu'elle a une coupe de cheveux de gamine et les hanches d'une femme mûre. »

Grace se concentrait maintenant pour étaler la confiture, y mettant la même application que pour le beurre.

« Comment peux-tu dire cela de ses hanches si elle a passé la soirée assise, à jouer ?

– J'étais derrière elle quand elle a salué le public à la fin du concert.

– D'accord, reprit Grace au bout d'un moment. Quand est votre prochain rendez-vous ? »

William remua imperceptiblement sur son siège et prit le *Times* afin de marquer la fin de la conversation.

« À Northampton, jeudi prochain.

– Peut-être devrais-je t'y accompagner, histoire de juger par moi-même.

– Ça n'en vaut pas la peine. Attends plutôt qu'elle se sente plus à l'aise et que nous jouions plus près d'ici.

– Ce n'est qu'à une heure de route.

– La seconde partie est consacrée à Britten. Tu sais combien tu es allergique à Britten !

– C'est vrai, répondit Grace. Très bien, je n'irai pas. C'était juste une idée comme une autre. »

Ils retombèrent dans le silence facile qui leur était coutumier lors du petit déjeuner. Le thé, avant que William ne parte à un concert, c'était le moment où ils aimaient échanger des nouvelles, confirmer des projets, partager certaines idées qui leur étaient venues au cours de la journée. Le thé, c'était aussi le moment, surtout lorsque les jours raccourcissaient, où il leur arrivait de s'abandonner à une petite routine du souvenir qui en disait plus long sur leur amour et leurs nombreuses années de mariage que de grandes déclarations.

Le petit déjeuner terminé, William posa son assiette et sa tasse sur le lave-vaisselle, un geste qui était sa seule et unique contribution aux tâches ménagères, puis il monta dans son studio. Grace se mit à ranger la cuisine car, dans le train-train quotidien méticuleusement établi qui leur avait si bien réussi à l'un et à l'autre au fil des ans, le minutage était essentiel. Travaillant tous deux sous le même toit, ils avaient décidé, des années plus tôt, qu'ils auraient un meilleur rendement si chacun d'eux pouvait avoir l'illusion d'être seul à la maison. Aussi avaient-ils cultivé l'art de s'éviter mutuellement ; peaufiner la technique s'était révélé difficile mais, après de petits dérapages au début, ils y étaient tant et si bien rodés qu'ils n'y pensaient plus. Ils avaient pris des mesures pratiques pour s'assurer de ne pas se rencontrer dans la matinée, ainsi une cafetière avait-elle été installée dans la pièce où travaillait William, cela afin de lui éviter de descendre à la cuisine pour sa pause de onze heures. De telles précautions leur garantissaient qu'ils n'auraient pas à se croiser dans l'escalier, ce que, dans leur for intérieur, ils préféraient l'un et l'autre éviter. Car, avait un jour demandé Grace, que peuvent se dire des gens mariés depuis des années lorsqu'ils se croisent dans l'escalier ? Leur désir d'éviter toute rencontre de ce genre était mutuel, même s'il était tacite. Aucun ne voulait prendre un tel risque, sachant parfaitement qu'un sourire préoccupé ou l'absence d'un mot enjoué peuvent entraîner des malentendus chez les meilleurs des couples.

Grace ne bougeait pas avant d'avoir entendu son époux sortir de la salle de bains et monter dans la pièce insonorisée qui lui était réservée, au troisième étage de la maison. Elle l'imaginait s'installant devant la fenêtre pour accorder son violon, tout en contemplant leur petit bout de jardin austère, avec ses rosiers méticuleusement alignés et sa haie de troènes sombres. Il s'abandonnerait à Brahms ou à quelque autre musicien pendant les deux heures qui suivraient avant de passer aux besognes administratives qui l'attendaient sur sa table. Si d'aventure ses pensées allaient vers elle, se disait Grace, il la verrait en bas, assise à son bureau, plongée dans son travail, ses lunettes glissant sur son nez, un petit pinceau noir s'agitant au-dessus du papier, en train de peindre la moindre veinule d'un pétale de bouton d'or. Son *Guide des fleurs à l'usage des enfants* l'absorbait depuis cinq ans et tout laissait à croire qu'il lui faudrait encore cinq années pour l'achever. Grace appréciait que William montrât encore de temps en temps quelque intérêt pour ses progrès et qu'il fût assez élégant pour détourner les questions d'amis curieux de connaître la date de publication de l'ouvrage.

Ce que William ne savait pas c'est que l'image qu'il pouvait avoir de son épouse travaillant bien sagement à peindre ses fleurs était inexacte. Disons que ces jours-ci, elle n'y était pas avant au moins le milieu de la matinée. Depuis que Lucien s'était mis à lui rendre visite, ses habitudes avaient été bouleversées. Ce que William ignorait aussi, c'était que certains matins, quand il prenait cinq minutes de plus pour lire son journal, Grace était paralysée par des tensions intérieures. Si Lucien était entré sans crier gare par la porte de la cuisine, selon sa bonne habitude, alors que William prenait encore son petit déjeuner, Grace n'osait imaginer ce qui aurait pu se passer. Aussi, de temps à autre, alors qu'elle surveillait anxieusement la pendule, était-elle obligée de chasser son époux avec tous les ménagements possibles.

« Mon Dieu, il est presque neuf heures et demie ! remarquait-elle, tout en portant jusqu'à l'évier l'assiette de son époux pour le dispenser de ce devoir.

– Mais c'est vrai !

– Tu ferais bien de filer, tu ne crois pas ?

– C'est vrai, mon Cœur. Tu as raison ! Le Mendelssohn ! » Là-dessus, il s'éloignait en chantonnant quelques mesures.

William semblait inconscient de l'insistance derrière les discrètes suggestions de son épouse, et la pointe de risque épiçait le petit déjeuner, ce qu'appréciait plutôt Grace.

Le lendemain du premier concert de Bonnie Morse avec le Quatuor Elmtree, Grace n'avait aucune raison d'insister pour que William se dépêche, mais il acheva son petit déjeuner plus vite qu'à l'ordinaire, impatient de se retrouver seul, en lieu sûr, dans son studio.

Une fois là-haut, au lieu de sortir son violon et de s'abandonner à sa chère musique, comme l'imaginait Grace, il s'affala dans son fauteuil, les jambes pendant sur les accoudoirs, avec une décontraction qu'il ne se serait jamais permise ailleurs. Il attrapa un crayon et se mit à tapoter en cadence sur ses dents un passage de la sicilienne de la *Sonate en ré mineur* de Mozart qu'ils avaient jouée la veille. Parfois il chantonnait un peu, mais ce bruit discordant le déprimait, éloigné qu'il était du son original qu'il avait en tête.

En toute honnêteté, songeait-il, la soirée s'était bien mieux passée qu'il ne l'espérait. En fait, elle s'était vraiment bien passée. La salle était pleine et les applaudissements vigoureux. Bonnie Morse, il lui fallait le reconnaître, n'avait commis aucune erreur. Disons qu'elle s'était peut-être montrée un tant soit peu hésitante et avait réagi avec un léger retard à un signal d'introduction, mais fichtre, elle devait être terriblement intimidée de jouer pour la première fois dans un quatuor aussi connu. Elle s'était très bien débrouillée, reconnurent Grant et Rufus au cours d'une brève conversation dans le parking après qu'elle se fut éloignée dans une petite voiture rouge en leur faisant de grands signes joyeux. Naturellement, il faudrait qu'il la forme un peu, qu'il l'initie aux us et coutumes de leur Quatuor, mais cela ne devrait pas poser de problème. Il sentait qu'elle apprendrait vite, qu'elle était intelligente, sans doute pas un futur prodige mais disons qu'elle avait un bon toucher. Enfin, et cela William hésitait à le reconnaître ou même à se l'avouer, elle avait un enthousiasme communicatif dont, après toutes ces années, le Quatuor à cordes Elmtree pourrait tirer profit, ne fût-ce que pour garder sa réputation impeccable.

Une préoccupation que William s'efforçait d'ignorer c'était que l'enjeu était moins la réputation de l'Elmtree que l'avenir de ce dernier. Il se rendait parfaitement compte qu'un quatuor ne saurait pas continuer à jamais avec ses membres originels. Ils avaient connu de bons moments ensemble. William aimait à se rappeler le jour où, à la fin d'un match de cricket, Rufus et lui s'étaient assis à l'ombre d'un orme avec une chope de bière et avaient élaboré des plans. À l'époque, Rufus était un passionné de cricket, dans l'équipe du village on le tenait pour un lanceur rapide. Il aimait le rituel du cricket anglais : la place du village, les tenues blanches, les tasses de thé, la camaraderie. Et il appréciait plus que tout qu'Iris, son épouse toute menue, affalée dans une chaise longue, le bord de son chapeau de paille rayant ses joues délicates, l'applaudisse avec un tel enthousiasme. Il invitait souvent William à des matchs. C'est un après-midi où Iris ne s'était pas sentie capable de se joindre à eux que tous deux s'étaient attardés à la fin du match et qu'ils avaient eu l'idée de créer un quatuor. Rufus avait entendu parler d'Andrew, ce dernier fut heureux de se joindre à eux. À peine quelques semaines plus tard, ils avaient trouvé Grant, par l'intermédiaire d'amis musiciens. Depuis lors et jusqu'à maintenant, il n'y avait pas eu de changement au sein de la formation. Peu après qu'ils avaient commencé à se faire connaître par de modestes concerts, Rufus, présumant de ses forces, se luxa l'épaule en lançant la balle. Par la suite, la douleur l'empêchant de jouer, il décida de renoncer au cricket et ce, sans le moindre regret, précisa-t-il. C'est ainsi qu'il se consacra à une occupation plus paisible : la protection de l'alouette. Passionné d'ornithologie dans sa jeunesse, il avait été horrifié par la disparition de beaucoup d'oiseaux britanniques, et en particulier par celle de l'alouette, car c'était un disciple de Shelley autant qu'un musicien.

Rufus était plus apte que lui à évaluer un musicien. Il avait une excellente oreille. Il savait aussi, d'instinct, assortir les musiciens, sentir dans quelle mesure leurs talents s'équilibreraient. Il assura William qui, au début, doutait, pour des raisons non valables, de la capacité de Bonnie à s'assortir au phrasé des trois autres. À l'audition, ce fut Rufus qui insista pour que non seulement William laissât de côté son préjugé, mais parvînt à se persuader qu'un changement, à savoir l'adjonction d'une fille, pourrait donner à l'Elmtree ce sang neuf dont il aurait un jour besoin. À la fin du concert de Slough, tandis que les musiciens descendaient de l'estrade, William toucha le bras de Rufus et lui murmura qu'une fois de plus il ne s'était pas trompé. Rufus acquiesça d'un bref signe de tête : il avait du mal à accepter les compliments.

Après le concert, les musiciens du Quatuor s'étaient attardés dans la Salle verte en parpaing, buvant à petites gorgées la piquette offerte par le fabricant d'aliments pour chats qui parrainait l'événement. Ils avaient beau avoir envie de rentrer chez eux le plus vite possible, ils étaient restés un moment, par égard pour la première et louable prestation de Bonnie. C'est au cours de cette rencontre d'une demi-heure que Bonnie Morse fit sa première et plutôt charmante tentative pour connaître ses compagnons. Elle commença par admirer le violoncelle de Grant, lui demandant l'autorisation de passer le doigt sur les cordes, autorisation qui lui fut aussitôt accordée. Grant et elle découvrirent ensuite qu'en dépit de la dizaine d'années qui les séparait, ils avaient eu en commun un professeur de musique qu'ils admiraient. William les entendit ensuite s'entretenir d'un sujet pour lequel il n'éprouvait pas le moindre intérêt : la cuisine exotique. Grant était un cuisinier émérite, même si on avait peine à imaginer comment il pouvait évoluer dans le fatras de sa cuisine. William nota que Bonnie était tout oreilles tandis que Grant lui décrivait les différentes sortes de *chili con carne* et il se dit que lui-même, en sa qualité de directeur du Quatuor, devrait avoir la part d'attention qui lui revenait avant qu'il soit temps de repartir. Lorsque William lui donna une petite tape sur le coude, elle s'éloigna spontanément de Grant et concentra toute son attention sur lui. La conversation qu'elle avait eue avec lui, il l'avait eue bien souvent avec d'autres au fil des années, mais ce soir-là, elle semblait imprégnée d'une surprenante fraîcheur.

« Et vous, monsieur Handle, seriez-vous par hasard un descendant… ? »

Face à cette question familière, William n'aimait pas décevoir. Il y allait donc d'un petit signe de tête qui pouvait être pris comme un acquiescement, toutefois, si son interlocuteur insistait, il expliquait, bien sûr, la différence d'orthographe entre Handle et Haendel. Pour une raison ou pour une autre, devant le regard intrigué de Bonnie, il lui avoua d'emblée la vérité.

« Je suis désolé, mais nos noms ne s'écrivent pas de la même façon. Non, il n'existe aucune parenté entre nous.

– Qu'on l'écrive comme on voudra, ça doit tout de même être un atout pour un musicien de s'appeler Handle ! » Bonnie eut un sourire bienveillant, sans la moindre trace de déception. Cela faisait chaud au cœur. William avait tellement l'habitude de voir l'intérêt des gens retomber sitôt qu'ils apprenaient la différence d'orthographe ! « C'est comme pour les écrivains qui se retrouvent avec le nom de Shakespeare, poursuivit Bonnie. Je connais un bon romancier contemporain du nom de Shakespeare. Je serais prête à parier que ce n'est pas à son détriment. »

William approuva d'un signe de tête. Il n'avait pas entendu parler de l'écrivain que mentionnait Bonnie, mais il se surprit à se dire que la prochaine fois qu'il rentrerait dans une librairie…

D'ici là, Bonnie était prête à partir, elle cala la boîte de son alto sous son bras d'une façon inhabituelle aux autres musiciens. Elle leur adressa à chacun un sourire, les remercia pour leur gentillesse à son égard, en arrivant elle était terrifiée, avoua-t-elle, mais ils l'avaient encouragée. Elle avait un sourire engageant qui creusait des fossettes dans ses joues. William s'aperçut toutefois qu'il admirait encore plus sa bouche au repos, la lèvre supérieure formait alors une sorte d'arc délicat qui eût ensorcelé Michel-Ange. Tout au long du chemin de retour, alors qu'il se retrouvait aux prises avec la pluie, les pensées de William se partagèrent entre la bouche et la frange qui cachait pour ainsi dire ses yeux. Il imaginait qu'un jour, sans doute en essayant de déchiffrer une partition difficile, elle la chasserait en arrière, révélant ainsi des yeux dignes de sa bouche.

Il était dix heures passées. William s'agita. Il avait prévu de décider, avant la répétition, du programme pour le récital de Noël. Au lieu de cela, ses pensées s'envolèrent vers le récital de Northampton, prévu pour le vendredi suivant. Bonnie avait déclaré que le programme prévu lui convenait tout à fait, mais William estima que ce serait simple justice de vérifier sa connaissance du *Troisième Quatuor pour cordes* de Britten. Ce n'était pas un morceau si aisé… Si elle avait la moindre hésitation au sujet de celui-ci, les autres musiciens et lui-même étaient disposés à choisir autre chose, même si les programmes étaient imprimés depuis longtemps.

Persuadé que Grace, au rez-de-chaussée, le nez dans ses boutons d'or, ne saurait rien de cette entorse à la routine que représentait un coup de téléphone matinal, William tira de sa poche le numéro que lui avait remis Bonnie la veille. Quelque part dans le fatras sur son bureau, il y avait la lettre par laquelle Bonnie acceptait de faire partie du Quatuor, ainsi que son curriculum vitae, son adresse et son numéro de téléphone. Toutefois, dans son impatience, William n'avait pas l'intention de s'ennuyer à chercher. Au lieu de cela, il étudia les chiffres gribouillés au crayon rouge sur le bout de papier, essayant de déduire certains traits du caractère de la jeune femme à partir de la vigueur de leur tracé.

William laissa le téléphone sonner pendant cinq

minutes. Personne ne répondit. Il se rassit dans son fauteuil, étonné de se sentir en proie à une légère agitation. Ayant mauvaise conscience, il se releva et reprit son violon. Dieu merci, il retrouva son calme habituel. Il continua à répéter jusqu'au milieu de la matinée puis il se prépara une tasse de café, y adjoignit deux morceaux de sucre – ce que, en bas, Grace ne permettrait jamais – avant d'essayer de rappeler Bonnie.

Dans la cuisine, comme à l'ordinaire, Grace en prenait pour son grade avec Lucien.

« Elle me préoccupe beaucoup cette semaine, disait-il. Quelque chose la met dans tous ses états. Ne me demande pas ce que c'est. Bref, elle s'en prend à moi, et nom de Dieu, elle y va ! »

Il faisait référence à sa mère, Lobelia Watson, que Grace n'avait pas rencontrée. De toute évidence, cette femme était un monstre dont Lucien avait décrit en détail à Grace, et ce dès le début de leur relation quelques mois plus tôt, les méfaits et la nature détestable.

« Comme hier soir. Elle rentre de chez son thérapeute et tout est du genre : Lucien fais ceci, Lucien fais cela, enlève ton linge de la machine à laver, va le suspendre, et ainsi de suite. Après ça, c'est du Lucien tu ne me comprends pas. Lucien tu ne penses jamais à personne d'autre que toi ! Comment est-ce que la salope sait ce qui se passe dans ma tête ? Ensuite, elle passe à la drogue, bien sûr. Chaque jour, il faut qu'elle revienne là-dessus. Elle découpe des petits articles dans le journal disant que tel ou tel pauvre connard est mort d'une overdose, et elle les pose sur mon lit, tout comme elle mettait dans ma chambre des petits bouquets de marguerites lorsque j'étais enfant. Complètement cinglée ! »

Il prit à deux mains sa tasse de café, regarda Grace puis rapidement son regard alla voleter sur des choses à proximité, ses ongles, un cendrier sur la table, un crayon. Grace l'avait rarement vu regarder par la fenêtre ou à distance.

Comme s'il ne pouvait faire face à l'horizon. Il lui fallait être proche de ce qu'il contemplait.

« Tu sais ce que je pense. Je te l'ai dit et répété si souvent, tu devrais partir de chez toi, et vite !

– Comment diable le pourrais-je ?

– Trouve-toi un boulot.

– Comment diable pourrais-je en trouver un ? Qu'est-ce que je pourrais faire ? Qui voudrait de moi ?

– Ne sois pas stupide, Lucien. Tu es capable de faire tout ce que tu décideras de faire.

– Elle deviendrait complètement dingue si je partais.

– Il faudrait pourtant que tu prennes ce risque-là. Pour la plupart des parents c'est un véritable soulagement de voir partir leurs enfants. Disons qu'il n'y a pas beaucoup de mères qui apprécieraient d'avoir un fils de vingt-quatre ans encore à la maison.

– Tu ne connais pas ma mère. Elle n'a que moi. Elle n'a que moi dans sa putain d'existence, qu'elle prétend. Enfin, elle ne le dit pas exactement comme ça, non ? À ses yeux, je ne fais jamais rien de bien, mais si je partais, elle ne me le pardonnerait pas. Un jour je lui ai dit : maman, je lui ai dit, qu'est-ce qui se passera le jour où je rencontrerai une fille que je voudrai pour plus d'une nuit ? Tu veux te mettre en ménage avec elle ? Tu veux savoir ce qu'elle a fait ? Eh bien, elle a foutu le camp et elle est allée descendre une bouteille de vodka. Et qui a dû tout nettoyer le lendemain matin ? C'est moi, tu piges ? »

Grace avait déjà entendu tout ça de nombreuses fois, avec des variantes. Lucien commençait par lâcher une bordée de furieuses récriminations truffées de questions auxquelles il refusait d'entendre une réponse honnête. En général, sa rage du matin était tombée au bout d'une demi-heure. Pendant la seconde moitié de sa visite, il se transformait en ce jeune homme qui était devenu étrangement cher à Grace, un être encore gauche et inélégant, mais plein de vie, intéressant, curieux, s'étonnant de choses qui semblaient à Grace des plus ordinaires.

« Juste après son départ, Jack nous a atrocement manqué à William et à moi, dit-elle, même si ce n'était pas tout à fait exact, Mais du même coup cela nous a paru bon, nous nous sommes sentis libres.

– Oui, d'accord, mais vois-tu, ton Jack, j'oserai dire que c'est autre chose. »

Grace pouvait le voir s'apaiser. Ils restaient un moment assis en silence, un silence aussi facile, quoique différent, qu'il l'était avec William. Assise à cette table en face du taciturne William, elle percevait toujours ce courant mutuel d'amour et d'affection, accumulé au long de toutes ces années de mariage heureux, un trésor qui pouvait se passer de mots, de questions, d'analyses. William et elle reconnaissaient et cultivaient le silence paresseux de la connaissance mutuelle, l'accord tacite visant à décourager les efforts constants. C'était là la récompense d'années altruistes vécues ensemble. Avec Lucien, le silence n'avait rien de communicatif, ses pensées tournant exclusivement autour de lui-même. Un tel intérêt à l'égard de ce « sujet limité » – pour reprendre l'expression de William qui trouvait le jeune ami de sa femme pénible – était très à la mode. Grace s'en rendait compte, elle était à la fois consternée et intriguée par un tel narcissisme. Au cours des nombreuses heures que Lucien et elle avaient passées assis à la table de la cuisine – des heures prises sur le temps consacré à son ouvrage –, il était indéniable que Grace elle aussi était contrainte à ne penser qu'à son visiteur. Il le savait, il pouvait voir des questions affluer derrière son regard. La préoccupation de Grace représentait pour lui un encouragement, une charmante incitation à s'intéresser plus encore à lui-même.

« Je suppose que tu te poses des questions à mon égard, remarquait-il environ une fois par semaine.

– Oui, plutôt…

– Continue à te les poser, trouve des solutions valables et je te garantis que je serai rudement content ! »

Il lui adressa un rapide sourire. Un sourire qui éclaira son visage à la peau grise, le rendant séduisant. Un plissement d'yeux sombres et de bajoues mal rasées, un éclair de dents d'une incroyable blancheur, même s'il se vantait régulièrement de ne jamais les brosser, las qu'il était des sempiternelles injonctions de sa mère. (Jack qui s'était consciencieusement brossé les dents depuis l'enfance avait un sourire fort peu harmonieux : des dents brunes ourlées d'immenses gencives, qu'il n'avait héritées ni de son père, ni de sa mère.)

« Alors, où en est ton livre ? finit par demander Lucien. Un bouton d'or par jour... ?

– J'ai bien peur que non. C'est pas si simple que ça...

– Je le sais bien ! Tu m'as promis que je pourrais voir quelques-uns de tes dessins. Je suis moi-même un admirateur de Damien Hurst, mais je m'adapte à tout. Des vaches mortes un jour, des boutons d'or le lendemain. Vaches... Boutons d'or, il doit y avoir un lien, non ? »

Grace eut droit à un grand sourire. Dans des moments comme celui-ci, Grace s'en voulait d'avoir pensé que Lucien eût quelque chose de vaguement inquiétant. Il avait le charme d'un lycéen plutôt niais. Il y avait aussi chez lui une chaleur humaine et une gentillesse qui manquaient à Jack. En outre, ce dernier n'avait jamais éprouvé le moindre intérêt pour le travail de sa mère. Grace sourit.

« Je te les montrerai un de ces jours, dit-elle. Tu m'as promis que je pourrais rencontrer ta mère.

– Tu peux, n'importe quand. » La réponse était toujours la même, jamais cependant une rencontre n'avait été arrangée.

Grace insista. « Quand ?

– Je vais voir ça. Elle est à la maison presque chaque après-midi après sa séance de thérapie. Elle en revient rayonnante. D'avoir claqué autant de fric, oserais-je dire.

– Je suis toujours libre. N'importe quel après-midi me conviendra.

– Ça fait du bien d'entendre ça ! dit Lucien avec un sourire jusqu'aux oreilles. La plupart des gens que je connais n'ont jamais une minute à eux.

– On dirait que, de nos jours, le marché est très compétitif.

– C'est exact. » Être d'accord sur un sujet incitait souvent Lucien à émettre des remarques exotiques que Grace trouvait si bizarres qu'elle les rapportait à William, moins apte qu'elle à en saisir l'intérêt. Ce jour-là, toutefois, Lucien revint prestement à sa mère.

« Si j'étais à la place de ma mère, ça m'ennuierait à mort de parler de moi tous les après-midi, à quatre cents balles de l'heure.

– Il y a des gens qui trouvent que ça leur fait du bien de parler à quelqu'un de qualifié.

– Elle fait partie de ceux-là. C'est une de ses illusions.

– Nous avons tous besoin d'illusions.

– Toujours est-il que ça ne lui apporte rien.

– Il faut du temps. »

Lucien se resservit une tasse de café, l'air sombre. Grace le trouvait singulièrement agité.

« Qu'est-ce qu'il fait de toute la matinée ton vieux, enfermé là-haut dans sa piaule ?

– Il répète. Il organise des concerts.

– Ça serait peut-être pas une mauvaise idée que j'aille à une de ses sérénades, dit-il.

– Disons qu'à mon avis, ça ne serait pas précisément... dans tes cordes.

– Qu'est-ce que tu en sais ? D'accord, je suis plutôt rock, mais Beethoven, ça peut aussi me brancher. Vrai de vrai. Comme je te l'ai dit, je suis capable de m'adapter. » Un long silence s'ensuivit tandis que Grace imaginait le drôle de couple que formeraient Lucien et elle, prenant place à un concert de l'Elmtree.

« Cette idée n'a pas l'air de t'emballer, finit par dire Lucien.

– J'étais juste en train de me demander à quel point tu aimerais ça.

– J'aimerais ça. J'en aurais des frissons. Ça serait formidable. Et si je n'aimais pas ça, on pourrait toujours partir.

– Non, nous ne le pourrions pas », répondit Grace d'un ton sévère.

Lucien lui prit la main, arborant à nouveau un grand sourire. « Bien sûr que nous ne pourrions pas. Calmez-vous, chère madame. Je vous faisais marcher. Je resterais assis sage comme une image. Je ne vous causerais pas le moindre tracas, promis juré. »

Grace haussa les épaules. Elle voulut retirer sa main, mais Lucien ne la lâchait pas.

« Bon, je vais me renseigner sur les prochains programmes. Peut-être le prochain concert de Beethoven.

– Je peux supporter sans problème Brahms, Schubert, Schumann. Tout mais pas Strauss. » Il nota l'étonnement de Grace en entendant cette liste de compositeurs dont elle ne l'aurait pas soupçonné familier. « Ne prends pas un air aussi ahuri. On nous a tout de même appris quelque chose au cours d'initiation musicale du lycée. J'aimais bien ça. Je me revois un jour sniffant de la coke pendant les *Grottes de Fingal*. Voilà qui les a rendues incomparables.

– Je ne suis pas ahurie », rétorqua Grace, avec sérieux. Lucien lui lâcha la main.

« Bien sûr que non. Vous ne vous étonnez jamais de rien, chère madame, ma petite Grace. C'est précisément ce que j'aime chez toi. Je suis ton vaurien et j'ose dire que c'est ce que tu apprécies en moi. Tu pourrais apprendre deux ou trois choses à ma mère, c'est vrai, mais je ne veux pas que tu te donnes tout ce mal. Qui plus est, ça ne servirait sans doute à rien. » Il se leva. « Je vais m'en aller avant que tu ne sois forcée de me le demander. À demain. Merci pour le café. » Il posa sa tasse sur le lave-vaisselle, le seul geste qu'il eût en commun avec William, puis il fila à une allure qui suggérait qu'une affaire pressante l'attendait. Comme toujours, sitôt qu'il fut parti, Grace éprouva un soulagement, le danger était écarté ! Toutefois, à la pensée de son retour le lendemain, elle perçut en elle une troublante allégresse. Leur étrange amitié stipulait le demi-secret. Les visites de Lucien rompaient la monotonie de l'ambiance domestique, ce que Grace appréciait. Ainsi qu'elle l'admettait en riant à William, l'excitation qu'elle tirait des curieuses apparitions de Lucien était sa seule infidélité. William n'avait rencontré Lucien que brièvement, aussi avait-il du mal à trouver ce jeune vraiment digne d'intérêt. À ses yeux, Lucien n'était qu'un jeune vaurien qui occupait indûment Grace avec ses pénibles déballages intimes. Il aurait préféré voir Lucien banni de la maison. Grace, pour sa part, tenait tout autant à ce qu'il n'en soit jamais proscrit. Au début, les différences d'opinion entre époux au sujet de Lucien étaient réduites à une simple insinuation de leur façon de voir respective. Toutefois, ces derniers temps, même ces timides faux-semblants de discussion étaient tombés à l'eau : Lucien était devenu un sujet à ne jamais aborder et, pour William, un individu qu'il ne fallait jamais croiser. D'où cet emploi du temps réglé comme du papier à musique, et les *frissons* qu'il entraînait.

Des années plus tôt, ayant découvert, Dieu sait comment, que les après-midi de Grace étaient désœuvrés, leurs voisins d'Artisan Road l'avaient embarquée dans toutes sortes de services bénévoles. Elle appartenait ainsi au comité de surveillance du quartier, elle acceptait des invitations à des dégustations de vins et de fromages visant à faire approuver la création d'un passage protégé au carrefour d'Artisan et Hogarth Road, enfin, cinq années de suite, elle avait organisé une chorale au moment de Noël. Seule pianiste du groupe, elle programmait chez elle, dès le mois de novembre, des répétitions où les chanteurs pouvaient, en secret, s'essayer au déchant, ce qui valait à Grace de nombreux compliments sur leur qualité et leur assurait quantité de petits gâteaux secs et des sommes coquettes au bénéfice de l'œuvre caritative de leur choix.

Aux yeux de Grace, collecter des fonds pour les plus démunis était une occupation digne d'intérêt, du moment que l'on en restait au niveau élémentaire, c'est-à-dire à passer la sébile. Elle aimait se prévaloir d'une bonne excuse pour flâner dans les rues du quartier et apprécier les goûts disparates de ses voisins que reflétaient les troènes, les soucis ou le lierre courant sur un muret de pierres. Elle trouvait fascinant de jeter un coup d'œil par les fenêtres donnant sur la rue, d'imaginer des vies à partir d'un petit indice tel qu'un rideau ou un bibelot. Elle aimait cet instant où une porte s'ouvrait, ce qui n'était pas si fréquent l'après-midi, elle aimait ce bref échantillon des diverses odeurs des entrées, elle aimait ces patères aux manteaux bossus, le reflet du miroir sur les vieux murs sombres (pour les habitants d'Artisan Road, refaire l'entrée n'était pas une priorité), le clin d'œil du tapis d'Orient, les frémissements des lustres élégants. Les œuvres de bienfaisance eurent tôt fait de repérer l'empressement de Grace pour les bonnes causes, lui fournissant, au fil des années, toutes les occasions possibles et imaginables de se promener dans le voisinage avec une boîte en métal ou des enveloppes à déposer puis à venir rechercher. C'est un après-midi de novembre qu'en se dévouant à la cause de la dystrophie musculaire – un appel annuel à la générosité publique précédant la saison des courses de Noël – elle rencontra Lucien. La Sapinière, à quelques maisons de chez les Handle, était si souvent déserte l'après-midi que Grace avait pour ainsi dire renoncé à y sonner. Elle ignorait tout de ses propriétaires sinon qu'ils s'appelaient Watson et qu'ils avaient emménagé environ trois ans plus tôt. Mme Watson, que l'on disait veuve, ne faisait pas partie du comité de surveillance du voisinage et n'appartenait à aucune association locale. Grace ne l'avait jamais vue, mais certains prétendaient l'avoir aperçue le matin de bonne heure qui s'éloignait au volant de sa voiture. Une haute haie de troènes protégeait la maison des regards indiscrets. Au bout de quelque temps, les voisins d'Artisan Road, espèce aux instincts plus grégaires, présumèrent que Mme Watson voulait préserver son intimité et leur intérêt pour sa vie apparemment discrète ne tarda pas à s'évanouir.

La Sapinière était une des maisons les plus excentriques de l'allée : le rez-de-chaussée était en briques rouge vif, les étages en crépi moucheté de blanc. De ses hauts pignons, des poutres sombres partaient dans toutes les directions, un rappel de l'époque Tudor qui ne se voulait pas humoristique mais qui avait l'art de faire sourire Grace. La maison était la réplique exacte d'une maison de poupée des années quarante qu'elle avait reçue étant enfant. Elle y avait connu bien des moments heureux, capable qu'elle était de se mettre à l'échelle de la famille miniature qui y habitait, et elle avait fini par partager la vie que son imagination leur pourvoyait. Grace avait beau ne jamais avoir pénétré dans la Sapinière, elle éprouvait une impression de déjà-vu chaque fois qu'elle passait devant. Elle avait pour cette maison un penchant empreint de curiosité.

Cet après-midi-là, une fenêtre de l'étage était éclairée. Même par de sombres après-midi d'hiver, Grace n'y avait encore jamais vu de lumière. Encouragée, agitant sa boîte en métal en signe d'espoir, elle se hâta sur la lugubre allée goudronnée derrière la haie de troènes et sonna à la porte.

Au bout d'un long moment, si long en fait que Grace allait renoncer, un jeune homme en pantalon de pyjama et tee-shirt ouvrit la porte. Il n'était pas rasé et paraissait à moitié endormi. Grace fut saisie d'un sentiment de culpabilité embarrassée. Peut-être l'avait-elle réveillé. Il tenait un baladeur à la main. Les fils de ses écouteurs se promenaient sur son torse. Il lança à Grace un regard dur, un regard perplexe, comme s'il avait du mal à accommoder et s'étonnait de sa présence.

« Qu'est-ce qu'il y a ? demanda-t-il.

– Pardonnez-moi de vous avoir dérangé, dit Grace. Je suis venue…

– Est-ce que je vous ai déjà rencontrée ?

– Non, mais je suis une de vos voisines. Je recueille des fonds pour… » Dans sa confusion, Grace ne pouvait plus se rappeler au nom de quelle bonne cause elle recueillait des fonds. Était-ce pour les aveugles, les sourds-muets, les oiseaux, les animaux ou la Bosnie ? Elle regarda vite l'étiquette, sous prétexte de faire tinter la boîte en métal. « La dystrophie musculaire.

– Je ne connais personne atteint de dystrophie musculaire.

– Moi non plus.

– Ravi de vous rencontrer, je m'appelle Lucien. » Arborant alors un grand sourire, il débrancha son baladeur. « Voyons ce qu'on peut faire… » Il se tourna vers une table encombrée. L'entrée était étroite et lambrissée de bois sombre. Deux portes étaient fermées. En dehors d'une plante en train de mourir, il n'y avait pas grand-chose qui permît d'en savoir bien long sur la maison et ses occupants.

Lucien attrapa un sac à main en crocodile, du vrai de

vrai, reconnut Grace. Il en tira un billet de vingt livres et le lui tendit. Grace hésita.

« C'est vraiment beaucoup, dit-elle.

– Elle peut se permettre ça.

– Vous êtes sûr ?

– Parfaitement sûr. Elle a commandé une Mercedes, elle a trois solitaires, du champagne plein le frigo, tout ce qui lui chante. Elle peut se permettre ça. »

Voyant que Grace ne bougeait pas, Lucien s'avança vers elle et fourra gauchement le billet dans la boîte en métal. De près, il exhalait une forte odeur de sommeil aigri, de fumée, de sueur et d'ail.

« Bon, si vous en êtes sûr… reprit Grace. Merci beaucoup. »

Lucien rentra dans la maison.

« Alors, où habitez-vous ?

– Dans la maison rouge, en bas de la rue.

– Celle avec toutes les feuilles ?

– C'est exact.

– Il me semble que je la connais. À vrai dire, je ne sors pas beaucoup. Comment vous appelez-vous ?

– Grace. Grace Handle. »

Lucien demeura un long moment pensif. Grace se demandait s'il allait poser l'éternelle question, mais il n'avait pas l'air d'un de ces jeunes dont les goûts musicaux incluaient Haendel. Elle était prête à s'en aller.

« Vous voulez entrer ? »

Grace hésita à nouveau. Elle était dévorée de curiosité.

« Ce serait avec grand plaisir, mais j'ai encore beaucoup de maisons à visiter avant la tombée de la nuit.

– Eh bien, tant pis… » Il remit ses écouteurs. « Devinez quoi ? Un de ces jours, je viendrai vous rendre une petite visite. Comme ça, on pourra continuer à bavarder, d'accord ?

– Parfait. » Ne sachant s'il avait ou non entendu sa réponse, Grace lui fit oui de la tête. Lucien referma la porte. Grace se dépêcha de reprendre la route, en agitant sa boîte en métal, mais cette fois avec un vague sentiment de triomphe. Quelle drôle de rencontre ! songeait-elle.

Une bonne histoire à raconter à William pendant le dîner ! Le genre de choses qu'il appréciait.

Plus tard, encouragée par les rires de William, elle enjoliva à plaisir sa description, tout en respectant la délicate toile de fond de la réalité. Aussi le lendemain, au petit déjeuner, quand Lucien, l'air hagard, passa la tête par la fenêtre de la cuisine et annonça qu'il venait se joindre à eux, William put apprécier la pertinence du récit de son épouse. Hésitant toutefois à s'embarquer de si bonne heure dans les commérages du quartier, il se hâta de remonter, n'achevant pas sa tasse de café. Sans y être prié, Lucien prit d'assaut la chaise de William, il aurait bu dans la tasse de ce dernier si Grace ne lui en avait pas mis une propre sous le nez.

« Lobelia s'est offert un manteau en cuir ! hurla-t-il.

– Qui est Lobelia ?

– Ma foutue mère. Celle qui vous a refilé un billet de vingt livres. Je vais le découper et le brûler. »

Plusieurs réponses traversèrent l'esprit de Grace, mais elle se retint et lui proposa du sucre, du lait, du pain grillé et de la confiture avant qu'il ne reparte dans ses violentes diatribes.

Cette première matinée au cours de laquelle il avait ainsi ventilé sa rage remontait à six mois.

2

William Handle était un homme qui ne cessait de s'étonner de ce qu'il possédait. Il lui semblait excessif d'être le propriétaire d'une maison et de ses meubles, d'une voiture, d'un violon de quelque valeur et d'un placard plein de vêtements. Il savait que son étonnement frôlait l'absurde mais, étant issu d'une famille où il fallait se battre au quotidien pour joindre les deux bouts, il ne trouvait rien de surprenant à apprécier à ce point sécurité et biens de ce monde.

Sans doute aurait-il ressenti les choses de façon différente s'il avait acquis ces biens matériels à la sueur de son front, se disait-il parfois. Peut-être aurait-il éprouvé certaine fierté. Ou du moins un sentiment de réussite, l'impression d'être capable de pouvoir assurer une certaine aisance à son épouse. Mais si prodigieux soient-ils, en général, les membres d'un quatuor à cordes ne font pas fortune en Angleterre. Ils ne sont pas de ceux qui peuvent se passer d'un emprunt lors de l'acquisition d'un logement. Au début de leur mariage, William et Grace avaient loué un appartement dans le quartier de Finsbury Park ; vu sa taille modeste, la vie y devint impossible après la naissance de Jack. Entre Junior qui braillait et William qui violonait assidûment quatre heures par jour, c'en était plus qu'aucun ne pouvait endurer, mais le manque de ressources ne permettait pas d'emménager dans un espace plus grand.

Jack avait deux ans quand la mère de Grace mourut, laissant à sa fille la belle propriété qu'elle avait héritée de son époux, banquier de son état. Les Handle s'empressèrent de la vendre, ce qui leur permit d'acheter leur maison dite « La Maison Rouge », dans laquelle ils vivaient depuis lors et où ils prévoyaient de vivre jusqu'à la fin de leurs jours. Il leur restait assez pour subvenir aisément à l'essentiel, aussi William regardait-il ses émoluments de musicien comme une prime, quelque chose de pas vraiment nécessaire mais d'utile pour s'offrir un petit luxe par-ci par-là, une nouvelle tondeuse à gazon, voire une bonne bouteille de porto ou une retraite généreuse. Ayant amplement de quoi pourvoir à leurs modestes besoins, les Handle ne s'intéressaient guère à l'argent. À la différence de leurs voisins, ce n'était pas là une de leurs préoccupations.

L'achat de « La Maison Rouge » avait été leur principal investissement, ils ne l'avaient jamais regretté. Artisan Road traversait un agréable quartier des faubourgs d'une grande ville à l'ouest de Londres. Les artisans qui lui avaient donné son nom avaient sans doute dû bâtir de modestes pavillons dans ce qui avait jadis été une allée de campagne. Il n'y en avait plus trace maintenant. L'allée était une succession de maisons disparates, dont quelques rares étaient fidèles à une seule et unique époque. La maison des Handle était l'une d'elles. C'était une demeure de pur style 1900, à laquelle personne n'avait infligé une addition de style Tudor ou une entrée de style anglais classique. Les fenêtres étaient très en retrait dans les blocs de pierre gris pâle, même si le charme de la pierre elle-même était, pour ainsi dire, invisible tant la vigne vierge qui avait valu son nom à la maison était épaisse.

Le père de William était mort avant qu'ils achètent la maison, une bénédiction, en fait, se disait parfois William, car Archibald Handle n'aurait jamais approuvé une telle acquisition. Architecte frustré, Archibald Handle aurait préféré voir son fils et sa belle-fille dépenser leur argent pour quelque chose de plus avant-gardiste, davantage de leur époque. Dans l'idéal, il aurait aimé qu'ils le chargent de dessiner et construire leur maison. William imaginait souvent ce qu'ils avaient pu ainsi éviter : une cage en verre sans cheminées dotée d'un toit aux ailes d'acier incurvées pour donner l'impression que la structure pouvait s'envoler à tout moment.

Le père de William était un architecte aux idées tellement avant-gardistes qu'il n'arriva pas à trouver un employeur susceptible de partager ses concepts. La seule fois où il travailla au sein d'une équipe dans une agence fut un désastre. Au bout de quelques semaines, il fut viré pour avoir supplié les autres de laisser libre cours à leur imagination, semant la sédition. Il exerçait une influence dont on ne voulait pas. On le prévint qu'à l'avenir aucun cabinet d'architectes un tant soit peu sérieux ne l'emploierait. Un avertissement qui se confirma. Archibald fut contraint de travailler en indépendant pour la municipalité qui le tenait la bride serrée. Des abribus, encore et toujours des abribus... Archibald faisait de son mieux. Il leur envoyait des études pour les abribus les plus originaux qui soient, ceux que toute municipalité respectable s'empresserait toujours de refuser, jusqu'à ce qu'il finisse par produire ce que désiraient ces « despotes non éclairés », pour reprendre son expression, et ce pour un salaire de misère. Le grand regret de sa vie fut de ne jamais avoir reçu commande d'une maison particulière. Ses centaines de projets et d'épures, tous classés avec soin, furent peine perdue. « Je suis toujours resté ignoré... » Tels furent ses derniers mots à son fils, William.

Le matin de son concert à Northampton, le départ de William fut retardé par des réminiscences de son père, auxquelles vinrent s'adjoindre des pensées reconnaissantes pour « La Maison Rouge ». Il se tenait là devant la porte, à tripoter les feuilles de la vigne vierge, à tâter la pierre froide par-derrière. Il se sentait étrangement hésitant à se mettre en route. Ce qui aurait dû être une journée des plus conformes à la routine, une répétition matinale chez Grant avant de se rendre à Northampton pour y dîner de bonne heure avant le concert, ne présentait aucune des commodités que la routine anticipée offre en général. Pour quelle raison ? Il n'en savait rien.

Grace sortit précipitamment de la maison portant la boîte à violon de son époux. Elle fit comme si elle ne l'avait pas surpris en train de tripoter la vigne vierge, il fallait toujours qu'il tâte les objets, William, qu'il s'assure de leur réalité, qu'il éprouve leur solidité, qu'il s'assure de leur pérennité, c'est du moins ce qu'elle se disait.

« Tu as oublié... ?

– Non, je n'avais pas oublié, mon Cœur. Voyons, pourrais-je oublier mon violon ? M'est-il déjà arrivé de l'oublier ? » dit-il en le flanquant sur le siège arrière. À vrai dire, il l'avait oublié. Pour la première fois de sa vie.

« Parfait. » Grace croisa les bras sur sa poitrine pour y reposer son cœur qui battait la chamade. Ce matin, elle avait dû demander à Lucien de repartir : William rôdait dans les parages, s'apprêtant à prendre la route à dix heures et demie. Elle avait dit à Lucien de revenir plus tard, mais il s'en était allé de si mauvaise grâce qu'elle doutait de le voir réapparaître et cela avait perturbé toute sa matinée. « Quels sont tes plans ? J'ai oublié...

– Répétition, concert à Northampton et retour à la maison.

– Tard ? »

La pause infinitésimale, tandis que William montait en voiture, visait à aborder une pensée qui lui était si étrangère qu'elle lui faisait peur. Une pensée trop floue pour y voir une signification précise.

« J'espère que non, répondit-il. Pas de raison pour que je sois en retard. Si jamais j'étais retenu, je t'appellerais. » C'était là les paroles rassurantes précédant chacun de ses départs. Grace passa la tête par la portière. Ils s'embrassèrent. Grace remarqua que William avait tout l'air du conducteur-décidé-à-se-concentrer-sur-la-route, ce qu'elle apprécia. Elle le regarda reculer dans le buisson de rhododendrons qui en avait vu de rudes au cours des années, William n'ayant jamais été un pro de la marche arrière. Il lui adressa un signe de tête affectueux, obéissant à sa consigne de toujours garder les deux mains sur le volant sauf en cas d'absolue nécessité. Que Dieu le protège, se dit Grace.

Une fois les dangers de la ville derrière lui, se sentant en sécurité sur une route à quatre voies où il pouvait aller son train de sénateur sans ennuyer qui que ce soit, William alluma la radio. Il tomba sur la station spécialisée dans les classiques « populaires », une station qu'il évitait en général. Comme à l'habitude, on y diffusait de la musique pour gymkhana : des marches militaires, des airs pour défilés et autres célébrations, des roulements de tambour. Ce matin-là, William avait besoin de cette espèce de rythme simpliste pour retrouver son équilibre habituel. Car, même au bout de cinq kilomètres sur la route familière qui le menait chez Grant près d'Aylesbury, il n'arrivait pas à retrouver son calme. Son inquiétude était d'autant plus grande qu'il ne parvenait pas à en déterminer l'origine.

Son inquiétude n'avait rien à voir avec Bonnie Morse, avait-il décidé tandis qu'il se rasait, après une nuit agitée au cours de laquelle il avait passé plusieurs heures à se demander si la jeune femme pouvait en être la cause. Au téléphone, sa nouvelle altiste lui avait paru une fille normale, dotée du sens des réalités, ayant les pieds sur terre, sachant imposer silence aux chiens qui aboyaient derrière elle. Il était persuadé avoir imaginé la bouche fabuleuse de la jeune femme et il se disait que les idées qui l'avaient assailli l'autre soir sous la pluie n'étaient qu'un des mauvais tours d'un esprit vieillissant. Malgré tout, leur conversation visant à déterminer à quel point la jeune femme était familière avec le quatrième mouvement du *Quatuor en mi* de Schubert, au programme d'ici huit jours, ne l'avait pas tout à fait rassuré. Il rappela moins d'une heure plus tard. Presque parvenu à Aylesbury, il ressassait toujours cette conversation.

« Bonnie, c'est encore William Handle. Pardon de vous déranger, mais vous me maudiriez si j'oubliais de vous expliquer comment vous rendre chez Grant. C'est un peu compliqué... » Elle était venue en taxi aux répétitions. Pour une raison ou une autre, elle avait décidé cette fois de prendre sa voiture, d'où la peur de William qu'elle eût des difficultés à trouver son chemin, car il attribuait souvent aux autres ses propres angoisses.

Il crut entendre un infime soupir à l'autre bout de la ligne.

« Monsieur Handle...

– Oh ! je vous en prie, appelez-moi William...

– Eh bien, William, c'est très aimable à vous, mais Grant m'a dessiné un petit plan. Ça n'a pas l'air trop compliqué. Je pense que je me débrouillerai sans problème.

– Parfait. » Grant était un célibataire d'une quinzaine d'années plus jeune que William. « À plus tard. »

Non, ça n'avait à coup sûr rien à voir ou presque avec Bonnie Morse.

En atteignant l'allée de la grange aménagée où habitait Grant, William s'aperçut qu'il était le premier. Aucune trace de la petite voiture rouge de Bonnie ni de la vieille Morgan de Rufus. William éteignit la radio et contempla son pantalon neuf, en velours côtelé. De la couleur du blé mûr, il était doux au toucher. Grace le lui avait offert, il y avait plus d'un an. Comme avec chaque nouveau vêtement, il l'avait laissé reposer dans son placard un moment, histoire de s'y habituer. Ce matin-là, sans savoir pourquoi, il avait décidé de le porter et l'aimait déjà. Un bon pantalon. Grace avait un goût impeccable.

Grant avait allumé la salamandre, ce qu'il ne faisait que les jours de répétition, préférant le froid à la chaleur lorsqu'il était seul. Il était en train de préparer du café. Il avait vécu dans cette grange héritée de ses parents des années avant que la mode ne soit aux granges aménagées, en fait depuis aussi longtemps que William pouvait s'en souvenir. Les parents de Grant étaient tous deux musiciens. Il avait passé de nombreuses soirées de son enfance à les écouter jouer avec des amis autour d'un radiateur à pétrole jusqu'à une heure avancée de la nuit. Jamais il n'avait seulement envisagé d'être autre chose que musicien, même si pendant quelque temps il avait eu peine à décider à quel instrument se consacrer. Et puis, un beau jour, à l'âge de treize ans, il avait déniché un vieux soixante-dix-huit tours du *Concerto pour violoncelle* de Dvorak, l'avait joué sur le vétuste combiné familial (ses parents vivaient, par la force des choses, en marge de leur époque et de la technologie moderne) et la décision avait été prise pour lui.

Il se trouva que le violoncelle était un instrument qui

convenait à Grant, solide gaillard d'un mètre quatre-vingt-dix ayant la carrure d'un joueur de rugby. Il trimballait son instrument avec autant d'aisance qu'un autre porterait son violon. Son seul problème c'étaient les sièges : le genre de sièges qu'on lui donnait sur les estrades n'était pas confortable, un danger pour quelqu'un de sa taille. Plusieurs s'étaient effondrés au milieu du concert. Les problèmes qu'avait Grant pour s'asseoir étaient devenus une des plaisanteries continuelles de l'Elmtree : quelque chose qu'il leur faudrait soit expliquer à Bonnie Morse soit, et ce serait sans doute mieux, qu'elle comprenne par elle-même.

La grange était à la mesure de Grant. À le voir évoluer dans cette pièce aux dimensions imposantes, dotée d'un haut plafond voûté, il paraissait de taille normale. William, Rufus et Andrew (hélas non, plus Andrew…) y devenaient soudain lilliputiens, tels des hommes dans une cathédrale. Son peu d'enthousiasme à manier balai et plumeau, le froid, la peinture écaillée, le manque de confort, les tasses en porcelaine ébréchée, le frigo vide alimentaient un flot constant de petites doléances émises dans son dos par les autres. Ils lui reprochaient en riant de ne pas avoir su tirer parti du potentiel de la grange, celle-ci aurait eu besoin, comme ils le lui disaient souvent, d'une touche féminine. Ils appréciaient toutefois énormément l'espace que leur offrait la grange lors des répétitions. Cet espace leur facilitait la vie et ses avantages l'emportaient sur ses carences.

William entra. Grant avait dégagé un coin de la table.

« Tu vois, je suis le premier, dit William.

– Non ! Incroyable ! » William arrivait toujours le premier. « Rufus vient d'appeler depuis un garage.

– Quel est son problème cette fois ?

– La courroie du ventilateur. Il dit qu'on est en train de lui réparer ça mais qu'il aura un quart d'heure de retard.

– Bien sûr… »

Rufus Morgan était coupable de plusieurs retards par semaine car son dévouement pour sa voiture égrotante était tel que sa détermination à ne pas la troquer contre quelque chose de plus fiable l'emportait sur toute considération à l'égard de ses collègues musiciens. Son violon et lui (son épouse refusant de voyager dans cette voiture) s'embarquaient tout en sachant qu'ils encouraient des problèmes mécaniques avant de parvenir à destination, mais cela ne les décourageait pas. La Morgan assaisonnait la vie de Rufus d'un piment dont il ne pouvait se passer. Il était heureux de voir que les autres avaient fini par comprendre cela et appris à accepter ses horaires fantaisistes. Ils avaient persuadé Rufus de toujours prévoir une heure en plus lorsqu'il se rendait à un concert, et de prendre le train ou de se faire emmener par l'un d'entre eux les jours de verglas. Cela atténuait un tant soit peu le sentiment d'angoisse générale qu'il engendrait. Quant aux répétitions, si celles-ci étaient prévues à dix heures du matin, il était entendu qu'en fonction des caprices de la Morgan, elles commenceraient, en fait, à dix heures trente, voire onze heures.

William se dirigea d'un pas nonchalant vers l'autre bout de la grange où quatre pupitres étaient placés en demi-cercle autour du poêle. Un soleil d'automne filtrant à travers les hautes fenêtres jouait sur leur pied d'aluminium argenté : ils scintillaient tel un boqueteau d'arbres fantomatiques, songea William. Il s'assit sur son siège habituel – les sièges n'étaient jamais déplacés –, sortit sa partition de sa boîte et l'arrangea avec amour sur le pupitre, en repliant les coins inférieurs qui avaient déjà été repliés des centaines de fois, afin de tourner plus aisément les pages. Un regard à ses genoux lui fit apprécier une fois de plus son nouveau pantalon.

« Tu sais, la fille… commença Grant, j'ai trouvé qu'elle s'était pas si mal débrouillée pour une première fois.

– Pas mal du tout, en effet.

– Elle sera très vite à la hauteur.

– Pauvre Andrew ! Le Yorkshire !

– Elle prétend bien connaître le Schubert, mais sans doute devrions-nous le jouer une fois avant d'attaquer la suite.

– Ce ne serait peut-être pas une mauvaise idée. »

De temps en temps, William se posait des questions sur son violoncelliste, intrigué qu'il était de voir en lui un célibataire endurci. Aux yeux de William, Grant était un beau parti au sens conventionnel du terme. Il était, d'une part, propriétaire d'une grange et, d'autre part, travailleur, plaisant et bel homme. Parfois, William s'inquiétait du vieil âge de son ami. Pensez donc, Grant avait dans les trente-cinq ans, il était grand temps qu'il s'établisse et qu'il ait des enfants ! Il prétendait d'ailleurs les aimer. « Ça viendra... », disait-il.

Un jour, William avait interrogé l'une des amies de Grant sur le charme à toute épreuve de ce dernier. Elle avait été étonnée que William ne puisse pas le voir. « Il me fait rire, c'est un pasticheur merveilleux, il fait un éblouissant William Handle et surtout, il sait écouter. Je veux dire qu'il écoute *réellement*. Il ne feint jamais. En outre, il est de bon conseil. » William avait toujours eu conscience des talents de conteur de Grant, mais son pastiche de l'« éblouissant Handle » était nouveau et il avait eu, moins que la fille, l'occasion d'apprécier l'impressionnante capacité d'écoute de Grant. En effet, s'il n'était pas en train d'étudier une partition, ce dernier était très souvent plongé dans un polar ou absorbé par les mots croisés du *Times* auxquels il excellait tant et si bien que les autres avaient renoncé à le défier. Il était exact que lorsque Bonnie avait décrit avec enthousiasme certain ragoût mexicain des plus exotiques, Grant avait écouté très attentivement. Sans doute qu'en présence de ses collègues musiciens, il n'avait guère l'occasion d'exercer cette faculté d'écoute pour la simple raison que William, Rufus et Andrew ne le comblaient pas souvent de quelque chose de très passionnant à écouter, habitués qu'ils étaient, et ce depuis des années, à s'exprimer en style télégraphique.

Rufus entra, sourire aux lèvres. La moindre victoire avec sa voiture avait l'art de le mettre de bonne humeur.

« Désolé, messieurs, vraiment désolé, dit-il, mais quel bol j'ai eu ! La courroie du ventilateur a rendu l'âme juste en face d'un garage où ils se sont débrouillés pour faire immédiatement le nécessaire. Dis-moi, Grant, tu as préparé le café ? Je suis gelé.

– Sers-toi. L'eau bout tout juste. »

En se dirigeant vers le poêle, Rufus posa un demi-paquet de sablés sur la table de Grant.

« Ma contribution, dit-il.

– Merci. » Grant ne leva pas les yeux de sa partition pour regarder l'objet de sa gratitude. Il savait parfaitement qu'avec Rufus il fallait s'attendre à un demi-paquet de quelque chose, l'autre moitié ayant été engloutie dans la voiture afin d'affronter les frimas. Avec William, ce serait des tablettes de chocolat. Jadis, il arrivait à Andrew d'apporter du pain et du pâté préparés par son épouse, histoire de donner un peu de classe aux déjeuners des répétitions – ça leur manquerait. Toutefois, quelle que fût la contribution, Grant ne s'était jamais senti poussé, par amour-propre, à offrir autre chose que du café instantané pour les importantes pauses-café du Quatuor.

« La fille, tu sais, Bonnie, elle se débrouille pas mal du tout, tu ne trouves pas ? dit Rufus. J'ai repensé à elle. À mon avis, elle a de l'avenir. »

Tout en se léchant le doigt pour replier plus aisément le coin des pages fragiles de sa partition, William jeta un regard dans sa direction. Rufus était tout juste l'aîné du Quatuor. Ces temps derniers, il avait souffert de problèmes osseux. Son dos avait commencé à s'arrondir et ses épaules à se voûter.

« Elle a dit qu'elle serait à l'heure. Je lui ai envoyé un plan », dit Grant.

Le regard de William se porta sur Grant. S'il avait adressé un plan à la jeune femme, cela sous-entendait qu'il lui avait parlé, qu'il s'était arrangé pour le lui envoyer d'un bureau de poste car, bien entendu, la grange n'était pas équipée d'un télécopieur, en fait le téléphone y avait été installé une dizaine d'années plus tôt sur les instances des autres musiciens. William imaginait Grant, son fax à la main, en train de descendre à toute allure la grand-rue d'Aylesbury. En temps normal, Grant n'avait pas l'habitude de se dépêcher, peut-être ne s'était-il pas dépêché avec le fax. Sans doute fallait-il voir là pure invention de la part de William, en cette matinée qui sortait de l'ordinaire. Quoi qu'il en soit, c'était là une pensée légèrement perturbante.

Dix minutes plus tard, les trois hommes étaient assis à leur place habituelle, leurs tasses de café instantané par terre, à côté d'eux. Ils accordaient leurs instruments. Une fois parvenus à la perfection, ils posèrent à nouveau leurs instruments et regardèrent autour d'eux.

« Je me demande ce que nous devrions faire, dit Grant d'un ton las.

– De toute évidence, ton plan laissait à désirer... »

Grant ignora la remarque, au fil des ans ils avaient pris l'habitude d'ignorer les commentaires inutiles que chacun se permettait à un moment ou à un autre.

« Je m'attends à la voir apparaître, dit William, martelant le sol de ses talons. La dernière chose qu'elle m'ait dite c'est qu'elle serait à l'heure, qu'elle était ponctuelle par nature, de ne pas m'inquiéter. » William accompagna cette précision d'un autre regard sombre en direction de Grant. Le violoncelliste ferait bien de savoir, pour sa gouverne, qu'il n'était pas le seul à avoir parlé à Bonnie. Assis en silence, ils attendirent.

Bonnie arriva à onze heures cinq. Elle frappa à la porte et, sans donner à Grant le temps d'aller ouvrir, elle se précipita, suivie d'un courant d'air froid. Ses joues étaient couleur de framboise, elle apportait un sac de caramels. William nota que Grant s'était arrêté près de la table, y posant la main comme pour retrouver son équilibre. William et Rufus se levèrent, archets et instruments tournoyant dans les airs. William, désorienté, regarda sa musique. Il se dit alors que Bonnie pourrait prendre cette légère inclination de tête pour une sorte de mini-courbette évoquant celle que l'on attendrait de lui si, un jour, il était anobli pour sa contribution au monde de la musique. Une telle pensée ne fit qu'accroître sa confusion. Quant à Bonnie, elle était trop occupée à s'excuser pour interpréter à contresens le geste presque invisible de William, ou même le soudain afflux de sang brun roux aux joues généralement pâles de Rufus.

« Je suis désolée, disait-elle. J'ai vraiment eu la poisse. La batterie étant à plat, il a fallu que je me rende à la gare, j'aurais raté le train si je m'étais arrêtée pour vous prévenir. » Elle regardait Grant, c'était indiscutable. « Mon taxi s'est perdu en m'amenant ici... Je suis franchement désolée. »

Inaccoutumé à une telle profusion d'excuses, chacun des musiciens se sentit mal à l'aise. Tandis qu'ils s'efforçaient de trouver des mots pour l'assurer qu'elle n'avait en aucune façon dérangé leur matinée, ils se surprirent à suivre du regard les volutes aériennes de sa main tenant le sac de caramels noué d'un ruban bleu.

« En signe de paix, dit Bonnie. Ayez la gentillesse de les accepter. Ils sont faits maison. »

William vit soudain Rufus avancer la mâchoire, un mouvement de défense qu'il faisait parfois lorsqu'il se sentait dépassé. Les caramels de Bonnie avaient éclipsé sa propre contribution.

« Merci beaucoup, dit Grant. Ça sera bien bon pour notre pause déjeuner. Je suis navré de ce qui s'est passé avec votre voiture – Rufus a souvent ce genre de problème avec la sienne. Pour le moment, si ça ne vous ennuie pas, je crois que nous devrions commencer... »

En tant qu'hôte dans sa propre grange, Grant agissait parfois comme s'il dirigeait aussi les musiciens. William comprenait cela et n'en avait jamais pris ombrage. Une fois dans la salle de concert, Grant compensait l'autoritarisme qu'il exerçait chez lui en demeurant parfaitement silencieux, n'ouvrant la bouche que pour exprimer ses angoisses au sujet de son siège. Aujourd'hui, pourtant, William se maudissait : il aurait dû être plus rapide, battre le rappel sitôt que la jeune femme avait cessé de faire tournoyer ses fichus caramels dans les airs. C'est à elle, sans aucun doute, et dès le début qu'aurait dû être confié ce soin. Si les fidélités de la jeune femme changeaient par la suite, cela pourrait être fatal.

« Allons, allons ! » L'approbation de William fut tellement discrète qu'il douta que Bonnie l'ait entendue. Elle arriva d'un bond, un bond d'une légèreté surprenante pour quelqu'un doté d'une silhouette aussi rondelette. Parvenue à hauteur de William, elle donna à celui-ci une légère tape sur le genou, malmenant le velours côtelé encore moelleux de son pantalon neuf. Elle sourit à lui seul.

« Avec ce pantalon, vous me rappelez mon père », dit-elle.

Quelques moments plus tard, William se débrouilla de Schubert, par égard pour Bonnie. Il ferma les yeux pour se protéger des particules de poussière en suspension sur un rayon de soleil. Mieux valait aussi ne pas voir le délicat repli de chair autour du poignet de Bonnie, les frémissements de sa frange contre son front quand sa tête remuait, et le bourrelet de sa cuisse sous sa longue jupe de laine. Il ne tarda pas à se perdre dans la musique.

De cette journée d'automne marquée par la première répétition dans la grange avec Bonnie Morse, William ne se rappelait que quelques détails, mais ils étaient précis. Il n'arrivait pas à se souvenir de l'œuvre qu'ils avaient jouée après le Schubert, si ce n'est qu'ils l'avaient jouée avec plus de vigueur qu'à l'ordinaire. Puis, au moment du déjeuner, la tension que Bonnie avait causée semblait s'être dissipée. La bonne volonté de la jeune femme à se plier à toute suggestion visant à améliorer une mesure ou un passage les avait tous impressionnés : elle se montrait franchement pointilleuse. Tous se plurent à reconnaître la qualité de son interprétation. Aucun d'eux n'alla jusqu'à la complimenter, chacun prévoyant de le faire en privé par la suite. Toutefois, si elle n'avait pas été aussi brillante, l'atmosphère eût été bien différente lorsqu'ils posèrent enfin leurs instruments.

Tandis qu'ils mangeaient leurs sandwiches, Grant alluma la radio afin de leur permettre, selon leur bonne habitude, de se moquer tout à leur guise du programme de musique classique choisi par les auditeurs pour l'heure du déjeuner. Ils avaient envoyé des douzaines de requêtes mais aucune n'avait jamais été satisfaite, car elles devaient être trop ésotériques pour l'auditeur moyen à l'heure du déjeuner. William se souvenait que Bonnie avait ri en voyant le sourire méprisant des trois hommes tandis que la valse de Strauss se déchaînait.

« Saviez-vous, dit William en se tournant vers Bonnie, que la *Valse de Vienne* libère je ne sais trop quelle enzyme dans l'estomac ? Elle nous donne à tous la nausée.

– William a ses théories », expliqua Grant.

Bonnie avoua qu'elle avait jadis réclamé un morceau aux animateurs du programme et que son morceau avait été joué.

« Il s'agissait de quelque chose de si atrocement populaire qu'ils ne l'auraient jamais refusé, dit-elle. En fait, il s'agissait d'un morceau que j'adorais, mais je ne vous dirai jamais ce que c'était !

– *Liebestraum*, suggéra Grant.

– *L'Or et l'Argent* », dit Rufus.

Bonnie leur fit non de la tête. Soucieux de ne pas se tromper, William ne dit rien. Bonnie balançait la cheville tout en mangeant un sandwich à la tomate gouttant de partout, elle s'amusait de leur curiosité. Les déjeuners n'étaient pas aussi joyeux du temps d'Andrew, se disait William. Les quatre hommes lisaient alors le journal et ne parlaient pas plus qu'il n'était nécessaire.

Le plus surprenant ce jour-là fut de voir Grant sortir une bouteille de vin bien frais, une extravagance qu'il ne se permettait qu'au moment de Noël. Après deux verres, le flot de lumière baissa soudain dans la grange, on devait être au milieu de l'après-midi. William se rappelait avec précision la façon dont la lumière conférait une certaine gravité au petit menton de Bonnie posé sur son alto. Suivit la confusion au moment du départ pour Northampton. William proposa à Bonnie de l'emmener en voiture, mais elle avait déjà accepté de s'y rendre avec Grant.

« Merci beaucoup quand même, William. Tenez, reprenez donc du gâteau au caramel, oui, pourquoi pas ? »

Quand Grant avait-il eu l'occasion de le lui proposer ? Ils avaient été tout le temps tous ensemble. Sauf au moment où Grant avait sorti le vin du frigidaire. Soucieuse de l'aider, Bonnie l'avait alors rejoint dans le coin de la grange aménagé en cuisine, elle avait pris les verres sur l'étagère.

Grant avait dû agir avec une rapidité dont William ne l'aurait jamais cru capable. Le désir tient parfois lieu d'aiguillon, se dit-il en refermant rageusement sa boîte à violon. Le trajet jusqu'à Northampton fut pour lui une entreprise encore plus hasardeuse qu'à l'ordinaire car il fulminait contre la proposition des plus normales de Grant à Bonnie et le refus amical de celle-ci, ponctué d'un haussement d'épaules désinvolte comme si peu lui importait de se rendre à Northampton avec l'un ou avec l'autre. Qu'est-ce qui avait donc pu donner à la journée un tour qu'il n'avait pas prévu, le laissant ainsi déstabilisé ? William était incapable de répondre à ses propres questions. En arrivant à la salle de concert, il se gara et resta un moment dans sa voiture, s'efforçant de se calmer avant d'affronter les autres.

Parfois, lorsque William était sorti et qu'elle savait qu'il ne reviendrait pas avant longtemps, Grace se mettait au piano droit qui était dans la salle à manger. Le jour du concert de Northampton, elle put travailler à son livre plus tôt que d'habitude car Lucien, prié de s'éloigner en raison de la présence de William au rez-de-chaussée, n'était pas revenu. Grace se sentait soulagée. Il la contraignait à vivre sous une espèce de pression qui souvent la mettait mal à l'aise. Cependant, si elle pesait le pour et le contre, elle savait que certain *frisson* pervers lui manquerait si William devait ne plus jamais revenir.

Souvent, depuis ce jour où il s'était arrêté pour le petit déjeuner, Grace se demandait pourquoi Lucien était devenu un élément si important de sa vie. Elle se disait parfois qu'il incarnait des qualités qu'elle aurait appréciées chez un fils, c'était un homme doté d'une vigueur et d'un charme dont Jack avait toujours manqué. Elle se disait encore qu'il représentait l'amant qu'elle n'avait jamais eu dans sa jeunesse : fougueux, imprévisible, inconstant, certes, mais le genre d'objet d'amour qui stimule l'adrénaline de l'espoir. Ce cher William n'avait jamais été comme ça : solide, fiable, aimable, il appartenait à l'école de l'idylle discrète, où l'appréciation silencieuse tient lieu de bouquets de roses surprise, et même tout bonnement de surprise. Et puis, Lucien était aussi inquiétant que captivant. Il était le premier homme dans la vie de Grace capable soit de vous fasciner par ses manières frustes, soit de vous inquiéter. Il flirtait avec elle de la façon inoffensive qu'adoptent parfois ceux d'une génération différente, juste assez pour lui faire imaginer ce qui aurait pu être à une autre époque et en un autre lieu. Il la flattait aussi, ce que Grace aurait méprisé si elle n'avait perçu, sous ses compliments, une sincère admiration. Aussi en cette vie confinée, calme, conventionnelle dans laquelle ses efforts artistiques ne lui apportaient que peu de satisfaction et ne lui valaient guère d'intérêt de la part de William, Lucien représentait-il un être bienveillant aux yeux de qui, se plaisait-elle à penser, elle était le genre de mère qu'il eût aimé avoir mais n'avait jamais eue. Le malaise qu'il lui causait était, et de loin, compensé par le plaisir qu'il lui apportait. En effet, en sa présence Grace éprouvait le curieux sentiment que la vie s'accélérait ; sans doute fallait-il voir là la véritable raison de son attachement à l'égard de Lucien. « On est vraiment au cœur de l'action », disait parfois Lucien, dans le silence de la cuisine. Même s'il ne se passait strictement rien, Grace était convaincue que Lucien était le centre d'événements inimaginables, tels qu'elle n'en avait jamais connu, et cela lui donnait des frissons par procuration. Aussi, malgré leur manque total d'action, ces visites étaient-elles pour Grace une espèce de tapis volant sur lequel elle pouvait, l'espace d'une heure environ, s'éloigner de sa vie terrestre.

Elle attaqua une *Consolation* de Liszt. Liszt appartenait à la liste de ces compositeurs que William n'appréciait pas, au même titre que Brahms ou Schumann, se plaisait-il à dire. « Ça va bien pour des petits feux d'artifice, disait-il. Une étoile de la musique pop de l'époque, rien de bien sérieux. » Toutefois, Grace aimait la musique de Liszt et la jouait en secret. Apaisée par la *Consolation*, elle risqua ses doigts rouillés dans les premières mesures larmoyantes d'*Un sospiro*. Tandis qu'elle jouait, les odeurs de la pièce l'assaillirent : des relents de poivre, de tapis humide, les murs et les rideaux qui fleuraient la vieille sauce. Souvent, elle regrettait de ne pas avoir, comme William, une pièce à elle pour étudier.

La soudaine impression d'une présence dans la pièce la fit s'arrêter net. Elle virevolta sur son tabouret dont le siège de cuir fendillé craqueta au-dessous d'elle. C'était Lucien. Il s'assit sur la table en bois ciré, les jambes ballantes. Avec un grand sourire, ce qui ne lui était pas habituel, leurs rencontres commençant presque toujours par un accès de rage de sa part.

« Ça fait longtemps que tu es ici ?

– Quelques minutes.

– C'est la première fois que tu viens l'après-midi.

– Comme je te l'ai déjà dit, avec moi il faut s'attendre à des surprises. Ça ne te dérange pas, j'espère ? »

Grace demeura un instant pensive. Fini son après-midi au piano !

« Non, dit-elle.

– J'ignorais que tu jouais.

– Oh ! À vrai dire, je ne sais pas jouer. Ou plutôt, je ne sais plus jouer. Je me contente de pianoter certains morceaux dont je me souviens.

– Ça m'a semblé pas mal du tout.

– J'ai bien peur que ça laisse beaucoup à désirer. » Elle esquissa un sourire. Lucien s'amusait avec le sel marin dans la coupelle en cristal. Il y enfonçait la cuillère miniature, formant de petites dunes, les nivelait, les reformait et ainsi de suite.

« Enfant, j'adorais le piano. J'étudiais jusqu'à trois heures par jour, me levant tôt pour avoir le temps d'étudier avant mes cours. Je n'aimais rien autant que m'attaquer à des morceaux beaucoup trop difficiles pour moi. Il m'a fallu six mois pour déchiffrer la *Rhapsodie hongroise.* » Elle tourna le dos à Lucien et se mit à en tapoter les premières notes avec un seul doigt. « J'ai fini par la jouer, mais jamais convenablement.

– C'est dommage », dit Lucien quand Grace se tourna à nouveau vers lui. Il avait renversé beaucoup de sel et essayait maintenant de le ramasser avec son pouce et son index pour le remettre dans la coupelle. « Tu avais un bon professeur ou quoi ?

– Une vraie terreur du nom de Miss Spark. Mes mains tremblaient tellement que j'arrivais à peine à jouer, elle se mettait alors à hurler, cognait sur le piano avec mon cahier de musique bourré des remarques exaspérées qu'elle y avait consignées lors de la leçon précédente, ce qui n'arrangeait rien, bien au contraire. Je suppose qu'il s'agissait en fait d'une pauvre créature frustrée. À vrai dire, mis à part donner des leçons de musique à des élèves obtus ou nourrir les oiseaux qui lui rendaient visite dans sa petite maison des collines de Malvern, sa vie était plutôt vide. Dans ses accès de colère qui survenaient plusieurs fois par jour, elle devenait cramoisie – aussi, vu le temps qu'il fallait pour qu'elle reprenne une couleur normale, était-il rare de voir sa véritable couleur de peau. »

Lucien sourit. « Oh ! la, la ! s'exclama-t-il. Je n'aurais pas toléré ce genre de conneries !

– Ça en valait pourtant la peine car, sitôt qu'elle se mettait à jouer, je me rendais compte que j'étais décidée à continuer. Tandis qu'elle jouait, toutes ses frustrations s'évanouissaient. Ses petits doigts recroquevillés voltigeaient avec une telle joie qu'à chaque fois j'en avais le souffle coupé. Je dois dire aussi que le piano sur lequel j'étudiais était merveilleux, le meilleur sur lequel j'aie jamais joué. Un Steinway à queue. Une petite plaque en argent fixée sur le couvercle signalait que George Bernard Shaw et Edward Elgar avaient joué à quatre mains sur ce piano. Ils avaient été amis avec la directrice de l'école dans sa jeunesse.

– Oh ! la, la ! s'exclama à nouveau Lucien. Tu en fréquentes du beau monde ! Joue-moi autre chose.

– Qu'aimerais-tu entendre ? J'avoue que mon répertoire est plutôt limité ces temps-ci.

– Ce que tu voudras, ça m'est complètement égal. »

Grace virevolta sur son siège et se lança dans un nocturne de Chopin. Lucien cessa de jouer avec le sel. À la fin du morceau, il lui dit : » Pas mal du tout. Tu n'aurais pas dû y renoncer. Tu aurais pu faire une carrière de pianiste, pas vrai ? »

Grace referma le piano.

« Non, jamais. Lors de ma dernière leçon avec elle, juste avant de terminer mes études, Miss Spark m'a demandé ce que je voulais faire dans la vie. Je lui ai répondu que j'étais tentée par une carrière de pianiste. Elle est restée un très long moment silencieuse, tandis que son visage, ses bras, sa poitrine, ses mains, tout son être s'empourprait. J'ai cru un instant qu'elle allait exploser, puis elle m'a dit : " Si vous me permettez d'être parfaitement sincère avec vous, Grace, je ne pense pas que vous devriez caresser de folles espérances de ce côté-là. Vous vous donnez beaucoup de mal, vous êtes douée, vous vibrez à la musique, mais il vous manque ce petit je-ne-sais-quoi ou appelez ça comme vous voudrez qui est nécessaire pour qu'un pianiste s'impose si incontestablement que le monde entier se précipite pour l'entendre. J'espère que vous ne m'en voudrez pas, poursuivit-elle, mais, voyez-vous, à votre âge, j'avais la même ambition que vous, tout en me rendant compte que je n'avais aucun espoir de réussir dans cette voie. J'étais une pianiste accomplie, mais il me manquait ce petit plus, ce talent particulier donné par Dieu, indispensable à qui veut devenir pianiste de concert... Du coup, je me suis tournée vers l'enseignement. Et je reconnais que, la plupart du temps, c'est une joie, même si vous avez peine à le croire, vu la façon dont il m'est arrivé de m'emporter contre vous afin de vous inciter à aller aussi loin que je savais que vous pouviez aller. " Je l'ai remerciée pour son conseil et je l'ai suivi. Elle avait raison. Après mes études, j'ai décidé d'enseigner. J'enseignais quand j'ai rencontré William. »

Lucien se laissa glisser de la table. Il tapota l'épaule de Grace. Elle l'avait rarement vu aussi serein.

« Je n'aurais jamais deviné ça. Aurai-je droit à une autre tasse de thé ?

– Pardonne-moi ! Je bavarde et je bavarde... » Elle se mit à préparer du thé. « Après notre mariage, j'ai renoncé à l'enseignement. William a essayé de m'en dissuader, mais sans plus. En outre, je n'avais qu'une idée : me lancer dans quelque chose qui mette à profit mon amour de la botanique. Par le plus grand des hasards, je me suis aperçue que j'avais de toute évidence du talent pour peindre les fleurs. »

Lucien la regarda, frappé par la trace d'amertume dans sa voix.

« Tu es formidable, Grace », dit-il.

Grace se mit à rire. Elle posa tasses et théière sur la table.

« Alors, comment la nouvelle recrue s'en tire avec le Quatuor ?

– Je ne me rappelais pas t'en avoir parlé.

– Et pourtant si. »

Grace s'assit en face de Lucien.

« Je crois qu'elle se débrouille bien. Ils semblent penser qu'ils ont choisi la personne adéquate. Ce n'est que son deuxième concert ce soir. Et toi ? Comment se fait-il que pour une fois tu ne sois pas en train de pester ?

– Je ne peste jamais quand Lobelia est absente.

– Où est-elle ?

– Pas la moindre idée. Je ne lui ai pas demandé. Elle rentrera demain ou après-demain. Ça ne m'étonnerait pas qu'elle soit partie avec ce nouveau mec qu'elle fréquente ces temps-ci.

– Qui est-ce ?

– Comment veux-tu que je le sache : je ne l'ai vu qu'une seule fois. Disons qu'elle a pas vraiment fait les présentations, n'est-ce pas… Elle est pas allée jusque-là. Il est grand, gras et il n'a plus beaucoup de poils sur le caillou. Révoltant, si tu veux mon avis. Quoi qu'il en soit, je serai reconnaissant à quiconque me débarrassera d'elle. Elle raconte qu'il travaille dans les produits pharmaceutiques. Il est très haut placé dans les produits pharmaceutiques, reste à savoir ce que ça veut dire… » Il mangea un biscuit au chocolat. « Toujours est-il que je commence à travailler demain.

– J'en suis ravie.

– Je vais promener des chiens dans le parc tous les après-midi. Une vieille bonne femme me propose dix livres de l'heure pour ça. Qu'est-ce que tu en penses ?

– Pourquoi pas ?

– Juste en attendant qu'autre chose se présente. Je veux dire autant me balader en gagnant du fric que sans gagner un rond.

– Je suis entièrement de ton avis.

– Tu es une femme bien, Grace. Tu ne me juges pas.

– Je n'ai aucune raison de te juger.

– Je ne veux pas qu'on me juge. Du moins pas avant que je trouve un équilibre, en temps voulu. » Il se leva soudain, tout charme s'était envolé de son visage, ses yeux avaient rétréci. Ses mains tremblaient ; voyant que Grace l'avait remarqué, il les fourra dans sa poche. Méfiant, il fit du regard le tour de la pièce comme s'il soupçonnait objets divers et mobilier de vouloir l'attaquer. Grace se demanda s'il allait attraper une assiette et la lancer, il avait fait cela un jour, sans explication.

« Je file, j'ai des choses à faire, merci pour la musique », dit-il, laissant derrière lui sa tasse à moitié bue et une sérénité en déroute. Son brusque passage du calme à la fureur avait perturbé Grace. Elle n'avait pas le cœur de se remettre au piano ou à son livre, ni même de repasser le linge. Elle compta les heures jusqu'au retour de William et essaya de chasser Lucien de son esprit.

Les musiciens du Quatuor Elmtree arrivèrent à peu près en même temps à la salle de concert de Northampton. Il y avait belle lurette qu'ils avaient renoncé à se déplacer en convoi, solution qui n'aurait fait qu'exacerber la phobie du volant qu'avait William. À une époque, ils avaient envisagé d'acheter une voiture assez vaste pour transporter musiciens et instruments. Compte tenu des frais que cela entraînerait et de la perspective de discussions relatives au choix du chauffeur et du trajet, le cœur n'y était pas vraiment. Ils étaient habitués à un arrangement pour le moins bizarre relevant du chacun pour soi. Malgré l'angoisse et la frustration que cela engendrait souvent, il y avait désormais peu de chances pour que les choses changent.

William redoutait toujours le moment précédant le

concert où les musiciens repéraient le siège qui leur était attribué, celui aussi où ils évaluaient l'estrade : était-elle assez grande, seraient-ils à leur aise ? En ces instants, Grant, silencieux, et Rufus, ronchonnant, étaient d'une humeur massacrante. Andrew, lui, ne se plaignait jamais, même si son visage crispé exprimait parfois le désarroi que lui causait telle ou telle petite imperfection de la salle de concert. William lui-même se taisait aussi longtemps qu'il le pouvait. Une fois à bout de patience, et cela pouvait arriver, il leur dirait ce qu'il en pensait. William n'aimait pas les conflits et ses réprimandes étaient si bénignes qu'on y prêtait à peine attention. Le temps qu'il ait rassemblé assez de courage pour morigéner les rouspéteurs, ceux-ci avaient pris leurs instruments et étaient prêts à commencer, en dépit des nombreux obstacles au bon déroulement du concert. C'était là une part du rituel de l'Elmtree, un rituel qui leur était familier, un numéro qu'ils jouaient, sans même y penser, plusieurs fois par semaine.

Sitôt qu'il s'avança de son pas pesant sur la scène de Northampton, Grant remarqua que les sièges avaient été placés en dépit du bon sens. Saisissant celui qui lui était destiné, il le secoua énergiquement, comme s'il s'agissait d'un chien désobéissant.

« Vous vous rappelez ? C'était la même chose la dernière fois, au mois de mars. Comment diable s'attendent-ils à ce qu'un homme leur joue du violoncelle assis sur un machin comme ça ? C'est grotesque. » Il cogna le siège sur le plancher, produisant un bruit bizarre qui laissa pressentir à Rufus d'éventuels problèmes. C'était lui le plus apte à apprécier la qualité du son. En inclinant légèrement la tête, il orientait son oreille vers le plafond, assumant la responsabilité d'évaluer minutieusement le problème auquel ils devaient faire face. Si bizarre que cela pût paraître, aujourd'hui, les yeux fermés, les lèvres pincées en une moue réprobatrice, il ne disait rien.

Bonnie prit son siège et se tourna vers Grant.

« Vous aimeriez changer de siège avec moi ? Le mien semble beaucoup plus costaud. »

Grant la fustigea du regard.

« Ils sont tous identiques. Ne vous inquiétez pas. Je m'arrangerai. Toujours ce foutu problème. Ceux qui sont censés nous trouver des sièges ne voient pas plus loin que le bout de leur nez. »

Bonnie se mit à rire et s'assit.

« Calme-toi, mon vieux, lui dit William, soucieux de ne pas paraître indifférent. Je vais demander à Bob de te trouver un siège convenable. »

Grant regarda William d'un air ahuri.

« Qu'est-ce que c'est que ça ? Tu voles déjà à mon secours ? » Se tournant vers Bonnie : « En général, il commence par me laisser un bon moment dans le pétrin. »

Bonnie eut un sourire poli plutôt qu'amusé.

« Comme tu voudras », dit William, dissimulant sa rage sous une voix de velours. Une telle déloyauté de la part de Grant était surprenante. Et voici que Rufus était sur le point d'exploser, à son tour !

« Problème ici, signala Rufus.

– Mon Dieu ! » s'exclama William. Rufus passa le doigt sur le bord de son pupitre.

« On dirait qu'il a été légèrement éraflé au cours du transport. Tu étais au courant, Grant ? »

Étant le seul doté d'une voiture assez vaste pour y faire rentrer les quatre pupitres en acajou, Grant faisait office de transporteur. À la fin du concert, chaque musicien démontait son pupitre et le rangeait dans son étui avec d'infinies précautions. Grant les mettait dans sa malle arrière avec tout autant de soin et les en sortait lui-même, une fois parvenu à destination. Il était conscient de la responsabilité qui lui était ainsi dévolue et s'en acquittait d'une manière visant à réduire les risques de détérioration. Quoi qu'il en soit, Rufus était incapable de réprimer ses soupçons. Pas un concert ne se passait sans qu'il examine son précieux pupitre avec l'œil de quelqu'un soupçonnant que son trésor a pu être mystérieusement endommagé.

« Je dois avouer qu'effectivement j'ai pris un virage à soixante kilomètres à l'heure, dit Grant, l'air sérieux. Voilà peut-être la cause. »

William le vit adresser un clin d'œil à Bonnie. Rufus émit un grognement, cela ne l'amusait pas.

« Viens voir, dit-il. Touche. »

Grant alla vers Rufus. Il prenait plaisir à satisfaire son vieux copain. Rufus passa le doigt sur le rebord du pupitre.

« Plutôt rugueux, ou c'est moi qui l'imagine ? » demanda Rufus.

Grant, heureux d'être pris au sérieux, passa à son tour le doigt sur le rebord du pupitre. « Je dirais même très rugueux. C'est sûrement dû à une seconde d'inattention.

– Un bout de papier de verre arrangerait ça. » Rufus était maintenant inquiet. « Personne n'aurait un bout de papier de verre ?

– Non, personne n'a un bout de papier de verre ! répondit William. Allons, ça suffit, dépêche-toi !

– Bob a forcément…

– Quand je demanderai à Bob de trouver un siège qui convienne mieux à Grant, je lui demanderai en même temps s'il peut dénicher un bout de papier de verre pour toi. » William admira sa propre patience.

Grant s'était à nouveau tourné vers Bonnie.

« En général, disait-il, le problème de Rufus c'est que le rebord est très étroit. Pour nous ça va toujours, pas pour lui. Il n'y a pas assez de place pour son crayon…

– Le problème, c'est ma sourdine, reprit Rufus, et aussi ma résine. »

Grant se tourna vers Bonnie. « Vous n'êtes pas sans avoir remarqué que si les jours de concert ce sont sa sourdine et sa résine qui traumatisent ce pauvre Rufus, lors des répétitions ce n'est pas seulement son crayon mais aussi la taille de sa gomme. » Il avait dit cela avec une gravité narquoise. « Nous y mettons du nôtre, croyez-moi. Pour ses anniversaires, pour Noël, pour les anniversaires du Quatuor, nous lui offrons des douzaines de gommes minuscules.

– … Qui ne valent rien, dit Rufus.

– Il continue à avoir des problèmes, dit Grant.

– Allons, messieurs, dépêchons-nous », répéta William. Du coin de l'œil, il nota l'air amusé de Bonnie.

Grant s'assit. Il se pencha en arrière, écarta ses énormes

jambes, se livra à des contorsions pour éprouver la robustesse du siège. Il s'ensuivit un craquement, les quatre malheureux pieds se disloquèrent et Grant se jeta au sol tel un cabotin dans une tragédie de boulevard. Étalé par terre, il se tourna vers Bonnie.

« Qu'est-ce que je vous avais dit ? Cette connerie de siège !

– Cette fois, allons-y, messieurs, l'heure tourne », dit William. Il était exaspéré par la distraction que Grant fournissait à Bonnie. Il appela à la rescousse un dénommé Bob, assistant du directeur de la salle de concert, occupé à installer la salle pour accueillir le public. Tandis que l'on cherchait un nouveau siège pour Grant et du papier de verre pour Rufus, le premier, toujours vautré sur le sol, la tête reposant nonchalamment sur son bras, contemplait Bonnie, conscient de l'effet que pouvait susciter sa silhouette attirante, une de ces poses à la *Playboy*, se disait William. Ridicule. Un manque total de dignité. Voilà qui ne ressemblait en rien à Grant ! Et bien sûr, William, persuadé que sa propre sensibilité était plus vive que celle de son violoncelliste qui se complaisait soudain à faire le malin, s'aperçut que Bonnie, tout en affichant un intérêt poli, était plutôt gênée qu'amusée.

« Relève-toi, Grant », ordonna-t-il enfin.

Grant se dirigea d'un pas pesant vers son nouveau siège, cette fois plus solide. Le jugeant acceptable, il cessa ses remarques. Son sens de l'humour, prompt à se manifester dans l'adversité, ne s'appliquait jamais aux sièges qui lui avaient joué de mauvais tours dans les salles de concert européennes. Sans doute était-ce pour masquer sa mauvaise humeur devant Bonnie qu'il s'était prêté à cette scène ridicule.

Tandis que Rufus continuait à caresser l'unique objet de son ressentiment, à savoir le bord de son pupitre, avec un minuscule bout de papier de verre qui, entre ses mains inexpertes, ne servait pas à grand-chose, William se laissa aller à contempler Bonnie. Elle portait un jean, sans doute l'avait-il vu cela plus tôt, mais ce détail n'avait pas retenu son attention. Un jean et un tee-shirt. Disons que pour une répétition, passe encore... Ce qui le frappa, ce furent ses sandales rouges au travers desquelles scintillaient des ongles de pied d'un vert métallique. Le genre de chaussures que l'on voyait sur les photos des stars de cinéma des années quarante. Quant au vernis à ongles... Bonnie prévoyait-elle de changer de chaussures avant le concert ?

William ne se sentait pas très bien. Il se rendait compte qu'il n'avait jamais abordé la question vestimentaire avec Bonnie. Lors de l'audition, aucun d'eux n'avait pensé à lui demander ce qu'elle envisageait de porter qui puisse aller avec leur habit. Grace l'avait réprimandé. « Tu dois insister sur certaines règles à observer en ce qui concerne la présentation, avait-elle dit, sinon, libre à la fille de s'amener dans n'importe quel accoutrement. » Toutefois, lors des répétitions avec Bonnie avant leur premier concert, William n'avait pas eu l'occasion d'aborder le sujet. Disons que si Bonnie avait alors exhibé ses sandales coquines, il aurait pu être incité à lui demander quelle sorte de tenue de soirée elle prévoyait, mais elle était arrivée à ces répétitions en pantalon noir et bottes de daim noir, aussi la question de l'habillement s'était-elle évanouie de son esprit. Lors du concert de Slough, elle était apparue dans une robe noire si quelconque qu'il n'en avait plus souvenance et que l'angoisse d'une éventuelle fausse note d'ordre vestimentaire n'avait plus lieu d'être.

Aujourd'hui, il percevait un message dans ces chaussures scandaleuses. La nouvelle altiste semblait ainsi laisser entendre qu'elle n'avait aucune intention de se plier aux conventions, et qu'elle était fermement décidée à porter ce que bon lui semblait. William encaissa. Il renâclait à l'idée d'avoir à la réfréner, d'avoir à argumenter avec elle ou même de risquer l'offenser en critiquant un détail qui n'était pas strictement de son ressort. Cependant, compte tenu de sa réputation, l'Elmtree ne pouvait se permettre d'être ridiculisé par le choix des chaussures de sa nouvelle altiste... Non, il faudrait qu'il la prenne à l'écart. Qu'il le lui dise avec tact. Plaise au ciel qu'il n'y soit pas contraint !

Il éloigna son regard de ses chaussures. Le menton de la jeune femme reposait impatient sur son instrument avec une petite inclinaison de la tête qui devenait familière. Bonnie lui rappelait un rouge-gorge aux yeux en boutons de bottine, guettant un ver.

« Je crois que nous ferions bien de commencer, messieurs », dit-il maudissant ensuite son lapsus : il ne pouvait plus appeler ses collègues musiciens « messieurs » depuis l'adjonction de Bonnie au Quatuor, de peur d'être accusé de machisme. Il espérait ne pas avoir vexé Bonnie. Mon Dieu ! Mieux vaudrait sans doute oublier cette histoire de chaussures... « Commençons par le Schubert, bredouilla-t-il.

– Ce fichu papier de verre n'a servi à rien », dit Rufus, en feuilletant rapidement les pages de sa partition. Plusieurs gommes tombèrent par terre.

« Je suis prêt à donner à ce siège une seule et unique chance, pas deux, vous m'entendez ! grommela Grant.

– Tout le monde est prêt ? » William jeta un coup d'œil autour de lui. Bonnie chassa sa frange en arrière, William put ainsi s'apercevoir que ses grands yeux étaient presque incolores : des yeux de glace, se dit-il. Mais non point des glaçons. Ils se plissèrent lorsqu'elle lui renvoya son regard avec une vague esquisse de sourire. L'allusion aux « messieurs » ne paraissait en rien l'avoir vexée. Sans doute n'avait-elle pas remarqué. Sans doute des excuses seraient-elles superflues. Sans doute...

Il fit un signe de tête. Ils attaquèrent.

À sept heures du soir, Grace allait fermer les rideaux quand le téléphone sonna. C'était Jack. Il appelait en général une fois par semaine. Par devoir.

« Tiens, c'est toi, Jack... » Grace se demanda s'il pouvait percevoir son manque d'enthousiasme. Elle n'avait jamais pu se défaire de son anticipation juvénile dès que le téléphone sonnait à l'improviste. Lorsque ses attentes étaient déçues, on pouvait lui reprocher une certaine morosité dans le ton de sa voix.

« Si j'en crois mon agenda, c'est demain l'anniversaire de papa.

– En effet. » Enveloppé et caché, le cadeau de Grace à

son époux attendait d'être placé sur la table du petit déjeuner avant que celui-ci ne descende le lendemain.

« Je me disais : si on fêtait ça ? On pourrait t'accompagner à un de ses concerts ensuite aller dîner quelque part ? »

Grace réfléchit.

« Mère ? »

Depuis sa petite enfance, Jack avait toujours appelé ainsi sa mère quitte, dans son dos, à dire maman lorsqu'il l'évoquait. Récemment, sa copine Laurel avait appris de son thérapeute que c'était là une forme de protestation.

« Mère ? Tu es là ?

– Je cogitais. Oui, pourquoi pas ? Si ce n'est que tu as eu la même idée l'année dernière, si tu te rappelles bien, et sans qu'on sache trop pourquoi, c'est tombé à l'eau.

– Il fallait que j'aille à Amsterdam.

– Et tu y es allé.

– Alors, qu'est-ce que tu en penses ? Pour ma part, je suis d'accord. À toi de voir.

– Je crois qu'ils ont un engagement la semaine prochaine à Ealing. Ça serait pratique pour toi.

– Parfait, n'importe quel soir. » À entendre Jack lui décrire parfois la vie trépidante d'un expert-comptable, Grace était toujours étonnée par le nombre des soirées libres de son fils. « Vois ça avec papa et tiens-moi au courant. »

Grace réfléchit à nouveau. Elle eut soudain l'impression que quelqu'un l'épiait par la fenêtre. Elle se retourna. La nuit était presque tombée. Personne.

« Promis, reprit-elle. Mais ne sois pas surpris s'il se fait tirer l'oreille. Tu sais dans quel état ça le met de savoir que tu es dans la salle. Il est conscient que tu ne peux pas supporter la musique que joue le Quatuor. »

Jack rit. « Pas plus que lui ne supporte mon genre de musique, dit-il. Enfin, bref…

– Je te tiendrai au courant. C'est néanmoins gentil de ta part de proposer ça. Et Laurel, comment va-t-elle ?

– Elle n'arrête pas. » Assistante de direction dans une agence de voyages de Shepherd's Bush, Laurel n'arrêtait jamais : la réponse variait selon la saison. « Elle croule sous les demandes de préréservations pour les sports d'hiver.

– Ah ! » Cette fois, la nuit était bel et bien tombée, mais dans l'opacité supplémentaire qu'accroissait le buisson de lauriers d'en face, Grace crut entrevoir un mouvement pâle et confus. Un mouchoir blanc que l'on agitait ? Elle en eut un frisson dans le dos. « Il faut que je te quitte », dit-elle. Dans ces conversations hebdomadaires pour la forme, mère et fils en étaient arrivés au point où ni l'un ni l'autre n'estimait nécessaire de se prévaloir d'une excuse pour les terminer.

« Parfait. Je suis impatient de savoir ce que vous déciderez. »

Grace alla à la fenêtre, elle regarda dehors. La nuit noire, pas un chat. Elle tira les rideaux, son cœur battait la chamade. Leur voisinage était relativement calme : un cambriolage par-ci par-là, le cas échéant un acte de vandalisme contre des voitures garées dans la rue, des briques jetées sur des serres quelques années plus tôt, sans doute par un marginal désireux de s'en prendre aux symboles de richesse. Toutefois, Artisan Road avec ses braves réverbères toisant les arbres bien alignés était un quartier où les habitants n'avaient pas peur de se promener le soir avec leur chien. Grace s'était toujours sentie en sécurité seule dans la maison, même si William insistait pour qu'elle verrouille la porte s'il devait rentrer tard. Les rideaux tirés, elle attribua à son imagination cette impression d'avoir entrevu quelque chose ou quelqu'un. Néanmoins, elle décida de ne pas attendre d'aller se coucher pour verrouiller la porte d'entrée.

Elle alluma dans l'entrée. La lumière l'enhardit : elle se persuada de mettre le nez dehors.

Il y avait un homme sous le porche. Une longue écharpe grise nouée autour de son cou cachait sa bouche. Il était grand, mince et débraillé. Il baissa son écharpe, elle reconnut Lucien.

« Pardon de t'avoir fait peur. » La lumière du porche, une lanterne de verre teinté du Portugal, un cadeau de Jack pour le Noël précédent, se balançait doucement au gré de la brise. Elle balafrait le visage pâle de Lucien de ses reflets rouge, bleu et vert blafards. Les yeux du jeune garçon, virant du rouge au bleu ou au vert selon les caprices de l'horrible lanterne, disparaissaient dans son crâne, comme dans ces moments où il était en proie à l'une de ses crises. « Je n'ai pas sonné car j'ai vu que tu étais au téléphone.

– Jack.

– Ton fils Jack, n'est-ce pas ?

– Tu veux rentrer ? » Grace était toute frissonnante.

« Non, je n'en ai pas l'intention. Merci.

– Tu allais quelque part ?

– Non, pas vraiment. Je me baladais.

– Eh bien, si tu ne veux vraiment pas... » Grace posa la main sur la porte, désireuse de la refermer.

« Je m'en vais. Devine ! Elle est rentrée. Elle et son pharmacien à la gomme. Ils sont revenus avec des monceaux de sacs à provisions style gros rupins. Tu les aurais vus déballant sur la table de la cuisine du gin, des pâtés et des tas de saloperies, m'engueulant parce qu'il y avait un mégot dans le cendrier. De quoi vous rendre dingue, ces deux-là !

– Ils ne t'ont pas proposé de dîner avec eux ? » En s'entendant poser la question, Grace perçut une certaine connotation bourgeoise qu'elle regretta aussitôt. Même si les origines de Lucien étaient incontestables, il se plaisait à croire qu'il s'était affranchi depuis belle lurette de la bourgeoisie. À la façon de parler « standard » qu'il avait adoptée, et à sa tenue vestimentaire peu attirante, on aurait pu le prendre pour un jeune issu d'un milieu défavorisé. Que l'on détectât certains signes de raffinement par-derrière ce déguisement le vexait terriblement. Aussi, pour avoir la paix, Grace veillait-elle à ignorer le fait que vivre dans cette rue sous-entendait qu'ils avaient quelque chose en commun. De même veillait-elle à éviter toute référence à un comportement bourgeois qui pût lui paraître familier. Aussi comprit-elle immédiatement que sa question irréfléchie était un faux pas qu'il lui faudrait expier. Lucien la regarda avec le plus profond mépris.

« Ne m'ont-ils pas proposé de dîner avec eux ? » Il imita

sa voix à la perfection. Se couvrant à nouveau la bouche de son écharpe, il s'éloigna. Grace attendit qu'il eût franchi le portail pour refermer la porte d'entrée.

Il y avait le reste du hachis Parmentier dans le four, mais elle n'avait pas faim. Elle était à bout. L'idée de Lucien rôdant la nuit autour de la maison la perturbait. Lorsqu'il venait la trouver le matin, Grace était tendue, certes, mais au moins elle se sentait en sécurité. La plupart du temps, William était en haut, dans son studio. Si jamais, en pensant à sa mère, Lucien s'était montré d'une inquiétante agressivité, William serait arrivé à la rescousse et l'aurait mis dehors. À vrai dire, malgré ses fréquentes colères, Grace ne s'était vraiment affolée qu'une seule fois. Ce jour-là, elle lui avait innocemment posé des questions sur Lobelia, sans s'être rendu compte que c'était *lui* qui aimait évoquer ce sujet. C'était sa chasse gardée. Il traita Grace de tous les noms pour avoir osé mentionner son nom et saisit une casserole séchant sur l'évier. Il rit de la frayeur de Grace. Il se moqua d'elle pour avoir seulement pu imaginer qu'il allait l'attaquer. Elle lui avait juste tapé sur le système, lui dit-il. Il lui demandait pardon. Posant la casserole, il prit Grace dans ses bras et l'embrassa sur la tête. Grace n'était qu'en partie apaisée : le regard de Lucien avait été celui d'un homme en partie dérangé et le cœur de Grace n'avait retrouvé un rythme normal que longtemps après son départ. Il était difficile d'être sûr que Lucien n'aurait jamais recours à la violence, même si ses bonnes manières – qui devaient lui avoir été instillées à un moment ou à un autre de son enfance, si horrible que celle-ci ait pu être – arrivaient presque toujours à la rescousse. Cependant, ce soir, elle avait remarqué, pour la première fois, certain air sinistre chez lui, il convenait toutefois de préciser – elle s'efforçait d'être rationnelle – que jusque-là il ne lui avait jamais rendu visite à pareille heure.

Grace refusait de penser à la scène qui avait dû éclater quand Lucien avait trouvé en rentrant sa mère et son amant en train de manger de bon appétit leur malheureux dîner. Elle ne voulait plus penser à Lucien, point final. C'était là un de ces moments où elle aurait souhaité ne jamais l'avoir rencontré. Assise dans un fauteuil près de la cheminée dont le feu n'était pas allumé, elle regarda la pendule. Encore au moins quatre heures avant le retour de William. À quoi pouvait-elle penser qui fût susceptible de l'apaiser ?

La réponse lui vint, Jack et Laurel : penser à eux produisait toujours sur elle un effet soporifique. Tandis qu'elle entrevoyait le visage sérieux de son binoclard de fils (qui ne ressemblait ni à William ni à elle), elle sentit ses membres s'alourdir, se couvrir de mousse. Malgré ses efforts, il lui était très difficile en tant que mère de se sentir concernée par la vie de ce dernier, l'intérêt en étant très limité. Ce manque de sollicitude entre parents et fils était mutuel. Jack avait toujours été un brave garçon assez terne, débrouillard, travailleur, réfléchi. Parvenu à l'adolescence, il avait décidé de devenir expert-comptable et avait poursuivi avec acharnement cet objectif. Depuis quelques années, il était le plus jeune associé d'un cabinet apparemment prospère de Shepherd's Bush. C'était en allant chercher des billets d'avion pour des vacances de Pâques au Portugal, qu'il prévoyait de passer seul selon son habitude, qu'il avait rencontré Laurel, une fille aussi ambitieuse dans son univers d'agences de voyages que Jack dans sa profession de comptable. Leur mutuel désir de réussite avait eu tôt fait de les rapprocher et il y avait maintenant quatre ans que Laurel partageait l'appartement plutôt lugubre de Jack, à Hammersmith. Il fallut six mois à Jack pour se résoudre à présenter Laurel à Grace et William. Le jour venu, il l'introduisit comme son « associée », un terme que ni Grace ni William Handle ne pouvaient se déterminer à employer. Pour eux, le terme « associée » appartenait au monde des affaires alors que Laurel était son amie. À voir Jack secouer la tête et tripoter son oreille droite, Grace sentait que ce manque de coopération de leur part l'agaçait. (Se tripoter l'oreille à des moments de colère ou d'angoisse était chez lui un tic si ancien que son lobe droit était beaucoup plus long que le gauche, ce qui ne semblait pas gêner Laurel. À moins qu'elle ne l'eût pas remarqué. Grace avait tout de suite repéré que Laurel n'était guère observatrice, sinon les manies de Jack l'auraient rendue folle.)

Lors de la première rencontre, Laurel se décrivit comme une fille ambitieuse. Jack avait abondé dans ce sens. « Je dois reconnaître qu'elle ira loin. Oui, mon associée est une fille qui a de grandes ambitions et qui réussira dans la vie. »

William et Grace estimèrent qu'il y avait du vrai là-dedans. Laurel avait une telle passion pour son métier que cela avait fini par influencer sa façon de s'exprimer. Des adjectifs comme « exotiques » et « enneigé » revenaient souvent. Au tout début de leur relation, un jour où Jack et elle avaient décidé d'aller passer le week-end à la campagne, elle avait appelé Grace pour lui signaler qu'elle avait sélectionné un « bord de rivière absolument exclusif ». Si étrange cela pût-il paraître, cette « exclusivité » ne les incitait pas à souvent s'éloigner pendant les week-ends. Ils passaient leurs samedis au bureau et leurs dimanches chez eux, à « s'occuper de la paperasserie en retard ».

« Que voulez-vous, Grace, c'est comme ça, expliqua un jour Laurel. Quand on est décidé à être le numéro un, il faut savoir tout sacrifier pour y parvenir. Le boulot doit passer en premier.

– Je suis d'accord avec vous, avait répondu Grace. Mais vous *êtes* le numéro un ou presque, aussi serait-il bon de vous détendre de temps en temps.

– Pas question ! Il y a encore Danielle au-dessus de moi. Le jour où elle partira, et j'ai entendu dire que son mari allait bientôt être muté à Bahreïn, je veux avoir son poste. Être le patron.

– Oh ! je suis persuadée que vous y parviendrez. » Grace réprima un soupir.

Depuis que leur fils s'était mis en ménage avec Laurel, Grace et William avaient beaucoup appris sur l'univers des agences de voyages. Ils savaient qu'ils décevaient souvent Laurel en refusant ses tarifs avantageux à destination de la plupart des endroits exotiques, baignés de soleil, entourés de palmiers, même si, pour sa part, Laurel n'était jamais allée plus loin que l'Espagne, profitant d'un voyage organisé à un tarif d'arrière-saison défiant toute concurrence.

La nécessité de se familiariser avec les brochures du monde entier lui donnait l'impression de connaître ces endroits aussi bien que si elle y était allée. Aussi, lors des rares rencontres entre Grace, William, Laurel et Jack, parlait-on souvent d'endroits qui leur étaient à tous quatre étrangers et ne présentaient guère d'intérêt pour deux d'entre eux. En de telles occasions, Jack s'asseyait à l'écart, sa seule contribution étant d'être d'accord avec les questions que posait Laurel pour impressionner son auditoire.

« J'ose dire que la Jamaïque avec ses sables dorés serait un endroit rêvé pour vous au mois de février. » Ainsi essayait-elle une fois de plus de persuader les Handle d'envisager une « pause ». « Tu ne trouves pas, Jack ?

– Je dirais que oui », approuvait Jack en hochant la tête.

Grace se souvenait s'être longtemps imaginé que les plages de la Jamaïque étaient blanches, mais cela faisait partie de ces idées reçues qu'il valait mieux garder pour soi. Après tout, peut-être paraissaient-elles dorées sur les brochures de Laurel ? Plus tard, William confia à Grace que si Laurel tentait une fois de plus, grâce à ses foutues manigances, de leur refiler une de ses fichues « pauses », où que ce fût, Club Class au prix classe économique, qu'importe, il l'étranglerait.

Lors de chaque rencontre entre les deux générations, le seul sujet de conversation était les progrès de Laurel pour devenir le numéro un. Jack ne disait pas grand-chose de son travail, si ce n'est que tout continuait « à bien marcher, merci ». Un jour, il mentionna qu'il envisageait de se mettre au jogging le matin de bonne heure, mais il n'y avait guère à ajouter à cette déclaration. Ce dont aucun des deux ne parlait jamais c'était de leurs plans personnels, de leurs projets de mariage, par exemple. Grace et William avaient accepté depuis longtemps que le mariage conventionnel ne soit pas une priorité par les temps qui couraient, après tout cela n'avait sans doute pas grande importance du moment que l'engagement était là. « À vrai dire, avait hasardé William, s'ils ne sont pas unis par les liens du mariage et que surgisse une autre fille, avec des *horizons plus vastes*, dirons-nous, que ceux de Laurel, cela ne devrait pas trop poser problème pour Jack... de changer. »

Les peu subtiles implications de cette suggestion eurent l'heur d'amuser Grace, mais elle la jugea improbable. Jack n'était pas le genre de garçon à attirer des filles boute-en-train. Ce qui attristait Grace c'était qu'elle ne semblait nullement prévoir des enfants. Jamais elle ne mentionnait ce sujet, or l'idée d'être grand-mère était loin de déplaire à Grace. Peut-être préféraient-ils commencer par se marier. S'ils avaient un bébé dans leur présent état de concubinage – qu'on appelle ça comme on veut – il fallait reconnaître que Grace n'aurait pas trop su comment prendre les choses. Le téléphone vint une nouvelle fois interrompre ses réflexions. Deux appels en une soirée, voilà qui était inhabituel.

« Bonsoir, Grace, c'est Laurel.

– Tiens, bonsoir, Laurel. » À l'autre bout, encore une fois, la voix terne.

« J'appelais juste pour dire que le projet de Jack pour l'anniversaire de William me paraît une excellente idée.

– Oui, comme je l'ai dit, je...

– Par conséquent, j'espère que vous réussirez à le convaincre. On pourrait s'offrir une fiesta. Tout va bien ?

– Parfaitement.

– Comme vous pouvez l'imaginer, à l'agence c'est la folie. À croire que le monde entier veut aller skier. J'attends avec impatience de vos nouvelles. Je suis forcée de vous quitter. »

Grace alluma la télévision pour regarder le journal. Elle ne voulait plus penser à Jack et Laurel mais, d'autre part, Lucien et son écharpe la troublaient. À l'heure qu'il était, William et les autres musiciens auraient bientôt achevé le Britten. Elle aurait bien voulu être dans la salle. Peut-être devrait-elle se remettre à assister aux concerts, comme avant la naissance de Jack. William en serait si heureux ! Eh bien, demain matin, pour son petit déjeuner d'anniversaire, elle lui ferait part de cette idée. Réconfortée par ce projet, elle se concentra sur le dernier scandale de la classe politique. Elle se sentait parfois bien loin du monde réel.

« Bon public, remarqua Grant à l'entracte. On dirait que Northampton s'est soudain réveillée ou je ne sais quoi. »

William approuva de la tête. Lui aussi avait perçu une attention toute particulière de la part du public. En remontant sur l'estrade, il se sentit plus désireux qu'à l'habitude de viser la perfection au cours de la seconde moitié du programme. À peine la dernière note envolée dans un silence recueilli, les applaudissements éclatèrent si enthousiastes que William, Rufus et Grant se regardèrent étonnés : ils n'étaient pas habitués à ce genre de réaction. Les divers publics du Quatuor étaient chaleureux, connaisseurs, élogieux mais les applaudissements n'étaient pas aussi passionnés. Une ou deux personnes étaient même debout. On entendait des « Bravo, bravo ! ». On entendait des *« Bis ! »*.

William remarqua le sourire ravi que promenait Bonnie d'un côté à l'autre de la salle. William fronça les sourcils. Sourire n'était pas dans les habitudes des musiciens de l'Elmtree. En reconnaissance pour l'appréciation qu'on leur témoignait, ils se levaient, faisaient un bref signe de tête sans desserrer les lèvres. Ils laissaient les applaudissements continuer quelques instants puis, lorsque William estimait qu'ils étaient au plus fort, ils quittaient la scène. Rien de pire que de se retrouver coincé au milieu d'applaudissements déclinants : quel manque de dignité ! S'en aller vite et bien, tel était, et avait toujours été, le protocole de l'Elmtree.

Abasourdi par la vigueur des applaudissements après le *bis*, William resta assis plus longtemps qu'à l'habitude. Rufus lui donna un discret coup de coude. Les quatre musiciens se levèrent. Ces messieurs saluèrent une ou deux fois de la tête. Bonnie y alla d'un salut plus marqué rappelant la révérence d'une dame de la cour puis, en se relevant, elle étendit les bras, son archet dans l'une, son alto dans l'autre. Elle riait. D'un rapide coup d'œil oblique, William remarqua que Grant souriait. Jusqu'aux oreilles. Il faudrait qu'il lui parle, nom de Dieu ! À Bonnie, et à lui… Fini, ces petits jeux !

Ses réflexions furent interrompues par d'autres applaudissements encore plus frénétiques. Plusieurs réclamaient à cor et à cri un autre *bis*. Un second *bis*. Ce n'était pas dans leurs habitudes, sauf à Noël. Que se passait-il ? William en resta pantois, la bouche grande ouverte et si sèche que l'air tiède de la salle lui parut un coussinet de velours sur sa langue. Rufus lui murmurait à l'oreille. Comment pouvait-il entendre avec tous ces applaudissements ? « On ferait peut-être bien de... rejouer quelque chose ?

– Bon Dieu, jamais nous ne... » Ce n'était pas le moment d'argumenter devant une salle de trois cents personnes insatiables. « Que pourrions-nous leur jouer ?

– Le *Scherzo en la mineur* de Schumann. »

Ce brave Rufus ! L'esprit toujours aussi vif. Ce morceau plairait, il était court et ils le connaissaient par cœur. Mais Bonnie... Oui, Bonnie. Ils n'avaient jamais répété ce scherzo... Serait-elle capable de se débrouiller ? Les applaudissements continuaient.

« Parfait. Demande à Bonnie. » William ne voulait pas encourir le risque de ne pas entendre la réponse de Bonnie. Rufus posa tout bas la question à celle-ci qui approuva d'un signe de tête. William la transmit sans mot dire à Grant qui paraissait aux anges. Rufus se tourna à nouveau vers William.

« Tu ferais bien de dire quelque chose. » Ce n'était pas le moment de paniquer. Il fit un pas en avant. Les applaudissements cessèrent sur-le-champ.

« Mesdames et messieurs, dit-il. Ce rappel est ex-cep-tion-nel. » Sa voix était étrangement haut perchée. Des rires bienveillants parcoururent la salle. « Comme certains d'entre vous le savent sans doute, les musiciens de l'Elmtree n'ont pas l'habitude d'accepter un autre *bis*. Toutefois, si je comprends votre message, et tout laisse à croire que je le comprends, ce que vous demandez c'est que l'arrivée de notre nouveau " parent pauvre " soit marquée par une soirée ex-cep-tion-nelle... » Maintenant, les mots se précipitaient assez aisément, sans se faire prier : William s'écoutait, fasciné, comme si un autre parlait à sa place. Nombre de personnes dans la salle apprécièrent cette plaisanterie musicale pour initiés se référant à l'altiste, toujours appelé le « parent pauvre », les rires redoublèrent. C'était plutôt sympathique. « Bonnie qui est ici, reprit-il une fois le calme revenu, a vaillamment remplacé ce cher Andrew Fulbright, hélas, contraint de prendre une retraite anticipée. » Bonnie souriait tout en se tordant de rire. « Aussi, cette fois, et cette fois seulement, nous jouerons pour vous un autre morceau afin de fêter sa venue parmi notre Quatuor… Je vous demanderai de vous montrer indulgents : nous n'avons pas répété le *Scherzo en la mineur* de Schumann avec elle, mais nous ferons de notre mieux. »

C'est durant le *Quatuor* de Schumann que William remarqua les manches de Bonnie. Il avait d'abord cru qu'elle portait une longue robe de velours noir des plus sage et convenable, rappelant celle du premier concert. À vrai dire, son choix vestimentaire avait été si impeccable – aucune trace des fameuses chaussures – que William avait estimé que la discussion tant redoutée sur la tenue n'aurait pas lieu d'être. Dans la Salle verte, avant le concert, il avait entendu Grant la complimenter sur le style médiéval de ses manches. William n'avait pas la moindre idée de ce que Grant entendait par là. Pour lui, il s'agissait juste de manches assez longues, amples, un peu plus évasées au poignet qu'à l'ordinaire.

Pendant le *Quatuor* de Schumann, il ne cessa de lancer des coups d'œil à Bonnie pour voir comment elle se débrouillait : cela devait être atroce pour elle de jouer devant un public un morceau qu'ils n'avaient jamais répété ensemble. À en croire William, ils ne recommenceraient pas ; d'ailleurs, un Quatuor ne devrait jamais donner deux *bis*. Quoi qu'il en soit, cela semblait mieux se passer qu'il n'aurait osé l'espérer. Bonnie oscillait d'arrière en avant, au gré de la musique, parfaitement à son aise, comme si elle avait toujours joué ce morceau avec eux. Tandis qu'elle remuait les bras, William s'aperçut que les grandes manches de velours remontaient et flottaient, laissant entrevoir de curieux chatoiements d'un vert étincelant, profond, couleur de jade qui par moments se moirait d'émeraude. William comprit que ces effets, visant à intriguer avec subtilité, tels des joyaux autour d'un poignet, provenaient de la doublure. Il fut ému à l'idée du mal que Bonnie s'était donné pour réussir d'aussi belles manches. Elle avait des talents de couturier. Se voyant ainsi fasciné par ces manches, il se demanda quel impact elles étaient susceptibles de produire sur le public. Certain enchantement, sans doute. Cependant, l'attention du public ne pouvait être détournée par des facteurs externes, il lui faudrait donc, après tout, parler à Bonnie.

D'autres applaudissements enthousiastes accueillirent la fin du morceau, mais cette fois, après un bref salut, les musiciens se hâtèrent à la suite de William.

Il trouva Bonnie à ses côtés dans un long corridor. Elle semblait anxieuse.

« Il faut que je me dépêche si je veux avoir mon train », dit-elle. Elle releva une de ses manches pour regarder l'heure, laissant entrevoir une large bande verte, atténuée cette fois par la lumière du couloir.

« Admirables, vos manches, dit William.

– N'est-ce pas ? Un morceau de satin ancien que j'ai déniché. Touchez ça ! »

Elle saisit la main de William et la posa une fraction de seconde sur le tissu, aussi doux et duveteux que des plumes. Il crut voir aussitôt des martins-pêcheurs, des linottes, des verdiers, de la mousse.

« Je vais vous déposer à la gare, dit-il.

– Vous êtes sûr ?

– Absolument. C'est sur mon chemin. »

La gare était située exactement à l'opposé de la route qu'il aurait dû prendre pour rentrer chez lui, mais Bonnie ne pouvait savoir qu'il mentait. Grant ressurgit du vestiaire des messieurs, il s'était déjà changé. William se redressa, comme pour avoir l'air moins coupable. Et coupable de quoi, Seigneur ? De s'être arrêté deux secondes dans le couloir pour complimenter Bonnie sur ses manches ?

Grant alla droit vers Bonnie et lui donna une tape amicale sur l'épaule.

« Vous vous êtes bien débrouillée, dit-il. Un vrai miracle ! Vous avez joué comme un ange. »

Bonnie apprécia bien davantage ce compliment que le

commentaire banal de William relatif à ses manches. Elle remercia Grant d'un sourire radieux. William pesta contre lui-même. Il aurait dû être le premier à la féliciter sur son exploit.

« Vous voulez que je vous dépose à la gare ? demanda Grant. Je passe devant.

– C'est vraiment très aimable à vous, Grant, mais je viens d'accepter l'offre de William, c'était également sur son chemin. »

Grant adressa à William un long regard dans lequel, par loyauté pour son vieux collègue, seul le froncement quasi invisible d'un sourcil trahissait sa surprise.

Une fois dans la voiture, Bonnie dit à William : « Je pense que si nous nous dépêchons un peu, nous pourrons arriver à temps.

– D'accord. » Avec Bonnie à côté de lui, William avait du mal à se concentrer. Elle exhalait un parfum capiteux à l'arôme fleuri. « Ce parfum que vous portez, il est à base de jacinthe, non ? demanda-t-il.

– À vrai dire, c'est de la marguerite.

– Je savais qu'il avait une note sauvage…

– Regardez, William, le feu vient de passer au vert.

– Mon Dieu, mais c'est vrai ! » Derrière eux un quelconque crétin klaxonnait.

« Ça veut dire que nous ferions bien d'y aller. »

L'air décidé, William embraya. Le moteur cala. De la sueur ruisselait derrière ses oreilles.

« Vous ne semblez pas vraiment un fana du volant.

– Non. » Enfin, ils démarrèrent en cahotant.

« Malgré tout, nous y sommes presque et vous vous débrouillez très bien. »

La gentillesse de ces mots s'épanouit en lui comme un rayon de soleil, le réchauffant, le revigorant. Du coin de l'œil, il la vit ramasser un sac en plastique dans lequel elle avait fourré sa robe de velours. Il n'eut pas le cœur de lui dire qu'il leur restait encore un bon bout de chemin que compliquaient des feux de signalisation, des sens uniques et tout ce que l'on pouvait imaginer pour vous empêcher d'aller vite. Ils atteignirent le quai au moment où le train partait. William était trop perturbé pour avoir les idées claires : il avait déçu Bonnie, il fallait qu'il se rattrape. Toujours en habit, il tira son mouchoir de sa poche et se mit à courir après le train en gesticulant, mais, hélas, sans résultat. Le contrôleur l'arrêta.

« Pas de chance ! dit l'homme.

– Vous ne pourriez pas faire quelque chose ?

– Comme quoi ?

– L'arrêter ? » Le train, là-bas au loin, était maintenant de la taille d'un jouet et Bonnie riait...

« Non, je ne peux pas, répondit le contrôleur amusé. Et cela, qui que vous soyez, ajouta-t-il.

– Aurions-nous une chance de le rattraper à la prochaine gare ?

– Ça m'étonnerait, à moins que vous ayez une Porsche.

– Ce n'est pas le cas, Dieu merci. » William avait les jambes flageolantes. S'il était maître à bord sur une estrade de concert, il n'en allait pas de même sur le quai désert. Bonnie était à ses côtés, l'air convaincu de pouvoir résoudre le problème. « Disons que je ne sais pas...

– Le dernier train est dans une heure », émit le contrôleur. Il s'éloigna, la cocasserie de la scène s'était dissipée.

« Parfait », dit Bonnie. Elle se tenait à côté de William, la main posée sur son bras tremblotant. « Ne vous inquiétez pas. J'attendrai. Il faut que vous repartiez. Tout se passera très bien pour moi.

– Jamais de la vie ! s'exclama William en reculant. Tout ça, c'est de ma faute, je vous en demande sincèrement pardon. Le moins que je puisse faire c'est de rester avec vous et de vous offrir quelque chose à boire. »

Voyant sa détermination, Bonnie ne discuta pas. Ils s'assirent à une table en plastique de la brasserie, l'éclairage au néon révélait les objets dans toute leur laideur. William attendit que l'homme derrière le comptoir ait achevé de réorganiser la présentation des petits pains enveloppés d'un film protecteur et qu'il manifeste un quelconque intérêt pour sa commande. L'homme leva enfin le nez.

« Alors qu'est-ce que t'es, toi, un patron de cirque ou quoi ? ricana-t-il.

– Un thé, un Coca light », commanda William avec une grande dignité. L'espace d'un instant, il avait oublié dans quelle tenue il se trouvait, heureux qu'il était de passer une heure en tête à tête avec Bonnie. Le garçon lui rappelait son propre illogisme, mais peu lui importait. En ces moments d'exaltation, il se sentait hors d'atteinte de toutes les frondes et flèches. Il regarda Bonnie. Le menton au creux de ses mains, elle contemplait le quai désert. Quelle fille, quelle fille !... Que devait-il lui dire ? Comment devait-il commencer ? Ce serait ridicule de gaspiller cette seule et unique heure par des platitudes.

Voyant que le garçon derrière le comptoir ne manifestait nullement l'intention d'assumer cette partie de son travail, il alla lui-même chercher les boissons. Il s'approcha de Bonnie, portant le plateau avec le même pessimisme austère qu'il avait au volant. Toutefois, encouragé par le sourire enchanteur de la jeune femme, il s'imaginait traversant la salle du Café de Paris avec des coupes de champagne. Il prit l'affreuse petite chaise en face de Bonnie, posa le thé et le Coca sur la non moins affreuse petite table à peine plus grande qu'une assiette. Le plaisir de Bonnie semblait hors de proportion avec le geste qu'il avait à son égard.

« Merci. Formidable. Dites, le concert, c'était vraiment bien, vous ne trouvez pas ?

– Oui, très bien.

– À votre avis, que s'est-il passé ? Franchement, l'enthousiasme du public était presque tangible. À ce point-là, c'est rare !

– C'est vrai, c'est rare. » William buvait à petites gorgées son thé écœurant, histoire de se donner du temps. Il décida de ne pas se perdre en explications compliquées. Il étira ses lèvres, amorça un sourire. « Je crois que vos manches y sont pour quelque chose. Elles ont fasciné le public. »

Bonnie se mit à rire.

« Je pensais que vous alliez dire que c'était ma façon de jouer qui y était pour quelque chose !

– Ça aussi, peut-être. Vous vous en êtes merveilleusement tirée, même si, vous le savez, les musiciens d'un quatuor sont sur un pied d'égalité.

– Je ne suis pas tout à fait d'accord. » Bonnie regarda William d'un air timide.

« Vous êtes un violoniste hors pair. Je me demande pourquoi vous n'êtes pas connu dans le monde entier.

– Non, vraiment. » William, peu habitué à faire preuve de modestie, ne savait pas trop comment réagir à ce genre de compliments. « Je ne suis qu'un violoniste ordinaire, j'aime mon violon, c'est tout.

– Un jour, j'aimerais vous entendre jouer seul…

– Je suis sûr qu'on pourra arranger ça… » Mon Dieu, bien sûr qu'on pourrait ! Les yeux de William se détachèrent de ceux de Bonnie, de peur qu'elle n'y lût sa brusque émotion… Il imaginait le spectacle qu'ils offraient à quiconque se trouverait sur l'autre quai. Lui, un homme mûr, en habit, elle, une jeune et jolie fille que certains auraient pu prendre pour sa fille, tous deux la tête auréolée par les néons, avec à l'arrière-plan un petit café d'une pathétique laideur, un univers totalement différent de celui de la scène de la gare dans *Brève Rencontre*…

« Quand avez-vous su que vous vouliez devenir violoniste ? lui demandait Bonnie. J'aime bien savoir à quel instant précis quelqu'un a été frappé, foudroyé en quelque sorte, par l'évidence d'une décision. À partir de quel instant il n'y a plus eu l'ombre d'un doute dans son esprit. »

À cette question-là, il pouvait répondre.

« Mon père était architecte, il travaillait à la maison. Il avait une passion pour Wagner. Il prétendait que Wagner était son inspiration. Du coup, nous entendions toute la sainte journée brailler *L'Anneau des Niebelungen*. Wagner incitait mon père à concevoir de plus en plus d'abribus aux toits en pagode, dont personne ne voulait jamais. Je crois que la musique lui apportait une sorte de réconfort. Toujours est-il qu'un beau jour il prit son carton à dessin sous le bras et s'en fut à Manchester, une aventure qui se termina une fois de plus en eau de boudin. Le sachant absent pour la journée, je demandai à ma mère de mettre un disque qu'elle aimait. Elle chercha dans une pile de vieux soixante-dix-huit tours qu'elle sortit d'un placard, sa réserve secrète, pensai-je. Je ne les avais jamais vus. Elle en posa un sur l'antique phono, un de ces combinés logés dans un meuble en noyer vernis, vous êtes trop jeune pour voir ce que je veux dire. Bref… “ Tu n'aimeras peut-être pas ça, mon fils, me dit-elle, mais c'est ce que je connais de plus proche de la perfection. ” Il s'agissait d'un des derniers quatuors de Beethoven. » William fit une pause, il laissa son regard croiser une nouvelle fois celui de Bonnie. « Ça a suffi, vraiment. J'avais six ans. J'ai réclamé un violon. La musique me faisait tellement peur que je savais que je devrais… » Il s'arrêta. « Ou peut-être ne savais-je pas ce que je devrais faire. Quelques semaines plus tard, pour mes sept ans, mes parents m'offrirent mon premier violon. Et puis, un vieux mécène du voisinage ayant demandé à mon père de lui dessiner une maison de campagne un peu loufoque, je pus prendre des leçons…

– Mon Dieu ! dit calmement Bonnie.

– Je me rappelle parfaitement ce sentiment de certitude absolue, il m'effraya autant que la musique.

– Oh ! Je suis bien placée pour le savoir ! La certitude peut effrayer.

– Et vous ? Oui, comment ça s'est passé pour vous ? »

Bonnie haussa les épaules. « Toute petite, je pianotais. Maman jouait des blues et des trucs de ce genre. Et puis un jour, j'avais dix ans, c'était l'été, il faisait chaud, je me promenais dans notre rue, et j'ai entendu de la musique par une fenêtre ouverte. Quelqu'un avait mis la radio à tue-tête. Oh ! la, la ! C'est quelque chose, me suis-je dit. Je me suis donc arrêtée contre la haie de troènes, décidée à rester jusqu'à la fin du morceau, même si je me sentais stupide d'être là, debout, à écouter. Quelle ne fut pas ma terreur de voir un homme à l'air féroce sortir de la maison et me demander ce que je faisais à traîner dans la rue. Je doute qu'il m'ait crue quand je lui répondis que j'avais l'intention d'attendre la fin du morceau. Il dut me prendre pour une jeune voleuse ou je ne sais quoi. Bref, il me lança : “ C'est le *Concerto pour violoncelle* de Dvorak et maintenant déguerpis ! ” Alors, j'ai filé comme un lapin en répétant le nom de Dvorak afin de ne pas l'oublier. Une fois chez nous, j'ai raconté mon aventure à maman et je lui ai dit que désormais je savais de façon ferme et définitive ce que je voulais faire dans la vie : je voulais jouer du violoncelle. Elle m'a répondu : “ Voyons, ne sois pas sotte, voyons, mais un violoncelle c'est beaucoup trop gros pour toi ! ” Et moi, perverse que j'étais, je lui ai rétorqué qu'un violon c'était, bien sûr, beaucoup trop petit, sans avoir d'ailleurs la moindre idée de la taille d'un violon ! Alors elle m'a dit : pourquoi ne pas choisir un instrument entre les deux ? Et environ six mois plus tard, je jouais un solo pour alto lors d'un concert au moment de Noël. Ne me demandez pas ce que c'était ! Cela m'a valu un article dans le journal local. C'en était assez. J'avais la certitude de ma vocation. J'ai tout simplement continué.

– Très bien..., dit William.

– Oh ! une histoire barbante, en fait.

– Pas le moins du monde. Un autre Coca ?

– Non, merci. Vous savez ce que je me disais ?

– Non, je ne sais pas ce que vous vous disiez.

– Je me disais que maintenant que je fais partie du Quatuor Elmtree ça serait beaucoup plus commode si je quittais Londres. De toute façon, je déteste cette ville. Si je trouvais un endroit plus proche de vous tous, ce genre de problème ne se poserait plus. » Elle fit un signe de tête en direction du quai désert. « Grant m'a dit qu'un de ses voisins avait un appartement à louer. Je pourrais peut-être aller le visiter. »

À l'idée qu'elle ait pu discuter de ses projets avec Grant (quand, mais quand ?), William sentit son estomac se nouer.

« Quelle bonne idée ! » lança-t-il affectant un ton jovial.

Ils évaluèrent les avantages d'un déménagement, la commodité de la grange de Grant, les prochains concerts. L'heure tirait à sa fin. William accompagna Bonnie jusqu'au train et lui donna une tape amicale sur l'épaule.

« Vous êtes une vedette, William, lui dit-elle. À demain quinze heures. Faites bien attention en conduisant. »

William croyait avoir un jour entendu Laurel appeler

Jack une vedette : sans doute était-ce un compliment qu'employaient souvent les jeunes à l'égard des vieux. Quoi qu'il en soit, il se retrouva en train de tourbillonner dans la gare, il se sentait des ailes, il était étourdi, il était ivre, il cherchait désespérément un téléphone. Il fallait qu'il appelle chez lui. Grace devait être aux cent coups. Il finit par trouver une cabine.

« Mon Cœur, oh ! mon Cœur, pardon de ne pas t'avoir appelée plus tôt. J'ai été stupidement retardé. Un concert étonnant. Deux rappels !

– Deux rappels ? » La voix de Grace était calme, sans trace d'inquiétude.

« Je te raconterai tout ça. Je suis sur la route. Ne m'attends pas pour te coucher.

– Figure-toi que je suis déjà au lit. » Grace riait, de son long rire en cascade que William appréciait tant.

« Je serai là dans une heure. »

Tout au long du retour, un lent et paisible trajet facilité par la pleine lune, William pensa non point à Bonnie qui, ce soir, avait produit d'étranges effets sur son cœur, mais à Grace. Qu'il faisait bon vivre ensemble ! Comme il l'aimait ! Quelle femme remarquable ! La perle rare ! Dire que parfois il la considérait comme faisant partie du décor… Pourquoi ce soir était-il envahi par tant de pensées aimantes ?

Grace dormait quand il se glissa dans la chambre. Il posa un baiser sur son front. Elle ne remua pas.

Il se mit au lit aussi vite qu'il le put et éteignit la lumière. Il appréciait ces moments d'obscurité totale avant la venue du sommeil. Ils étaient à l'origine de tellement de surprises, de tellement d'hypothèses. Ce soir, les dernières mesures du morceau de Schumann chantaient dans sa tête, elles scintillaient, et puis il y avait Bonnie, Bonnie qui s'inclinait, Bonnie qui oscillait, Bonnie qui faisait miroiter ses drôles de manches ! Bonnie fut la dernière chose qu'il se rappela.

3

William passa une mauvaise nuit. Rêves bizarres, membres secoués de spasmes. Le manque de sommeil l'affectait beaucoup. Il dut faire un effort pour descendre en arborant son air matinal habituel, une expression qui, selon Grace, reflétait son harmonie intime avec la vie.

Sur la table du petit déjeuner, un présent attendait près de son assiette, en compagnie de plusieurs enveloppes qui n'avaient pas l'air de factures ; sur l'une d'elles, on reconnaissait l'écriture de Grace. Dans la confusion engendrée par la fatigue, William crut un instant qu'il avait été le jeu d'une plaisanterie du calendrier et que, sans qu'il sache trop pourquoi, Noël était arrivé sans crier gare. C'est alors qu'il se souvint.

« Bon anniversaire ! dit Grace.

– Oh ! mon Cœur, mon Cœur ! Tu n'oublies jamais ! »

Tandis qu'elle posait la théière sur la table, Grace l'embrassa délicatement sur la tempe. Chaque année, Grace offrait des boutons de manchettes à William pour son anniversaire, et chaque année, William en perdait un, sinon les deux. Cela n'avait rien d'étonnant vu qu'il devait les porter au moins trois soirs par semaine. En se dépêchant de se changer après un concert, dans la hâte de rentrer chez soi, il était aisé d'égarer des chaussettes, une cravate blanche, des boutons de manchettes, un bouton de col, un crayon et autres objets du bric-à-brac qui hante la vie d'un musicien souvent en tournée. Même si après tant d'années le présent de Grace n'était plus guère une surprise, il était néanmoins toujours accueilli avec reconnaissance.

William but son thé. Il avait besoin de force, de calme avant d'attaquer les enveloppes. Assise en face de lui, Grace le regardait rassembler ses forces. Elle mourait d'envie de lui poser des questions sur les rappels autant que de savoir à quelle heure il était rentré. Toutefois, il eût été malvenu, fût-ce le jour de son anniversaire, de rompre la règle tacite du silence au petit déjeuner. Les questions attendraient le déjeuner.

La première carte venait de Laurel, le Matterhorn vu de loin saupoudré d'un truc scintillant représentant la neige. La deuxième venait de Jack, c'était la énième reproduction du *Patineur.* William avait raconté un jour à son fils qu'il avait vu le tableau au Musée national d'Écosse quand il était enfant et lui avait donné vingt sur vingt. Jack avait dû ranger ça au fin fond de son cerveau de comptable en se disant que c'était une valeur sûre. Il l'avait envoyée à l'occasion d'en tout cas trois anniversaires au cours des dix dernières années. Vint enfin le tour de la carte de Grace. Tout en ouvrant l'enveloppe, William regarda le visage si cher, il reflétait certaine impatience. Si loin que remontaient ses souvenirs, il retrouvait ce regard plein du même espoir, empreint du même humour. Comment pouvait-il avoir autant de chance ? se demanda-t-il, une question qu'il s'était souvent posée cette semaine.

Grace avait peint pour lui une seule et unique fleur, un chardon. William mit ses lunettes. C'était la première fois qu'il voyait un de ses chardons. Le dessin était bien réussi. Elle avait un réel talent. Quant au duvet… on aurait pu, pour ainsi dire, le toucher. Le jour où le livre serait enfin terminé, il deviendrait sans aucun doute un succès de librairie.

« Tu as dû en passer des heures là-dessus, mon Cœur, dit-il. C'est joli comme tout, vraiment merci. » Il ouvrit la carte et lut le message écrit à l'encre dorée. Sa gorge se noua. Les déclarations d'amour toutes simples de Grace l'affectaient physiquement, c'était là un signe – il le savait – que son amour pour elle était, lui aussi, profond, même s'il l'exprimait moins bien qu'elle. Il prit un toast.

Ce petit déjeuner qui n'en finissait pas perturbait Grace. Ces derniers jours, Lucien était arrivé plus tôt qu'à l'ordinaire. Elle redoutait de le voir passer la tête par la fenêtre de la cuisine en ce matin d'anniversaire.

« Mon cadeau pour toi... », dit-elle en faisant glisser vers lui, depuis l'autre bout de la table, un petit paquet enveloppé de papier à fleurs. Elle regarda sa montre : « Stephen a appelé hier soir, il aimerait que tu le rappelles avant neuf heures. » Stephen était le féroce agent de William.

« Il harcèle son monde, ce gars-là, tu ne trouves pas ? » William saisit le petit paquet et s'y prit stupidement pour l'ouvrir. Grace s'en voulut de ne pas avoir lésiné sur le ruban adhésif. Voyons, dépêche-toi, se disait Grace... Lucien.

William ouvrit le paquet avec la prudence d'un homme qui s'attend ou presque à ce que quelque chose lui explose à la figure. Là, sous ses yeux, se trouvait une paire de petits boutons de manchettes en jade, montés sur or. Les pierres étaient de ce vert qui l'avait tellement fasciné la veille au soir, il perdait toutefois son éclat dans la pénombre de la cuisine et les pierres rappelaient ces yeux si usés par les années que la lumière ne s'y reflète plus.

« Je ne sais vraiment pas que dire, dit William.

– Si tu faisais vraiment un effort pour ne pas les perdre cette année ? répondit Grace avec un sourire.

– Je ferai de mon mieux. Ils sont diablement extravagants, ils sont superbes. Merci, mon Cœur. » Il referma l'écrin et le glissa dans la poche de son pantalon de velours côtelé.

Grace débarrassa la table. William se dépêcha de monter appeler son agent.

La conversation téléphonique dura longtemps car Stephen était un homme sentencieux qui aimait enjoliver la plus triviale décision de monceaux de doutes parfaitement inutiles. En ayant terminé avec les discussions concernant les concerts à venir, William composa le numéro de Bonnie, sans se donner le temps de réfléchir à la pertinence de son geste. Elle répondit aussitôt.

« Bon anniversaire », dit-elle. Comment le savait-elle ? « Grant m'a prévenue !

– Merci beaucoup. » William émit un petit rire. « À vrai dire, je vous appelais… » Pourquoi diable l'appelait-il ? « Pour m'assurer que vous étiez bien rentrée. C'est que, hélas, par les temps qui courent, il est parfois risqué pour une jeune femme de voyager seule la nuit. »

Ce fut au tour de Bonnie de rire.

« Quiconque m'attaque en sera quitte pour une surprise, répondit-elle. J'ai pris des leçons d'arts martiaux et de self-défense et je pourrais vous envoyer par terre en un clin d'œil. » William ferma les yeux. Il entrevit l'image, ô combien enchanteresse, de lui cloué au sol par les bras robustes de Bonnie. Il se vit voltigeant dans les airs telle une écharpe invisible – une image qui évoquait davantage Isadora Duncan que les arts martiaux –, avant de se retrouver plaqué contre son sein. « Même Grant ne me ferait pas peur.

– J'en suis persuadé. »

Le son de sa voix guillerette ne l'ensorcelait pas moins ce matin que la veille au soir à la gare, même s'il n'appréciait guère l'idée de la voir aux prises avec Grant. Que pourrait-il trouver à dire pour prolonger la conversation ? « L'autre chose… que j'ai oublié de mentionner hier soir. » Une longue pause s'ensuivit. Était-il ou non approprié d'aborder ce sujet ?

« Oui ?

– La question de vos manches.

– Vous m'avez dit que vous les aimiez.

– C'est exact, je vous l'ai dit. Mon appréciation personnelle ne fait aucun doute.

– Vous avez parfois une drôle de façon de dire les choses.

– Je vous en demande pardon, que voulez-vous, je suis trop esclave du formalisme… » Le rire de Bonnie en entendant son aveu le mit à l'aise. Ciel, comme il aimait lui parler ! « Mais le problème, voyez-vous, c'est que nous trois, les hommes, dans notre austère uniforme noir et blanc... Bref, j'en suis venu à me demander jusqu'à quel point une touche de couleur, si discrète fût-elle, n'était pas une insulte à notre nouvelle et ravissante altiste ? » Oh ! mon Dieu ! N'avait-il pas été trop loin ? En guise de réponse, il y eut un long silence. William essayait d'imaginer l'expression sur le visage de Bonnie. Sans doute devrait-il être plus explicite. « Je crois que ce que j'essaye de dire, c'est qu'il ne devrait rien y avoir qui soit susceptible de détourner l'attention du public de la musique. J'entends par là que toute fille qui jouera avec nous sera obligatoirement le centre de l'attention, aussi je pense qu'elle devra veiller, dans la mesure du possible, à se vêtir avec une certaine modestie.

– William ? Permettez-moi de vous dire que c'est là, je pense, la théorie la plus farfelue que j'aie jamais entendue. » William encaissa. En tout cas, elle semblait plus enjouée que vexée. « Et je ne puis l'admettre. Je possède cinq robes de concert, toutes sont noires, longues et dotées de manches originales. L'une a des manches doublées de soie noire, je l'ai portée à Slough pour ne pas vous affoler lors de mon premier concert avec vous. Quant aux autres, il y a celle aux manches doublées de soie verte que vous avez vue hier soir, une autre aux manches doublées de soie bleu saphir, une autre aux manches doublées de soie rouge rubis et une dernière aux manches doublées de soie blanche, celle-là, vous l'approuveriez, si j'ose dire. Ces robes ont représenté une dépense au-dessus de mes moyens. Elles m'ont bien rendu service et elles peuvent faire encore bon usage, pour rien au monde je ne m'en dessaisirais. À défaut de beaux bras, on peut au moins s'offrir de jolies manches. C'est mon signe distinctif. Si nous jouons convenablement, le public ne se laissera pas distraire par un malheureux reflet de satin. Bref, je suis navrée que vous ne soyez pas d'accord, mais sachez que jamais je n'accepterai de changer ma garde-robe pour le bon plaisir des musiciens de l'Elmtree pas plus que pour satisfaire aux caprices de tout autre quatuor poussiéreux et vieux jeu. »

William crut entendre un soupir, un coup de poing sur la table.

« Compris, dit-il. Vous avez gain de cause. » Il avait honte de sa faiblesse, mais était-ce faire preuve de faiblesse que de se ranger à l'avis d'autrui ? « Mais puis-je être assuré qu'elles ne seront pas la cause d'un deuxième rappel ?

– Absolument. En toute honnêteté, ce qui s'est passé hier soir n'avait rien à voir avec mes manches. » Elle s'était radoucie. « À mon avis, la réaction enthousiaste de la salle avait à voir avec votre interprétation. Vous avez joué comme quelqu'un, disons… d'inspiré.

– Absurde ! Nous avons tous joué de la même façon.

– Alors, dans ce cas, nous étions tous inspirés ! Écoutez, il faut que je vous quitte. Grant va passer me prendre pour que je puisse visiter cet appartement avant la répétition. À plus tard. »

Et à votre avis comment vais-je patienter jusqu'à trois heures de l'après-midi ? se demanda haut et fort William en reposant le combiné.

En bas, Grace attendait anxieusement Lucien. Elle n'aimait pas se mettre au travail tant qu'il n'était pas venu et reparti. Au fond d'elle-même, elle savait que c'était ridicule et qu'ainsi s'expliquait un tel retard dans son travail sur les fleurs. Toutefois, s'installer à sa table de travail, régler l'éclairage, aller chercher de l'eau propre, lécher les pinceaux en poil de martre jusqu'à obtenir une pointe toute fine, les tremper dans un petit écrin de couleur, tandis que des décisions telles que savoir où commencer, défilaient dans son esprit comme de petits nuages… Oui, tout cela exigeait une sereine concentration. Voilà qui lui était impossible si elle sentait qu'à tout moment elle pouvait être interrompue par Lucien en proie à l'une de ses crises du matin.

Pour tuer le temps, Grace prépara une tarte à la rhubarbe pour le dîner d'anniversaire de son époux. Il n'y avait pas de concert ce soir-là : ils auraient un ragoût de mouton et le pudding préféré de William puis ils regarderaient à la télévision un épisode des *Grandes Espérances*, bref, ils auraient droit au genre de soirée dont ils raffolaient et qui était, hélas, trop rare.

Lucien passa la tête par la fenêtre de la cuisine à dix heures et demie. Une heure aussi tardive n'étant pas dans les habitudes du jeune garçon, Grace avait renoncé à l'attendre. Il avait l'air épuisé mais étrangement calme.

« J'arrête pas, dit-il. J'ai des choses à faire.

– Pas même une petite tasse de café ?

– Non, merci. Je rentre me pieuter. J'me suis pas couché de la nuit.

– Pourquoi ça ?

– J'étais dans tous mes états. Avec tout ce qui se passe ! » Il se redressa et passa une main maigrichonne sur sa joue qui n'était pas rasée. « Je peux te demander un service ? Tu es libre cet après-midi ?

– Oh ! Je ne crois pas que j'aie grand-chose à faire.

– Il faut que je promène ces deux foutus chows-chows. Faut que je les emmène au parc, par exemple. Je me vois pas faisant ça tout seul. Je me demandais si tu n'aimerais pas m'y accompagner ? »

Grace sourit. « Un peu d'exercice ne me ferait pas de mal. Je te retrouverai devant la grille d'entrée du parc à deux heures et demie, d'accord ?

– Parfait. Merci. Qu'est-ce que c'est que cette tarte ?

– Une tarte à la rhubarbe. La tarte préférée de William. C'est son anniversaire.

– Il en a de la chance, ce cher William ! »

Lucien reparti, Grace se rendit compte que la matinée était trop avancée pour qu'elle puisse se mettre au travail. Elle aurait à peine le temps de peindre une campanule avant d'avoir à réchauffer la soupe aux carottes pour le déjeuner. Elle disposa donc les trois cartes postales sur la commode et se mit à couper en morceaux le mouton pour le ragoût du dîner. Elle avait prévu ce travail pour l'après-midi, lorsque ses biorythmes seraient au plus bas, empêchant tout travail créatif. Cependant, puisqu'elle avait accepté, à contrecœur, d'accompagner Lucien et ses chiens, ses modestes plans se trouvaient bouleversés. Elle fronça les sourcils, pestant contre elle-même.

Les jours où William était là pour le déjeuner, la conversation était réduite au minimum. C'est devant une assiette de soupe accompagnée de pain et de fromage que William prévenait Grace des temps forts de son agenda, elle les reportait sur le calendrier accroché au mur. Opinions ou comptes rendus d'événements n'avaient pas leur place au déjeuner. Ils étaient réservés aux soirées de la semaine où ils se débrouillaient pour dîner ensemble – des bribes de conversation pêle-mêle, passant du coq à l'âne, demi-phrases qui étaient le langage convenu de longues années de mariage.

Dès que William eut achevé de lui dicter le programme des activités du Quatuor pour le mois suivant, le mois de novembre, toujours assez chargé car il précédait Noël, Grace prit son courage à deux mains pour mentionner la seule invitation qu'elle avait reçue de son côté.

« Jack, dit-elle. Jack et Laurel. Ils aimeraient assister à un concert et nous emmener dîner, c'est leur cadeau d'anniversaire.

– Grands dieux ! s'exclama William.

– Si on leur proposait de nous rejoindre à Ealing la semaine prochaine ?

– Excellente idée. » William se mit à rire. « Du Bartok pendant toute la seconde partie. Ils détesteront ça.

– Alors, j'accepte ?

– Il faut battre le fer quand il est chaud, mon Cœur.

– Peut-être que ça ne s'arrangera pas : rappelle-toi ce qui s'est passé l'an dernier.

– C'est vrai. J'avoue que ça a été un gros soulagement ! » Il regarda sa montre et se leva.

« Il n'est qu'une heure et demie, reprit Grace. Tu vas être beaucoup trop en avance.

– Oh ! Tu connais les copains, tu sais ce que c'est que les anniversaires... Un gâteau et je ne sais trop quoi d'autre avant de commencer ! » Pouvait-elle percevoir qu'il avait hâte de partir ? Pour peu qu'il arrive d'assez bonne heure, il pourrait tomber sur Grant et Bonnie en train de déjeuner ensemble après avoir visité l'appartement. Avec lui, fini leur petit tête-à-tête ! « Et puis, ajouta-t-il, il faut que je change de pantalon. »

William avait remis son pantalon neuf en velours côtelé qui avait été si mal accueilli la veille. Il n'avait aucunement l'intention de risquer d'autres commentaires pénibles.

« Pourquoi diable ? Hier, j'ai été heureuse de voir que tu avais enfin décidé de l'étrenner !

– Je ne sais pas… Disons qu'il est parfait pour la maison mais que je ne me sens pas à l'aise quand je joue.

– Je vois… » William lisait sur le visage de sa femme. Elle lui avait offert ce pantalon à Noël, deux ans plus tôt. « Je vais le remettre dans la penderie pour qu'il mûrisse encore un peu, mon Cœur… » Pauvre Grace, ça la réconforterait de le voir sourire de ses propres manies. Elle apprécierait de l'entendre plaisanter sur sa méfiance à l'égard des vêtements neufs…

Ça avait marché. Elle était radieuse.

« Tu as des plans pour cet après-midi ? » En général, il pensait à lui poser la question.

« Oh ! Pas grand-chose.

– Je rentrerai vers sept heures du soir.

– Tarte à la rhubarbe.

– Je m'en réjouis d'avance ! Tu me gâtes ! De la tarte à la rhubarbe, rien que ça ! »

En arrivant à la grange, William s'aperçut que Rufus était déjà là, en compagnie de Grant et Bonnie. Serrés autour de la table, ils préparaient l'anniversaire. Un coin de celle-ci avait été dégagé pour y poser un gros gâteau au chocolat, que Grant avait glacé et décoré avec beaucoup d'imagination. Ce dernier avait raté une vocation de maître queux en devenant violoncelliste. Il n'avait pas eu l'occasion de mettre à profit ses talents de cuisinier pour les autres musiciens depuis qu'il lui était échu de recevoir à l'occasion de leur soirée de Noël annuelle. Il avait apprêté un énorme buffet autour d'un cochon de lait exagérément décoré, de légumes marinés et d'une bombe glacée qu'il avait dû passer des journées entières à confectionner. À en croire William, le véritable talent culinaire de Grant était en tant que chef pâtissier si l'on en jugeait par les délicieux gâteaux qu'il préparait pour les anniversaires des autres musiciens. Celui-ci était sans doute son chef-d'œuvre : une savante réalisation en chocolat ornée de violettes en sucre qui scintillaient sous une brume de sucre glace.

William se livra à un rapide calcul : si ce matin Grant s'était donné tant de mal pour réaliser ce gâteau, il n'avait guère dû lui rester de temps pour visiter l'appartement avec Bonnie. C'était là un très léger soulagement. Rufus versait du Sambucco dans les flûtes, sa contribution aux festivités annuelles. Il tira de sa poche un minuscule sac en papier dont il fit glisser quatre grains de café dans sa main. Il était méticuleux, ce cher Rufus ! Ces derniers temps, il s'était mis à perdre un peu la mémoire : les heures, les dates, les arrangements, jamais cependant il n'avait oublié un morceau de musique. William attribuait ces oublis à une récente préoccupation : Rufus avait été perturbé de s'apercevoir que les rossignols ne venaient plus chanter dans son jardin. Son angoisse concernant le déclin des rossignols avait décuplé en apprenant qu'en Angleterre les rossignols étaient une espèce en voie de disparition. Entre le début des années soixante-dix et la fin des années quatre-vingt, à peu près trente-cinq pour cent des rossignols avaient disparu, mais, ainsi qu'il l'expliquait aux autres musiciens attendris, si inquiétant que cela pût paraître aux yeux de ceux qui se préoccupaient de la survie de la nature, ce n'était pas aussi alarmant que la raréfaction des alouettes au cours des vingt-cinq dernières années. Aussi décida-t-il de partager les profits de sa collecte entre le rossignol et l'alouette. La suggestion de Bonnie d'organiser un concert pour se procurer des fonds permettant de venir en aide à ces espèces menacées lui alla droit au cœur. Ce concert, prévu un dimanche, inclurait des lectures de poèmes sur ce thème. Rufus leur dit qu'en été, lorsqu'il avait une soirée libre, il allait se promener dans les bois près de chez lui dans l'espoir de repérer ne fût-ce qu'un seul rossignol, hélas, il avait rarement eu cette chance. Leur chant lui manquait bien plus intensément qu'il n'aurait jamais cru que le chant d'un oiseau pût manquer à un homme, disait-il.

Bonnie, qui s'était portée volontaire pour lire des poèmes lors de ce concert, s'affairait à la décoration du gâteau d'anniversaire de William. Elle laissa tomber d'une boîte des petites bougies blanches. Il était évident qu'il faudrait trouver une astuce pour remédier à la pénurie de bougies.

Bonnie gratifia William d'un de ses sourires enchanteurs.

« Je crois que nous allons avoir une bougie par décennie. Combien devrai-je… ? »

William secoua la tête. Les lèvres pincées, Rufus plaça avec soin un grain de café dans chaque verre. Bonnie enfonça quatre bougies dans le glaçage du gâteau.

« Continuez », dit Grant.

Bonnie lança à William un regard interrogateur.

« À vous de deviner », dit-il.

Bonnie piqua une cinquième bougie dans le gâteau. Grant sourit, mais il retint sa langue. Bonnie enfonça à fond la bougie dans la génoise au chocolat, libre à chacun de symboliser par le petit bout qui en pointait le nombre d'années de son choix.

Par la grande fenêtre, ils pouvaient voir que le ciel s'était assombri. Le vent s'acharnait sur les quelques feuilles jaunes qui restaient aux deux pommiers. Il se mit à pleuvoir. Grant alluma les bougies, Rufus approcha une allumette des quatre verres de Sambucco. Les musiciens s'assirent en cercle, tenant à la main leur boisson dont la flamme dansait dans un crépuscule prématuré tandis qu'ils savouraient le gâteau au chocolat presque liquide. William se rappelait qu'Andrew avait toujours le chic pour honorer son anniversaire d'un toast un peu niais qu'il accompagnait d'un discours saugrenu à la louange de ce personnage généralement exemplaire qu'était William. Cependant, aujourd'hui, Andrew ne lui manquait pas. Bonnie était là, à côté de lui, le visage barbouillé de chocolat comme une gamine. Elle se léchait de temps en temps le doigt et grimaçait à chaque gorgée de la boisson brûlante.

William aurait pu rester longtemps assis autour de la table à écouter les bribes d'une conversation paisible, à sentir la chaleur se propager dans son estomac après le Sambucco et à apprécier la sécurité de la pénombre, mais il y avait du travail. Il posa son verre.

« Un grand merci à chacun d'entre vous, dit-il.

– Encore un verre. » Rufus brandit la bouteille.

William leva la main. « Non, non et non. Nous allons commencer la cadence du Razoumovski, comment croyez-vous que j'arriverai au bout ? »

Les autres se remirent à rire. Ils tenaient à voir l'effet du Sambucco sur William. Ce dernier se leva et se dirigea vers les pupitres à l'autre bout de la grange. Les autres le suivirent. Personne n'alluma. Ils feuilletèrent leurs partitions, accordèrent leurs instruments et attendirent que William leur fasse signe de commencer. Alors la musique envahit la grange, étouffant le bruit de la pluie.

Le vent soufflait, il faisait froid dans le parc, même s'il ne tombait que quelques gouttes par-ci par-là. Grace et Lucien marchaient côte à côte dans une allée goudronnée. Chacun tenait en laisse un chow-chow. Ces chiens encombrants et gauches dandinaient leur arrière-train gras et velu, tirant, flairant, grognant, gâchant le plaisir qu'aurait pu procurer la promenade.

Dieu sait pourtant si ce plaisir était limité ! Lucien était dans un de ses moments maussades et taciturnes. Il ne s'était pas rasé depuis plusieurs jours et Grace le trouva atrocement maigre, malade. Il n'y avait pas de pire corvée pour lui que de promener l'après-midi des chiens dans ce parc lugubre, fût-ce pour cinq livres de l'heure. Grace ne pensait pas que ce genre de travail durerait longtemps. Il était clair qu'elle n'avait aucune envie de recommencer cette expérience : il n'avait vraiment rien d'un compagnon. Le vent gonflait son tee-shirt sale qui retombait ensuite sur son torse creux.

« Tu dois avoir froid, dit Grace.

– Non. » Il boutonna sa veste en toile de jean. Ils avaient fait deux fois le tour du parc et il leur restait encore trois quarts d'heure de cette corvée. « Je ne crois pas que je puisse supporter ça beaucoup plus longtemps, finit-il par dire. Tu as déjà vu des chiens aussi abominables ? On dirait des remorqueurs, tu ne trouves pas ? Pas vrai ? Ils sont les remorqueurs et nous, nous sommes les navires qu'on hale vers le large. » Le seul fait de parler semblait l'égayer un peu. « Quand j'étais gosse, à Portsmouth, je regardais les remorqueurs à l'œuvre. Ils emmenaient ces gros navires au large, les y laissaient et revenaient aider le suivant. Je suivais des yeux le foutu navire jusqu'à ce qu'il disparaisse au loin. Ce qui me rendait enragé c'était de ne pas pouvoir imaginer la vie à bord. J'avais plus ou moins idée que c'était une sorte de palace : des lustres, des cuisiniers. Quelqu'un m'avait raconté qu'il y avait des escaliers sur les grands paquebots, et qu'ils étaient même recouverts de tapis. C'est vrai, ça ?

– Je l'imagine, dit Grace. Je n'ai jamais mis les pieds sur un paquebot.

– Tu as mené une vie tranquille. » Lucien s'arrêta pour laisser son cabot renifler une poubelle.

« Oui, c'est exact, répondit Grace avec un haussement d'épaules. M'étant mariée très jeune, je n'ai pas eu le temps de faire grand-chose avant et puis après, avec les engagements de William, nous n'avons pas eu vraiment la possibilité de voyager. Quoi qu'il en soit, poursuivit-elle avec un sourire, ce dont je puis être sûre et certaine, c'est qu'il n'acceptera jamais de partir en croisière sur un paquebot. »

Lucien la regarda, l'air hagard. Il avait les pupilles dilatées. Grace regretta, comme si souvent ces derniers temps, de l'avoir jamais rencontré. Elle regretta qu'il se soit insinué dans sa vie, qu'il en soit venu à dépendre ainsi d'elle. Peut-être qu'aujourd'hui dans le parc ce serait le moment de lui suggérer de limiter ses visites du matin…

« J'aimerais bien que Lobelia mène une vie aussi paisible que la tienne, dit-il, au lieu de courir comme une dingue d'un homme à l'autre, d'une soirée à l'autre et de boire et tout et tout. » Il partit d'un rire méchant. Ils commencèrent leur troisième tour de parc le long de l'allée dépourvue de charme. « Bref, elle repart aujourd'hui, à ce qu'elle dit, avec son abruti de pharmacien. »

Il rentra la tête dans ses épaules et se renferma dans son silence. Grace comprit que ce n'était pas le bon moment : toute suggestion, si délicatement exprimée fût-elle, pouvait déclencher une de ses rages. Elle n'avait guère envie de s'exposer à sa colère, seule dans ce parc.

Cette promenade avec les chiens avait dû être l'heure la plus longue, la plus sinistre que Grace pourrait jamais se rappeler. Quels que fussent les plans de Lucien concernant les chiens, elle ne l'accompagnerait plus.

À la fin de la répétition, les musiciens de l'Elmtree récompensèrent leurs efforts avec les restes du gâteau d'anniversaire de William et de grandes tasses de thé Earl Grey. Cela avait été un après-midi peu ordinaire : le mélange de Sambucco et de Beethoven avait mis William dans un état de rare déliquescence. Hélas, cette douce félicité avait été gâchée par la nouvelle que l'appartement recommandé par Grant et situé à l'autre bout d'Aylesbury convenait tout à fait à Bonnie. Elle pourrait même profiter du petit jardin. Du coup, elle avait décidé de mettre en vente son appartement londonien. Elle prévoyait d'emménager d'ici à la fin du mois.

En la regardant assise de l'autre côté de la table, William se disait que tout ce qu'il connaissait d'elle se résumait à son sourire, à sa chaleur humaine et à un certain aperçu de ses talents de musicienne. Elle était sans aucun doute une altiste exceptionnellement douée, ils en étaient maintenant tous convaincus. L'Elmtree devrait veiller à ne pas la perdre au profit d'une carrière de soliste. De la vie de la jeune femme, il ne connaissait rien : rien de ce qui lui procurait du plaisir en dehors de la musique, rien de ses plats préférés, rien de ses goûts littéraires, rien de sa famille, rien de ses amours ni de ses amants… Voilà qui le terrifiait. Il se leva soudain, n'en pouvant plus de la regarder tortiller les pans de son châle rouge. Le fait de ne pas savoir était une souffrance jusqu'ici inconnue de lui. Il se sentait faible, tremblant, mais il se débrouilla pour lui sourire en les remerciant tous encore une fois.

À son grand étonnement, Bonnie se leva et le suivit dans l'obscurité, sous la pluie, jusqu'à sa voiture et lui demanda si elle pouvait monter un instant. William déverrouilla les portières d'une main mal assurée. Que diable se passait-il ?

Une fois assise à ses côtés, elle fut très directe, presque brusque. Sans doute désirait-elle prévenir tout de suite William qu'elle n'avait rien d'autre en tête qu'une relation professionnelle. Elle lui tendit une petite enveloppe transparente.

« Je ne voulais pas être la seule à ne rien vous donner », dit-elle.

William laissa un instant le cadeau dans la paume de sa main. Il le soupesait, sa main montait et descendait. Du temps, il lui fallait du temps. La pluie s'acharnait contre le pare-brise. La jeune femme sentait encore la marguerite.

« Joyeux anniversaire ! » Bonnie alluma le plafonnier. William sortit le contenu du sac, regrettant la lumière. Il aimait bien la pénombre. Deux petits objets en argent tombèrent dans la paume de sa main. Des boutons de manchettes, d'une forme abstraite, irrégulière. À première vue de ces trucs modernes et atroces, se dit William. De minuscules bouts de viande congelée.

« Ma sœur dessine des bijoux, expliqua Bonnie.

– Ils sont jolis comme tout. Merci vraiment. » Ces ignobles petits machins ballottaient dans sa main. Il n'arriverait jamais à les aimer, mais parce que Bonnie les lui avait donnés, il les garderait toujours. Il veillerait à ne jamais les perdre. « Vous n'auriez pas dû faire ça, vous savez. Voyons, nous ne nous connaissons qu'à peine, juste depuis quelques semaines. »

Bonnie se mit à rire.

« Hier soir, *vous* n'avez pas apprécié mes manches, et de mon côté j'ai remarqué que vos boutons de manchettes étaient horribles. Aussi, m'a-t-il paru tout naturel… voyant que vous aviez eu assez confiance en moi pour m'accepter, de…

– Ils n'avaient aucune valeur, j'avais perdu les beaux.

– J'espère bien que vous n'allez pas perdre ceux-là !

– Oh non ! Oh non ! » William devinait les complications en perspective : il se retrouvait avec deux paires de boutons de manchettes, les légitimes et les illégitimes. Il lui faudrait jouer serré. « Merci beaucoup !

– Je crois que je ferais mieux de rentrer. » Bonnie éteignit le plafonnier.

« Je repars à Londres.

– Il reste encore un peu de Sambucco. C'est bon ce truc-là, vous ne trouvez pas ?

– Oui, et après ça à Londres ! » Elle poussa un somptueux soupir. Ils virent Rufus sortir de la grange, éclairé un instant par la lampe de l'entrée, puis se précipitant vers sa voiture, courbant l'échine à cause de la pluie. Il était toujours très pressé d'aller retrouver son épouse, Iris, une femme à moitié invalide. Il leur adressa un signe de la main. William imagina Bonnie et Grant seuls dans la grange en train de boire. Grant irait peut-être jusqu'à allumer un feu. De quoi parleraient-ils ? William retint son soupir.

« Allez ! » Bonnie se tourna, se pencha vers William et posa sur sa joue un baiser délicat, rapide, comme si une plume portée par la brise l'avait effleuré et s'en était allée. À peine descendue de voiture, Bonnie s'était mise à courir vers la grange. Le siège à côté de lui paraissait plus vide que jamais. Un vide tangible, un vide plus redoutable qu'il l'aurait jamais imaginé. Il posa la main sur le siège, encore tiède de la présence de Bonnie. C'était de la folie, c'était une maladie, à moins que ce ne soit le juste châtiment pour avoir bu de l'alcool au cours de l'après-midi. Quelle que fût la cause de ce tumulte intime, William savait qu'il devait se reprendre en main.

Il démarra la voiture. Il pensa à la tarte à la rhubarbe. Il pensa au plaisir de sa femme en le voyant rentrer. Sa Grace bien-aimée, son cœur, celle qu'il aimait depuis si longtemps ! La fin de semaine, jusqu'à la répétition de lundi, s'étirait devant lui tel un désert sombre et sans fin. À cela s'adjoignait un intolérable sentiment d'avoir perdu quelque chose et d'être sur le point de perdre autre chose. La confusion régnait dans son esprit. Il ne voulait pas perdre. Il fallait qu'il se reprenne en main. *Maintenant.* Qu'il cesse d'imaginer Bonnie et Grant dans la grange. Qu'il se dépêche de rentrer, d'aller retrouver Grace, qu'il fredonne en entier le premier morceau de Razoumovski, qu'il soit le plus vite possible auprès de Grace. Il accéléra, ayant soudain décidé d'aller vite. Le fait de se concentrer sur la route déjouerait les tours de son imagination. Il pria Dieu de lui être favorable et de veiller à ce qu'il n'y ait pas trop d'automobilistes sur la route.

À vrai dire, ses moments de folie ne résistèrent pas au cocon tiède et douillet de la maison et au grand sourire d'anniversaire de Grace, aux petits soins pour lui. Il prit la (bonne) décision de lui raconter l'histoire des boutons de manchettes et tous deux se mirent à rire lorsqu'il lui montra ces horribles petites choses. « Il faudra bien que je les porte à l'occasion pour ne pas la vexer.

– Bien sûr qu'il le faudra ! » L'après-midi du samedi, Grace et lui allumèrent un feu avec les feuilles mortes du jardin, ce week-end sans engagement professionnel se déroulait de façon tout à fait normale. Son cœur ne battait plus la chamade, les picotements dans ses doigts avaient disparu et la brume qui voilait en partie le visage de Bonnie l'avait apaisé.

Et voici que le dimanche soir se passa quelque chose d'aussi étrange qu'inattendu. Elle appela. Non pas sur la ligne privée de William, celle qui était là-haut, dans son studio et dont il lui avait donné le numéro lors de la première répétition, en précisant que c'était sa ligne professionnelle, mais au domicile. Grace prit l'appel dans la cuisine et alla au salon annoncer la nouvelle à William qui lisait le journal au coin du feu.

« Bonnie Morse est au téléphone. Elle dit que demain elle doit rendre visite à quelqu'un qui habite près d'ici. Elle aimerait savoir si elle peut s'arrêter ici avant que tu ailles à la répétition. Il semblerait qu'elle n'ait rien d'autre à faire après son rendez-vous. Qu'en penses-tu ? »

William se gratta la tête. Il souhaitait donner l'impression d'hésiter.

« Suggère-lui de déjeuner avec nous et puis après nous pourrions nous y rendre à deux voitures.

– Entendu. » Grace sortit de la pièce. William jeta le journal par terre, tripota son nez en reniflant, une habitude qu'il avait quand il tergiversait. L'idée extraordinaire qu'avait eue Bonnie de venir ici de son propre chef était à la fois excitante et rassurante. Excitante pour des raisons sur lesquelles il n'avait nullement l'intention de s'appesantir, rassurante parce qu'il était persuadé qu'une fois qu'il pourrait la voir avec Grace, les deux femmes sous son propre toit, cela résoudrait tout. Cela mettrait un terme à ses pathétiques petits fantasmes, tout prendrait un sens. Le calme reviendrait.

« Elle sera ici vers midi, dit Grace de retour de la cuisine. Je dois dire qu'elle me paraît charmante. »

Au cours d'une nuit blanche, William décida de ne pas aller ouvrir la porte à Bonnie, mais de rester à travailler d'arrache-pied dans son studio. Grace et elle auraient ainsi l'occasion de se rencontrer brièvement. Grace la ferait monter. Il avait espéré que la matinée serait ensoleillée : son studio était si plaisant quand le soleil du matin se coulait sur les vieux meubles minables, les livres et les piles de partitions ! Hélas, le beau temps n'était pas au rendez-vous. Le bleu sombre du ciel avait l'aspect d'une meurtrissure, la lumière était fade, pesante. Les prévisions météorologiques étaient à la neige.

Seul dans sa chambre après le petit déjeuner, William suivit son rituel quotidien : ses mouvements étaient toujours précisément les mêmes. Ils se voulaient une façon rassurante d'aborder la journée. Il commençait par poser une pile de partitions sur son bureau, en tirait celle qu'il avait décidé d'étudier en montant l'escalier, puis il reposait les autres partitions sur le plancher, mais cette fois à un endroit différent. Il s'offrait ainsi chaque matin une petite partie de cache-cache, sa manière à lui de faire en premier travailler ses méninges. Il déplaçait ensuite son pupitre de l'endroit où il l'avait laissé la veille, l'approchant de la fenêtre. C'était toujours là qu'il jouait, en regardant le jardin et les toits aux formes variées de ses voisins. Le pupitre ne restait là que pendant son temps d'étude, quand William quittait la pièce, il fallait le changer de décor, le ranger dans un coin, près du canapé, qu'importe. Il songeait parfois à la bizarrerie de ses manies, mais il se disait qu'il ne devait pas être le seul à être ainsi. Nous élaborons, en fonction de notre sécurité et de notre confort, des modes de comportement dont pourraient se gausser ceux qui n'ont pas besoin de la sécurité qu'apporte la routine, mais dont ne sauraient se passer ceux qui en dépendent, disait-il.

Le pupitre installé à la hâte près de la fenêtre, William se lança dans la *Méditation* de Massenet. Ce n'était pas un morceau de leur répertoire qu'il avait besoin d'étudier, mais il souhaitait le jouer dans l'espoir de retrouver son calme. Il souleva son archet et entra dans la mélodie bien rythmée qui évoquait toujours pour lui l'encens s'élevant dans les airs. Les yeux fermés, la plupart du temps, seul mais momentanément en sécurité dans les grottes de la musique, il ne remarqua pas à quel instant précis de la matinée il se mit à neiger.

Grace avait une fois de plus une excuse toute trouvée pour remettre son travail à plus tard. Bonnie venant déjeuner, elle voulait se donner un peu plus de mal qu'à l'habitude. Voyant qu'à neuf heures et demie Lucien n'avait pas encore fait son apparition, elle se lança dans une quiche au haddock. Au moment où elle la mettait au four et allait s'installer à son bureau, Lucien passa la tête par la fenêtre. Ses cheveux et ses épaules étaient couverts de flocons de neige si fragiles que seuls les contours en étaient visibles.

« Drôle de journée ! dit-il.

– Tu es en retard. » Grace s'efforça de cacher son agacement.

« Ça t'embête ? Je pèle de froid.

– Entre vite, mais je te préviens, tu ne pourras pas rester longtemps, Bonnie Morse vient déjeuner et je dois travailler environ une heure avant qu'elle arrive. »

Les semelles mouillées de Lucien laissèrent des traces sur le sol de la cuisine. Il s'assit à sa place habituelle, accepta une tasse de thé et demanda à Grace une tranche de pain grillé. Il était à nouveau d'humeur taciturne, mais il dévora son toast. Grace se demanda quand il avait mangé pour la dernière fois et ce qu'il avait mangé. La nourriture et la boisson finirent par avoir raison de son silence.

« Tu sais, pour les chiens, eh bien, figure-toi que j'ai donné ma démission, dit-il. Deux jours de ce genre de boulot, c'en était plus que quiconque pourrait endurer. Je suis allé voir la vieille folle ce matin et je lui ai dit ce que je pensais de ses cabots. Ça n'a pas paru lui plaire, elle s'est mise à crier comme un putois. Comment vouliez-vous qu'elle ait l'esprit au repos face à ses *lourdes responsabilités de cadre supérieur* – je la cite – quand ses clebs étaient enfermés toute la sainte journée ? Je lui ai répondu que ce n'était pas mon problème, chère madame, et j'ai filé. Disons que ce n'était pas une bonne façon de commencer ma journée.

– Effectivement.

– Là-dessus... la neige ! Tu parais nerveuse. T'affole pas, je repars tout de suite. Je sens très bien quand je suis de trop.

– Ne sois pas ridicule, Lucien. Je vais remettre du pain à griller. Tu vas à l'Agence pour l'emploi ?

– Tu m'as déjà vu y aller ? Ces trucs-là, ça ne sert strictement à rien. À rien de rien. On n'y trouve jamais rien de convenable. Jamais.

– Alors qu'est-ce que tu envisages ? »

Lucien redressa la tête, ferma les yeux, passa ses mains

sales sur son visage mal rasé, remuant les doigts comme ceux d'un pianiste. Grace l'avait déjà vu faire ce geste, cela signifiait qu'il se concentrait.

« Cette fois-ci, plus question de plaisanter. Cette fois-ci, je vais avoir une idée qui va tout régler. Je vais trouver quelque chose qui va me brancher parce que j'en ai jusque-là. » Il ouvrit les yeux et fit mine de se trancher la gorge.

« Ça c'est... Très bien. Mais à quel genre de chose penses-tu ?

– Ne me demande pas. Pour l'instant, je l'ignore, mais je le saurai vite. Pour l'instant, vois-tu, je parle aux grosses légumes. » Il referma les yeux, envisageant à coup sûr quelque chose qui dépassait Grace. Elle regarda longuement la pathétique silhouette de ce jeune homme maigre, crasseux, nerveux, sur la défensive, lugubre. Comment pouvait-il seulement imaginer qu'une « grosse légume » soit prête à lui donner sa chance ?

Soudain, il frappa du poing sur la table. « À condition, bien sûr, que Lobelia n'aille pas tout faire foirer comme la dernière fois !

– Qu'a-t-elle fait ?

– Je ne veux pas en parler. Je ne suis pas de ceux qui s'imaginent que c'est une bonne idée de parler de tas de choses tout le temps. À une époque, les services sociaux n'arrêtaient pas de m'envoyer des gens pour me parler. Si on parlait de tout ça ? qu'ils me répétaient. Je leur répondais : je veux pas en reparler, merci beaucoup. Vous feriez mieux de rentrer chez vous, connards que vous êtes. Rien ne m'ennuie autant que de parler de ma triste enfance car ça ne changera strictement rien. Par conséquent, allez vous faire foutre et ne m'envoyez plus personne ! » Lucien acheva son thé et se leva. « J'aime parler d'autres choses. » Il demeura un instant silencieux, immobile. « J'aime bien parler avec toi. » Il adressa à Grace un de ses sourires désarmants. « Je sais pas ce que tu as dans ton four, mais ça sent bon.

– Je t'en garderai une part.

– Peut-être que je devrais trouver une fille. Une fille qui aime faire la cuisine.

– C'est une bonne idée.

– Une fois que j'aurai réglé mes problèmes, je me mettrai à chercher. À bientôt ! »

Lucien affronta la neige. Elle tombait maintenant à gros flocons ; au bout de quelques mètres, elle recouvrit ses vêtements légers et sa tête courbée.

William entendit Grace et Bonnie monter l'escalier vers midi cinq, il regarda sa montre. Elles le surprirent tant et si bien qu'il n'eut pas le temps d'affecter un air nonchalant. En ouvrant la porte, elles le virent pris de panique près de la fenêtre, comme un homme qui ne sait trop que faire, violon dans une main, archet dans l'autre. Bonnie, avec sa spontanéité, facilita les choses.

« William ! Dites donc, c'est merveilleux votre tour d'ivoire ! »

Grace sourit et marmonna quelque chose visant à préciser que le déjeuner serait prêt à une heure puis elle sortit de la pièce, refermant la porte derrière elle. Ils avaient donc exactement cinquante-quatre minutes devant eux.

« J'avoue que je l'aime bien », dit William sans grande conviction.

Bonnie alla à la fenêtre.

« C'est agréable, cette vue sur votre jardin. » Elle toucha le pupitre, jeta un coup d'œil sur la partition de Massenet et sourit. Pouvait-elle deviner pourquoi il avait décidé de jouer ce morceau ? « C'est ici que vous travaillez ? »

William fit oui de la tête. « C'est vrai, il y a une jolie vue quand il fait beau. Vous avez apporté votre alto, je vois. »

Bonnie posa la boîte de l'alto sur le plancher.

« Je ne le laisse jamais dans la voiture, où que j'aille il me suit.

– N'aimeriez-vous pas… vous asseoir ? » William sentait sa gorge se serrer tant il était mal à l'aise. « Une tasse de café ? J'ai tout ce qu'il faut ici pour faire du café, rien de plus facile.

– Non, merci. Grace m'en a offert une tasse, elle est charmante votre épouse. »

Le regard de Bonnie balayait la pièce, sans négliger aucun des objets personnels de William qui ne présentaient aucun intérêt pour qui que ce soit d'autre que lui, et que, sans doute, personne n'avait regardés jusqu'ici avec autant de curiosité – ou d'intérêt, qui sait ? Aucun des autres musiciens n'avait jamais pénétré dans cette pièce, leurs rares réunions chez William avaient lieu en bas. Grace était la seule à passer la tête et à sourire de ce capharnaüm. Molly, la femme de ménage, y allait à grands coups de plumeau sans état d'âme une fois par semaine. Personne ne regardait jamais avec le regard pertinent de Bonnie. William se sentit ému par cette apparente compréhension du pourquoi des choses.

Elle se précipita vers le canapé mal en point, poussant un tas de papiers pour s'asseoir.

« Ça ne vous ennuie pas ? Devinez quoi ? Eh bien, Grant m'a appris quelque chose d'ahurissant après votre départ ! Vous vous souvenez, je vous ai dit que c'était le *Concerto pour violoncelle* de Dvorak qui m'avait incitée à faire une carrière de musicienne ? Eh bien, figurez-vous que c'est ce même morceau qui l'y a incité, lui aussi. N'est-ce pas là une étrange coïncidence ?

– Très étrange », reconnut William. C'était aussi une mauvaise nouvelle. Un lien inquiétant. Ils pourraient, à Dieu ne plaise, y voir une espèce de signe, lui attribuer une importance fictive. Cela ébranla le moral de William. Un long silence s'ensuivit. « Vous avez rendu visite à un ami qui habite par ici ? finit-il par demander d'une voix sourde.

– Oui, à un très vieil ami qui habite Reading. »

Ce n'était pas le moment de chercher à en savoir davantage. Un jour, d'un ton badin, William s'enhardirait à lui poser des questions sur sa vie privée. Il attendrait de mieux la connaître. Il soupira. Bonnie le regarda aussitôt de ses yeux pâles, demi-lunes, sous sa frange, et lui adressa un sourire bienveillant.

« À vrai dire, j'espérais que ce serait le bon moment de tenir votre promesse de jouer quelque chose pour moi », dit-elle.

William en resta interloqué. Il avait oublié sa promesse. Avait-il réellement promis ? Il n'avait certes rien prévu de jouer aujourd'hui. Qu'aurait-il pu… ? En outre, cela ne semblait pas le bon moment.

« Oh ! Je n'en suis pas si sûr, Bonnie. Voyez-vous, je n'aimerais pas que vous m'entendiez quand je suis loin d'être en pleine forme, en outre, je n'ai pas étudié de solo depuis des années. » Le sourire de Bonnie s'évanouit. « J'ai une idée : si nous jouions un morceau ensemble ? »

En posant la question, William comprit qu'il s'était trop avancé : il ne pouvait plus revenir en arrière. Du même coup, il savait que si elle acceptait sa proposition, et il était évident qu'elle l'accepterait, il pénétrerait en terrain miné, en un territoire interdit, jonché de conséquences trop redoutables pour seulement les envisager, s'il était assez insensé…

« Bravo ! s'exclama-t-elle. Que diriez-vous d'un duo de Mozart ? Il y en a un que je jouais avec mon professeur quand j'étais au conservatoire. »

William fouilla dans ses partitions de Mozart, Bonnie sortit son alto. Quelques instants plus tard, ils se tenaient tous deux près de la fenêtre, leur instrument en équilibre sur l'épaule, prêts à commencer. Dehors, les toits, les haies, les arbres dénudés étaient blancs. La neige tombait serrée et drue, ne voilant pas la vitre protégée par l'avant-toit. Tout cela était si étrange, si troublant que William craignait de ne pas pouvoir lire la musique. Détachant les yeux de cette blancheur fluide et laissant son regard errer dans son studio, il s'aperçut que son environnement lui était devenu atrocement étranger. Lui qui avait toujours cru en la magie du changement qu'entraînait la présence d'une silhouette troublante, cette fois, il en avait la preuve. La présence de Bonnie dans son studio avait causé des ravages.

Il força son regard à croiser le sien. Elle lui renvoya un demi-sourire. Il acquiesça d'un signe de tête. Ils attaquèrent et les forces dans lesquelles William avait cru entrevoir sa perte se mirent puissamment à la tâche.

Ils achevaient un duo quand Grace frappa à la porte. Les cinquante-quatre minutes les avaient, elles aussi, mystifiés : elles s'étaient si vite envolées que William n'aurait pu dire si elles leur avaient jamais été données. Tandis qu'ils jouaient, un soleil pâle – dans lequel William vit un symbole – avait percé le ciel sombre. La neige était moins dense, elle fondait en tombant. Ils rangèrent leurs instruments. Bonnie jeta un coup d'œil sur le visage affligé de William. Il évita de croiser son regard.

Il la savait consciente de sa vulnérabilité... Posant son alto, elle se dirigea vers lui et le serra dans ses bras avec l'impétuosité d'une enfant.

« Que se passe-t-il ? Ai-je fait quelque chose ? »

William était rigide entre ses bras, s'efforçant de garder une attitude indéchiffrable.

« Fait quelque chose ? Oh ! Bonnie... Juste le plaisir de jouer avec vous. »

Ce fut au tour de Bonnie d'esquisser un mouvement de recul, l'air perplexe.

« Vous savez quoi, William ? Jouer avec votre Quatuor, mais surtout jouer seule avec vous est le plus grand honneur que l'on m'ait jamais fait... J'avoue que je n'arrive pas à exprimer ce que cela signifie pour moi que vous, William Handle, jouiez avec moi ! C'est au-delà de tout ce que...

– Ma chère Bonnie, interrompit William qui craignait d'être complètement désorienté par d'autres compliments. Il faudra que nous recommencions.

– Oh ! *S'il vous plaît !* Promis ? J'ai *adoré* ! Qu'en dira ma maman ?

– Dépêchons-nous, Grace nous attend. » Elle lui adressa un merveilleux sourire et sortit de la pièce.

Les déclarations de Bonnie étaient pour le moins inattendues. C'était à coup sûr la preuve que ses propres sentiments étaient, dans une certaine mesure, partagés. Bonnie avait épanché son cœur à travers la musique, envoyant des messages trop forts pour être ignorés. Elle l'avait serré dans ses bras, elle lui avait dit qu'elle voulait rejouer seule avec lui. Tant de signes aussi merveilleux le déstabilisaient. Il posa le front contre la vitre froide, ferma les yeux. La vie serait bien fade si le quotidien n'était pas ponctué d'événements importants et inattendus, songeait-il. Submergé par la joie autant que par l'horreur (à quoi cela aboutirait-il ?), il suivit Bonnie dans l'escalier – prenant avec lui son violon, tant pour se donner une contenance que par sécurité – se demandant comment il arriverait au bout de sa journée.

Au cours du déjeuner qui se passa dans la cuisine, il fut reconnaissant aux deux femmes qui, consciemment ou non, lui rendirent les choses plus faciles qu'il ne l'aurait jamais cru possible. Elles parlèrent musique, fleurs et recettes de cuisine. Elles s'apprécièrent. La présence de William n'était qu'accessoire à leur conversation.

Elles le laissèrent libre de s'adonner à un jeu vidéo aussi étrange qu'effrayant. Il regardait Grace, sa femme, puis l'effaçait de son esprit. Elle n'existait tout simplement plus à sa place, de l'autre côté de la table. Cela revenait à jouer sur un ordinateur intérieur. Clic ! L'image avait disparu et il se retrouvait en tête à tête avec Bonnie. Dans ce jeu inquiétant, Bonnie et lui finissaient seuls à la table conjugale, mais cette dernière avait été remplacée par une autre table qu'il ne reconnaissait pas.

Grace continuait à réapparaître, bien sûr. Sa forte présence ne pouvait s'effacer longtemps de l'écran. Voilà qui était, en réalité, un soulagement, la preuve que William n'était pas en train de perdre la tête. Si, d'un simple déclic, il l'avait fait disparaître à jamais de son esprit, il y aurait eu lieu de s'alarmer.

« William ? Une autre part ? Tu sembles à des kilomètres d'ici !

– Je n'ai pas faim, mon Cœur, merci beaucoup. »

Il la fit à nouveau disparaître d'un simple déclic.

En se rendant à la grange pour la répétition, seul dans sa petite voiture glaciale qui avançait, insouciante, dans la neige fondue, avec Bonnie dans le rétroviseur à quelques mètres de lui, tout devint clair dans l'esprit de William. C'était simple : Grace devait partir. Si absurde que fût cette idée, il n'y avait pas d'alternative. Grace partie, Bonnie pourrait emménager, remplir le vide, la maison, sa propre vie. Ils pourraient jouer, jouer, jouer ensemble, faire de la musique plus sublime que tout ce qu'il avait jamais entendu. La façon dont il réglerait la question de l'installation de Bonnie chez lui et dont il la persuaderait du bien-fondé de cette idée n'avait aucun rapport avec son plan visant à se débarrasser de son épouse. Par la suite, il réfléchirait à la manière de surmonter les éventuelles objections de Bonnie. Pour le moment, il lui fallait se concentrer sur la façon d'anéantir Grace, sa bien-aimée, son Cœur. Il serait bon de se dire qu'une force extérieure pourrait faciliter les choses – Grace frappée par la foudre en faisant les courses, un appel de sa sœur en Australie la réclamant d'urgence… – mais cela n'était guère probable et il ne pouvait attendre trop longtemps.

À vrai dire, il n'y avait pas d'alternative. William était soudain capable de voir les choses avec un certain sang-froid : il lui faudrait assassiner sa femme.

4

« Je ne pense pas que la lotte puisse vous faire peur », dit Laurel. William fit glisser sur le bout de son nez ses lunettes à monture dorée, il lui décocha un regard visant à lui dire : pas besoin de me traiter avec condescendance, merci.

« Peut-être que vous devriez en prendre », lui suggéra-t-il. Il reprit le menu, décidé à l'étudier de près. Celui-ci avait les dimensions d'une taie d'oreiller et, qui plus est, il était difficile à replier. Au bout d'un moment, William se tourna vers Laurel qui se mordillait les lèvres. « Je crois que je vais me décider pour *la zuppa di mammole e topinambur* et ensuite pour *les calamari ai ferri con peperoncini* », dit-il à toute allure, avec un accent italien presque parfait. Ça devrait lui en boucher un coin, pensa-t-il.

« La quoi ? demanda Laurel.

– La *souppa* je ne sais trop quoi », reprit Jack.

Jusque-là, comme chacun des quatre convives osait se l'avouer, la soirée avait été une catastrophe. Jack et Laurel n'appréciaient pas la musique classique, mais ils avaient décidé d'assister à ce concert pour faire plaisir à William. S'ils avaient réfléchi davantage, ils auraient compris que leur présence était bien la dernière chose que souhaitait William. Il détestait l'idée que quelqu'un puisse assister à un concert par masochisme et, plus encore, que ce soit son philistin de fils ! Les rares fois où Jack avait émis le désir de venir écouter son père, William avait veillé à choisir un programme de compositeurs susceptibles de ne pas mettre ses oreilles à trop rude épreuve. Ce soir, Bartok, Haydn et Purcell seraient ce qu'un quatuor à cordes pouvait jouer de plus ennuyeux, se disait Jack, mais l'endroit, Ealing, avait guidé ce choix. Il était aisé de s'y rendre depuis Hammersmith. Grace avait suggéré la soirée Schubert prévue à Leicester la semaine suivante mais, vu leur emploi du temps chargé, il était hors de question pour Jack et Laurel de se rendre dans les Midlands en milieu de semaine. Avec l'absence d'inhibition caractéristique des martyrs, ils avaient eu plusieurs discussions sur les contrariétés que leur causerait le concert d'Ealing mais ils avaient noblement reconnu qu'en cette période de l'année, il n'y avait pas d'autre option qui pût être perçue comme une surprise d'anniversaire.

Ils concoctèrent à eux deux une façon de survivre à la « partie musique », pour reprendre leur expression. Depuis quelque temps, Laurel souhaitait élaborer une stratégie commerciale pour un hôtel au Portugal. Chargée de vendre des billets et de renseigner les clients, la promotion ne rentrait pas à proprement parler dans ses attributions. L'expérience lui avait toutefois appris qu'il pouvait être intéressant de dénicher un hôtel à l'étranger et de le promouvoir à fond en y allant de sa recommandation personnelle qu'elle pouvait aisément donner sans se donner la peine d'aller voir sur place à quoi il ressemblait. Cela faisait partie de ses petites astuces pour devenir le « numéro un ». Une vie professionnelle trépidante l'avait contrainte à mettre l'hôtel portugais en veilleuse, aussi cette heure de musique assommante lui offrait-elle cette occasion, ce « temps libre » qu'elle recherchait. N'osant se servir de sa calculatrice pendant que le Quatuor jouait, elle effectua pendant les applaudissements quelques calculs et, à la fin du concert, une stratégie complète pour commercialiser l'hôtel portugais scintillait dans son esprit.

Jack avait lui aussi décidé de profiter de l'occasion pour réfléchir à un projet relatif aux sphères plus nobles et plus complexes de la comptabilité qu'il affectionnait. Toutefois, n'ayant pas en main les documents nécessaires, il dut y renoncer et s'efforcer de rester tranquille. De temps en temps, il regardait sa mère qui, les mains posées sur ses genoux, la tête légèrement inclinée, accompagnait d'un œil bienveillant chaque mouvement de son mari. Jack suivit son regard sur l'estrade. La mâchoire menaçante, les yeux mi-clos, son père raclait son violon, en faisant sortir une musique que, chose étonnante, la plupart des gens dans la salle avaient payé cher pour entendre. Extraordinaire, se disait Jack. Les plaisirs d'autrui ne cesseraient jamais de le surprendre. Ses parents non plus ne cesseraient jamais de le surprendre... Le drôle de couple par excellence, complètement à l'écart de la vie moderne par leur adhésion à des références, des modes d'expression et des comportements périmés. Ils appartenaient à ces gens qui vous adressaient un mot de remerciement si vous les aviez reçus un dimanche pour un déjeuner tout simple, qui s'entouraient de précautions excessives : il leur fallait un parapluie dès qu'un malheureux nuage s'égarait dans le ciel, un maillot de corps dès qu'arrivait le mois d'octobre, ils s'adonnaient à un examen scrupuleux des ingrédients des plats tout préparés du supermarché. Enfant, Jack avait été embarrassé des années durant par l'insistance avec laquelle sa mère exigeait qu'il prît avec lui une paire de chaussures dites d'« intérieur » lorsqu'ils se rendaient chez des amis, pour se prémunir contre la boue qu'ils pourraient rencontrer en chemin. Il avait renoncé à lui expliquer que le concept de chaussures spécifiquement réservées à l'extérieur ou à l'intérieur remontait aux temps préhistoriques et que l'on en était à l'ère bénie des baskets à tout usage. Laurel et lui se rendaient même au bureau en baskets. Mais à quoi bon essayer de convaincre Grace ? Ses griefs contre les baskets étaient solidement ancrés : à l'en croire, ce genre de chaussures était si laid qu'elle avait appris à détourner son regard des pieds d'autrui, par souci d'éviter un spectacle aussi navrant. Jack avait toujours vu Grace et William si unis dans leurs opinions peu conventionnelles qu'ils représentaient, en tant que parents, une formidable force à affronter. Tous deux étaient à ce point passionnés par leurs activités artistiques qu'en dépit de toute leur gentillesse, ils avaient paru sourds aux requêtes d'un petit garçon, d'un adolescent, voire d'un jeune homme. Tout ce qu'il avait cherché c'était qu'ils s'intéressent à lui, sans jamais, hélas, y parvenir.

Jack jeta un coup d'œil à sa mère : l'épouse fidèle s'émerveillant toujours autant du talent de son époux et apparemment toujours aussi éprise de lui. Il serait difficile pour qui que ce soit, à l'exception de Laurel, de dire qu'à beaucoup d'égards Grace, en tant que mère, avait eu des manquements.

Jack s'intéressa ensuite au spectacle savoureux qu'offrait le nouveau membre du Quatuor Elmtree, Bonnie Morse. Il ne fut pas sans remarquer le charme d'un coude rondelet, aussi blanc que mozzarella, titillant de son éclat la doublure en satin rouge de la manche. Il remarqua la bouche angélique, la frange qui dissimulait les yeux de façon irrésistible. Quand elle faisait la moue pour se concentrer, il regardait, hypnotisé, folâtrer sur sa joue la fossette la plus discrète qu'il eût jamais vue, à peine une ombre. Quant à l'ample corsage de velours... Jack ne pouvait s'empêcher de se dire que si jamais Bonnie prenait le risque, disons, d'un *décolleté* bordé de dentelle, on entreverrait une gorge tout aussi séduisante que la fossette. Il lui vint même cette pensée déloyale que les seins de Laurel, mornes petits promontoires, appartenaient à une classe tristement différente de ceux de Bonnie. Dieu sait pourtant si c'était drôle de voir combien Laurel en était fière ! Elle persuadait souvent Jack de chanter leurs louanges. Il se concentra si intensément sur les atouts physiques de Bonnie qu'il cessa de prêter attention à cette musique ennuyeuse : il l'entendait à peine. L'entracte arriva avec une étonnante rapidité, interrompant des pensées qui avaient quelque peu vagabondé sur des sentes indignes... Bonnie courant à ses côtés au bord de la rivière, de sorte qu'il pouvait voir sautiller ces foutus nichons... Bonnie... Disons qu'il aurait plus tard l'occasion d'évoquer d'autres fantasmes.

En étudiant la carte, Grace se rendit compte du mal que Jack et Laurel avaient dû se donner pour choisir le restaurant adéquat. Ils avaient veillé de toute évidence à ne pas jeter leur dévolu sur un endroit redoutablement innovateur, ni trop bonne franquette, cela afin de leur donner l'impression, à William et à elle, ménage conventionnel par excellence, que l'on était aux petits soins pour eux. Grace approuva leur choix. L'endroit était plaisant, nappes amidonnées, sièges confortables, serveurs attentifs, ambiance feutrée. À côté des spécialités italiennes plutôt prétentieuses par lesquelles William s'était laissé tenter, non sans un certain plaisir arrogant, le menu proposait d'autres plats plus simples. Grace opta pour du poulet grillé aux herbes accompagné de polenta, elle qui n'avait jamais compris le secret de la polenta pourrait peut-être, cette fois, le percer. Son regard croisa celui de William, elle sourit. La suggestion bien intentionnée de Laurel au sujet de la lotte l'avait carrément exaspéré. Il ne lui rendit pas son sourire. *Le néant n'est que ce qui n'est pas,* se disait William. En des moments de grand bonheur ou de désespoir, il aimait à citer Shakespeare. Le petit sourire inquiet de Grace lui avait donné des palpitations. Il avait besoin de boire quelque chose. Jack en passait du temps pour choisir un vin convenable ! Mais, que voulez-vous, il se prenait pour un connaisseur. Son éloge du choix de William était toujours accompagné d'une pointe de mépris, non que William se fût le moins du monde soucié de ce que Jack pensait de son choix. Tandis que Jack examinait avec un froncement de sourcils l'interminable carte des vins et se livrait à des commentaires à l'intention du sommelier à seule fin d'étaler ses connaissances œnologiques, et que William s'agitait, un jeune serveur reçut l'autorisation de poser une coupelle de noix et d'olives sur la table. Laurel, qui cherchait à dissiper le malaise engendré par son innocente suggestion à l'ombrageux William, se précipita sur la coupelle, saisit une olive verte, sans oublier de relever presto son petit doigt en aile de pigeon. Elle espérait que Jack et ses parents suivraient. Elle s'imaginait que l'arrivée des olives et des noix romprait la glace, après quoi il ne lui resterait plus à endurer que trois plats et environ deux heures de ce supplice.

La coupelle, en fine porcelaine blanche, était partagée

en quatre, séparant ainsi les olives noires des vertes et les cacahuètes des noix de pécan. Laurel poussa la coupelle vers Grace.

« Voulez-vous une noix de pécan ? lui demanda-t-elle en prenant une olive noire, persuadée que Grace n'aimait pas les olives.

– Non, merci, dit Grace. Je suis allergique aux cacahuètes. »

William prit un air grave.

« J'avais presque oublié ça, dit-il.

– C'est intéressant », dit Laurel en se tournant vers Grace. Les maladies et allergies d'autrui la fascinaient car elle avait toujours joui d'une excellente santé. « Comment vous en êtes-vous rendu compte ? »

Grace émit un petit rire. Consciente d'être écoutée par toute la table, elle se sentit gênée. Elle n'aimait pas se sentir le centre d'attraction.

« Un jour, quand j'avais cinq ou six ans, quelqu'un m'a donné un sandwich au beurre de cacahuètes. À vrai dire, je ne m'en souviens pas très bien, je me rappelle juste avoir eu très peur. À l'époque, on ne savait pas grand-chose des allergies, mais on en a conclu que je devais en avoir une aux cacahuètes. Depuis ce jour-là, j'évite les cacahuètes. »

Les cacahuètes... pensait William.

« Ça doit être angoissant d'être toujours forcé de faire attention. Et si vous mangiez quelque chose sans savoir que ça contient des cacahuètes ? » dit Laurel.

Précisément, pensait William dont les mains étaient glacées.

« Oh ! J'y veille, dit Grace, prenant une olive. C'est devenu pour moi une habitude. J'espère que je n'embête personne avec ça, n'est-ce pas, William ?

– Pas du tout, mon Cœur. Bien sûr que non. » Un linceul glacial recouvrait maintenant son corps tandis qu'une image de Grace, un an plus tard, lui venait à l'esprit. Grace dans son cercueil, Grace morte. Par bonheur, on servit le fameux vin : William l'avala d'un trait, tel un homme désespéré, s'attirant un regard désapprobateur de la part de Jack.

« Avant d'aller plus loin, il faut que je vous signale quelque chose à vous deux, Grace et William. Quelque chose qui, à mon avis, pourrait vous intéresser. Eh bien, figurez-vous que *Laurel-à-l'oreille-aux-aguets* a entendu parler d'un tarif des plus intéressants pour des vacances de printemps en Grèce. Bien sûr, dès que ça sera officiel, il sera impossible d'avoir des places, mais si vous êtes intéressés, je peux me débrouiller et sans doute vous obtenir un prix encore plus avantageux que celui qu'on vous promet...

– Qu'est-ce que tu en dis, mère ? demanda Jack.

– La Grèce... reprit William l'air de s'interroger.

– Les îles. Vous imaginez *! Là où la mer est couleur du vin...* » Laurel était tombée sur cette bribe homérique dans toutes les annonces publicitaires vantant la mer Égée. « Pensez donc : un merveilleux paquebot suédois tout neuf, climatisé, un guide-conférencier, professeur à Oxford... À moins que ce ne soit Cambridge... Difficile de ne pas se laisser tenter, vous ne trouvez pas ? » Son propre enthousiasme à cette seule perspective avait fait apparaître des taches roses sur ses joues mates ainsi que sur le V de sa gorge que laissait entrevoir son maillot de corps en jersey.

« Je crains que nous ne soyons forcés de refuser, dit William. Le Quatuor a beaucoup d'engagements ce printemps.

– Oh ! la ! la ! Avec vous, il y a toujours quelque chose ! » Laurel poussa un soupir agacé. Les taches roses de ses joues commencèrent à pâlir. « Mais si vous voulez mon avis, William, vous avez besoin de vacances.

– Moi ? Pas du tout ! répondit William.

– Ridicule ! Vous vous épuisez. Vous avez besoin d'une pause. Réfléchissez-y.

– Je n'arrive pas à comprendre la façon dont vous vous entêtez à refuser les offres de Laurel, dit Jack. Si vous saviez le mal qu'elle se donne !

– À vrai dire, nous ne sommes pas de grands voyageurs, reprit Grace. Tu le sais depuis toujours. »

William surprit son regard et lui adressa un petit sourire de soutien. Elle l'avait dispensé d'une réponse moins courtoise. Par bonheur, la *zuppa* arriva et il dut en redonner bien clairement la prononciation italienne, ce qui lui évita de revenir à ces satanées vacances-à-des-prix-défiant-toute-concurrence qu'avait l'art de proposer Laurel.

À un moment, au cours du plat principal, Jack estima que c'était à son tour d'affecter de s'intéresser à la vie de son père. Il manquait toujours à ce devoir lorsqu'il était avec sa mère, étant incapable de lui poser une seule question relative à la botanique.

« Alors, ça va avec la nouvelle altiste ? »

Père et fils entrevirent chacun à l'insu de l'autre le même coude blanc dansant sur du satin rouge.

« Bonnie ? Elle est valable. Elle se débrouille très bien. Nous avons eu de la chance de la trouver.

– Un beau brin de fille, aussi..., ajouta Jack.

– Un peu rondelette, si tu veux mon avis, dit Laurel.

– Ça vaut sûrement mieux que d'être squelettique comme tant de filles de nos jours », dit Grace.

Bonnie n'était pas un sujet sur lequel William avait l'intention de s'étendre. La seule allusion à son nom lui donnait le vertige. Dans un an, Bonnie et lui pourraient être n'importe où. Il serait libre de l'enlever, de dormir et de s'éveiller à ses côtés, de faire de la musique avec elle. Tous ces duos de Mozart à découvrir ! Bonnie ! William remplit à nouveau son verre. Ce vin exquis accroissait la sensation familière que *rien n'est autre que ce qui n'est pas.* Il écouta d'une oreille lasse Jack et Laurel parler d'elle. Ils n'évoquèrent pas son talent, juste son apparence. Les observations de Laurel dénotaient une jalouse hostilité ; à en croire cette dernière, une chose était sûre et certaine : « Une fille avec une poitrine comme la sienne ne devrait pas porter de velours. » Pour William, il était clair qu'une fille du genre de Bonnie pouvait représenter une menace pour l'abominable Laurel, mais seulement si Jack avait l'occasion de rencontrer Bonnie, et William veillerait à ce que cela ne se produise jamais.

Non qu'une telle rencontre l'inquiétât : il n'y avait aucune chance pour que Bonnie trouvât Jack séduisant. Si William avait moins bu, il se serait sans doute offusqué des commentaires de Jack sur Bonnie et ses « somptueux nichons » et il aurait exigé de son fils davantage de respect. Éméché comme il l'était, si déplaisantes que fussent ces remarques, William était néanmoins conscient d'un vague sentiment de fierté possessive : voici que son fils fantasmait ouvertement sur une fille bien au-delà de sa portée, la fille dont William se sentait le plus proche en ce monde. Il réprouvait que Jack pût avoir des pensées libidineuses à l'égard de Bonnie, même s'il s'amusait de l'agacement de Laurel. Peut-être Jack cherchait-il uniquement à la provoquer, prenant un malin plaisir à la faire sortir de ses gonds. Disons que William pouvait voir ce que cela avait de drôle : la pauvre fille était si totalement dépourvue d'humour, elle était si sérieuse ! À coup sûr, Jack s'apercevrait un jour qu'un peu plus loin que Shepherd's Bush, devait se trouver une fille plus captivante que Laurel pour partager sa vie.

Cette fois, Laurel allait avoir recours aux qualités naturelles de meneuse dont elle se prévalait. Elle en avait par-dessus la tête d'entendre parler de Bonnie, elle veillerait à ce qu'ils ne retournent jamais à un de ces pénibles concerts de l'Elmtree, évitant ainsi de revoir la grosse vache aux manches extravagantes. Il fallait changer de sujet, il ne restait plus que le dessert et le café.

« Je viens de découvrir le *tiramisu*, annonça-t-elle. Et je vous garantis que je vous recommande ça. Hum ! Ce que c'est bon ! »

Personne ne suivit son conseil. Elle bouda, le temps que chacun fasse un sort pénible et silencieux à ces desserts disparates. Au café, William sentit un vague regain d'énergie, mais la tête lui tournait : clients, tables blanches, œillets dans leurs soliflores, serveurs en tablier, tous voltigeaient vers le plafond. Voyant qu'il lui appartenait de réagir – cette horrible soirée coûterait à Jack une fortune – William s'agrippa à la table et se tourna vers son fils.

« Où vas-tu ? » lui demanda-t-il.

Jack fronça les sourcils, il ne comprenait pas.

« On rentre à Hammersmith, bien sûr », rétorqua Laurel. Elle était fière d'habiter Hammersmith.

William avait le regard rivé sur son fils. « Non, je veux dire dans la vie », précisa-t-il.

Jack qui avait presque autant bu que son père fut désorienté par le sérieux de la question. Il regarda sa montre.

« Pour l'amour du ciel, papa, je ne pense pas que ce soit le bon moment pour répondre à cette question. On allait me donner l'addition. »

William fut ravi de voir Jack incapable de lui répondre : il se moquait pas mal de savoir de quel côté Jack et, hélas, Laurel se dirigeaient dans la vie. Il n'avait pas prévu la question ; dans les vapeurs de l'ivresse, il avait juste lâché des mots sans queue ni tête, histoire de rompre un long silence. Il n'avait qu'un désir : rentrer se coucher. À son grand soulagement, il s'aperçut que Grace, sa chère épouse, partageait ce désir : elle venait de récupérer son sac à main et se tamponnait les lèvres avec sa serviette. Ce qu'il y avait de merveilleux au sujet de leurs rares sorties du soir, c'est que Grace conduisait. Aucun problème de ce côté-là. Il pouvait incliner en arrière le siège du passager et dormir tout au long du trajet d'autoroute, assuré d'arriver à bon port. La compétence de Grace en de nombreux domaines entretenait l'amour que William éprouvait à son égard. Il appréciait sa chance d'avoir une telle épouse.

« Je m'occupe du pourboire », déclara Laurel en jetant un coup d'œil sur l'addition. Elle tira un billet de vingt livres de son sac, d'un geste à la fois discret et m'as-tu-vu. « Eh bien ça a été une bonne soirée, n'est-ce pas ? Nous devrions recommencer plus souvent. »

William pouvait sentir sous son bras la main ferme de Grace qui le soutenait. À bien des points de vue, n'était-il pas désolant qu'elle doive mourir, se disait-il. Tandis qu'il risquait son premier pas sur le tapis qui tanguait, le lustre dont les mouvements s'étaient amplifiés à mesure que le dîner progressait sembla le prendre pour cible, balançant perfidement vers lui d'horribles petites chandelles qui l'aveuglaient. Si Grace ne s'était pas précipitée, William aurait pu se retrouver en morceaux.

« Doucement ! Tu as failli tomber, dit Grace.

– Je ne fais que… tomber amoureux de toi, mon Cœur. »

Derrière lui, William entendit ricaner Laurel, il entendit aussi le mot *éméché*, un mot dur, caractéristique de la jeune femme. Toutefois, s'il parvenait à se frayer un chemin entre les tables qui se bousculaient – et avec l'aide de Grace il y parviendrait, nul doute – la soirée serait terminée. Dans une heure, il serait au lit aux côtés de son épouse, peut-être rêverait-il de Bonnie et du plan « cacahuètes »...

En ces occasions où les Handle se trouvaient confrontés à des gens désireux de connaître le secret de leur bonheur conjugal, Grace et William n'étaient pas d'un grand secours. Contraints et forcés d'y réfléchir, ils estimaient que c'était un art en soi d'observer l'autre et de se comporter en conséquence. Il existait chez eux un mutuel désir d'éluder querelles ou conflits et un désir plus vif encore d'éviter de remettre leurs vies en question avec l'éternel déballage et mise au clair de leurs problèmes, de leurs pensées, de leurs sentiments, un passe-temps populaire contemporain qu'ils détestaient par-dessus tout. Aux yeux de Grace et de William, pareil divertissement était écœurant, épuisant, on pouvait employer à meilleur escient un temps précieux. De par leur façon de voir, ils étaient conscients d'être étiquetés comme appartenant à la vieille école très britannique qui exigeait que l'on gardât son flegme. Si l'on insistait, ils n'hésitaient pas à ajouter que la tolérance à l'égard des manies de l'autre contribuait à l'harmonie conjugale, sans jamais toutefois, par souci de fidélité, révéler ces manies. Ainsi, le rituel de la bataille du lit était-il une de celles-ci. Au fil des années, cela était devenu une opération bien orchestrée à laquelle Grace était heureuse de participer tout en sommeillant. William attendait et accueillait chaque soir avec gratitude sa coopération.

La contribution de Grace était vitale mais astreignante. Son seul devoir, les jours où William rentrait tard d'un concert, consistait à écouter le bulletin météorologique afin de lui dire à son retour si la nuit serait chaude, fraîche ou glaciale, lui permettant ainsi de prévoir deux, trois ou quatre couvertures ou d'envisager des précautions maximales au cas où il gèlerait, ajoutant un édredon au nombre de couvertures adéquat. Si, pour une raison ou une autre, Grace ratait le bulletin météorologique, William n'osait jamais la réprimander, mais la façon dont il tournait en rond pour essayer de deviner quel genre de nuit l'attendait, les couvertures ajoutées et retirées en quatrième vitesse avec moult soupirs, exprimait sa détresse. Il n'appréciait guère non plus les rares occasions où, contraint de partir le matin de bonne heure, il n'avait pas eu le temps de parfaire le lit pour la nuit suivante. À son retour, il trouvait Grace en train de lire parmi les draps en boule, car elle savait que c'eût été peine perdue d'essayer de refaire le lit elle-même. Hésitant à prier de sortir du lit une épouse qui y semblait bien installée, William s'efforçait de tout réorganiser autour d'elle. Ce n'était pas aisé. Grace renonçait à essayer de lire, elle restait allongée sans mot dire tandis que le drap voltigeait sur sa tête, que les couvertures étaient tirées d'un coup sec par souci de symétrie, que ses pieds et ses genoux étaient comprimés tandis que William bordait le lit aussi serré qu'il le souhaitait. Grace en avait l'habitude, elle ne se plaignait pas. Son bonheur dépendait du plaisir de William quand, en sa qualité de maître de la couche conjugale, il avait réussi une fois de plus à organiser oreillers, draps et couvertures à son gré.

Pendant le trajet de retour, après le dîner avec Jack et Laurel, Grace ne put s'empêcher de regretter qu'en raison du départ matinal de William pour Londres, où il avait dû rencontrer son agent, le lit ne fût pas fait. Vu son état d'ébriété, le déroulement habituel des opérations serait à coup sûr moins aisé que de coutume. Fatiguée par la tension de la soirée, Grace redoutait ce moment. Elle n'avait qu'une envie, s'endormir le plus vite possible. Elle aurait été ravie de se laisser tomber sur le lit, peu lui importait qu'il fût sens dessus dessous, mais cela eût par trop perturbé William.

À la grande surprise de Grace, en arrivant chez eux, William semblait avoir retrouvé son équilibre. Son somme dans la voiture, ponctué de petits ronflements geignards, signes qu'une telle consommation de vin rouge lui était inhabituelle, paraissait l'avoir bel et bien dégrisé. Lui qui avait traversé le restaurant d'un pas hésitant, gravit l'escalier avec un empressement que Grace eut peine à comprendre. Face au lit en désordre, il eut un sourire empreint d'une joie particulière, comme s'il ne pouvait attendre de le refaire, malgré l'heure tardive.

« As-tu écouté la météo dans la voiture, mon Cœur ?

– Je dois t'avouer que non, je ne voulais pas te réveiller.

– Eh bien, tant pis, ne t'inquiète pas ! »

William se dirigea vers la fenêtre et l'ouvrit. Un courant d'air vif et glacial transperça la chaleur de la pièce. Grace frissonna et s'en voulut de ne pas avoir écouté les prévisions à la radio. William lécha son doigt, le pointa dehors, puis il se retourna, l'air convaincu.

« On dirait qu'il gèle plus ou moins. Quatre couvertures.

– L'édredon ? » À l'occasion, Grace allait dans son sens. Il prit sa suggestion au sérieux.

« À mon avis, ça ne sera pas tout de suite nécessaire, mais si ça se rafraîchit, j'y veillerai. »

Grace savait par expérience que tout jugement de William dans lequel se glissait le mot « avis » laissait entendre qu'il n'était pas sûr, et des doutes de sa part voulaient dire des nuits passées à se lever et à se recoucher pour rajouter ou retirer des couvertures, bataillant pour obtenir une parfaite température entre les draps. Avec lassitude, Grace commença à se déshabiller. William referma la fenêtre et contempla son côté du lit. Il évalua la situation avec l'air préoccupé de quelqu'un qui étudie un immeuble ou un bateau dont la reconstruction exigerait une compétence peu ordinaire. Après quelques instants de silencieuse cogitation, voyant Grace se battre pour dégrafer son collier, il interrompit ses réflexions afin de lui venir en aide. Ce n'était pas lui, ça. En général, une fois qu'il était embarqué dans l'élaboration du lit, rien ne pouvait l'en détourner. Grace se surprit à le dissuader de l'aider : elle ne pouvait supporter l'idée de remettre à plus tard la réfection du lit, quelle que fût la raison charitable. Elle n'avait qu'une envie, se coucher.

« Je peux me débrouiller seule.

– Non, non. Je vais juste... » William mit ses lunettes, fit tourner Grace vers la lampe de chevet, remua entre ses doigts inefficaces les rangs de fausses perles qu'il lui avait données il y avait bien longtemps. Il pouvait sentir la tiédeur de la peau de son cou, aussi souple que des gants de chevreau. Il tripota en vain le joli fermoir, une fausse aigue-marine sertie dans de petites perles. Il aurait voulu y laisser ses doigts, s'assurer ainsi de la vulnérabilité de ce cou qu'il connaissait et aimait. Un mouvement impatient de la tête de Grace l'incita à se dépêcher d'ouvrir le fermoir. Il lui tendit la petite rivière de perles, encore tièdes, qui coulait de sa main, leur eau embrumée brillait discrètement dans la pénombre.

« Merci », dit Grace.

Alors, avant qu'elle ait eu le temps de s'éloigner, elle sentit la main de William revenir à son cou. Seigneur ! se dit-elle : un signe. À coup sûr, ce soir, fatigués comme ils l'étaient, à une heure aussi tardive, avec encore devant eux tout le rituel de l'agencement du lit, mieux vaudrait s'endormir le plus tôt possible, William avait une répétition de bonne heure le lendemain matin. Elle resta là sans bouger ni rien dire.

Sous ses doigts, William pouvait sentir le haut de sa colonne vertébrale et le petit creux de chaque côté de celle-ci. Il ouvrit alors la main, couvrant de sa paume la zone entre le bas de son crâne et le haut de son cou. Muscles ou tendons, peu importe, paraissaient fermes sous la peau. Il se demanda si ce serait difficile... Il plaça son autre main sous le menton de Grace. Le cou de cette dernière était maintenant emprisonné dans un carcan de doigts qui se resserrait très légèrement. Grace remua la tête, perplexe.

« Que fais-tu ?

– Ton joli cou, mon Cœur... Tu as toujours eu un si joli cou ! » Il se mit à rire et retira ses doigts. Il lui fallait des mots pour camoufler son embarras, pour dissimuler le léger tremblement de ses mains. « C'est drôle, les cous, quand on y pense, n'est-ce pas ? C'est là que commencent les fanons, n'est-ce pas ? Ces relâchements qui trahissent… Mais les cous ne grossissent pas, n'est-ce pas ? Tu as déjà pensé à ça ? Le cou ne grossit pas en tant que tel, n'est-ce pas ? » Sa voix montait, devenait criarde. « On ne parle pas d'embonpoint de l'âge, quand il s'agit du cou ? » Il se détourna d'elle, se mit à ramasser les oreillers, à les secouer énergiquement avant d'en lisser la taie en lin. Il était conscient du petit sourire patient de Grace, de son léger soupir : elle s'imaginait sans aucun doute que les effets du vin rouge n'étaient pas terminés. « Et tu veux savoir à quoi je pensais en défaisant ton collier ? poursuivit-il, allant de gaffe en gaffe, eh bien, vois-tu, je me disais que ton cou n'a pas changé d'un brin, en circonférence, j'entends, depuis que nous nous sommes rencontrés… N'est-ce pas ? Il est toujours cette délicate petite… tige que j'entrevoyais dans ce col de velours cramoisi quand tu avais dix-huit printemps…

– … Vingt. William, tu te sens bien ?

– En pleine forme. » Il aurait pu étreindre entre ses mains ce petit cou, jusqu'à ce que la vie quittât Grace, meurtrir la peau d'ivoire qui, il fallait le reconnaître, ne laissait entrevoir qu'un très discret froncis de la cinquantaine. Il tira d'un coup sec sur le drap.

« Tu veux que je t'aide à faire le lit ? demanda Grace.

– Bien sûr que non ! À quoi bon ? » L'étrangler était de toute évidence hors de question. Grace, de la taille de William et sans doute aussi forte, se battrait à mort, elle l'enverrait par terre, appellerait le médecin et… le ferait châtrer…

« Je me disais… » Grace s'en alla dans la salle de bains, elle se mit à se déshabiller.

En outre, pensait William, il n'aurait pas recours à la violence avec la femme qu'il aimait. Il replaça l'oreiller. L'étouffer ! C'était une idée. On disait toutefois que cela ne trompait pas les médecins. Demain, dans le train de Manchester, il y réfléchirait plus calmement. La question du meurtre que, si bizarre que cela puisse paraître, William ne s'étonnait pas d'envisager, exigerait un moment intense de haute stratégie… Le train n'était peut-être pas l'endroit idéal. Les autres seraient présents et la pensée de passer la nuit sous le même toit d'hôtel que Bonnie suffirait à l'obséder. Bon sang ! se disait pourtant William, demain soir à cette heure-ci : oui, tout pouvait arriver…

Quelques instants plus tard, Grace, couchée, prenait son livre. Si tard cela soit-il, elle aimait lire un peu chaque soir. William fit le point : il s'agissait là d'une de ces situations difficiles à négocier où il devrait s'efforcer de faire le lit en la contournant. C'était toujours une procédure frustrante pour l'un et pour l'autre. Comme d'habitude, William ne pouvait se résoudre à lui demander d'en sortir et ses discrètes allusions au côté pratique d'un tel exode semblèrent tomber dans l'oreille d'une sourde. Ce soir, par bonheur, côté oreillers tout allait bien – en les secouant et en les lissant, il avait réussi par bonheur à faire oublier un instant à Grace qu'il n'était pas dans son état normal – mais le reste était sens dessus dessous.

William arpentait avec inquiétude le périmètre du lit, rentrant, aplanissant, vérifiant, absorbé par d'importants calculs tandis que Grace veillait à ne faire aucun bruit en tournant les pages, car le moindre mouvement perturbait son époux. Le véritable exploit, le soir, plus difficile à réaliser si Grace était au lit, consistait à laisser de son côté à lui les couvertures à peine rentrées sous le matelas, mais en ordre, et celles de son côté à elle impeccablement rentrées, et ce en sauvegardant l'impression d'équilibre général. Grace remua imperceptiblement, posa son livre, éteignit sa lampe de chevet.

« Regarde ce que tu as fait ! Tu as tout tiré de ton côté. Il va falloir que je réajuste ça…

– Écoute, William, je suis épuisée. Si tu laissais le lit comme ça ? Si tout n'est pas parfait cette nuit, on n'en mourra pas ! »

À genoux par terre, les bras perdus entre le sommier et le matelas, position qui rappelait toujours à Grace le fermier aidant une brebis inquiète à mettre bas, William se redressa soudain. Lorsque l'occasion se présentait, nul ne pouvait jamais l'accuser de manquer de magnanimité, en outre, il éprouvait encore un vif sentiment de culpabilité pour ses pensées concernant le cou de son épouse.

« Tu as raison, mon Cœur, nous n'en mourrons pas. »
Un assentiment si docile, si inhabituel que, si Grace ne s'était pas endormie, cela l'eût tourmentée…

« Grace, dit Lucien, j'aimerais te demander un service. J'ai désespérément besoin d'argent liquide. Juste un petit emprunt… »

C'était le lendemain à dix heures du matin. William était parti peu après huit heures. Il s'était levé à six heures et demie pour avoir tout le temps de s'occuper du lit. Il aimait à se dire qu'en son absence Grace profiterait néanmoins d'un lit impeccable. Hélas, l'heure lui avait joué des tours, il avait eu beau tout organiser à la minute près, il lui avait fallu se dépêcher de préparer sa valise et de prendre son petit déjeuner. Dans sa hâte, il avait oublié les boutons de manchettes que Grace lui avait donnés. Pour une raison ou pour une autre, ils étaient restés sur une soucoupe sur la table de la cuisine. Lucien s'amusait avec eux. Il les frottait entre le pouce et l'index comme des komboloï. Sa nervosité mettait Grace mal à l'aise.

« Je ne demanderais jamais ça s'il ne s'agissait pas d'un besoin urgent, ajouta-t-il. Tu le sais.

– C'est pour quelque chose de particulier ? » Les raisons valsaient dans l'esprit las de Grace. Le manque de sommeil l'étourdissait, la rendant incapable de prendre une décision aussi vite qu'à l'ordinaire.

Lucien haussa les épaules et lui adressa un de ses sourires irrésistibles.

« On pourrait dire ça…

– Combien veux-tu ? Je ne garde pas beaucoup d'argent liquide à la maison, juste ce qu'il me faut pour les courses.

– Peu importe. » Lucien reposa les boutons de manchettes sur l'assiette. Grace les ramassa et ouvrit un tiroir de la commode.

« Je ne veux pas les laisser traîner, dit-elle, l'air évasif. Je n'apprendrai jamais à fermer à clef la porte de derrière. » Elle fouilla dans le tiroir et revint avec quatre billets de dix livres. Une certaine déception ternit les espérances qui avaient animé l'expression de Lucien, mais il enfouit prestement les billets dans sa poche. « Je crains que ce soit tout ce que j'ai.

– Ça aidera toujours. » Ces mots tombèrent si lourdement que Grace se rendit pleinement compte que ses quarante livres ne seraient pas d'un grand secours face aux exigences de la situation. « Merci », ajouta-t-il au bout d'un moment.

Légèrement intriguée par la requête de Lucien, Grace ne voulut pas revenir sur la transaction. Elle savait que toute nouvelle concernant William ne présentait que peu ou prou d'intérêt pour Lucien mais, dans sa hâte de changer de sujet, elle n'avait pas le choix.

« William a dû partir de très bon matin pour Manchester, dit-elle. Un concert de Bach. Il y passera la nuit.

– Tu veux dire qu'il ne rentrera pas ce soir ?

– Exact. »

Grace vit Lucien prendre bonne note de ce renseignement. Il pinça les lèvres et fronça légèrement les sourcils.

« Ça ne te gêne pas de te retrouver seule dans ta grande maison ?

– Pas le moins du monde, j'en ai l'habitude.

– Je passerai peut-être, dit Lucien. Histoire de voir si tout va bien pour toi.

– C'est très gentil à toi, mais ce n'est pas nécessaire. Franchement. J'irai droit au lit après les nouvelles.

– Pigé. Je sais quand ma présence n'est pas désirable. » Il eut un sourire plaisant. « Mais ça ne te dérange pas que ton vieux s'en aille passer la nuit à Manchester avec cette nouvelle nana, tu sais, cette altiste ?

– Bien sûr que non. Ils y vont tous, tout le Quatuor y va. » Grace s'entendit répondre d'un ton plus guindé que sévère. Parfois, Lucien avait un sacré toupet, il n'avait aucune considération pour la différence de génération. En ces moments-là, elle ne pouvait communiquer avec lui. « Quand le concert est trop loin pour leur permettre de rentrer le soir, ils dorment sur place. Je crois qu'ils n'en sont pas mécontents.

– Tu parles ! Mais ces nuits à l'extérieur, ça ne t'inquiète pas ?

– Pas le moins du monde. » Grace fronça les sourcils. « Pourquoi voudrais-tu donc que ça m'inquiète ?

– Je veux dire que sans doute jusqu'ici ce n'était pas un problème, ils ne sont plus d'âge à courir les jupons après les concerts, mais avec cette nouvelle, oh ! tu sais comment sont les hommes pour peu qu'on leur en donne la chance... » Il partit d'un petit rire méchant. Grace n'y prêta pas attention, elle sourit.

« Voyons, ne sois pas ridicule. Bonnie est une jeune fille charmante. Assez jeune, en fait, pour être leur fille à tous, à l'exception sans doute de Grant. Non, par bonheur, je n'ai aucun souci de ce côté-là. William est, en général, si épuisé à la fin d'un concert qu'il ne va même pas prendre un verre avec les autres au bar de l'hôtel. Il file se coucher, William. Et juste avant de s'endormir, il m'appelle toujours.

– Ah ! C'est beau la fidélité ! » Lucien sourit à nouveau.

« Oui, j'ai toute confiance en mon mari », reprit Grace. Elle n'aimait pas l'orientation que prenait la conversation. On aurait cru qu'il éprouvait quelque malin plaisir à l'alarmer. « J'ai toujours eu confiance en lui et j'aurai toujours confiance en lui.

– Et tu as bien raison. » Il plaisantait maintenant. Peut-être plaisantait-il depuis le début. « Je parierais que des femmes comme toi, y en a une pour un million. Si je pouvais avoir un souhait, ce serait de rencontrer un double de toi en plus jeune. » Il se leva. Grace rit, un rire de soulagement, cette fois.

« Tu dis de ces choses, toi ! »

Lucien tapota la poche de sa veste.

« Je te rendrai ça dès que je pourrai. Il faut juste que je remette un peu d'ordre dans mes affaires.

– Ça ne presse pas.

– Encore merci. À demain ! »

Lucien reparti, Grace s'aperçut qu'il était plus de onze heures : trop tard pour se remettre à peindre avant le déjeuner. Elle décida d'en profiter pour aller à pied rechercher de l'argent liquide à la banque afin de remplacer la somme qu'elle venait de prêter à Lucien. Les stupides taquineries de Lucien l'avaient agacée. Elle avait besoin d'air et d'exercice pour chasser des pensées absurdes.

Le temps d'arriver à la banque, elle avait retrouvé son calme. Elle savait qu'il n'y avait pas lieu de s'inquiéter pour William : si elle avait un souci dans la vie, c'était Lucien. Pourquoi avait-il eu ce soudain besoin d'argent ? La question était trop perturbante pour y réfléchir longtemps. Elle décida de la laisser de côté : elle-même n'y était pour rien. Elle prit toutefois la précaution d'encaisser un chèque important pour le cas où Lucien aurait besoin d'un autre prêt. Elle était dans une de ces phases où elle aurait fait n'importe quoi pour l'aider, alors qu'en d'autres instances, son plus vif désir eût été de le voir disparaître à jamais. Ces élans conflictuels entraînaient chez elle un pénible désarroi. Le moment approchait où, pour retrouver son équilibre, il lui faudrait prendre une décision concernant l'avenir de ses relations avec ce garçon étrange, troublant mais attendrissant qu'était Lucien. Elle ne pouvait compter sur l'aide de William dont la piètre opinion de Lucien était irréversible. C'était là une décision qu'elle devrait prendre seule, et l'idée d'avoir à tout peser et soupeser l'affligeait profondément.

Seul dans sa chambre d'hôtel de Manchester, William se sentait impuissant dans le silence déplaisant typique de ce genre de chambre, un silence alliant moquette synthétique et chauffage central étouffant à l'impact feutré de meubles en série au lustre facile à entretenir. Il s'assit dans un fauteuil rose, laissant reposer ses mains sur les bras de celui-ci. Ce siège était recouvert d'un tissu velu qui eût mieux convenu à des brosses à dents qu'à des coussins, il lui piquait les doigts. Le mal de tête qui l'avait gêné pendant la journée n'avait pas diminué, malgré toute l'aspirine qu'il avait ingurgitée. Pour William, les maux de tête étaient choses visibles : des champignons. Les moins méchants étaient de petits végétaux, pour ainsi dire invisibles, poussant dans les broussailles de sa tête et dont le bulbe appuyait contre la tempe ou l'œil. Les plus pervers étaient apparentés à celui dont il souffrait aujourd'hui, des choses obscènes aux multiples chapeaux dont les bords retroussés cognaient contre son crâne à tel point qu'il craignait que la peau elle-même ne se déchirât. Parfois, ils changeaient de place, poussant leurs bulbes malléables vers le haut comme pour faire craquer le sommet de son crâne. Parfois encore, ils se déplaçaient vers le côté, appuyant avec une telle pression contre son orbite qu'il en gémissait haut et fort. Alors, sans raison apparente, le champignon renonçait à l'attaquer. William le regardait s'atrophier dans sa tête jusqu'à ce qu'il ne soit pas plus grand que le point qui apparaît sur l'écran de télévision quand on l'éteint. Un jour, craignant qu'ils puissent laisser présager une tumeur au cerveau, il avait tenté de décrire à un médecin les affres par lesquelles le faisaient passer les plus grands de ces champignons. Le docteur avait ri, il avait félicité William pour son admirable description du mal de tête ordinaire. Ils s'étaient alors lancés dans une discussion intéressante portant sur la difficulté à préciser la nature exacte de la douleur et l'impossibilité de communiquer une notion abstraite.

William ferma les yeux. Le cou irrité par le dossier du siège rêche, il avait l'impression que les champignons dans son crâne grossissaient, bougeaient, pressaient, pinçaient. Il se sentait particulièrement déprimé. Avec un mal de tête pareil, il lui serait malaisé de donner le meilleur de lui-même au cours du concert qui devait commencer dans moins de deux heures. À cette pensée décourageante, vint s'ajouter la déception qu'avait été sa journée, Dieu sait pourtant qu'il avait attendu cette journée avec impatience, qu'il s'était réjoui à l'idée de se sentir à proximité de Bonnie, vingt-quatre heures durant ! Ajoutez à cela certain émoi, un peu licencieux, à l'idée de passer la nuit loin de chez lui, même si, en ce moment précis, il aurait donné n'importe quoi pour se trouver dans son fauteuil au coin du feu, tandis que Grace s'activerait à préparer de la camomille. Elle était la seule personne au monde à comprendre ses histoires de champignons, sans doute en raison de ses talents de botaniste. Au cours du voyage en train, il avait vaguement caressé l'idée de se rendre d'un pas traînant au wagon-restaurant avec Bonnie pour lui offrir une tasse de thé. La tête cachée par des journaux pendant tout le trajet, elle avait refusé diverses offres de rafraîchissements. Quant à Grant, son baladeur aux oreilles, sa compagnie avait été inexistante, Rufus, lui, avait dormi tandis que William, au comble de la dépression, contemplait par les fenêtres le paysage agressé par la pluie.

Pendant la répétition, Grant et Rufus s'étaient montrés plus irascibles que jamais et Bonnie, anormalement silencieuse, avait demandé deux fois à donner un coup de téléphone urgent. Une amie de sa mère était souffrante, expliqua-t-elle. Elle ne paraissait toutefois pas inquiète. L'incrédulité de William ne faisait qu'accroître son malaise général. Que se passait-il dans la vie de Bonnie ? Un jeune indésirable la poursuivait-il de ses assiduités ? Après le second appel, en la voyant se hâter de regagner l'estrade tout en se confondant en de charmantes excuses, William avait été frappé par un sentiment d'urgence. Il lui faudrait se dépêcher d'élaborer son plan et le mettre le plus vite possible à exécution, sinon ce pourrait être trop tard. Il était improbable qu'une fille aussi séduisante que Bonnie restât seule bien longtemps.

Ce sentiment d'urgence ne le lâchait pas, même dans ce fauteuil, il l'irritait en son for intérieur comme le tissu rêche irritait sa peau. Sur un plateau à côté de lui, attendaient un sandwich indéfinissable enveloppé de film plastique transparent et une théière. Il n'avait pas faim. Les autres étaient allés dîner avant le concert dans un restaurant italien, encore une chose dont il s'était réjoui mais à laquelle, en l'occurrence, il ne pouvait faire face. William pressa les mains contre ses tempes, du même coup les champignons disparurent et la douleur relâcha son étreinte. Une image lui revint à l'esprit, atrocement claire : des *cacahuètes*.

Revigoré, William bondit, enfila son ciré et se précipita

hors de l'hôtel. Il tombait des cordes. La pluie lui cinglait le visage, elle eut tôt fait de lui tremper les cheveux. Son éternel ciré claquant contre ses genoux, il se rendit en courant à quelques mètres de là, chez un marchand de journaux repéré plus tôt. La boutique était encore ouverte, il y faisait chaud, tout y était sens dessus dessous, sentant les fruits plus ou moins en train de pourrir, le voile disgracieux des néons recouvrait ce petit monde. William était persuadé qu'il y trouverait des cacahuètes. Il prit un journal local dont il n'avait que faire, histoire de grossir un peu le véritable et modeste achat qu'il avait en tête ou d'apaiser son sentiment de culpabilité, puis il demanda des cacahuètes.

« Désolé, nous n'avons plus de cacahuètes ! » Le commerçant, un Asiatique maigre et triste, haussa des épaules pleines de regrets.

« Plus de cacahuètes… » Sous l'effet de la contrariété, l'épuisement de William resurgit. Il ne lui restait plus la moindre énergie pour continuer à chercher des cacahuètes en cette horrible soirée.

« On ne peut jamais savoir ce que les gens réclameront. »

Le visage du commerçant, bleuâtre dans cette lumière sauvage, exprimait sa déconvenue d'avoir déçu un client, une déconvenue semblable à la sienne, se dit William.

« Ne vous inquiétez pas. C'est sans importance. » Au moment où il tendait les pièces de monnaie, il sentit une tape légère sur son épaule. Il se retourna : Bonnie.

« Je suis venue à toute allure acheter un paquet de sèches », dit-elle.

Elle était plus mouillée que William. Ses cheveux collés à son crâne se divisaient en mèches bouclées qui enserraient son visage étincelant. Dans la boutique défraîchie, elle était la cliente exceptionnelle, une apparition : William pouvait lire sur le visage de l'Asiatique que ce dernier en prenait bonne note. Son cœur se mit à battre la chamade.

« Quelle soirée, vous ne trouvez pas ? Un paquet de Marlborough, s'il vous plaît. » Elle se tourna vers William. « Qu'est-ce que vous faites ici ? Je croyais que vous vouliez vous reposer. Pourquoi ne venez-vous pas vous joindre à nous pour une tasse de café ? Il y a un café juste au coin. Nous y avons eu droit à de très bonnes lasagnes.

– J'étais venu acheter des cacahuètes, mais ils n'en ont plus », se surprit à dire William. Il ne se sentait pas en mesure d'accepter l'invitation de Bonnie, mais il ne savait pas non plus comment la décliner, perturbé qu'il était.

« Vous ne pourrez pas tenir toute la soirée avec juste des cacahuètes, lança Bonnie en riant.

– Je serai…

– … Je ne peux vraiment pas essayer de vous persuader ? » Elle s'impatientait. William secoua la tête. « Eh bien, dans ce cas, on se retrouvera plus tard dans la salle. » Elle était repartie en secouant la tête, semant à la volée les gouttes de pluie accrochées à ses cheveux. Le commerçant souriait.

Voir son désir de cacahuètes contrarié apporta à William un certain soulagement : faute de cacahuètes, il devrait ajourner son plan. En fin de compte, il lui faudrait se montrer plus inventif, mais il n'était guère pressé d'élaborer les menus détails du décès de Grace. En attendant, la perspective de remettre cela à plus tard le revigora. Il n'eut pas honte de sa prestation musicale de la soirée.

Le concert terminé, les musiciens regagnèrent l'hôtel par les rues humides de Manchester jusqu'à leur hôtel, lugubre établissement que Rufus avait choisi par souci d'économie. Ils se retrouvèrent au bar à l'éclairage rose criard et dont les sièges dotés, eux aussi, de housses rêches vous grattaient les cuisses. Des guirlandes de Noël dorées pendaient mollement du plafond au pilier et aux fenêtres, rappelant que Noël n'était pas si loin, même si leurs feux défraîchis donnèrent à croire à William qu'elles devaient être là depuis le dernier Noël. Il imaginait la corvée que ce serait d'aller chercher une échelle pour les retirer en plein mois de juillet. Mieux valait les laisser toute l'année…

Bonnie prenait les commandes pour une tournée de consommations. Elle arrêta net les pensées vagabondes de William par une question pressante sur le genre de whisky qu'il désirait. Il alla ensuite téléphoner à Grace. Sans trop savoir pourquoi, il sentit que mieux vaudrait l'appeler maintenant que plus tard.

« Dis-moi, comment ça s'est passé ?

– Très bien, très bien. Assez bon public.

– Très bien, comment... ?

– Ici, il pleut. À verse. » Les changements de temps représentaient les seuls changements dans leurs conversations rituelles. « Et toi, quoi de neuf ? » William crut détecter une pause un peu plus longue que d'habitude.

« Oh ! Rien du tout. J'allais me coucher. En général, tu appelles plus tard.

– Je me suis dit que j'allais t'appeler avant de prendre un dernier verre avec les autres.

– Je vois... »

Chère Grace, Grace bien-aimée. Les petits mensonges, c'est si facile...

« Quoi qu'il en soit, nous rentrerons par le train de huit heures du matin. À demain, en fin de matinée.

– Je m'en réjouis. » Il y eut alors une véritable pause. « As-tu pensé à moi ? »

William posa brutalement sa main libre sur la petite étagère pour se stabiliser. Il sentit une coulée de sueur sur son visage : par endroits, sa chemise collait à son torse. Cette question, si surprenante qu'elle en était alarmante, le désarçonna complètement. Jamais Grace n'avait demandé pareille chose de sa vie. Ce n'était pas le genre de question qu'ils se posaient mutuellement, sûrs qu'ils étaient de la réponse, c'était le genre d'enquête superfétatoire dont ils auraient ri s'ils en avaient parlé ensemble. William ne pouvait imaginer ce qui avait suscité cette question, à moins que Grace, intuitive comme elle l'était, ait pu lire ses pensées... Il émit un petit rire.

« Voyons, mais bien sûr que je pense à toi ! Je pense toujours à toi, n'est-ce pas, mon Cœur ? Quelle drôle de question ! »

Grace rit à son tour.

« La soirée a été longue. Je ne sais pas pourquoi. Elle m'a mise d'humeur sentimentale ou quelque chose du genre.

– Oh ! la, la ! Ce n'est vraiment pas toi, ça. Tu as pensé à mettre l'alarme ?

– Oui.

– Alors, dans ce cas, dors bien, mon Cœur. »

William reposa le téléphone sans lui donner une chance de poursuivre la conversation. Il remarqua l'empreinte moite de sa paume sur le récepteur. Dieu qu'il avait besoin d'un verre !

De retour au bar, William trouva Grant et Rufus affalés dans leurs fauteuils, les paupières lourdes. Bonnie était assise sur le bord de son siège, sa jupe de velours noir ondoyant sur le vilain tapis. Elle regarda William avec inquiétude.

« Mais qu'est-ce que… ? Vous n'avez pas l'air du tout en forme. Tenez. » Elle lui tendit un double whisky. William redoutait d'imaginer combien cela avait dû lui coûter. « Et puis… J'ai quelque chose pour vous ! » Sourire aux lèvres, elle fit apparaître de derrière son dos deux petits paquets de cacahuètes. « Tenez ! Même si je ne sais vraiment pas pourquoi vous les vouliez…

– Non, vous auriez du mal à le savoir… » À nouveau ébranlé, William se laissa choir sur le siège auprès d'elle.

« Tout ce sel. C'est vraiment pas bon pour vous.

– Je sais, je sais. Merci quand même. » William glissa les cacahuètes dans sa poche. Il but une bonne gorgée du délicieux whisky. « Merci pour ça aussi. » Il souleva vaguement son verre en direction de Bonnie, c'était un homme dont la faiblesse de caractère était en conflit avec la vigueur de ses attentes. S'obligeant à détacher son regard du visage animé de Bonnie, William se tourna vers Rufus, dont les yeux n'étaient pas hermétiquement clos. Son ami lui parut d'une lassitude inhabituelle, soudain âgé – même si, peut-être, cette abominable lumière le vieillissait. Tourmenté comme il l'était, William se demanda pendant combien d'années encore le Quatuor pourrait jouer convenablement. De toute évidence, Bonnie ne s'éterniserait pas avec ces trois hommes beaucoup plus âgés et moins vigoureux qu'elle. Qu'adviendrait-il alors du Quatuor ? William ne pouvait supporter l'idée de recommencer ces fichues auditions et d'être sans doute contraint de se décider pour quelqu'un appartenant à un univers différent de celui de Bonnie.

Rufus ouvrit les yeux.

« Je crois que je vais aller me coucher, dit-il. Je suis crevé. »

Désireux de montrer plus d'entrain, William sourit à Bonnie. S'il était une chose qu'il souhaitait par-dessus tout éviter, c'était que l'un d'entre eux accusât devant elle des signes de lassitude.

« Ça ne semble jamais affecter sa façon de jouer, dit-il.

– Je crois que je vais suivre l'exemple de Rufus, annonça Grant qui se dépêcha de finir sa bière. Ça me permettra d'achever mon bouquin de Dick Francis. »

Les deux hommes se levèrent et remercièrent Bonnie pour ce dernier verre. Un instant, William crut surprendre un regard entre Bonnie et Grant, quelque message. S'agissait-il d'un stratagème, vous amadouez le gars à l'aide d'un verre ou deux et après c'est le suis-moi-donc-dans-ma-chambre… Était-ce le sens du regard de Grant ? L'idée d'un rendez-vous dans un hôtel de troisième classe était particulièrement répugnante : William la chassa prestement de son esprit, mettant une fois de plus ses soupçons sur le compte de l'éclairage, et il se renfonça dans son fauteuil. Au moins, il aurait Bonnie à lui seul le temps que durerait son whisky. Sans doute après cela pourrait-il prolonger ces précieux moments en lui offrant un autre brandy.

À peine les autres eurent-ils disparu que Bonnie se pencha vers William et lui tapota le genou.

« Qu'est-ce qui se passe ? » lui demanda-t-elle.

Son contact avait déclenché une décharge électrique dans sa cuisse. Le courant se propageait, rebelle, entraînant par tout son corps de bizarres et déprimantes étincelles de désir violent, d'amour, de confusion. Il trouva difficile de s'exprimer calmement.

« Disons que la nuit dernière a été plutôt mauvaise. Après le concert, notre fils Jack et son amie nous ont emmenés dans un restaurant chic, ils n'ont cessé de remplir nos verres d'un très bon vin. Nous sommes rentrés à une heure indue.

– Dans ce cas, mieux vaudrait ne pas vous coucher tard ce soir. » Elle caressa du doigt la main de William, aussi négligemment que l'on cajolerait un chaton, puis elle remonta sa manchette pour consulter sa montre. Son doigt tournoya brièvement sur la peau du poignet de William. C'était presque insupportable. Fallait-il voir là une sorte de message ? Que faisait Bonnie ? Cherchait-elle à l'aguicher ? William se tortillait très légèrement sur sa chaise, espérant qu'elle ne se rendrait pas compte du malaise qu'elle engendrait chez lui. Il essaya de se calmer. Il pensa à des pieds de porc, au naufrage du *Titanic*, ou à l'abrogation des lois relatives à la culture du maïs.

« Non, vous avez raison, je vais y aller », dit-il d'une voix faible.

Bonnie retira sa main. La façon brusque dont elle le fit – pas la moindre allusion à un désir de prolonger la soirée maintenant qu'elle avait vu l'heure – allait dans le sens de la triste vérité : elle n'avait aucune exquise intention. Elle voulait simplement se montrer aimable à l'égard de son collègue musicien, à l'égard de son patron.

« Vous portez mes boutons de manchettes, dit-elle gaiement.

– Bien sûr. Je les aime beaucoup. » Si William avait eu l'esprit plus vif, il aurait essayé de lui expliquer avec dignité et discrétion ce que ces boutons de manchettes signifiaient pour lui, comment il... Mais les pensées de Bonnie étaient allées voguer ailleurs.

« Vous savez quoi ? Eh bien, un admirateur m'a laissé un mot hier soir. » Bonnie semblait très satisfaite. « Ça arrive souvent ?

– De temps à autre. Grant reçoit des lettres de fanas de musique classique. Disons qu'il est beau garçon, si on les aime plutôt corpulents. Il semblerait qu'il plaise aux filles. Il y a quelques années, je dois avouer que Rufus et moi nous avions droit parfois à des invitations plutôt bizarres. » Voici que son honnêteté le trahissait. Par un tel aveu, il reconnaissait lui-même que c'en était fini de ses pouvoirs de séduction. Toutefois, Bonnie ne parut pas prendre note de cette révélation, intriguée qu'elle était par l'idée d'avoir un admirateur à elle.

« Il s'agit d'un dénommé Euan, reprit-elle. Une écriture à vous flanquer le cafard. Il voulait savoir à quoi je pensais quand je jouais. Ce qui me venait à l'esprit. Pourrais-je éclairer sa lanterne ? Oui, le pourrais-je vraiment ? » Elle rit. « Après ça, il s'est lancé dans toutes ces inepties sur mon aspect physique. Comment quiconque d'aussi *sexy*, il avait écrit ce mot à l'encre rouge, pouvait être un musicien respectable. » Elle rougit, William rit.

« C'est vieux comme le monde, ça », dit-il. Il se sentait plus calme mais, par simple souci de sécurité, il invoqua un autre trio d'images susceptibles de réprimer la passion : des navets, des dogues et les vieilles pantoufles de Grace. « Quoi que vous fassiez, ne répondez pas.

– Bien sûr que non.

– Je n'ai aucune envie de voir ma nouvelle altiste se faire enlever aussi vite ! »

Bonnie ne parut pas remarquer le mensonge. Sa candeur rendait le désir de William encore plus pénible à supporter, mais il y discerna l'ouverture qu'il espérait. L'heure était venue de lui poser des questions personnelles. Avait-elle quelqu'un... ?

« Avouons que c'est là une question intéressante, disait-elle. Oui, que se passe-t-il dans nos têtes quand nous jouons ? Pouvez-vous y répondre ?

– Non », s'empressa de répondre William. Comme il aimait l'air grave de la jeune femme !

« Enfant, j'aimais bien les bandes dessinées de *Fantasia* de Disney. Cependant, même à l'époque, je trouvais les moments sérieux trop froids, pas assez nuancés, en un sens. Je ne pense pas à quoi que ce soit de précis, mais des images me viennent à l'esprit. Quand j'avais sept ou huit ans, j'ai entendu pour la première fois la *Pastorale*. » Bonnie hésitait. William semblait tout ouïe. Bon Dieu, Grant n'était pas le seul à être conscient de l'ascendant que cela vous donne de savoir *vraiment* écouter ! Il voulait entendre tout ce que Bonnie avait à dire. Il serait heureux de passer la nuit à l'écouter. Il hocha la tête. Elle poursuivit : « Maman prétendait qu'à chaque fois qu'elle l'entendait, elle croyait voir des vaches courir l'été, dans les champs, la queue en l'air. Depuis, je pense à cela chaque fois que je l'entends. L'idée semblait évoquer d'autres images, mais il serait ridicule de les décrire. Haydn est le seul qui n'évoque rien chez moi. Je l'aime, intellectuellement parlant, mais pour moi il n'évoque rien. Malgré tout, je prends sur moi et je me rends compte que c'est de ma faute et non pas de la sienne. »

William baissa la tête, fuyant son regard. Il était ému par l'aveu de Bonnie, ce n'était sûrement pas le genre de détails qu'elle confierait par hasard au premier venu. Les musiciens parlaient rarement des effets de leur musique. Il s'agissait là d'un sujet impossible, frôlant la prétention. Mais peut-être n'était-il pas de son temps à cet égard, comme à bien d'autres, d'ailleurs. Sans doute les jeunes se plaisaient-ils à discuter les expériences intimes inspirées par leur façon de jouer. Pour sa part, il trouvait cela malaisé, embarrassant. Ce soir, pourtant, dans la joie suscitée par la proximité et les confidences de Bonnie, il se disait qu'il devrait s'efforcer de répondre à cet honneur en essayant d'expliquer ses sentiments.

« Je ne vois pas d'images, reprit-il en pétrissant ses doigts, mais à l'avenir, je prendrai plaisir à penser à ces vaches dans les champs. Voilà une bien joyeuse image. » Il s'arrêta aux prises avec lui-même. « Voyez-vous, ce qui se passe avec moi c'est que je sais si tel ou tel morceau de musique appartient... aux niveaux supérieurs ou aux niveaux inférieurs. J'aurais bien du mal à vous expliquer ça convenablement, mais disons que si ce morceau appartient aux niveaux supérieurs, alors je suis porté vers... Un monde qui embellit la vie, restaure l'esprit, revigore, réjouit. Si au contraire ce morceau appartient aux niveaux inférieurs, alors je me laisse envahir par une sorte de pénombre, je me laisse entraîner vers un endroit sérieux aux résonances mystérieuses, dont les échos vont se perdre dans une sorte d'océan invisible, comme dans les derniers quatuors de Beethoven. J'ai parfois l'impression de suffoquer, mais je sais que je serai sauvé par la dernière mesure. » Il s'arrêta un instant. « Avez-vous la moindre idée de ce que je veux dire ? » Son regard croisa celui de Bonnie, il se maudit : il avait outrepassé les limites de la bienséance. Il devait lui avoir donné l'impression du vieux casse-pieds prétentieux qu'il avait précisément espéré éviter. Tandis qu'elle acquiesçait d'un signe de tête, sans se départir de son sérieux angélique, il se surprit à ajouter une ultime remarque : « Le plus étrange, c'est qu'un morceau n'a pas besoin d'être mélancolique pour appartenir aux niveaux inférieurs. Ainsi la *Sonate au clair de lune* est-elle pour moi lumineuse. J'avoue mon étonnement le jour où je me suis rendu compte que c'était un morceau appartenant aux niveaux supérieurs. » Sa voix s'estompait, dénonçant le remords de celui qui a révélé un secret longtemps gardé.

Bonnie hocha la tête. « Je comprends », dit-elle.

William n'avait qu'un désir, rompre le charme, sur-le-champ, récuser tout ce qu'il avait dit comme si cela n'avait aucune importance et l'inciter à se joindre à lui pour se moquer de ses fantasmes et, du même coup, les réduire.

« La compréhension peut être la meilleure façon d'aller droit au cœur d'un vieil homme », dit-il et il se permit de lui tapoter brièvement le genou. Cela réussit. Bonnie pouffa de rire.

« Vous n'êtes pas si vieux que ça, lança-t-elle.

– Non », convint William. Avec un peu de chance, elle oublierait les détails de tout ce qu'il avait pu dire d'autre, mais avec un peu de chance aussi, elle se souviendrait qu'ils avaient partagé un moment au cours duquel tous deux avaient mis leur cœur à nu, cela créerait à jamais un lien entre eux, sur un certain plan. William regarda le garçon refermer la grille du comptoir. « Puis-je aller vous chercher un autre brandy en vitesse ?

– Non, merci. Il est l'heure d'aller se coucher. » Elle repoussa son verre vide vers le centre de la table basse qui les séparait. William finit son verre. Il n'y avait plus rien à dire. Trois lampes s'éteignirent, les laissant dans le rose ténébreux d'un coucher de soleil chagrin. William ferma les yeux, désireux de rester à jamais avec Bonnie dans cet horrible bar.

« Alors, vous aimez le Quatuor jusqu'à présent ?

– J'adore. Vous vous en êtes rendu compte, j'en suis sûre. Jouer avec vous trois est un exploit qui dépasse de beaucoup mes rêves les plus fous. » William ouvrit les yeux et la vit qui souriait. « Ça me fait penser à ceux qui disent que jouer au tennis avec des partenaires meilleurs qu'eux-mêmes les aide à mieux jouer. J'ignore si cela est exact, mais c'est un peu ce que je ressens.

– Vous jouez admirablement.

– Merci. J'ai encore beaucoup à apprendre.

– Bien sûr. Nous avons tous beaucoup à apprendre. Ça ne vous gêne pas que dans un quatuor il n'y ait pas de vedette ? Que le renoncement à la gloire individuelle soit essentiel ? La raison même d'un quatuor est la perfection de l'ensemble…

– J'en ai toujours été consciente, bien sûr. Jamais je n'ai voulu me lancer dans une brillante carrière de soliste. J'ai toujours estimé que l'effort en équipe, lorsqu'il est couronné de succès, devait être beaucoup plus satisfaisant que le succès obtenu seul, sans personne pour en partager les hauts et les bas.

– C'est un point de vue inhabituel en ces temps de culte du vedettariat. »

Bonnie sourit.

« Oh ! Je veux juste jouer avec vous trois pendant des années et des années et me parfaire à votre contact. »

Ému, William parla d'une voix à peine plus audible qu'un murmure.

« Eh bien, ma chère Bonnie, je ne sais pas si nous vous apporterons grand-chose, mais je puis vous dire que vous nous avez apporté une nouvelle énergie.

– Vraiment ?

– Vraiment.

– Ça alors… » Ils se levèrent. Dans l'ascenseur, ce cube de lumière rose saumon, William contempla l'image de Bonnie que lui renvoyait le miroir sale. Il perçut l'impossibilité absolue après leur conversation de suggérer quoi que ce soit d'aussi fruste qu'un ultime verre dans sa chambre. Elle s'était montrée proche mais, du même coup, ils s'étaient trop engagés sur un autre chemin pour qu'il puisse maintenant jouer les vieux beaux salaces. Tout geste malencontreux était impensable. L'heure de la ravir viendrait au moment où il lui offrirait sa vie, un moment en vue duquel il devrait œuvrer à toute allure, car une lueur d'espoir avait assurément été entraperçue. Dans le couloir menant à leurs chambres, ils hésitèrent un instant sur la houle bordeaux et bleu puis Bonnie leva le bras et embrassa William sur la joue.

« Dormez bien, dit-elle. Vous avez l'air fatigué. »

Elle se hâta dans le couloir, faisant cliqueter les clefs de sa chambre. William savait que les autres musiciens étaient au même étage mais dans quelles chambres ? Dans la précipitation de l'arrivée, il n'y avait pas prêté attention. Où était Grant ?

La question ne dérangea pas William outre mesure, convaincu qu'il était d'avoir fait, ce jour-là, un pas dans la bonne direction. Il se montrerait patient, plein de tact, de compréhension et, du coup, ses sentiments pour la délicieuse Bonnie seraient payés de retour.

Dans la joyeuse ivresse de l'anticipation, il se coucha vite dans le lit étroit, remonta les draps bon marché, fit rebondir sa tête sur l'oreiller en caoutchouc mousse. Il songea aux vaches *pastorales* de Bonnie, à la profondeur des océans invisibles qu'elle avait compris et à ses petites cacahuètes qui pouvaient être broyées et ajoutées à du curry.

Là-dessus, il s'endormit.

5

« As-tu bien dormi ?

– Pas mal du tout.

– Tant mieux.

– Et toi ?

– Moyennement. Je me suis réveillé à trois heures, mais sans doute pas plus d'une demi-heure.

– Mon pauvre ! »

Les questions que se posaient les Handle sur leurs nuits mutuelles étaient un rite quotidien qui prenait place au moment où Grace mettait la bouilloire à chauffer et où William, assis, attendait son thé. Ces enquêtes avaient un côté compétitif. Au fil des années, chacun avait appris qu'il existait parfois une pointe d'exagération tant dans sa réponse que dans celle de l'autre. Chacun veillait cependant à ne jamais décrire une nuit si misérable que ce serait abuser de la crédulité de l'autre. Ils étaient, tour à tour, et à peu de chose près, autant gagnants que perdants, le gagnant étant curieusement celui qui avait le plus mal dormi. Il convenait de s'apitoyer sur son sort tout en l'admirant. En raison de ces échanges matinaux, ils connaissaient aussi bien les nuits que les jours de l'autre et commencer la journée sans ce bulletin des nouvelles nocturnes eût été inconcevable.

Ce rite accompli, ils retombaient dans le silence habituel du petit déjeuner. Ce matin-là, deux jours après le retour de William de Manchester – son retard de sommeil ayant été compensé par deux bonnes nuits, presque scandaleusement bonnes –, ils commençaient à peine à apprécier ce silence que celui-ci fut interrompu par un coup frappé à la fenêtre de la cuisine. Grace et William levèrent la tête : Lucien.

Grace s'approcha vite de l'évier, se pencha pour ouvrir la fenêtre. Le moment qu'elle redoutait depuis si longtemps était arrivé.

Lucien passa la tête par la fenêtre.

« J'ai un boulot ! » s'exclama-t-il avec un grand sourire. La neige poudreuse laissait des fronces sur ses épaules. Grace n'avait vu que du ciel gris : elle ne s'était pas rendu compte qu'il recommençait à neiger. William au volant ? se dit-elle. La double angoisse lui fit battre le cœur à vive allure. « Tiens, vous êtes ici ? » Lucien regarda William qui, se sentant reprocher d'être sous son propre toit, arrêta un toast à mi-chemin de sa bouche. « Je suis en avance. Pardon. Mais j'ai une bonne nouvelle.

– Tu ferais mieux d'entrer. »

Grace déverrouilla la porte de service. Elle appréhendait d'être le témoin des coups de tête de Lucien. Elle revint fermer la fenêtre, arrêtant net le courant d'air froid prompt à s'engouffrer dans la pièce. Quand elle se retourna, Lucien était assis, à l'aise, semblait-il, en face de William.

« Café ? » proposa Grace, circonspecte. Il lui fallait en dire long avec un seul mot. Au ton de sa voix, elle devait indiquer à William qu'elle désapprouvait la visite de Lucien et à Lucien qu'elle s'excusait de ne pas être seule.

« Un peu tôt pour du café. Je prendrais bien une tasse de thé avec vous, si ça ne vous ennuyait pas. » Il adressa à William un signe de tête auquel celui-ci se garda de répondre. « Alors, William, comment ça va ? Comment va Bonnie, la nouvelle recrue ? »

Vu l'indignation de William, le trajet du toast fut à nouveau retardé. Ses épaules se contractèrent. Comment ce répugnant malotru se permettait-il de lire ses pensées ?

« Très bien, merci. »

William n'avait aucune intention de gratifier d'une

réponse plus élaborée ce rustre déplaisant auquel son épouse, dans sa charité mal éclairée, avait accordé son amitié. Il n'avait pas l'intention non plus, par égard pour Grace, de montrer son horreur face à la situation.

« Tant mieux, tant mieux. J'ai entendu dire qu'elle se débrouillait très bien. »

D'un geste vif, William cette fois achemina son toast à bon port. Il doutait que Lucien eût entendu parler de tout ça. Il était peu probable que Grace ait parlé avec cette jeune brute ni de William ni de quoi que ce soit concernant Bonnie.

« Elle se débrouille très bien », répéta-t-il, espérant l'agacer un peu en maniant la litote. Grace revint avec une théière pleine et une tasse pour Lucien.

« Ce n'est pas ma tasse habituelle, n'est-ce pas ? » D'une main que son irritation rendait maladroite, il empoigna la tasse. Elle provenait d'une station-service, William l'avait acquise après avoir accumulé des points d'essence pendant des mois. Grace se rappelait le jour où il l'avait rapportée, l'air triomphant. Cette fois, c'est au tour de Lucien de m'exaspérer, se dit William. Si c'était à l'époux que Lucien cherchait à faire savoir qu'il avait, à la cuisine, sa tasse réservée, avec tout ce que cela sous-entendait, lui, William, refusait de réagir.

« C'est exact », dit doucement Grace. Elle la remplit néanmoins de thé. C'était là un autre double message, non moins nécessaire : en versant le thé dans une tasse qui n'était pas au goût de Lucien, elle montrait à William qu'elle ne se soumettait pas aux exigences de Lucien et, du même coup, elle confirmait à Lucien qu'il était effectivement l'utilisateur habituel d'une autre tasse, mais qu'il avait fallu changer les habitudes ce matin-là. Elle s'assit, le visage crispé, les coins de sa bouche tremblaient. Ce cher Cœur, aujourd'hui elle a sa face de souris, pensa William.

Il s'ensuivit un silence à trois que seul Lucien apprécia. William se hâta d'achever son toast, décidé à ne pas prêter le moindre intérêt à la grande nouvelle de Lucien. Dans son for intérieur, Grace priait pour que la nouvelle soit tenue secrète jusqu'au départ de William.

Quand il finit par se lever, Grace l'imita.

« Je reviens dans une minute, dit-elle à Lucien et elle suivit William dans le couloir.

– J'ai besoin d'un marteau, dit William.

– D'un marteau ? Pour quoi faire ? Pour cogner sur... ? »

William sourit, un sourire à peine esquissé mais amical.

« Une bricole là-haut. » Grace sortit un marteau d'un tiroir de la table dans le couloir. Si le début de journée avait été moins tendu, elle aurait pu se dire qu'il était curieux qu'après tant d'années William puisse encore ignorer où se trouvaient certains objets dans la maison. Quand elle se tourna pour le lui donner, elle trouva William debout sur la première marche de l'escalier. Ainsi perché, il la dépassait de plusieurs centimètres et la toisait du regard. Cela faisait un drôle d'effet.

« Mon Cœur, reprit-il. Je me disais que c'était sûrement à mon tour de préparer le dîner.

– *Préparer le dîner ?* » Un instant, Grace pensa que son époux avait perdu la tête. Cela faisait des années qu'il n'avait pas proposé de faire la cuisine. Décidément, la matinée s'annonçait de plus en plus bizarre.

« Je pensais que pour une fois tu serais peut-être contente... d'avoir une soirée de repos.

– Qu'est-ce qui me vaut ça ?

– Qui sait ? » William se demandait comment un homme peut se comporter aussi normalement quand il nourrit des projets criminels. « Les idées vous arrivent parfois sans qu'on s'y attende, n'est-ce pas ? Et de bonnes idées ! Figure-toi que j'ai eu soudain envie de me lancer dans un curry.

– Un *curry* ? Tu saurais comment t'y prendre ?

– J'en ai une vague idée. J'irai chercher des ingrédients en me rendant à la répétition. Celle-ci sera longue aujourd'hui afin de nous donner une journée libre demain. » Il était impératif d'avoir une journée sans engagement avant l'enterrement. William était assailli par des pensées informes dans lesquelles se bousculaient pompes funèbres, ambulances et médecins. « Rufus a un rendez-vous de dentiste à Birmingham. Je serai de retour peu après le thé.

– Parfait. Je l'attendrai avec impatience, ma soirée libre ! J'irai peut-être prendre l'apéritif dans mon bain pendant que tu batailleras à la cuisine, quelle idée ! » Grace adressa à William un sourire reconnaissant tandis qu'il montait l'escalier.

Le sourire s'évanouit quand elle revint à la cuisine. Lucien s'était fait griller un toast, il avait terminé la confiture et malmenait le *Times*, le froissant d'une façon qui exaspérerait William, le plus méticuleux des lecteurs. À le voir, au moment où Grace entrait, on aurait pu croire qu'il était le maître de maison et elle, une invitée dans sa propre cuisine. Grace sentit monter en elle un certain agacement, comme cela avait été le cas plus tôt pour William.

« Tu n'aurais pas dû venir de si bonne heure, dit-elle.

– Désolé, mais je n'ai pas pu faire autrement. La nouvelle m'a tiré du lit. On dirait que c'est la panique ce matin, non ? Je dois m'en aller ou quoi ?

– William n'aime pas avoir des invités pour le petit déjeuner.

– Ça, il s'est bien chargé de me le faire comprendre. Toujours est-il que tu seras soulagée d'apprendre que je ne viendrai plus aussi souvent maintenant que je travaille.

– Ne sois pas ridicule. » Malgré elle, Grace semblait s'excuser.

« Ce boulot me prend deux jours par semaine. »

Grace s'assit. Dès que Lucien aurait fini de détailler les nouvelles, elle le prierait de repartir. À l'idée qu'il pût encore se trouver dans les parages quand William descendrait, elle se sentait sur le gril. Elle ignorait à quelle heure son mari, occupé par un mystérieux travail avec le marteau, avait prévu de partir.

« Alors, de quoi s'agit-il ?

– D'un centre pour les sans-abri. Je leur donnerai un coup de main.

– C'est merveilleux, ça.

– Hum, je veux dire que je peux m'identifier à eux, pas vrai ? Ce genre de boulot me convient parfaitement.

– Je ne peux pas dire que je te voie t'identifiant à ce point à eux, reprit Grace avec prudence. Disons que tu n'es pas exactement sans abri, vivant comme tu le fais dans une maison confortable. »

Lucien renifla.

« Un toit sur la tête ne veut pas dire grand-chose quand on est totalement *exclu*, pas vrai ? »

Il serra les poings, appuyant assez fort sur ses tempes pour grimacer de douleur.

« Tu ne sais pas ce que c'est, toi, avec ta vie bien pépère, un mari, du fric, etc. Tu n'as pas idée de ce que c'est, toi, de ne pas avoir une femme au monde pour qui tu comptes. Parfois, l'injustice se transforme en une telle rage que je n'ai qu'une envie, tout bazarder. Détruire. En finir avec tout ça. Je peux lire sur ton visage que tu ne sais pas ce qui me trotte dans le crâne. Sans doute je ne peux pas m'attendre à ce que quelqu'un issu d'une classe privilégiée puisse comprendre quelqu'un issu des bas-fonds de ce foutu monde. »

Grace n'avait pas l'intention de prolonger cette conversation. Elle voulait préparer des sandwiches pour le déjeuner de William et se mettre à son travail. Elle se contenta de hocher la tête.

« Tu veux que je vide les lieux, c'est ça ? poursuivit Lucien. Même toi, Grace... Je suis venu à un mauvais moment, n'est-ce pas ? »

Grace le regarda, affolée, ne sachant que dire. Elle pouvait voir couver en lui une violente colère. Puis celle-ci s'évanouit aussi soudainement qu'elle était venue. Les traits de son visage se détendirent. Il lui adressa un de ses sourires les plus charmeurs.

« Ne t'en fais pas, je n'ai nulle intention de te compliquer la vie. Je sais que tu veux que je m'en aille pour de bon. C'est juste lui, là-haut, qui te met dans cet état, hein ?

– Ne sois pas ridicule.

– Toujours est-il que le mardi et le jeudi, je prendrai un train de bonne heure, du coup, je te manquerai. Et tu verras que du coup, tu apprécieras vraiment les trois matins où je viendrai. » Il eut encore un grand sourire, l'air blagueur puis il se leva. « Comme d'habitude, merci pour le petit déjeuner. »

Grace le raccompagna jusqu'à la porte, inquiète à la pensée qu'il ait vu dans sa circonspection un motif de hâter son départ. Elle pouvait se permettre de le retenir un peu plus longtemps, de l'assurer qu'il n'avait pas besoin de filer.

« Et cette promesse de me présenter ta mère ? demanda-t-elle.

– *Lobelia ?* » Au moment d'ouvrir la porte de service, Lucien changea d'avis, se ravisa et s'adossa au panneau. « Tu ne pourras jamais, même dans tes élucubrations les plus folles, deviner ce qu'elle a fait hier soir. »

Grace s'accorda une pause. Quand celle-ci devint trop pesante, ils se regardèrent dans les yeux. Elle comprit qu'il lui faudrait céder.

« Qu'est-ce que c'était ?

– Je te raconterai tout ça une autre fois... Mais, bon... Si tu en as encore envie, ça sera d'accord avec moi. Tu la rencontreras. Elle se pose des questions à ton sujet, tu sais. Oui, avant Noël. Promis.

– J'attends ça avec impatience, dit Grace.

– Allez, au revoir. Tu es vraiment contente pour le boulot ?

– Vraiment contente, bien sûr. Bonne chance ! »

Quant à savoir si elle se réjouissait à l'idée d'avoir des matinées à elle ou plutôt par égard pour Lucien, Grace n'en était pas sûre. Elle s'approcha du frigo, s'efforçant de limiter ses pensées aux sandwiches de William.

Là-haut dans son studio, William s'apercevait qu'écraser des cacahuètes était une tâche plus pénible qu'il ne l'aurait imaginé. Il n'y avait pas de place sur le bureau ni sur la table et l'impatience, avivée par la culpabilité, le rendait incapable de se donner la peine de déplacer quoi que ce soit. Il opta donc pour le plancher, installant un plan de travail fait de deux annuaires, qui, idée astucieuse, étoufferaient le bruit du marteau. Il ouvrit alors deux petits paquets de cacahuètes, assez, à son avis, pour liquider un éléphant s'il y était allergique, puis il se mit à cogner.

Il comprit presque aussitôt son erreur. Les cacahuètes

voltigeaient dans toute la pièce, à peine égratignées, le résultat n'avait rien à voir avec les minuscules fragments qu'il avait espéré obtenir. Il aurait mieux fait de les laisser dans leurs sacs. Il ramassa ces derniers et décida qu'ils pourraient être aisément remis en état à l'aide de ruban adhésif et que les cacahuètes pourraient ainsi y retourner. Il se dirigea en rampant vers son bureau, fouilla dans des piles de papiers en quête de son rouleau de papier adhésif. Il remarqua que ses mains tremblaient. La plus haute montagne de partitions chancela et s'effondra. Les autres suivirent. William s'assit sur son arrière-train, parmi des milliers de notes, des noires qui lui jetaient des regards furieux, des crescendos qui l'avertissaient. Il saisit enfin le ruban adhésif difforme et pelucheux. Il lui était difficile de l'appliquer sur les sacs déchirés, tant ses mains tremblaient. Il finit tout de même par venir à bout de cette tâche extraordinaire. Avec un vague sentiment d'accomplissement, il se mit alors à chercher à tâtons sur le tapis les cacahuètes dispersées à travers la pièce.

Se sachant déjà en retard, il n'osait pas regarder sa montre. En outre, il prenait un certain plaisir à examiner son tapis usé et malpropre. Il se mit à méditer sur la vie de celui-ci : qui avait tissé ces fibres robustes ? Et quand et où ? Il commençait à prendre plaisir à temporiser, un plaisir que favorisaient de telles ruminations, tout en poursuivant sa curieuse chasse aux cacahuètes. C'est alors que le téléphone sonna.

« William ? Peux-tu t'arranger pour te rendre à Prague jeudi en huit ? » C'était son agent.

Prague ? À quoi pensait cet homme ? William se releva : c'était manquer d'égards envers Stephen, cet homme qui, depuis des années, organisait avec compétence sa vie professionnelle, que de lui répondre à quatre pattes sur le plancher. Du coup, les cacahuètes retombèrent.

« Les Addenbrook, dont le concert était prévu depuis des mois, ont été contraints d'annuler. On pense que John a une tumeur. Je ne veux pas laisser tomber Prague. Tu me rendrais un fichu service. »

L'esprit de William passa lentement en revue toutes

sortes d'éventualités susceptibles, en fin de compte, de rendre un voyage à Prague impossible. Toutefois, il eût été ridicule de se fier aveuglément au pouvoir des cacahuètes, l'Elmtree n'avait pas eu d'engagement à l'étranger depuis six mois et n'en avait qu'un, Paris, prévu pour la nouvelle année. Dommage, les lilas ne seraient pas en fleur, il aurait tant aimé montrer à Bonnie les lilas de Prague.

« Alors ?

– Tu sais que je ne suis jamais très emballé par les engagements à l'étranger, surtout en cette saison. Il va falloir que je demande aux autres.

– Il faudrait que j'aie une réponse d'ici midi.

– Je file à une répétition, mais tu auras une réponse avant midi, promis.

– Merci, William, je savais que je pourrais compter sur toi. »

Avant de se retrouver à quatre pattes pour traquer les dernières cacahuètes, William mit une cassette des *Nocturnes* de Chopin. Chopin, la musique de sa jeunesse. Il n'écoutait que rarement ce genre de musique tout en dentelle mais se rappelait ses propriétés apaisantes. Étudiant, William avait en secret compté sur Chopin comme d'autres comptaient sur les sels biliaires : remède à la gueule de bois, apaisement d'une agitation intime engendrée par des dissertations tardives. Voici que les notes ô combien familières donnaient un rythme à son ramassage des cacahuètes qui eurent tôt fait de réintégrer leurs sacs.

La deuxième tentative de concassage fut plus fructueuse, laissant William persuadé que son ingrédient secret du curry était maintenant réduit à une poudre si fine qu'il serait indétectable. Triomphant, il y alla d'un ultime coup de marteau plus vigoureux qu'il ne le prévoyait, défonçant une boîte en carton, surgie d'on ne sait où et contenant des punaises. De minuscules dagues dorées jaillirent sur ses genoux, s'enfoncèrent dans ses doigts tandis que, de ses mains, il balayait le sol, s'efforçant de les rassembler. On frappa à la porte. William fourra prestement les sacs de cacahuètes dans ses poches mais la porte s'ouvrit avant qu'il ait pu se relever.

« Qu'est-ce que tu fabriques ? demanda Grace avec bienveillance.

– Stephen veut que nous allions à Prague la semaine prochaine. Tu t'imagines ? » William se releva tout en donnant de grands coups à ses jambes de pantalon où les punaises s'agrippaient avec autant d'acharnement que des fleurs de bardane. Le regard que lança Grace aux jambes de son époux ne laissait rien paraître de sa curiosité.

« Je suis juste venue te rappeler que la répétition est à onze heures et à ce train-là tu seras terriblement en retard.

– Je sais, je sais. Tout se ligue contre moi ce matin. Je n'aurai jamais le temps de m'arrêter pour aller chercher… N'est-ce pas ?

– Non, mais je m'en occuperai : il faut que j'aille au marché, de toute façon. »

Jusqu'ici, j'avance dans le sang, devrais-je cesser de patauger, revenir sur mes pas serait aussi pénible que poursuivre, pensait William.

« Que ferais-je sans toi, mon Cœur ? » dit-il.

Ce ne fut pas que le matin mais toute la journée qui se ligua contre William. Il arriva avec près d'une heure de retard à la répétition, donnant à Rufus – qui pour la première fois depuis des années n'était pas arrivé le dernier – l'occasion d'esquisser un petit sourire narquois et de montrer quelque indulgence sarcastique. Grant était dans une de ses humeurs silencieuses et moroses qui se traduisaient par de violents claquements de la porte du frigo. Quand Bonnie leva les yeux après s'être réchauffé les mains sur la salamandre, son sourire était moins exubérant qu'à l'habitude. William remarqua la pâleur de la jeune femme. Ses lèvres, d'habitude si roses, étaient couleur de lait écrémé. Il espéra qu'elle ne couvait pas quelque chose : il ne serait pas capable d'affronter d'autres angoisses.

« Je vous demande à tous pardon, je n'y suis vraiment pour rien. J'ai passé longtemps à discuter avec Stephen au sujet de Prague. On nous y réclame la semaine prochaine.

– Sacré nom de Dieu ! s'exclama Rufus qui n'était pas plus attiré que William par les voyages à l'étranger.

– Il va falloir que je reporte une fois de plus mon examen médical, dit Grant, à qui des visites régulières à son médecin apportaient une tranquillité d'esprit qu'il fallait sans cesse entretenir. En dehors de ça, je n'ai aucune objection.

– Quelle chance ! s'exclama Bonnie avec un sourire plus enthousiaste. Prague ! Pensez donc ! Je n'y suis jamais allée !

– Eh bien, Prague ce sera. Mettons-nous au travail. »

Ils devaient répéter *La Jeune Fille et la Mort* en vue d'un concert le surlendemain dans un palais situé à la campagne où l'on donnait des concerts au profit d'œuvres de bienfaisance. Ce n'était pas le genre d'engagement qu'aucun d'entre eux appréciait particulièrement, même si la qualité du buffet était au-dessus de la moyenne. Le public qui payait très cher pour y assister était plus élégant qu'averti et *La Jeune Fille et la Mort* était le morceau de Schubert que tous voulaient entendre, l'un des rares peut-être qui leur fût familier. Quoi qu'il en soit, il avait été convenu que le Quatuor Elmtree donnerait chaque année un certain nombre de concerts au profit d'œuvres de bienfaisance, et Grace, pour sa part, appréciait toujours la promenade annuelle à cet illustre palais. Cependant, ce matin-là, William n'était pas d'humeur à jouer *La Jeune Fille et la Mort,* il avait honte de voir Bonnie y mettre toute son âme – jamais elle ne l'avait joué avec eux – alors que lui-même avait opté pour une interprétation provenant d'années d'intimité avec ce morceau plutôt que d'une énergie nouvelle.

La journée n'en finissait pas, l'ambiance était tendue. William mit fin à la répétition une demi-heure plus tôt que prévu, personne ne s'en plaignit. Bonnie proposa de préparer du thé à la menthe qu'elle avait apporté, William déclina son invitation. Il avait trop de choses en tête pour papoter devant une tasse de thé. Rufus, remarqua William, paniqua selon sa bonne habitude, déchiré qu'il était entre son souci de ne pas vexer Bonnie et son désir de rentrer retrouver son épouse. Grant montra un enthousiasme ridicule pour cette infusion, un enthousiasme démesuré par rapport à la proposition. C'était là un de ses points faibles : il était incapable de trouver le juste milieu entre la réticence et l'enthousiasme excessif. Soucieux de ne pas être le témoin du pathétique empressement de Grant envers Bonnie devant la bouilloire en ébullition, William se hâta de sortir. Il ne voulait pas aggraver ses problèmes de réflexions ayant trait aux effets du thé à la menthe sur son violoncelliste et son altiste.

William était peu familiarisé avec le malaise qu'engendre l'élaboration d'actes infâmes. Jusqu'à cette *maladie*, pour reprendre son expression, ce syndrome de Bonnie, il s'était toujours regardé comme un homme droit et honnête, répugnant à se servir de moyens frauduleux, un fervent partisan de la vérité. Aujourd'hui, toutefois, avec les cacahuètes dans ses poches, poudre à canon prête à faire exploser autant sa vie que celle de Grace, il prenait conscience des tumultueuses répercussions du mal chez un être qui n'est pas foncièrement méchant. Quand il entra en cahotant dans l'allée, tira le frein à main avec férocité, la vigne vierge darda sur lui des feux courroucés à travers le pare-brise. Il pénétra par la cuisine, l'air absent, comme s'il n'était jamais passé par l'entrée ni le couloir. Il fut horrifié de voir que ce qui lui était familier devenait soudain méconnaissable en raison de la noirceur de son cœur. Il se mit à trembler.

Grace n'était pas à la cuisine. Rien que cela était déroutant. Elle était toujours là quand il arrivait, occupée à remuer ceci ou cela. Après tout, peut-être l'avait-elle pris au mot et s'offrait-elle une soirée de repos ? C'était bien d'elle ce livre sur la table, ouvert à une page donnant une recette de curry facile à faire et pas trop épicé. Elle avait placé à côté les ingrédients nécessaires. C'était un ange, Grace. Qu'elle dût mourir était si étrange !

William décida de monter à l'étage s'assurer de son absence : il ne pouvait encourir le risque de la voir débarquer au moment où il saupoudrerait de cacahuètes la préparation. Il suivit la puissante odeur d'huile de bain au jasmin et le son frêle de la *Symphonie du Nouveau Monde* retransmise par le transistor. Grace se prélassait dans son bain. Oui, tout cela semblait vraiment bizarre. Sachant que Grace ne manquerait pas de remarquer le violent tremblement de ses mains, William les fourra donc dans sa poche où les sacs de cacahuètes lui redonnèrent courage.

« Mon Dieu », dit-il. Il se souvint d'une réclame que l'on voyait partout quelques années plus tôt, elle vantait les mérites d'un bain moussant : imaginez une fille enveloppée d'une serviette de bain en train de regarder par la fenêtre. Le message publicitaire promettait monts et merveilles après un bain... Grace sourit à William.

« Je t'ai tout préparé, dit-elle. Pas besoin de prendre cet air affolé. Je peux t'aider si tu le souhaites. »

William arracha une main à la réconfortante présence du sac de cacahuètes dans sa poche, il la tint en l'air à la manière d'un chef d'orchestre nerveux enjoignant les instruments à vent de passer sur-le-champ au pianissimo.

« Surtout pas ! s'exclama-t-il. Je suis capable de me débrouiller. » Il vit que sur l'étagère à côté de la baignoire, au milieu d'un fouillis de potions et de jolis flacons, se trouvait un verre de vin. Un petit vent de folie souffle ce soir, se dit-il. Jamais, depuis que nous sommes mariés, Grace n'a emmené avec elle un verre de vin lorsqu'elle allait prendre son bain.

Elle sourit. « Je me dorlote un petit peu », dit-elle. Les doigts de sa main égrenaient les bulles comme si elle passait au crible des perles rares, indolentes et somptueuses, voilà qui ressemblait si peu à Grace que c'en était stupéfiant.

« J'en suis ravi ! » William s'entendit lui dire : « C'est le genre de choses que tu devrais t'offrir plus souvent, mon Cœur. »

Les mains dans les poches, serrant les cacahuètes, William savait qu'il lui fallait se mettre à sa redoutable tâche, mais il voulait rester un peu plus longtemps. Il lui vint à l'esprit qu'il ignorait à quand remontait la dernière fois qu'il avait vu Grace dans son bain. Au début de leur mariage, William s'asseyait sur un tabouret, dans leur petite salle de bains glaciale de Finchley, tandis que Grace se prélassait dans la baignoire en faisant doucement bruisser l'eau, elle n'avait jamais été une maniaque du savonnage. William regardait, fasciné, le mouvement de l'eau déformer les contours de son corps, les allongeant puis les compressant, déplaçant des fragments pâles et sombres de sa peau aussi vite et aussi étrangement qu'un kaléidoscope. Ils parlaient. Parfois Grace fermait les yeux pour se protéger de la vapeur. Ses cils, collés en pointes qui rebiquaient, reposaient sur ses joues. De longues mèches, négligemment nouées, flottaient, rebelles, à la surface de l'eau, ombres reptiliennes sur son corps laiteux. Tandis qu'il contemplait Grace le soir même où il prévoyait de l'assassiner, tout cela lui revint à la mémoire. Il resta là à regarder, intimidé, émerveillé.

Ce soir, remarqua-t-il, le tableau avait un peu changé : le bain moussant n'était plus une extravagance. L'eau était saturée d'une écume coûteuse, l'odeur de jasmin était assez forte pour qu'on la sente depuis le rez-de-chaussée. Le corps de Grace était presque entièrement caché. Seuls une moitié de pied, un genou, un morceau de sein à l'aréole décolorée émergeaient. De minuscules fjords aux eaux bleues et roses apparaissaient au creux des montagnes de bulles. Un instant, William faillit succomber au désir de plonger les mains dans l'eau pour saisir le sein familier et supplier Grace de vite sortir du bain, de s'envelopper de la serviette tiède et de s'allonger par terre, comme ils le faisaient avant la naissance de Jack, avant que la vie de famille ne leur impose une attitude moins insouciante. Il laissa alors son regard grimper jusqu'au cou qui émergeait d'une fraise de bulles, jusqu'au visage… puis au bonnet de bain. Voilà bien la petite différence qui choquait : les cheveux de Grace entortillés dans un bonnet de nylon rose, la peau du crâne s'efforçant de les rejoindre, les yeux légèrement exorbités par les tiraillements de l'élastique sur le front, les cils sans plus d'épaisseur. Mon Dieu, se dit-il : depuis combien d'années Grace est-elle passée d'une jeune et belle Ophélie dans son bain à cette femme mûre, inquiète pour ses cheveux ? Comment ai-je pu rater l'instant de cette métamorphose ?

« Tu ne ferais pas mieux d'y aller ? » demanda Grace.

À la cuisine, William se mit à préparer le curry avec une sinistre concentration. Il n'avait aucune envie de se rappeler Grace telle qu'il venait de la voir : il voulait remplacer cette image par celle des bains de jadis. Fervent admirateur de Bonnard, il était pleinement à même de comprendre l'obsession de l'artiste pour son épouse au bain. Vingt années durant, Bonnard avait peint Mathilde aux divers stades de la nudité, dans et hors de l'eau ; telle la jeune fille sur l'urne grecque de Keats, jamais elle ne vieillissait. Licence artistique. Toutefois, Bonnard avait-il ignoré la trace des années, la réalité ? Ou ne l'avait-il pas vue ? William se le demandait. Il froissa les sachets de cacahuètes maintenant vides et les fourra dans une vieille boîte de soupe en conserve qu'il cacha sous les ordures, au fin fond de la poubelle… Histoire de brouiller les pistes, diraient les détectives. Si lui-même avait été peintre et s'il avait persisté à prendre Grace pour modèle, aurait-il caché la vérité par amour, par nostalgie ? Ou l'aurait-il peinte telle qu'elle était devenue ? Question intéressante… William goûta le curry. Plutôt bon. Le riz se détachait bien. La chandelle était allumée. Une bouteille de vin ouverte attendait sur la table. Tout était prêt. Mon Dieu…

Grace arriva avec des mèches de cheveux humides, malgré le bonnet de bain, et des joues plus roses qu'à l'ordinaire et luisantes. Elle ne s'était heureusement pas mise sur son trente et un pour l'occasion, se contentant d'enfiler les vêtements propres qu'elle avait prévu de porter le lendemain. Tout en elle révélait combien elle appréciait cette soirée unique en son genre. De son côté, William lui fut reconnaissant de ne pas avoir mis une tenue inconnue de lui, accentuant par là même le côté inhabituel de la soirée. Il n'aurait pas voulu la voir partir sur un brancard dans une robe élégante qu'il ne lui connaissait pas, avec des perles à ses oreilles inconscientes.

Ils se mirent à table, le curry et le plat de riz entre eux. Grace souriait, admirative. William sentait qu'il convenait de rompre le silence normal et facile de leurs dîners en se montrant plus loquace qu'à l'ordinaire. Pour dissimuler sa minutieuse observation de la condition de Grace, il lui fallait parler. Grace servit à William une copieuse assiettée de cet éblouissant curry, puis, dans sa gratitude, elle se servit tout aussi généreusement. C'était bon.

« Je n'ai guère envie d'aller à Prague, dit-il.

– Mais tu as toujours aimé Prague !

– Seulement quand les lilas sont en fleur. Ça sera trop tôt pour les lilas. »

La journée avait été difficile, William n'avait pas eu le temps de se rendre à la bibliothèque municipale pour y examiner les symptômes de l'allergie aux cacahuètes. Que se passerait-il ? Et quand ? Grace tomberait-elle évanouie ? Sombrerait-elle dans un état inconscient, dans d'incompréhensibles gargouillis d'agonie ? William ne savait à quoi s'attendre. L'estomac noué par une crainte anticipée, il éprouvait de grosses difficultés à avaler le délicieux curry. Il picorait son riz.

« Je ne pense pas que la jeune Bonnie soit déjà allée à Prague.

– Non.

– Il faudra que tu prennes le temps de lui faire voir la ville. De l'emmener au pont Saint-Charles.

– On en fait vraiment trop de cas. Rien de comparable avec certains ponts de Londres, de Paris, de Rome…

– Vois-tu, William, tu en attends toujours trop des choses. Tu es voué à la déception. Ça fait de toi un piètre voyageur.

– Exact. »

Grace, qui mangeait toujours vite, avait achevé le tiers de son curry et paraissait en excellente forme.

« C'est vraiment délicieux, disait-elle. Pourquoi as-tu attendu toutes ces années ? Il va falloir que tu recommences.

– Oh ! C'est peu probable, je n'aime pas ça, tu le sais bien. »

William pouvait voir qu'un filet de sueur, aussi délicat qu'un sillage d'escargot, suintait sur la lèvre supérieure de Grace. Il déglutit. Cela commençait à faire effet.

« Il faut que tu emmènes Bonnie à la cathédrale, reprit Grace, et, bien sûr, au cimetière juif.

-- Nous n'allons pas à Prague en excursion, nous passerons la majeure partie de la journée à répéter. » William aurait souhaité que Grace cesse de mentionner Bonnie. Grace se mit à rire.

« Ton front ! s'exclama-t-elle. Comme tu transpires ! Disons que c'est plutôt épicé. »

William se tamponna le front avec sa serviette. Sans doute était-ce la raison pour laquelle la lèvre de Grace était couverte de sueur.

« Ça t'est égal, dit-il, que ça soit aussi épicé ?

– Plus c'est épicé, meilleur c'est.

– Avec ça, tu ne te sens pas... ? Je ne sais pas, moi... Certains ne pourraient jamais avaler une cuisine aussi épicée.

– Eh bien, moi, je le peux. »

William but une longue gorgée d'eau.

« Pour ma part, je n'en suis pas si sûr. » Il avait peine à respirer. Il ressentait aux bras une bizarre sensation de brûlure.

« Dis-moi, William, tu te sens bien ? Tu es d'une drôle de couleur.

– Je crois que j'en ai eu assez. Et toi ?

– Je me sens très bien. Je vais me resservir.

– Tu es d'une drôle de couleur, toi aussi. »

Grace rit. Puis, soudain, son rire tourna à l'étouffement. Son visage et son cou s'empourprèrent. Elle se mit à crachoter et à gargouiller, un gargouillement profond, poignant, en provenance de la poitrine, estima William. Jamais il n'avait vu quelqu'un en train de mourir. Il se leva d'un bond, triomphant et terrifié. Il lui donna un grand coup dans le dos. Et même au moment où ses mains rencontraient le bombement familier de ses omoplates, il se demanda s'il pourrait retrouver sa vieille cravate noire, achetée pour l'enterrement de son père. La suffocation de Grace laissa place à un cri.

« Arrête, William ! Tu me fais mal ! Je ne suis pas en train d'étouffer.

– Bien sûr que si. » L'espoir baissait.

« Pas vraiment. Ça y est. Je me sens bien. »

Elle se sentait bien maintenant. Nul doute. William retourna s'asseoir. En fin de compte, il se punissait lui-même.

« Mais tu ne te sens pas… tout étourdie ? » Les mots sortaient avec hésitation de la bouche de William à qui la tête tournait aussi.

« Non, pourquoi tournerait-elle ? » Elle s'était resservie et engloutissait son curry avec délices.

« Tu en donnais l'impression. »

Grace parut étonnée.

« C'est toi qui parais le plus affecté.

– Je me sens bien. Désolé mais je ne me suis pas lancé dans un quatre-quarts.

– Il reste des poires du dîner d'hier soir. »

William demeura un instant silencieux mais, dans son état de soulagement déçu, il se trouva en fin de compte obligé d'effleurer à nouveau le sujet, le plus discrètement possible.

« Il me semble qu'en fait la recette comportait des cacahuètes, dit-il.

– Nous n'en avions pas. Je ne saurais dire si leur absence a changé quoi que ce soit.

– Qu'est-ce qui aurait pu se passer… Je veux dire, qu'est-ce qui aurait pu se passer si je n'avais pas été au courant de ton allergie et que j'en avais mis là-dedans ?

– Oh ! Rien, je pense. Mon allergie n'a jamais été prouvée. Je suis sûre que j'en ai souvent mangé sans le savoir et, comme tu le vois, je suis encore de ce monde. »

Sa confiance était un réconfort. Quoi qu'il en soit, William comprit qu'il devrait garder l'œil sur elle au cours des heures qui suivraient.

« Dans ce cas, c'est parfait, dit-il. Mais mieux vaut être prudent. »

Le repas achevé, Grace s'activa dans la cuisine, sans montrer aucun signe d'effets pernicieux. Peut-être faudrait-il plusieurs heures, la nuit serait alors déchirée par ses cris d'agonie. Pour le moment, sauf pour le rose de ses joues, elle paraissait dans son état normal, désireuse de regarder le journal télévisé.

Ils s'assirent sur le canapé, devant le poste de télévision, selon leur habitude les soirs où William était à la maison. De temps en temps, William jetait un regard du côté de son épouse : nul symptôme inquiétant. Il finit par poser la main sur le genou de Grace. Elle sourit. Ces rares marques d'affection la touchaient toujours. Elle ne pouvait se douter que, ce soir, le geste était porteur d'un message d'amour autant que de soulagement. Ils restèrent debout plus tard qu'à l'habitude et lorsqu'ils montèrent se coucher, peu avant minuit, il n'y avait chez Grace aucune manifestation alarmante. Une fois au lit, William demeura un moment tendu, guettant le moindre changement chez son épouse, le moindre grognement dans son sommeil, la moindre contracture sous l'effet de la douleur. Allongée sans bouger ou presque, Grace respirait régulièrement. William laissa le reste de ses atroces appréhensions s'évanouir en un trio d'images apaisantes : tulipes, blinis, rossignols. Il finit par s'endormir à son tour et passa une bonne nuit, sans rêves.

Le lendemain, la présence normale et heureuse de Grace prouva l'échec total de son plan. Cette constatation le perturba tant qu'il se sentit pris de faiblesse : d'un côté, il éprouvait un soulagement sans bornes de ne pas être un assassin et de savoir que Grace, sa bien-aimée, était encore à ses côtés et non point un cadavre à la morgue, d'un autre côté, l'horrible question persistait : comment se débarrasser de Grace pour qu'elle le laisse libre de vivre avec Bonnie ?

Ce fut Bonnie qui occupa la plupart de ses pensées au cours de cette journée de repos passée chez lui. Seuls ses plans stupides de la veille avaient un peu fait dévier ces réflexions. Il savait que, s'il ne l'appelait pas, il ne survivrait pas à cette matinée consacrée à échafauder des plans plus ennuyeux les uns que les autres pour le séjour à Prague. À peine avait-il pénétré dans son studio qu'il prit le téléphone.

« Je voulais juste savoir comment s'était passée la cérémonie du thé...

– La cérémonie du thé ? Oh ! William, c'est vous ! Ça s'est très bien passé, merci. » N'y avait-il pas une certaine froideur dans sa voix ?

« Je suis navré de n'avoir pu rester.

– On vous a regretté.

– Et Rufus ?

– Que voulez-vous dire ?

– Je veux dire, Rufus s'est débrouillé pour rester ? » William se mit à tousser, furieux contre lui-même.

« Non, il n'a pas pu. Il a dû se dépêcher de rentrer chez lui. »

Il s'ensuivit une longue pause au cours de laquelle William se retint de poser d'autres questions.

« À vrai dire, je ne vous appelais pas pour savoir quels étaient vos plans à l'heure du thé, finit-il par dire d'un ton aussi badin qu'il le pouvait.

– Je m'en doute bien.

– Je voulais juste savoir si votre passeport était à jour pour vous rendre à Prague.

– Il l'est, oui.

– Dans ce cas-là, parfait. » Comment pouvait-il se débrouiller pour la garder un peu plus longtemps au téléphone ? « Vous vous sentez en forme ? Le moral est bon ?

– Absolument. » Sa voix semblait plus enjouée. « À vrai dire, je suis plutôt débordée : il faut que je profite de la matinée libre pour prévoir mon déménagement.

– Bien sûr. » Avec l'aide de Grant, sans aucun doute. « Je ne vous retarderai pas. Excusez-moi. À demain soir. »

La conversation ne contribua en rien à exorciser ses peurs – des peurs qu'il n'aurait pu vraiment nommer mais qui avaient trait à la nature prédatrice de Grant. Les femmes, pour quelque raison que William avait peine à comprendre, semblaient attirées par Grant. Les groupies du Quatuor, dont il avait bien fallu s'accommoder à l'époque, avaient toujours eu un faible pour lui. Les femmes semblaient apprécier les beaux mecs aux cheveux bouclés et aux cuisses de rugbyman. Une pointe de génie musical les titillait encore davantage. William ne pouvait nier que Grant, à califourchon sur son violoncelle, offrait un spectacle magnifique. Son air distant, plutôt maussade, était apparemment un attrait de plus. William se plaisait à croire que Bonnie était trop intelligente, trop astucieuse pour Grant. La lenteur, encore qu'elle ne manquât pas de précision, avec laquelle Grant appréhendait l'existence, mettrait à rude épreuve la patience de Bonnie, si charmée fût-elle par les attentions qu'il avait pour elle. À en croire William, il aurait dû exister depuis longtemps une règle prohibant les relations entre les musiciens du Quatuor, toutefois, comme jusqu'ici il n'y avait pas eu de musicienne, cette règle n'avait pas eu lieu d'être. Il était trop tard pour revenir là-dessus. William pouvait seulement espérer que Grant jugerait déplacé de faire la moindre avance à une collègue et d'ainsi perturber l'équilibre du groupe. Par le passé, ses petites amies – qu'il n'exhibait qu'en de rares occasions – avaient été du genre maigrichon et sérieux : des étudiantes prolongées, bien décidées à mûrir davantage plutôt qu'à trouver un travail. (William pouvait se rappeler plusieurs occasions où Grant avait généreusement subventionné l'une ou l'autre de ces éternelles étudiantes.) Pour Grant, Bonnie serait, à coup sûr, trop frivole, elle en ferait trop, elle serait trop bien en chair… en dépit de son talent.

Ses ruminations furent interrompues par le téléphone. C'était Dick Lancer, un ami d'université et, jadis, son meilleur ami. Cela faisait plusieurs années qu'ils ne s'étaient pas vus et n'avaient eu aucun contact. Il fallut un moment à William pour se rappeler Dick, absorbé qu'il était par ses pensées.

« Oh ! *Dick*, oui, Dick, mon cher ami… Comment vas-tu ?

– Pas si mal. Des concerts par-ci par-là. C'est le meilleur moment de l'année. »

William revit soudain Dick. Ce cher Dick : taches de rousseur, cheveux roux, pas mauvais violoncelliste, mais pas assez bon pour devenir célèbre. Jusqu'au jour où il s'était aperçu qu'il avait une bonne voix de baryton et se mit à chanter. Il avait appartenu à plusieurs chœurs, il avait connu une année faste lorsqu'il avait servi de doublure dans un film à grand succès dont la vedette aurait dû chanter. Hélas, il menait depuis la vie précaire que connaissent la plupart des musiciens : de nombreuses semaines sans engagement entre deux concerts en soliste dans des salles de province, d'où une constante précarité financière. Jadis, il rendait souvent visite à Grace et William. Toutefois, comme le succès de l'Elmtree coïncidait avec son propre crépuscule, il venait moins souvent. Voire plus du tout ces dernières années. Un échange de cartes de Noël était maintenant leur seule forme de communication. Aussi était-il naturel qu'un appel de Dick pût dérouter en cette matinée mouvementée.

« Je voulais juste te signaler que j'ai déménagé, poursuivit Dick. J'habite le Dorset. J'ai toujours voulu vivre au bord de la mer, du coup, quand j'ai pris ma retraite l'année dernière, je me suis trouvé une petite maison confortable sur la côte. Merveilleux.

– Tu as pris ta retraite ?

– Oh ! Tu sais ce que c'est ! On pourrait m'en persuader, disons... J'essaye d'organiser une chorale dans le village...

– Oh ! Dick, mon cher vieux ! Ça paraît une idée ambitieuse !

– Toujours est-il que je t'appelais pour te suggérer quelque chose. Je me suis dit que peut-être Grace et toi viendriez passer un jour ou deux au moment du nouvel an. Il y fera un froid de canard, mais je promets un bon feu. Ça fait vraiment trop longtemps que je ne t'ai pas vu. »

L'esprit de William passa prestement en revue la réorganisation des projets qu'entraînerait une visite dans le Dorset. Il n'avait jamais éprouvé le désir de partir de chez lui s'il n'y était pas contraint, il avait bien assez l'occasion de s'absenter pour son travail. Dick était toutefois un très vieil ami, il avait l'air un peu triste... C'était la moindre des choses de faire ça pour lui.

« Laisse-moi juste en toucher deux mots à Grace. En principe, ça me paraît une bonne idée...

– Je fais une petite prière pour que ça s'arrange. Ça serait épatant si vous pouviez venir tous les deux ! »

Cinq minutes plus tard, à moitié perdu dans l'andante du *Quatuor en la majeur* de Borodine, William ne parvenait pas à imaginer une fin de semaine hivernale sur la côte du Dorset en compagnie de Dick Lancer. Au lieu de cela, des images de Prague se bousculaient dans sa tête. Il se voyait dînant avec Bonnie, dégustant les célèbres boulettes tchèques. Bonnie et lui ! Il pourrait même lui prendre le bras, se promener avec elle dans le quartier de la cathédrale, même si Dieu seul savait comment ils arriveraient à se débarrasser de Grant et de Rufus ! Les choses s'arrangeraient d'elles-mêmes. C'est alors qu'il lui vint à l'esprit, tandis qu'il se laissait porter par la vague d'un crescendo, qu'après tout il était un violoniste sain d'esprit et non point un assassin par nature, aussi ne serait-ce sans doute pas une mauvaise idée d'apprendre à mieux connaître Bonnie et d'évaluer ses chances de bonheur avec elle, avant d'essayer une deuxième fois de supprimer sa chère épouse.

Au moment où cette pensée l'incitait à mettre toute son âme dans sa musique, l'apaisement disparut aussi vite qu'il était venu. William se représenta le Dorset : la côte austère pendant l'hiver, les hautes falaises, la mer rageant quelques centaines de mètres plus bas. Grace n'aimait rien autant que se promener. Comme ce serait facile !

William posa son archet, s'étonnant de cette nouvelle folie.

6

Le matin du départ de William pour Prague, Grace décida de cacher à Lucien l'absence de William et, de ce fait, elle se sentit plus à son aise. Il se trouva que ce jour-là Lucien travaillait (c'était son deuxième jour de travail, le premier s'était bien passé), aussi n'avait-elle pas à s'inquiéter de le voir surgir tandis que William s'affairait à préparer ses valises. Pour William, s'apprêter à partir frisait toujours l'obsession. Grace s'efforça d'atténuer la fièvre des préparatifs. Elle posa sur le lit plusieurs chemises pliées parmi lesquelles il devait choisir. Elle mit dans la poche intérieure de son veston son passeport et des devises étrangères afin qu'un petit coup sur la poitrine suffise à l'assurer que c'était là, puis elle glissa une liste de vêtements dans sa valise, comme s'il s'agissait d'un écolier, ainsi lors du voyage de retour, il pourrait vérifier que rien ne manquait. (Au fil des années, tant de cravates blanches, de chaussettes en soie, de tricots d'anniversaire, voire de vestes avaient manqué à l'appel !) Toutefois, l'aide de Grace n'apaisa aucunement William. Il chercha dans toute la cuisine le numéro de téléphone de l'hôtel de Prague qu'il avait donné à Grace deux jours plus tôt.

« Voyons, William ! Il n'y a guère de chances qu'il soit dans la corbeille à fruits ! Il est sur mon bureau.

– Tu en es sûre ?

– Tout à fait sûre.

– Mais ce n'est pas le numéro de téléphone que je

cherche, n'est-ce pas ? Je cherche mes boutons de manchettes.

– Tes boutons de manchettes ?

– Je ne sais plus où j'ai la tête, j'en ai peur, mon Cœur.

– Quels boutons de manchettes cherches-tu ?

– Les tiens, bien sûr. Mon cadeau d'anniversaire.

– Ne crois-tu pas que c'est un peu imprudent de les emporter ? Je veux dire qu'ils ont de la valeur et compte tenu qu'avec toi, ils ne te font pas long feu... J'aurais cru que, pour te rendre à l'étranger, mieux vaudrait emporter...

– Non. Ce sont les tiens que je veux. Aussi loin de chez nous qu'à Prague, je me sentirai plus en sécurité avec tes boutons de manchettes. » C'était la vérité, William y avait réfléchi pendant plusieurs heures la nuit précédente. Il en était arrivé à la conclusion que porter les boutons de manchettes de Grace pourrait être une façon de se prémunir contre des actes inavouables, même s'il ne savait pas au juste ce par quoi il pourrait être tenté.

« Très bien, dit Grace. Encore heureux qu'ils soient assurés. » Elle se mit à l'aider dans sa recherche, fouilla méthodiquement chaque étagère et chaque tiroir, tandis que William leur courait après dans des endroits aussi bizarres que le frigidaire ou le bocal réservé aux brosses à vaisselle et lavettes. Grace feignait de ne pas remarquer son inquiétude croissante, même si elle la trouvait contagieuse. Une demi-heure plus tard, et toujours sans aucune trace des boutons de manchettes, elle s'effondra dans un fauteuil pour se donner la chance de se ressaisir.

« Je les ai rangés dans le tiroir le matin où tu es allé à Manchester, dit-elle. Tu avais insisté pour prendre les autres. Je me revois les y déposer. »

William s'assit à son tour. Épuisé. Il jeta un coup d'œil à sa montre. Ils devraient se mettre en route pour l'aéroport d'ici précisément cinq minutes.

« C'est exact, dit-il. Je m'en souviens. » À vrai dire, il n'avait aucun souvenir de ce que Grace en avait fait, il se souvenait juste combien il s'était senti gêné de les rejeter ainsi, toutefois il gardait un souvenir très précis d'autre chose.

« Tu étais inquiète à l'idée que ton ami Lucien puisse arriver à tout instant », dit-il.

Grace posa sur lui un regard légèrement interrogateur : elle ne se rappelait pas avoir mentionné Lucien. Peut-être William était-il à même de lire dans ses pensées avec plus de perspicacité qu'elle ne l'aurait cru.

« Tu crois ? Je suis sûre que tu as raison. Quoi qu'il en soit, je sais que je les ai mis en lieu sûr. Je fais toujours ça et puis après je ne retrouve plus rien, pas vrai ? » Troublée par les étranges talents de détective de William, Grace s'énervait.

« Sans doute vaudrait-il mieux arrêter là nos recherches, il est temps de partir. » William se leva. Il se donna une tape sur le torse pour vérifier que son passeport et ses billets étaient bien à leur place. Leur présence ne lui apporta pas la tranquillité d'esprit.

« Cesse de t'inquiéter. Tu peux être sûr qu'ils réapparaîtront sitôt que tu auras tourné les talons.

– Ce ne sont pas mes boutons de manchettes qui m'inquiètent, mon Cœur. Ce qui m'inquiète c'est de ne pas arriver à temps à Heathrow. La circulation… »

Grace réprima un soupir.

« Si nous partons maintenant, vingt minutes plus tôt que prévu, tu auras une heure d'avance sur les autres.

– Parfait, j'en serai ravi. » William avait désespérément besoin de temps pour réfléchir.

« Dans ce cas, allons-y. »

William avait pour habitude, les rares fois où il n'était pas d'accord avec Grace, d'accompagner toute critique d'un petit hommage lénifiant.

« Je dois avouer que nul ne sait mieux comprendre que toi les angoisses d'un homme au sujet de l'heure. Je monte chercher mes affaires, lui dit-il avec un regard reconnaissant.

– Tu as pensé à ta mousse à raser ? »

Incapable de se rappeler s'il y avait pensé ou non, William parut catastrophé. Cinq minutes plus tard, ils roulaient vers l'aéroport, Grace conduisait tandis que William s'agitait sur le siège du passager, farfouillant une fois de plus dans son pardessus pour s'assurer que ses précieux documents étaient bien dans la poche de sa veste.

De retour à la maison maintenant vide, Grace s'aperçut d'une baisse de son moral, comme à chaque fois qu'elle venait de déposer William à l'aéroport ou à la gare. Non qu'elle n'aimât pas être seule. À vrai dire, de temps en temps, elle appréciait la solitude absolue. Cela lui permettait de ne pas être interrompue dans son travail. En l'absence de William, qui ne durait fort heureusement jamais plus de quelques jours, elle s'imposait une discipline rigoureuse et s'y tenait : de longues matinées à son bureau, une heure de marche après le déjeuner, un dîner convenable au cours duquel elle écoutait un des enregistrements de l'Elmtree puis elle allait se coucher de bonne heure avec un livre. Peu lui importait le vide de la maison, le silence. Elle chassait loin d'elle histoires de viols, de cambriolages et fâcheuses mésaventures. Elle n'éprouvait pas le besoin de téléphoner à Pierre, Paul ou à des amis pour bavarder : elle était franchement heureuse d'être un peu seule, comme elle l'avait si souvent assuré à William. Désormais, ce dernier le croyait. Ce sentiment de contentement avait toujours été atténué par une très légère baisse de son moral, si légère en fait que cela ne valait pas la peine de s'y attarder ni de la mentionner. Néanmoins, elle la percevait. À un moment ou à un autre, Grace avait essayé d'en déterminer la cause, elle était arrivée à l'évidente conclusion qu'elle provenait du manque de ces petites attentes qui éclairaient la plupart de ses journées – ces aiguillons qui stimulent la plupart des êtres peu enclins à s'exciter. Tantôt il s'agissait de voir William descendre pour le petit déjeuner, tantôt de le voir rentrer d'une répétition ou d'un concert : la joie constante de son retour, de sa présence sous le même toit. C'était ridicule, elle le reconnaissait. Au bout de toutes ces années d'un heureux mariage, il était surprenant que les apparitions quotidiennes et routinières de son époux continuent à être aussi gratifiantes pour elle. Il en était cependant ainsi. Elle trouvait non moins grisant maintenant qu'en sa jeunesse d'être en présence de William. Si incroyable cela soit-il, de son côté à elle, l'essence même de l'histoire d'amour ne s'était pas évanouie. Le « redoutable *ronron* de la vie quotidienne » n'avait rien fait pour atténuer la reconnaissance de Grace pour un époux qu'elle aimait de tout son être. Dans sa prière, elle remerciait le Ciel de lui avoir accordé une telle faveur.

Cependant, en allant déposer William à Heathrow à l'occasion de son voyage à Prague, Grace se sentit un peu plus déprimée qu'à l'habitude. De retour à la maison, elle se surprit à entrer avec une certaine prudence, avec une légère crainte. Elle n'avait aucune idée de l'origine de cette inquiétude : les portes avaient été fermées et verrouillées. Du côté de Lucien, elle n'avait rien à craindre, il était à son travail, à Reading, il ne serait donc pas là à l'attendre à la cuisine.

Riant de nourrir pareils sentiments, elle prépara une tasse de thé, la porta jusqu'à la table de la salle à manger où elle prévoyait de passer deux de ces heures toujours ternes de l'après-midi à travailler. Sans savoir pourquoi, elle jeta en passant un coup d'œil au vestiaire et vérifia que tout était en ordre. De nombreux manteaux pendaient, bossus, de leurs patères en cuivre. Ce spectacle rassurant lui donna l'idée absurde que, si un boucher enclin à jouer les tailleurs troquait des carcasses de viande contre de vieux cirés, sa boutique surréaliste ressemblerait à cela. Ses bottes de caoutchouc étaient à leur place habituelle, bien alignées contre celles de William. Rien de bizarre. Pas le moindre problème.

Sur la table, Grace trouva le pot de confiture qu'elle remplissait d'eau, un vieux bocal dont elle s'était servie la première fois qu'elle avait entrepris de peindre une campanule, sans lui, elle était perdue. Il était vide. Elle n'eut pas le courage d'aller le remplir à la cuisine. Au lieu de cela, elle feuilleta un de ses carnets de croquis de sorte que les fleurs sur leurs pages défilèrent en un kaléidoscope aux couleurs délicates. Elle ouvrit ensuite tout grand deux pages, posant la main dessus pour les garder à plat. Un enchevêtrement de chardon et d'églantine se déploya sous ses paumes : l'orange des baies était bien en vie et d'un rouge écarlate, le chardon était aussi vaporeux que brume. C'était pas mal, se dit-elle, puis elle s'étonna : comment avait-elle pu se laisser aller à une telle réflexion ?

Elle se remit à tourner les pages. Mauve, bouton d'or, angélique, toutes ces fleurs y étaient, joliment exécutées, terminées. Apaisée par le sentiment du travail accompli, elle aurait dû connaître un après-midi paisible. Son matériel de peinture était disposé devant elle. La lumière ocre d'un après-midi d'hiver adoucissait les contours anguleux des meubles, des tableaux et des livres. C'était cette même lumière qui parfois se coulait dans les pièces silencieuses et incitait Grace à se dépêcher de prendre ses pinceaux. Mais pas cet après-midi-là. Elle resta immobile, ignorant la liste des fleurs à compléter. Solidement assise sur son siège bas, elle flottait, tout étonnée de ne pouvoir bouger.

Grace n'avait jamais craint la solitude. Avoir du temps à soi lui était aussi indispensable qu'à William. Être seule et sans inquiétude, avait-elle appris, était un état privilégié. Pourquoi aujourd'hui l'absence de William l'avait-elle affectée de façon si nébuleuse qu'elle ne pouvait en percevoir l'origine et pourquoi sentait-elle flotter autour d'elle cette angoisse de l'inconnu ?

« Ça ne te gêne pas que ton mari s'envole pour une nuit avec ce nouvel oiseau, cette altiste ? »

La question de Lucien lui revint. William était alors parti à Manchester. Grace savait pertinemment qu'il ne s'était rien passé de louche à Manchester. Lucien avait tout de l'agitateur…

« Il n'y a que la foi qui sauve ! » avait-il dit.

Ses déplaisantes suggestions n'avaient pas alors mérité d'être prises une seconde en considération. Maintenant non plus. Bref, les nuits au cours desquelles William était absent ne pourraient peut-être plus jamais être exemptes de… non pas vraiment d'inquiétude ni de soupçons. Elles ne pourraient plus toutefois être des moments de cette solitude saine et simple, engendrée par la confiance absolue. Fichu Lucien, se dit Grace. Quel droit avait-il de la troubler avec ses abominables insinuations, elle qui avait fait de son mieux pour lui apporter du réconfort et devenir son amie ? Dieu merci, les lilas ne seraient pas en fleur. Un arbuste inconnu, en pleine floraison, pourrait influencer les pensées d'un homme qui avait le mal du pays… En fait, se rappela Grace, le véritable danger, c'était que Prague en novembre pouvait être un endroit sinistre ; à coup sûr Bonnie, avec ses fossettes, son velours et son naturel enjoué, pouvait être un réconfort.

Tandis que d'aussi odieuses pensées la hantaient, Grace se réprimandait. Il était impensable que William vît en Bonnie autre chose que le nouvel élément du Quatuor, une jeune femme envers laquelle il devrait se montrer bienveillant, prévenant et paternel. Que Dieu lui pardonne d'avoir pu envisager autre chose !

Tandis qu'elle continuait à chercher l'origine de son inquiétude, Lucien réapparut. Il était impossible que ce dernier, si fantasque fût-il, pût jamais représenter une menace. Ses visites, ses exigences, sa façon de l'entraîner dans sa vie étaient agaçantes plutôt qu'alarmantes. Bientôt le moment viendrait où Grace devrait essayer de prendre ses distances, qui sait, le bannir de sa vie. Voilà qui serait loin d'être gentil ! En outre, l'existence de Lucien avait fini par apporter à sa vie tranquille un petit *frisson* qu'elle aurait pu ne pas connaître autrement.

Grace fit rouler un fin pinceau de martre sur sa langue. Il en ressortit comme une petite pointe acérée. Elle l'enfonça dans une noisette de peinture bleue desséchée sur sa palette, n'ayant pas encore l'énergie d'aller à la cuisine chercher l'eau dont elle avait grand besoin. Il lui fallait se ressaisir, se dit-elle, c'était là une stratégie à laquelle elle avait toujours cru. Penser à autre chose. Aux poivriers, par exemple : ils avaient besoin d'être astiqués. Grace jeta un coup d'œil vers le buffet. Les poivriers d'argent étaient très ternis, avec des stries couleur de sang séché. Elle prendrait plaisir à les polir. William devait être encore dans l'avion. Il téléphonerait ce soir, bien sûr. On pouvait compter sur lui pour garder le contact lorsqu'il était absent. Elle avait la pénible impression qu'il n'y avait plus de produit pour polir l'argent. Pauvre William : trois nuits dans une chambre d'hôtel ! Grace tapota le pinceau sur le papier : de légères éraflures apparurent sur la peinture sèche. Elle devait mettre un terme à cette oisiveté, aller chercher de l'eau, s'atteler à la tâche.

Un bruit violent lui parvint de la cuisine. La porte qui claquait. Grace sursauta, se retourna sur sa chaise. Lucien était là, trempé, l'air sombre, son parka dégoulinait de pluie.

« Oh ! C'est toi ! Tu m'as donné…

– Pardon. La porte était ouverte. Je me suis dit que j'allais m'arrêter en rentrant chez moi. Te raconter. Te raconter ma deuxième journée de salarié. »

Grace se leva. Elle sourit. Un sourire aussi léger que la peinture bleue, pensa-t-elle. Ses mains tremblaient. Pour cacher cela, elle fit mine de les passer sur sa jupe, comme pour en chasser d'invisibles miettes.

« J'aurais juré que je l'avais verrouillée. Si nous allions… ? Une tasse de thé ?

– Dans une minute. J'avoue que je suis bien content d'être ici pour changer un peu. »

Lucien s'assit sur la table, croisa les bras avec des airs de propriétaire. Grace sentit la contrariété monter en elle.

« Je t'en prie, Lucien, pas sur la table. »

Lucien se mit à rire. C'était stupéfiant de voir comment en un clin d'œil il pouvait passer de charmant à odieux.

« On est tendue aujourd'hui, pas vrai ? Encore pardon. » Il tira une chaise, s'assit. « Qu'y a-t-il ? Je peux m'asseoir ?

– Il n'y a rien du tout. Comment s'est passée ta journée ?

– Je me suis dit que tu aimerais le savoir. » Lucien semblait ravi de l'intérêt qu'on lui portait. Il se passa la main dans les cheveux, Grace s'attendait à voir ses doigts couverts de graisse. Ses ongles trop longs étaient en deuil, noirs comme de la corne de sabots. Jamais elle ne l'avait vu avec des ongles sales, aussi se demanda-t-elle ce que cela signifiait.

« Ça a bien commencé. Disons que mardi, pas de problème. Casse-pieds, mais pas de problème. Aujourd'hui, merdique !

– Pourquoi ?

– Franchement, je sais pas. Je peux pas arriver à dire au juste pourquoi… Mais on dirait qu'ils ont un problème avec moi.

– Oh ! Lucien…

– Je suis donc en train d'y réfléchir. Il se pourrait que je ne reste pas.

– Fais un essai honnête. Au moins une semaine ou dix jours. Ça prend du temps pour s'adapter. Qu'as-tu à faire ?

– Un peu de paperasserie. Montrer aux gens qui viennent au centre où sont les choses. Réchauffer la soupe. Casse-pieds. Ça me prend la tête.

– Mais tu ne t'attendais sûrement pas à…

– Je ne sais pas à quoi je m'attendais, mais pas à ce truc merdique. Je suis adroit de mes deux mains et ils m'ont donné ce foutu boulot chiant en diable. » Il regarda Grace. « Je t'ai choquée, non ?

– Non. » Grace sourit d'un sourire plus affirmé. Elle avait tellement l'habitude du phrasé mélodieux de William que c'était parfois un soulagement de se voir rappeler l'existence du langage de corps de garde.

Lucien se leva, alla vers Grace, seule sa chaise les séparait. Il posa la main sur son épaule.

« Vois-tu, je ne voudrais pas te choquer… Même si je dois reconnaître que tu es difficile à choquer. Je suppose que, derrière ton petit minois tout calme, tu es aussi paumée que nous tous. » Grace sentit son corps se raidir, comme sous la traction d'invisibles sangles. Lucien se pencha pour regarder la peinture d'une campanule : un côté du papier était barbouillé de peinture bleue desséchée. « C'est bien, dit-il. Les fleurs c'est pas mon genre, mais je dirais que c'est bien.

– Oh ! Elles n'ont rien d'extraordinaire. » Qu'elle le voulût ou non, ce compliment lui réchauffait le cœur.

« Non, vraiment. Je suis sincère. » Lucien se pencha pour tourner les pages. « Je dirais qu'elles sont vraiment bien. Qu'en penses-tu ? »

La lumière de la pièce avait baissé, prenant la couleur du sable humide. Grace alluma la lampe sur le buffet. La lumière jaune rosé alla se poser sur les carnets de croquis, les peintures, sur les mains de Lucien. La lumière allumée, Grace se sentit davantage en sécurité. Son cœur ralentit. Lucien était visiblement de mauvaise humeur, mais rien en lui ne lui donnait lieu de s'alarmer. À vrai dire, après toutes les pensées qu'elle avait pu nourrir contre lui, elle fut touchée par l'intérêt qu'il portait à son travail.

« Mettons que je ne m'en tire pas trop mal, dit-elle, réprimant un soupir. Rien de plus.

– Si c'est vraiment ce que tu penses, oui, si tu penses que tu te contentes de t'en tirer pas trop mal, alors pourquoi t'obstiner ? »

Grace fronça les sourcils.

« Que veux-tu dire par là ?

– Je veux dire qu'il ne me semblerait pas que ça vaille la peine pour qui que ce soit de s'escrimer à faire quelque chose si le résultat est seulement pas trop mal.

– Dans ce cas, il n'y aurait pas eu grand-chose d'accompli en ce monde, pas vrai ? À supposer que seuls les gens ayant un réel talent se donnent du mal, pense à ce dont on serait privé. » Grace ponctua cela d'un petit rire vexé. « Les grands talents sont rares, Dieu merci. Les William sont rares. Nous aimons toutefois persévérer, dans l'espoir de nous améliorer tout en y prenant plaisir. Dans l'espoir de produire, qui sait, quelque chose qui présentera un certain intérêt pour autrui. On apprend à vivre en ayant conscience que l'on n'excellera jamais. On s'y habitue. Ça finit par vous être égal ou presque.

– Pour moi, c'est très déprimant.

– Eh bien, ce n'est pas mon avis. »

Il y eut un long silence.

« Au moins tu ne te prends pas trop au sérieux », finit par dire Lucien. Il retira sa main de l'épaule de Grace. « M'offrira-t-on une tasse de thé ?

– Je te l'ai déjà proposée… » En ce moment, William doit être en train d'atterrir, pensait Grace.

Dans la cuisine – plus chaude, plus gaie, et avec un gâteau de Savoie entre eux –, Lucien passa aux excuses.

« J'espère n'avoir rien dit qui puisse te vexer.

– Non, rien du tout.

– Je n'ai fait que revenir sur ton idée de départ selon laquelle tu n'étais qu'assez compétente.

– Je le sais. Ne t'inquiète pas, je ne suis pas le moins du monde vexée. J'essayais juste d'expliquer que je suis pleinement consciente de mes limites.

– Ce n'est pas une mauvaise chose. De mon côté, c'est tout le contraire. Je m'imagine toujours que je peux faire n'importe quoi. Et je me retrouve avec toutes ces saloperies de boulots. Tu as la meilleure part. Au fait, où est le mari ? À un concert ?

– Oui, à un concert de Beethoven.

– J'avoue qu'avant Beethoven ne m'intéressait pas. » Lucien se servit une bonne part de gâteau et poussa l'assiette vers Grace. « On dirait qu'il est toujours parti. Ça ne te gêne pas ?

– Pas du tout. Comme tu le sais. Nous avons déjà abordé ce sujet. »

Grace s'efforça de prendre un ton sévère.

« Tu peux toujours m'appeler, tu le sais. Au cas où tu te sentirais seule ou quoi que ce soit.

– Je le sais, merci.

– Je ne suis jamais bien loin. » Il enfourna le gâteau de Savoie dans sa bouche.

« Où joue-t-il cette fois-ci ? »

Grace se pétrissait les mains par-dessous la table. Dans sa bouche pleine de gâteau, la question posée par Lucien était si pâteuse que Grace pouvait feindre de n'avoir rien compris.

« Il était dans un état épouvantable quand il est parti, finit-elle par dire. Il est toujours comme ça avant de se rendre quelque part, mais cette fois c'était pire parce qu'il avait égaré ses boutons de manchettes, une jolie paire que je lui avais offerte pour son anniversaire. À vrai dire, c'est moi qui les avais égarés. »

Grace observait les mâchoires de Lucien à l'œuvre et la vulgarité avec laquelle il chassait les miettes autour de sa bouche du dos de la main. Il semblait peu intéressé par le problème de William.

« Ils réapparaîtront, dit-il quand il eut enfin terminé sa bouchée.

– Je le pense. Les choses réapparaissent toujours un jour ou l'autre. »

Lucien se mit à émietter le gâteau qui restait sur son assiette, les croissants noirs de ses ongles s'enfonçaient dans la pâte jaunâtre, repoussant la confiture. Il se lécha trois doigts d'un coup. Grace détestait sa façon de manger.

« Je n'ai pas oublié que je te devais cet argent, dit-il.

– Quand tu voudras, ça ne presse pas.

– Je crois que mieux vaudrait garder mon boulot jusqu'à ce que j'aie de quoi te rembourser.

– Je crois que tu devrais garder ton boulot, mais pas pour cette raison. Qu'en pense ta mère ? Elle doit être heureuse de te voir travailler.

– Lobelia ? » Lucien la regarda avec le sourire sarcastique qu'il arborait dès qu'il pensait à sa mère. « Sacrée bonne femme. Elle ne daignerait pas m'accorder une pensée, même en passant. Hier soir, elle est sortie avec ces escarpins haut perchés. " Nacrés ", elle m'a dit qu'ils étaient, fière comme une duchesse. Je lui ai dit qu'elle avait l'air d'une traînée. Elle a rétorqué que j'étais un salaud. Nous avons eu une de nos meilleures bagarres.

– Bagarres ? » Grace s'en voulait d'avoir mentionné Lobelia. Elle soupira.

« Elle peut me pousser jusqu'à un certain point, au-delà je mitraille. C'est de sa faute.

– Tu ne veux pas dire que tu... ?

– Elle a ce qu'elle mérite. » Lucien se frappa les tempes, il en avait assez de parler de Lobelia.

« On dirait que tu n'as pas envie de me dire quand le vieux va revenir.

– Bientôt », dit Grace. Elle se demandait ce que Lucien entendait par mitrailler, mais il ne lui parut pas prudent de poser la question.

« Bref, quoi qu'il en soit, tu peux m'appeler n'importe quand. Je veille sur toi, t'inquiète pas.

– Merci.

– Il faut que j'y aille. » Il se leva. « Mais je viendrai

comme d'habitude. Je ne ferai qu'entrer et sortir. Eh ! Qu'est-ce qui te prend ? Qu'est-ce qui se passe ? » Il serra le poing, le pressa doucement contre sa joue.

« Que veux-tu dire ? Je me sens très bien.

– Tu es blanche comme un linge.

– Ridicule ! Si tu savais comme je me suis dépêchée. En général, tu me vois avec un peu de fard à joues.

– Arrête ces bêtises ! Je te connais. »

Lucien parti, Grace se rassit. Il lui vint à l'esprit que c'était la première fois depuis des années que quelqu'un commentait sur son apparence, remarquait sa pâleur. William n'était pas homme à observer un visage familier. Que pouvait-il être en train de faire, en ce moment, William ? Il ne devrait pas tarder à appeler.

Il y avait un téléphone, juste un téléphone sur la table en Formica près du lit de William. Il prit le combiné, avec l'intention d'appeler Grace, puis il le reposa. Plus tard serait tout aussi bien. Jusqu'ici, il n'y avait rien à dire. Il était épuisé par l'absence de tout événement. Dans l'avion, il avait insisté pour que Grant, Rufus et Bonnie soient assis les uns auprès des autres : il avait pris le siège de l'autre côté de l'allée. Ainsi, il n'était forcé d'adresser la parole à aucun d'entre eux et il remarqua que, de leur côté, ils ne se parlaient guère entre eux.

À Prague, il pleuvait. Bonnie choisit le siège avant du minibus que Stephen réservait pour leurs allées et venues lorsqu'ils se rendaient à l'étranger. Les trois hommes s'assirent sur l'une des banquettes arrière, William avec son violon sur les genoux – jamais il ne l'aurait laissé voyager dans un coffre arrière. Bonnie se livra à de longs commentaires sur la beauté de la ville. William n'eut pas l'énergie de discuter avec elle. De son point de vue, les rues avec leurs grands immeubles crasseux étaient aussi sinistres que certains quartiers de Paris qu'il n'affectionnait guère. Il en détourna son regard, préférant le poser sur la nuque de Bonnie : on entrevoyait une petite flèche de chair blanche, son cou, à l'emplacement de sa raie. William s'agrippait à sa boîte à violon. Il voulait tellement toucher la jeune femme qu'il se sentait prêt à exploser. Son écharpe de laine rouge pendait sur le dossier de son siège. Quelle était l'histoire de l'écharpe ? Qui la lui avait donnée ? Lesquels de ses secrets connaissait-elle ? Était-il en train de devenir fou pour se poser pareilles questions dans les rues de Prague ? Ils arrivèrent à l'hôtel.

C'était un de ces hôtels qui donnaient toujours à William le mal du pays : une boîte moderne, sans caractère, aux plafonds bas, manquant d'air, capitonnée de silence. Des individus dont les valises évoluaient en douceur, guidées par des regards vaguement indignés. Cet hôtel avait été inondé d'une moquette améthyste qui tournoyait implacablement à travers les couloirs, l'escalier, la réception, le bar et le restaurant. Les décorateurs avaient à coup sûr déniché un lot de cette moquette avec des fleurs artificielles assorties. Celles-ci étaient disposées en petits bouquets impeccables sur chaque étagère, sur chaque table, dans chaque endroit disponible. Chacun était placé sous un spot fixé au plafond qui s'acharnait sur les feuilles mauves bon marché et les étamines en fil de fer, insultes à la plus humble des pivoines.

« C'est formidable, dit le reflet de Bonnie au reflet de William dans la vitre mauve de l'ascenseur.

– C'est épouvantable », dit William. Il se sentait malade.

Assis au bord de son lit d'hôtel de deuxième catégorie, il regardait tomber la pluie (assourdie par l'épaisseur du double vitrage), imaginant Bonnie, dans la chambre à côté, en train de défaire sa valise, tout à l'émerveillement d'être à l'étranger. Elle devait être en train de secouer sa robe de velours en explorant la misérable petite chambre avec cette sorte de joie au cœur que William avait peur de ne plus jamais connaître.

Il avait décidé de profiter du temps mort qu'il devait passer dans sa chambre d'hôtel de Prague pour remettre un peu d'ordre dans ses idées et élaborer un plan d'action éprouvé. Jusqu'ici, ses plans d'assassinat avaient été pitoyables : un petit sachet de cacahuètes glissé dans le dîner de quelqu'un qui n'était même pas sûr d'avoir jamais été allergique à celles-ci, et la palpation d'un cou tendrement aimé qu'il se savait incapable d'étrangler quel que fût son degré de folie ! Cependant il avait beau essayer de rassembler ses pensées pour les orienter vers un vrai meurtre, elles ricochaient vers la fille dans la chambre voisine. Il entendait le bruit de l'eau. Il l'imaginait sous la douche, les bras en l'air, chassant de ses yeux ses cheveux trempés, son mascara coulant le long de ses joues, l'eau courant sur ses seins. William gémissait, courbé comme un homme qui souffre.

Le téléphone sonna. Un bruit timide, étranger. Il décrocha.

« Je voulais juste savoir comment tu allais.

– Grace ? ma chérie. Comment se fait-il que tu m'appelles ? J'allais t'appeler. » Son cœur tambourinait dans sa poitrine.

« Je voulais m'assurer que tu étais bien arrivé. Que tout se passait bien. »

William y alla d'un rire débonnaire.

« Oh ! Comme tu peux l'imaginer, rien ne va. Il tombe des cordes. Prague est aussi déplaisante que d'habitude. L'hôtel est infect. À part cela, rien de neuf.

– C'est juste pour trois nuits.

– Dieu merci ! Et toi, ça va ?

– Je vais très bien. Je travaille.

– Bien. »

Dans le silence qui suivit, une télébande de banalités qu'il aurait alors pu proférer défila dans l'esprit de William : *je voudrais bien être chez nous, tu me manques, je t'aime.*

« Vérifie que tu as verrouillé la porte de la cuisine, dit-il.

– Bien sûr.

– Parfait... Je t'appellerai demain.

– Je serai là. » Évidemment qu'elle serait là. Quelles stupidités les gens peuvent se dire pour confirmer ce qu'ils savent déjà.

« Au revoir, mon Cœur. »

Que se passait-il pour qu'elle l'appelle ? Elle n'appelait jamais.

On frappa à la porte. William prit sa boîte à violon et alla ouvrir. Bonnie était là, les cheveux mouillés, elle sentait l'huile de bain. Elle portait un tee-shirt décolleté. Sa poitrine était parsemée de taches de rousseur.

« Vous avez dit que nous devrions partir à quatre heures et demie pour la répétition. Nous vous attendions en bas.

– Désolé, j'arrive. Je suis prêt.

– À vous regarder on dirait que vous avez vu un fantôme.

– Guère de chance qu'il y ait un fantôme dans un endroit comme ça ! » William se débrouilla pour sourire.

« Dans ce cas, qu'est-ce qui se passe ?

– Les voyages, c'est pas mon fort. Je n'aime pas voyager. J'étais juste en train de me réadapter. J'ai toujours peine à croire qu'à un moment donné je suis là, chez moi, et que quelques heures plus tard je me retrouve à un endroit où, ne serait-ce qu'une centaine d'années plus tôt, il m'aurait fallu des semaines pour me rendre.

– Mon pauvre William ! » Bonnie souriait. « Le monde moderne, ça vous dépasse. » Elle alla vers lui, passa ses gros bras autour de son cou, posa la tête sous son menton. William eut peur de s'effondrer.

« Non », dit-il. Puis, il poursuivit, haletant : « Vous êtes un ange, Bonnie. »

Sans doute n'entendit-elle pas. Elle s'était éloignée de lui, arrêtant là son élan de compassion suscité par son impatience de se mettre en route. Prenant la main libre de William, elle le guida dans le couloir améthyste jusqu'à l'ascenseur. Dans ce petit espace propice à la claustrophobie, rendant l'intimité presque tangible, William sentit le regard curieux de Bonnie sur l'écarlate inhabituelle de ses joues. Avait-elle idée de l'effet de sa présence ?

Agité comme il l'était, William fut heureux de voir Grant assumer les questions administratives selon son habitude lorsqu'il sentait William affolé par les bizarres us et coutumes de l'Étranger. Grant enfourna ses collègues dans le minibus pour les emmener à l'église, il examina les instruments, les pupitres et vérifia à deux reprises les partitions. Il régla le chauffeur et le remercia en tchèque. Il avait étudié un manuel de conversation tchèque pendant le voyage, incapable qu'il était de résister au plaisir d'épater ses compagnons par quelques rudiments de la langue du pays visité. Rufus le traitait de crâneur. En son for intérieur, William en fut impressionné.

Une fois dans l'église Saint-Nicolas de Mala Strana, ils admirèrent la gigantesque fresque de l'apothéose du saint qui recouvrait la nef, tout en gardant leurs distances l'un de l'autre. Soudain, se rendant compte que le temps passait, William tira chacun de sa contemplation en leur suggérant de prendre place auprès de l'autel et de se mettre à répéter. Sans doute éberlué par le baroque flamboyant du décor, Grant ne grommela qu'à peine au sujet de son siège. William prit son archet et donna aux musiciens le signal d'attaquer. Conscient de l'imposante présence de la statue en or de saint Nicolas sur l'autel qui le regardait pénétrer en s'inclinant dans la *Fantaisie* de Purcell comme le navigateur solitaire incline la voile au vent, il retrouva son calme.

Les premières vingt-quatre heures à Prague furent un supplice pour William. Le samedi matin, il décida de rejoindre ses collègues pour le petit déjeuner mais il fut excédé par les pots miniatures en plastique contenant beurre ou confiture et il refusa d'aller visiter la ville avec Rufus, Grant et Bonnie. Il n'avait aucun désir de revoir les merveilles de Prague, surfaites selon lui, ni de déjeuner de ces ignobles et indigestes boulettes dans quelque sinistre restaurant, une idée sûre de plaire à Bonnie.

Aussi, tandis que les autres se rendaient à la cathédrale, William s'en retourna-t-il à sa petite chambre austère où, pendant une heure, il joua discrètement du violon pour lui seul. Il s'assit ensuite dans le fauteuil en plastique en se demandant quelle était la meilleure façon de tuer son épouse – son épouse qu'il appela deux fois, comme si le son de sa voix pouvait être une source d'inspiration – avant de retourner à l'église pour évoquer la question de sièges plus adéquats.

De retour à l'hôtel, il croisa Rufus et Grant dont l'énergie touristique s'était épuisée avant celle de Bonnie. Cette dernière, lui dirent-ils, leur avait faussé compagnie pour aller admirer le pont Saint-Charles. Dans un moment de folie, William envisagea de se dépêcher d'aller la retrouver : ils pourraient ainsi profiter de quelques moments seuls. Certes, le pont encombré de touristes ne serait pas l'endroit idéal, mais mieux valait cela que nulle part. Il ne tarda pas à renoncer à cette idée ridicule par peur de la rater, et il regagna sa chambre et s'allongea sur le lit.

Il fut récompensé, une demi-heure plus tard, par un coup à la porte : Bonnie. Bonnie contente d'elle, radieuse, impatiente, de mauvaise humeur. Elle jeta un coup en direction du lit.

« Que faisiez-vous ?

– Je m'étais allongé un moment.

– Vous êtes un idiot. Un vieux grognon, un vieux rabat-joie. Que se passe-t-il ? Pourquoi faites-vous la tête ?

– J'ai des soucis. Pardon.

– Le Quatuor ?

– Oh non ! La répétition a été bonne, le concert de ce soir devrait être de qualité.

– Cette église… C'est la première fois que je joue dans une église. » Bonnie s'assit sur le lit. William n'hésita qu'un instant avant de s'asseoir auprès d'elle. « Regardez ce que vous avez raté », lui dit-elle. Elle lui tendit une carte postale, la reproduction d'un tableau : un fond doré, craquelé, trois arbres tout ronds, chacun abritant un pinson. « C'est le clou de la Galerie Narodni. Rufus et Grant eux sont passés devant à toute vitesse. Je suis restée longtemps à le contempler, ébahie que j'étais.

– Je m'en souviens. Je l'ai vu lors de notre voyage, il y a dix ans. » À l'époque, il n'avait pas de meurtre en tête. Ni de Bonnie pour le mettre dans ce triste état. Il retourna la carte. « Regardez ce que vous avez raté », avait-elle écrit. *Affection, Bonnie.* Des petites croix enfantines indiquant les baisers étaient griffonnées au bas de la carte.

William se tourna vers elle. Elle n'était qu'à une trentaine de centimètres de lui. Leurs genoux étaient dangereusement près de se toucher. Bonnie ne serait pas plus affectée par cette proximité que par celle de son grand-père. William sentit monter à ses yeux des larmes brûlantes.

« Merci, dit-il. Je regrette de ne pas y être allé. »

Bonnie frappa du poing le genou de William. « Bref, demain matin, où que nous allions, vous nous accompagnerez. Grant a suggéré une église pleine d'os.

– Mon Dieu ! » Il se souvenait de cette église.

« Il est en train d'organiser le minibus. Vous venez ? »

William fit un signe de tête.

« Allez, courage ! Déridez-vous, je vous en supplie !

– Je fais des progrès. » Mon Dieu, pardonnez ce mensonge ! Il aurait tant voulu prendre dans ses bras cette chaleureuse, douce, adorable petite créature qu'il lui fallut joindre les mains pour les empêcher d'aller vers elle.

« Vous êtes drôle, parfois. J'avoue que j'ai du mal à vous comprendre, vous et vos sautes d'humeur. » Bonnie semblait ravie, toute trace d'agacement avait disparu. Elle se leva. Stimulé par des sentiments conflictuels, conscient que le danger était pour ainsi dire écarté, William se leva à son tour.

« Ne vous cassez pas la tête. Continuez à jouer comme vous en avez l'habitude. »

Comme fasciné par la peau hypnotisante de la nuque de Bonnie, William laissa sa phrase en suspens. Elle l'avait serré contre elle, une fois de plus, dans une sorte d'étreinte que désapprouvait William, l'étreinte publique à la mode en temps de désastre et de deuil. Il se sentit cloué sur place. Sa gentillesse l'attristait : c'était l'affection d'une petite-fille pour son grand-père. Il se força à sourire et la repoussa, maladroitement, comme s'il déplaçait une lourde table.

« Lors de ma dernière visite médicale, dit-il, j'ai repéré dans la salle d'attente une pancarte sur laquelle était écrit : *Prenez dans vos bras un malheureux.* Des inepties sentimentales. »

Bonnie se mit à rire.

« Désolée, dit-elle. Maintenant, descendez. Il reste encore du temps, avant de nous mettre en tenue de concert, pour savourer ce gâteau à la confiture de fraises que vous appréciez tellement. »

William suivit Bonnie dans le couloir mauve. L'odeur de Bonnie, une fleur légère comme l'air, à laquelle il eût été incapable de donner un nom, collait à son pull. Il avançait tel un homme en extase.

L'église était bondée. Ceux qui n'avaient pu trouver de place étaient assis par terre dans les bas-côtés. De la part d'un public qui s'attendait à un quatuor différent et plus connu, c'était extraordinaire. William se sentit soulevé par l'espoir qu'avaient ces gens de passer une bonne soirée. Même si les autres musiciens ne disaient rien, ils partageaient cette émotion. William considéra cette foule de visages pleins d'attente – plus jeune, il s'armait de courage pour étudier le public avant le concert, maintenant c'était rare. Il leva les yeux pour un dernier regard à la voûte de la nef où la subtile fusion des fresques et de l'architecture trompait l'œil. « Une structure architectonique illusoire », avait commenté Rufus. La splendeur des lieux entraîna chez William certaine raideur des membres et du dos. Ce qui l'impressionnait le plus était de se dire que Mozart avait joué sur cet orgue, que ses yeux devaient avoir erré parmi ces énormes silhouettes et ces colonnes. Mozart devait avoir perçu que cet édifice de pierres immémoriales était imprégné de l'âme de ses sculptures et de ses tableaux pieux. Avec un étrange sentiment d'humilité, William leur fit signe d'attaquer. L'interprétation du *Quatuor* de Beethoven *en ut dièse mineur* s'éleva avec une âme qu'il espérait toujours chez les musiciens mais qu'en réalité, en temps ordinaire, ils n'atteignaient que rarement. En feuilletant sa partition entre deux morceaux, il était conscient que, par respect sans doute pour ces saints lieux, Bonnie n'avait pas de doublure de couleur dans ses manches de velours. Ce détail aussi le toucha.

Plus tard, fatigués mais en pleine euphorie, les membres du Quatuor se retrouvèrent dans le bar de l'hôtel pour prendre un verre avant d'aller se coucher, selon leur habitude quand ils étaient en tournée. Un accord tacite voulait qu'ils ne reparlent jamais du concert avant le lendemain matin. Pour siroter leur whisky et leur brandy, ils s'assirent à une petite table sur des sièges en plastique mauve matelassé, à peine moins inconfortables que les chaises roses de Manchester. Touchés par la reconnaissance du public, ils se sentaient portés par l'allégresse qui survient et persiste après un concert mémorable. Toutefois, ce n'était pas non plus un sujet qu'il convenait d'aborder. Il n'y avait rien à dire qui pût accroître ce sentiment mutuel.

« Alors, dit Bonnie, rompant enfin le silence. L'excursion de demain est organisée ? » Elle se tourna vers Grant. Il confirma d'un signe de tête. Elle se tourna ensuite vers William. « William vient avec nous, n'est-ce pas, William ?

– Bien sûr. » Il acquiesça d'un signe de tête. Il avait oublié ce qui était au programme et redoutait d'imaginer ce que cela pouvait être.

« Pour l'amour du ciel ! » s'exclama Rufus. Si égale sa voix fût-elle, William devinait que Rufus avait sans doute flairé l'influence de Bonnie dans sa décision peu en accord avec son caractère. Sous ses allures tranquilles, il n'y avait rien que Rufus ne remarquât point.

« Le minibus est prévu pour dix heures », dit Grant.

Il n'y avait dans le bar aucune ambiance. Seuls deux Allemands prenaient un verre dans un coin. Échauffé par le whisky, William laissa son regard errer dans cette salle atroce et se poser sur un piano à moitié caché par une énorme plante verte. C'était le piano le plus bizarre qu'il eût jamais vu. Peint ou verni, sa finition rappelait le faux marbre. Il avait des reflets iridescents de ce mauve qui affligeait le reste de l'hôtel. Ce miroitement évoquait des objets lointains, des écailles d'huîtres, des poitrines de ramiers, des pierres de lune. William sentit fondre sur lui les vieux esprits qui l'assaillaient si souvent et si douloureusement lorsqu'il était à l'étranger. Ses réflexions furent interrompues par un éclat de rire de Bonnie. Elle avait remarqué le piano.

« Croyez-vous que cela dérangerait qui que ce soit ? » demanda-t-elle.

Sans même attendre une réponse, elle se leva et se dirigea vers le piano, en se frayant un passage à travers les feuilles enchevêtrées de la plante qui s'accrochaient au velours noir de sa robe.

« Ce piano n'est pas très bon », lança le jeune barman.

Bonnie s'assit sur le tabouret. William, Grant et Rufus s'agitèrent un peu sur leurs sièges. Les Allemands posèrent leur bière.

« À quoi devons-nous nous attendre ? » demanda Rufus d'un ton calme. Il avait l'air gêné. S'installer à un piano dans un bar public, sans y être convié, était, de son point de vue, chercher à se rendre intéressant. Il consulta sa montre, indiquant par là que, quel que soit le morceau que Bonnie déciderait de jouer, il ne tarderait pas à aller se coucher.

« *My Very Good Friend the Milkman* », commença-t-elle, en effleurant les touches d'une façon qui eût enchanté Fats Waller lui-même. De là, elle passa à *Ain't behaving* et se mit à chanter d'une voix fluette, vaporeuse qui rappelait à William Blossom Dearie.

Les Allemands se redressèrent sur leurs sièges. Rufus fronça les sourcils. Le barman s'arrêta de polir les verres et s'accouda au comptoir. Grant devint très pâle.

Il était entendu qu'il existait des domaines musicaux que l'un ou l'autre membre du Quatuor Elmtree exécrait. William avait en horreur la musique légère d'inspiration militaire et il détestait à la radio la musique de bastringue. Rufus, lui, ne pouvait supporter les voix d'opéra. Grant, pour sa part, était allergique au jazz sous toutes ses formes. Aussi grimaça-t-il de surprise et de désarroi quand Bonnie se mit à jouer. William observa ses efforts pour se contrôler tandis que la voix de Bonnie éraflait délicieusement les couplets. À la fin, Grant l'applaudit, levant les mains bien haut, et il lui adressa un sourire qu'elle ne vit pas. Sa tête frôlait les touches. Elle attaqua sur un rythme syncopé un morceau compliqué, son talent s'avérait stupéfiant. Grant se leva, salua William et sortit du bar. Pressé comme toujours d'appeler son épouse, Rufus le suivit. Le barman tira à regret la grille du bar pour fermer le comptoir. Après un coup d'œil à leur montre, les Allemands sortirent de la salle à reculons, les yeux rivés sur Bonnie. En passant devant William, l'un d'eux applaudit.

« C'est vous le père, n'est-ce pas ? Félicitations ! »

Bonnie se retrouva à jouer pour William seul. Elle passa de *Honeysuckle Rose* à un air rendu célèbre par Marlène Dietrich, *Falling in Love Again*. Si William avait bu davantage, sans doute aurait-il vu là un heureux message. Compte tenu des circonstances, il se dit que c'était juste une chanson qui était venue à l'esprit de Bonnie, mais il éprouva le besoin de s'assurer qu'il ne s'était pas trompé.

William se leva et alla au piano. Il se fraya un passage à travers la verdure, posa les bras sur les veines mauves et scintillantes de la peinture et regarda les petits doigts blancs et agiles de Bonnie plaquer les touches d'une façon qui semblait indiquer une immense passion.

Je n'ai jamais eu l'intention... Que puis-je faire ? Je ne puis tout simplement m'empêcher...

Elle releva la tête. Adressa à William un sourire taquin. Sentant qu'il pourrait tomber, William s'appuya plus lourdement sur le piano. Tout cela était absurde, bien sûr, se disait-il. Mais, bon Dieu, avec quelle conviction elle chantait ! Si elle continuait ainsi, il finirait par être persuadé que, dans une certaine mesure, ses propres sentiments étaient partagés.

Elle s'arrêta soudain de chanter et regarda autour d'elle.

« Que s'est-il passé ? Tout le monde est parti ? Qu'ai-je donc fait ?

– Rien du tout ! Votre numéro à l'improviste a été très apprécié, si j'ose dire. Avez-vous vu le visage des Allemands ? L'ahurissement du barman ?

– Non.

– Cela a été une joie pour tous. » À quoi bon mentionner le fait que Grant n'aimait pas le jazz ! Ce serait à lui de le lui dire, le moment venu. « Je n'aurais jamais pensé que vous jouiez du piano ni que vous chantiez. Vous avez des talents cachés. »

Bonnie haussa les épaules. Elle joua quelques notes avec l'index de sa main droite.

« Jadis, je voulais devenir pianiste de jazz, mais ma passion pour l'alto l'a emporté.

– Vous jouez admirablement. » Oh ! Comme les mots sont pauvres lorsqu'il s'agit d'exprimer votre admiration, lorsqu'il s'agit d'envoyer des messages codés à une femme aimée. « Et qui plus est, le genre de musique que j'aime. Ruth Etting…

– Ruth Etting ? Elle fait partie de mes héros ! » Elle tapota les premières notes de *Harvest Moon*, toujours avec un seul doigt. Le rayon sans merci d'un petit plafonnier transperçait sa peau blanche et son ongle nacré. William changea de position, prenant un risque. Avec le piano entre eux, il se sentait en sécurité.

« Je n'ai pas du tout l'impression de vous connaître, Bonnie, dit-il. Je sens qu'il y a tellement de choses que j'ignore.

– Disons qu'il n'y a pas longtemps que je fais partie de l'Elmtree, n'est-ce pas ? Il faut le temps. Vous vous connaissez tous si bien les uns les autres. Je ne pourrai jamais combler mon retard. » Elle dit cela calmement, la tête baissée, puis elle se mit à rire. « Toujours est-il que, sur ce point, nous sommes à égalité. Je ne vous connais pas du tout moi non plus. »

William se redressa, encouragé. Il n'avait pas le temps d'élaborer une réponse.

« J'allie le très sérieux au parfaitement ridicule », se surprit-il à répondre. Le ridicule est plutôt évident, songea-t-il, tandis qu'il se tenait au garde-à-vous entre les feuilles de la plante verte. Bonnie se leva, elle lui sourit et lui donna une petite tape sur l'épaule. « J'ai pu voir les deux, dit-elle. Ajoutez aussi que vous êtes un violoniste extraordinaire.

– Pas de compliments, je vous prie. » William se débattait pour se dégager des grandes feuilles couleur de jade qui l'attaquaient comme des chauves-souris aux ailes engourdies. Il la suivit jusque dans le coin du bar que les Allemands venaient de quitter. Elle ne semblait pas pressée de regagner sa chambre. Un tel bonheur était presque insupportable. Ils s'assirent.

« Je crains qu'il ne soit trop tard pour prendre un verre.

– Je n'ai pas envie de prendre un verre. » Bonnie balança les jambes sur le siège vide à côté d'elle. Le velours noir et ample de sa jupe retomba en d'harmonieuses ondulations. Les yeux de William dévorèrent Bonnie des pieds à la tête, un autre plafonnier jouait sur ses cheveux brillants, les coiffant d'une auréole. Leurs regards finirent par se croiser.

« Dites-moi, William, quelque chose ne va pas ? Quelque chose vous préoccupe ? »

William cligna rapidement des yeux.

« Qui me préoccupe ? Beaucoup de choses me préoccupent, c'est vrai. J'ai rarement la chance d'avoir l'esprit libre. Il y a toujours l'une ou l'autre pensée parfaitement absurde qui me tourmente…

– Non, je veux dire, quelque chose de particulier. De sérieux.

– Je parais toujours sérieux quand je joue ou quand je m'apprête à jouer ou même quand je me revois en train de jouer…

– Vous savez très bien ce que je veux dire. » Bonnie semblait s'impatienter.

« Non. Je n'arrive pas à deviner. »

Un ange passa.

« Vous avez été plutôt bizarre ces temps derniers, dit-elle avec un gentil sourire.

– Bizarre ? Mais je suis toujours bizarre ! » William lui rendit son sourire, l'air soulagé. Au moins, elle ne fonçait pas vers quoi que ce soit de spécifique. « Excentrique, peut-être. Les autres ont-ils dit quelque chose ?

– Pas à moi.

– Être à l'étranger me déroute, finit par dire William, histoire de rompre un nouveau silence.

– Vous avez le mal du pays ?

– Appelez ça comme vous voulez. » Il entrevit Grace quand il ouvrait la porte d'entrée, les mèches grises qu'elle commençait à dissimuler derrière ses oreilles, ses talents de chauffeur, ses tartes au citron meringuées. Il haussa les épaules.

« Je n'arrive pas à imaginer votre vie quand vous n'êtes pas avec nous.

– Elle est très calme. »

William sentit que la chance était là, à lui de la saisir avec prudence.

« Et vous… Y a-t-il quelque chose qui vous donne le mal du pays ? N'y a-t-il pas dans votre sillage quelque… jeune homme passionné ? » Nom de Dieu ! Il avait tout gâché ! Dans sa hâte, il avait formulé ça aussi mal que possible, mais Bonnie réagit par un tel éclat de rire que ses fossettes se creusèrent.

« Si j'ai un jeune homme passionné à la remorque ? Franchement, William, je n'ai jamais rencontré personne qui dise les choses aussi bizarrement que vous. »

William sentait qu'il devait s'obstiner, malgré l'amicale ironie de la jeune femme. Il se pourrait bien que pareille occasion ne se représente pas avant longtemps.

« Vous devez être en train de vous accoutumer à ma façon de parler. Même si parfois j'essaye, je ne puis m'empêcher de garder mes distances, c'est là une habitude que j'ai eue toute ma vie. »

Bonnie lui jeta un regard empreint de curiosité. Elle se pencha vers lui et tapota sa manche. Il finissait par s'habituer à brider ses élans dès qu'il voyait sa main s'avancer vers lui. Il savait que celle-ci ne bougeait que par souci de gentillesse, que jamais elle ne présagerait ce désir auquel il aspirait tant. Il la laissa posée sans bouger sur son bras, essayant de faire comprendre à Bonnie que ce geste ne signifiait rien pour lui malgré toutes les ondes qui se propageaient dans ses jambes et tournoyaient dans son estomac.

« Je suis sortie pendant presque trois ans avec un dénommé Toby, originaire d'Aldershot, dit-elle. Mais c'est tombé à l'eau.

– Ah ! » William entrevit un vague arrangement selon lequel Toby passait prendre Bonnie chaque soir, parfois avec des chocolats et des fleurs, et l'emmenait au cinéma, au théâtre ou au restaurant. Il la raccompagnait chez elle et l'embrassait sous le porche. William savait dans son subconscient qu'il se peignait là un tableau aussi insensé qu'inexact mais il ne pouvait se décider à revenir à la réalité.

« C'est alors que j'ai découvert que j'aimais vivre seule. Que j'adorais ça. La solitude, le remède miracle.

– Sur ce plan-là, vous n'êtes pas comme tout le monde, mais je suis de votre avis. Si j'étais contraint de vivre seul, j'imagine que j'en serais très heureux. » Voyant que repenser à un ami de jadis ne l'affectait pas outre mesure, William n'estima pas déplacé de s'informer davantage. « Et dans quelle branche était-il, ce Toby ?

– Dans l'informatique.

– Voyez-vous, c'est étonnant mais je n'ai jamais rencontré d'informaticien. » William connaissait le pouvoir de l'autodestruction. « Nos chemins ne se croisent guère, je suppose, mais on m'a dit que l'on pouvait faire fortune en concevant des programmes ou je ne sais trop quoi.

– Toby a fait tant et si bien fortune que son seul sujet de conversation était l'argent. Il n'aurait jamais été capable de reconnaître un morceau de Bach d'un morceau de Beethoven, à la fin je n'en pouvais plus.

– Cela ne m'étonne pas. » William s'imaginait que cette mise au courant de son affaire avec Toby les entraînait vers une intimité qu'il ne s'était jamais complu à envisager.

« À vrai dire, j'ai essayé de comprendre son univers, mais lui ne faisait aucun effort pour comprendre le mien. C'était sans espoir. » Bonnie fronça les sourcils, l'air songeur. « Pour ne rien vous cacher, une fois que ça a été terminé entre nous, la solitude n'a pas été absolument continuelle. » Elle lui adressa un sourire malicieux, exhibant ses fossettes. « Depuis Toby, il y a eu quelques visiteurs dans ma vie, mais rien de sérieux. De simples “ visites ”.

– “ Visites ”... Voilà le genre de mots que j'emploie, dit William.

– Eh bien, votre façon de parler est contagieuse.

– Mieux vaut continuer à vivre seul que de se mettre en ménage avec quelqu'un qui est loin d'être parfait à seule fin d'avoir un compagnon.

– Bien entendu ! Jamais je ne ferais ça. Et Grace, est-elle parfaite ?

– Elle l'est. » William réprima un soupir. Il se débrouillait si bien qu'il aurait eu tort de ne pas poursuivre. « Et en ce moment, vous avez des visiteurs ? »

Bonnie éclata de rire, elle rougit. Elle avait l'air d'une adolescente.

« Pas précisément. On me fait des propositions de temps en temps, mais je ne suis pas du genre à répondre oui à la va-vite. Je suis encore de la vieille école, voyez-vous. »

William remua sur son siège, histoire de soulager son effervescence. Bonnie, plus animée que jamais, répondait dans le ton de la conversation.

« Je suis bien content d'entendre ça. » Il avait pris sa voix paternelle. « Quant aux propositions, il serait fichtrement étonnant qu'une fille comme vous n'en soit pas assaillie...

– Voyons, William, ne soyez pas ridicule. » Elle appréciait.

« Si vous pouvez accepter un compliment émanant d'un homme un peu plus âgé que vous, j'oserai dire que vous êtes exceptionnellement... » Les mots lui manquaient. « Je veux dire, tenez, par exemple, ce soir, la façon dont vous nous avez tous surpris en vous mettant au piano. Vous étiez rudement jolie ! Parfois je vous regarde jouer et je me dis...

– Que vous dites-vous ? » Elle le taquinait, avide d'entendre comment William expliquait les sentiments que ces coups d'œil engendraient chez lui. William soutint son regard, conscient que son désir, presque intolérable, était sans doute partagé, l'espace d'un instant. Il n'était pas question, bien sûr, de lui dire la vérité.

« Je me demande... Comment quelqu'un d'aussi jeune que vous, à l'expérience professionnelle relativement restreinte, peut saisir d'instinct... l'unicité d'un quatuor tout en encourageant son instrument à faire entendre sa voix...

– Oh ! Vous parlez musique ? » Son léger haussement d'épaules trahissait-il quelque déception ? William savait dès le début qu'à un moment ou à un autre il commettrait une erreur et s'en voudrait. Il aurait dû prendre le risque de lui dire la vérité. Bonnie consulta sa montre.

« Il est très tard, dit-elle. Si nous voulons être en forme

pour l'excursion de demain, nous ferions bien d'aller nous coucher. »

Le temps que William se lève avec peine de son siège, Bonnie s'évanouissait dans les vapeurs mauves du bar. Elle l'attendit avec impatience. Les portes de l'ascenseur se refermèrent derrière eux. De la fumée de vieux cigare infect stagnait dans la cabine. William se tint à l'écart de Bonnie, détournant son regard d'elle pour contempler l'image que renvoyaient les miroirs des deux parois de l'ascenseur. Leurs images allaient diminuant et se réfléchissant à l'infini. La dernière, pas plus grande que deux petites figurines, illustrait peut-être la mesure de leur amitié, de leur relation dans la vie réelle. Les clins d'œil aguichants de Bonnie que William avait perçus si intensément avaient complètement disparu. Les bras croisés sous sa poitrine, caressant le velours, elle était ailleurs : insignifiante, terne, oublieuse de la présence de William.

Parvenus à leur étage, ils se retrouvèrent dans le couloir où l'air était moins nauséabond.

« De quel genre d'excursion s'agit-il ? » William se gratta la tête. Une chose était sûre, il ne voulait pas qu'elle y aille.

« Comme je vous l'ai dit, nous allons visiter une église pleine d'ossements. Des milliers de squelettes. C'est pas pour les âmes sensibles ! dit-elle en pouffant de rire.

– C'est horrible ! Je m'en souviens. Peut-être que je n'irai pas.

– Il faut que vous veniez. » Elle l'embrassa rapidement sur la joue, un baiser poli qui n'engageait à rien, que William n'eut pas le temps de lui rendre. Elle glissa la clef dans la serrure de sa chambre. « Dormez bien. » La porte se referma.

William savait que la chambre de Bonnie se trouvait entre la sienne et celle de Grant, mais il fut heureux de s'apercevoir que cela ne le gênait pas. Bonnie lui avait dit que, pour le moment, il n'y avait pas de visiteurs dans sa vie, et ce n'était pas Grant qui allait bouleverser ses projets en faisant valoir ses arguments si, bien sûr, il avait des intentions au sujet de Bonnie. À en juger par son attitude distante pendant ce voyage, William en était arrivé à croire que ce n'était sans doute pas le cas.

Debout près des persiennes en plastique mauve de sa chambre, William, tel un homme en transe, se mit à défaire sa cravate blanche, à déboutonner sa chemise en piqué blanc et raide. Frustré comme il l'était, il savait que la nuit serait longue. Certes, savoir que derrière la cloison Bonnie dormait seule le réconfortait un peu mais pas assez pour lui permettre de s'endormir. Il se mit à fredonner l'adagio d'une sonate pour violon de Bach. Il lui fallut beaucoup plus de temps qu'à l'ordinaire pour se déshabiller ; son angoisse était telle que, plutôt que de renoncer à son cher Bach, il ne se brossa pas les dents, rompant ainsi avec l'habitude de toute une vie.

Grace, dont le sommeil avait été agité, se réveilla à trois heures du matin. Dans son rêve, elle avait entendu un sifflement et de sinistres gémissements. Une lune presque pleine se découpait dans le ciel, Grace la contempla par la fenêtre ouverte. Elle imagina qu'il gelait dehors. Elle sentit le silence des grands froids et apprécia la pesante chaleur de son lit.

Elle regarda les contours obscurs des objets familiers de la pièce, puis elle referma les yeux. Le bruit perçu dans son rêve recommença, cette fois il ne s'agissait ni d'un sifflement ni de gémissements, mais des hurlements d'un gros chien. En fait, les hurlements d'un loup.

Grace avait mangé plusieurs tranches de fromage au dîner. Du fromage le soir… Il était clair que son imagination lui jouait des tours. Elle rouvrit les yeux et en entendant un hurlement, cette fois plus fort, déchirer le silence de la nuit, il lui sembla que sa colonne vertébrale se verrouillait sous l'effet de la peur.

Elle se leva, alla à la fenêtre, ramena une partie du rideau contre sa poitrine. L'air était glacial et humide, Grace se mit à frissonner. Le silence fut soudain rompu par la sirène lointaine d'une voiture de pompiers ou d'une ambulance : un bruit de jouet. Cela déclencha un autre hurlement, plus long, plus profond, plus triste. Grace comprit que ce hurlement provenait de leur allée. Un loup rôdait dans les parages, échappé de quelque lointain zoo ou, qui sait, de chez un particulier. Tandis que Grace se demandait comment il avait pu se débrouiller sur une autoroute, trouver leur rue et leur maison sans être repéré… Elle comprit que son idée était absurde. Devrait-elle appeler la police ? La Société protectrice des animaux ? William ?

Grace se força à se pencher un peu par la fenêtre pour voir si… Le buisson de rhododendrons face à la porte d'entrée remua, des pas pesants retentirent et elle entrevit une silhouette bossue qui franchissait le portail. Une fois que celle-ci eut disparu, on entendit un dernier hurlement, plus fort que les autres : un bruit cruel, triomphant, terrifiant.

Grace se hâta de refermer la fenêtre, elle courut se recoucher et alluma la lampe. Elle saisit le téléphone et le bout de papier sur lequel était inscrit le numéro de William à Prague. Ses mains tremblaient tellement qu'elle dut s'y prendre à plusieurs fois avant de l'obtenir. Elle n'avait aucune idée de ce qu'elle allait dire. Quelles que soient les circonstances, elle n'aimait pas inquiéter William lorsqu'il était en tournée et lui-même n'appréciait pas qu'on le déconcentre. Toutefois, c'était le genre d'urgence qu'il comprendrait sûrement. Parfois, quelques mots de William si plein de bon sens en cas de crise suffisaient à l'apaiser.

Le téléphone sonnait. Il sonna un long moment. Grace continuait à être secouée de violents tremblements. Le hurlement de ce loup humain continuait à retentir dans ses oreilles. À Prague, les premières lueurs du jour commençaient à filtrer à travers la fenêtre de la chambre de William. Il n'avait même pas essayé de dormir, il avait lu pendant ces longues heures, fredonné plusieurs sonates pour violon. La sonnerie inattendue du téléphone lui donna l'espoir si furieusement irrationnel qu'il n'y avait pas lieu de s'attendre à ce que quelqu'un d'autre que Bonnie appelle à cette heure. En prenant l'appareil, sa main tremblait aussi fort que celle de son épouse à la maison.

« Allô ? » Bien entendu, il serait dans la chambre voisine en un clin d'œil. Où était passée sa fichue robe de chambre ?

« C'est moi. Pardon de t'appeler à une heure pareille.

– Grace ! Grace !

– J'ai dû te réveiller. Je te demande vraiment pardon.

– En fait, tu ne m'as pas réveillé. Impossible de dormir. Qu'est-ce qui se passe ?

– Pas grand-chose. » Elle y alla d'un petit rire gêné, le rire qu'elle avait lorsqu'elle essayait de protéger la cachette du cadeau d'anniversaire ou du dessert surprise. « Je viens de me réveiller d'un vilain cauchemar. Tu sais ce que c'est qu'un cauchemar quand on est seul à la maison ! J'avais une peur épouvantable, j'ai allumé…

– Grosse sotte ! Ça fait des années que tu n'as pas eu un de tes cauchemars ! » William pouvait imaginer le visage de Bonnie de profil sur l'oreiller, ses cils épais reposant sur sa joue.

« Non. C'est tellement stupide.

– Laisse la lampe allumée. Ne l'éteins sous aucun prétexte. » Il faisait un gros effort pour se montrer compatissant. « Les cauchemars ne survivent pas longtemps à la lumière électrique. Ils se débattent un moment, comme la truite hors de l'eau, cherchant de l'air pour continuer, n'y parvenant pas, ils ne tardent pas à mourir. » Il était assez fier d'émettre avec autant d'aise de pareilles inepties alors que la chaleur de Bonnie, sous les draps, dans la chambre à côté, envahissait tout son être.

Le téléphone lui transmit l'ombre d'un rire.

« Je savais que tu me dirais une bêtise qui arrangerait tout. Vois-tu, maintenant ça va, franchement. Je suis vraiment navrée de t'avoir dérangé. Je te rappellerai plus tard. Ne t'inquiète pas. »

Le plus horrible, c'était qu'il ne s'en faisait pas beaucoup.

« Rendors-toi, mon Cœur… » William reposa le récepteur. Une question lui vint à l'esprit : si jamais Bonnie souriait dans son sommeil, ce sourire était-il assez heureux pour que l'on voie se creuser ses fossettes ? Il culpabilisa de ne pas s'inquiéter au sujet du cauchemar de Grace dont l'angoisse étrange et plutôt touchante avait contribué à atténuer la vigueur de ses fantasmes. Aux premières lueurs de l'aube, il sentit, à son grand étonnement, que le sommeil le gagnait enfin.

7

Grace ne put se rendormir. Au cours de ces longues heures, jusqu'à ce que l'aube commence à bel et bien paraître à la fenêtre, elle s'acharna à trouver une explication rationnelle à l'incident de la nuit : il s'agissait de jeunes. Ces temps derniers, il y avait eu de l'agitation dans le quartier, des cambriolages et des actes de vandalisme avaient été perpétrés par une bande d'adolescents habitant une cité à quelques kilomètres de là. Toutefois, l'épisode de l'allée n'était sûrement pas le fait d'une de ces bandes mais plutôt celui d'un jeune ayant le don d'imiter les bruits d'animaux. Peut-être cela avait-il été leur façon de s'amuser ce soir-là, chacun repérant une maison et émettant des bruits bizarres pour affoler le propriétaire. Sans doute ne reviendraient-ils pas, préférant inventer un autre tour cruel pour mettre un peu d'animation dans leur vie pathétique.

Grace avait beau se persuader de cela, elle était toute tremblante lorsqu'elle se leva à sept heures du matin et pénétra en vacillant dans la salle de bains. Elle se surprit à descendre à pas feutrés afin de ne réveiller personne. Elle alluma toutes les lampes pour conjurer les ténèbres de ce matin d'hiver, mit la radio pour meubler le silence. Elle s'aperçut alors que, contrairement à son habitude, elle n'avait pas d'appétit pour le petit déjeuner. Elle ne prit qu'une moitié de toast, trempant à peine les lèvres dans son thé. Pourquoi n'avait-elle rien dit à William ? se demanda-t-elle. Il l'aurait réconfortée, il l'aurait encouragée à appeler la police, ce que, sur le moment, elle avait jugé inutile. Elle attendait avec impatience de le voir rentrer le lendemain et redoutait l'idée de passer une autre nuit seule. Posant les mains sur la table, elle se mit à pianoter comme si elle avait un clavier devant elle. Soudain, à sa propre surprise, elle fondit en larmes.

Grace se couvrit le visage de ses mains et se mit à sangloter bruyamment, en se balançant sur sa chaise. Il y avait des années qu'elle n'avait pas pleuré. C'était là une sensation aussi bizarre que pénible : le long de ses joues coulaient des larmes qu'elle s'efforçait désespérément d'essuyer, faisant ainsi briller le revers de ses mains qui paraissait sillonné de bave d'escargot. Elle renifla, toussa et se pencha tout près de la table, afin d'apaiser la douleur dans sa poitrine. Pleurer soulage, dit-on. Elle n'éprouvait aucun soulagement. Que le besoin de sangloter plus bruyamment. Sans doute pour être soulagé fallait-il savoir pourquoi on pleurait, et Grace n'en avait aucune idée. « Que m'arrive-t-il ? » haleta-t-elle, haut et fort.

Grace se rendait compte que renifler en se balançant sur sa chaise n'était pas une façon de se comporter. Cette question, posée tout haut, la ramena à la raison. Poussant des cris, les yeux rouges, elle donnait d'elle une bien triste image, et ce pour la simple raison que des vagabonds lui avaient fait peur au milieu de la nuit. La discipline de toute une vie entra alors en jeu. Elle eut tôt fait de se reprendre, ainsi que sa mère l'aurait attendu d'elle. Elle se moucha, se leva et se dirigea vers l'évier. Elle humecta un torchon au robinet et en tamponna ses yeux douloureux. En le retirant, elle se trouva nez à nez avec Lucien. Il était là, de l'autre côté de la fenêtre, avec un grand sourire.

Le malaise de Grace qui commençait à se dissiper revint aussitôt. Elle n'avait aucune idée de ce qu'il pouvait faire là de si bon matin. Généralement, il arrivait à neuf heures. Elle souhaitait vraiment qu'il reparte. Elle n'avait pas le cœur de s'occuper de lui dans la matinée, ni d'affronter ses problèmes et son énergie agressive. Lucien lui adressait de grands signes, lui demandant de le laisser rentrer. Du toupet, il n'en manquait pas, à croire que le petit déjeuner chez eux était son dû ! De guerre lasse, Grace ouvrit la porte de service. Il fit irruption, un entrelacs de toiles d'araignées sur ses cheveux raides, de la boue sur ses bottes.

« William est ici ?

– Non. » Grace s'en voulut immédiatement. Elle avait veillé à ce que Lucien ignore l'absence de William pour la nuit. Elle s'était débrouillée pour la lui cacher et, dans son émoi, elle venait de vendre la mèche.

« Il n'y a donc pas besoin de se presser. Où est-il ?

– À Prague. Il doit rentrer demain matin… ou peut-être ce soir », ajouta-t-elle, par mesure de sécurité.

Lucien s'assit à table, ses longues jambes écartées prolongeant son siège comme des élytres. Grace se dit qu'il devait avoir remarqué l'état de son visage, mais il ne se livra à aucun commentaire.

« Si je comprends bien, William est à Prague, n'est-ce pas ? Son programme est très chargé ?

– Le programme est toujours chargé quand il est en tournée à l'étranger.

– Qu'entends-tu par là ? Deux concerts par jour ? Un le matin et un le soir ?

– Je ne pourrais dire. » Elle était intriguée par cet intérêt soudain pour le travail de William. « Tout ce que je sais c'est que le dernier concert est ce soir, à sept heures, dans une église dont j'ignore le nom.

– Ah ! Un concert en soirée. Il semble peu probable dans ce cas qu'ils prennent l'avion après ça.

– Où veux-tu en venir ?

– Tu as dit qu'il se pourrait qu'ils rentrent ce soir. » Il s'amusait. Un côté de sa bouche ébauchait un sourire tandis qu'il tapotait sur la table avec sa petite cuillère. « Autrement dit, Grace, tu m'as menti. »

Grace n'eut pas le temps d'élaborer une réponse. Elle croisa les bras sous sa poitrine, releva son visage strié de larmes, rassembla toute sa dignité.

« À un moment, il avait été prévu qu'ils rentreraient ce

soir. Les choses changent vite. Je n'ai pas à connaître leur emploi du temps par le menu.

– C'est entendu. Mais n'essaye pas de faire croire que tu le connais. En me disant que William rentrait ce soir, tu imaginais que tu serais, disons… plus en sécurité.

– Je n'ai jamais imaginé une chose pareille, répondit Grace avec la colère rentrée de quelqu'un dont on a lu les pensées.

– Je suis prêt à te croire sur parole. Quoi qu'il en soit, c'est tout de même bizarre que tu ne m'aies pas dit que William était à Prague.

– Je ne vois pas en quoi les faits et gestes de mon mari te regardent. » Son ton, d'une sévérité inhabituelle, fit sourire Lucien.

« Écoute, je ne suis pas ici pour me quereller avec toi. Mets la bouilloire sur le feu, assieds-toi et raconte-moi pourquoi tu pleurais. » Outrée par l'audace avec laquelle il lui disait comment elle devait se comporter sous son propre toit, Grace fut néanmoins subjuguée par sa voix persuasive, cette voix dont il se servait lorsqu'il choisissait d'être doux comme un agneau. Elle obéit sans mot dire à ses injonctions puis elle s'assit en face de lui, la théière à la main.

« Tes yeux, dit-il. On dirait que tu as versé des torrents de larmes. » Il se leva sans crier gare, soumettant la nappe à un véritable plissement géologique, puis il attrapa sur l'évier le torchon dont elle s'était servie pour s'essuyer les yeux. Il alla vers elle, le torchon encore humide roulé en boule dans ses mains. Grace crut un instant qu'il allait la frapper. Il s'accroupit alors, tamponna les joues et les yeux de Grace et se pencha pour l'embrasser sur le front. Un couperet d'haleine fétide s'abattit sur elle.

« Que se passe-t-il ? Qui t'a fait quoi pour que tu aies versé tant de larmes ?

– Personne ne m'a fait quoi que ce soit. » Elle renifla puis elle sourit. Elle voulait que cette atmosphère de drame s'évanouisse, que tout redevienne normal. « J'ai mal dormi, c'est tout. J'avais mal à la tête, je me sentais fatiguée, William me manquait. Je me suis mise à pleurer. Ça ne m'arrive pas souvent. Environ une fois tous les dix ans.

– C'est honorable, répondit Lucien. On a tous le droit de pleurer si l'on en éprouve le besoin. »

Tandis qu'elle contemplait son air bienveillant, Grace s'émerveillait de ce don qu'il avait de parer d'une convaincante profondeur les déclarations les plus banales. Elle commença à mettre du pain à griller et à préparer le petit déjeuner que Lucien aimait. Il retourna s'asseoir, suivant du regard ses moindres mouvements. La sinistre matinée d'hiver s'était un peu éclaircie. Un soupçon de lumière derrière des nuages en mastic montra que Lucien était plus pâle qu'à l'habitude. Des cernes s'étiraient sous ses yeux. Il grattait ses mâchoires mal rasées.

« Alors, tu travailles ce matin ? » lui demanda Grace. Elle s'assit, elle n'avait qu'une envie, le voir partir le plus vite possible. Elle souhaitait avoir la maison, la cuisine à elle seule. Elle savait d'avance que ce serait une journée perdue : impossible de se mettre au travail ni de s'occuper de la paperasserie, elle était impatiente d'entreprendre ce que bon lui semblerait. D'aller se promener à la campagne, peut-être. Ou de lire. Ou même de faire une sieste dans l'après-midi. Avec elle, les journées perdues étaient rares et elle n'en avait pas mauvaise conscience.

« Non. Pas aujourd'hui. » Lucien haussa les épaules. « À vrai dire, et c'est ce que je suis venu t'annoncer, histoire de voir ta réaction, j'ai donné mon congé. »

Le léger froncement des sourcils de Grace ne laissait rien présager d'autre que des questions.

« Oh ! Tu sais ce que c'est. Je ne pensais pas dès le début que ce serait mon genre de boulot, n'est-ce pas ? » Grace réfréna son envie de le contredire, y allant d'un léger signe de tête tandis qu'elle se remémorait son enthousiasme initial. « Ne te l'avais-je pas dit ? Eh bien, c'était franchement nul. Tous ces règlements, il y a de quoi vous rendre enragé. Vois-tu, je ne pouvais pas être moi, tu comprends ? » Grace sentit qu'elle se raidissait comme à chaque fois que Lucien sortait une de ses expressions à la mode, mais elle ne bougea pas. « Je devais faire partie d'une équipe, fallait qu'on soit tous d'accord, disaient-ils. Chacun vous ressortait les mêmes idées, les mêmes statuts. Ce n'est pas ça que je cherche. En outre, à ce que je voyais, les malheureux sans-abri dont nous nous occupions ne profitaient guère de ce que le Centre peut offrir. Car, à ce que je voyais, ce qu'ils voulaient, c'était davantage de fric et un repos convenable. Tout ce jargon psy leur montait à la tête. » Il s'arrêta, chercha la réaction de Grace, dont le visage demeurait impassible. « J'ai franchement essayé. J'ai émis quelques idées. En fait – elle lui adressa un petit sourire – je les ai submergés d'idées qui me semblaient valables. Ils n'ont pas fait de grandes phrases pour me le dire, mais je pouvais voir qu'ils trouvaient ma perspective sans le moindre intérêt, voire importune. Alors, je me suis dit : à quoi bon perdre mon temps ici ? Je m'en vais.

– Je comprends. » Rien de cela n'étonnait Grace. « Par conséquent, tu vas… te mettre en quête d'autre chose ?

– Peut-être bien que oui, peut-être bien que non. On va voir ce qui va se passer.

– En général, il ne se passe pas grand-chose, sauf si on…

– Merci beaucoup, mais tu ne vas pas te mettre à me faire la morale comme Lobelia ! » Lucien dit cela avec un sourire tellement engageant que Grace ne s'en vexa pas. « Et surtout ne va pas t'inquiéter pour moi, je m'en tirerai.

– Je m'inquiète vraiment pour toi, dit Grace. Je ne sais pas pourquoi, mais je m'inquiète. »

Lucien se versa une autre tasse de thé. Il lui vint alors à l'esprit qu'il devrait remplir la tasse de Grace. La théière était vide. Grace essaya de comprendre ce qui se passait dans sa tête lorsqu'il s'aperçut de son manque de considération.

« Excuse-moi, dit-il.

– Je n'en voulais plus.

– Alors que comptes-tu faire quand je serai parti ? Tu retourneras à tes fleurs ?

– Je n'ai pas grande envie de peindre aujourd'hui.

– Dommage, parce que tu es vraiment très, très douée, vois-tu. À en juger par ce que tu m'as montré, tu as des tonnes de talent. Davantage que la plupart des gens. Tu ferais bien de ne pas le gâcher. Travaille à ton livre, termine-le. Tu seras surprise par l'accueil…

– Oh ! Continue, dit Grace. Tu exagères. Comme je te l'ai déjà dit, j'ai sans doute un peu de talent, rien de plus.

– Et qui te dit que le talent, ça ne se développe pas ?

– Je n'y crois pas. La technique peut sans cesse s'améliorer, mais je ne pense pas que l'on puisse développer le vrai talent, cette véritable énergie créatrice qui est donnée à quelques êtres en quantité inégale. »

Grace, qui avait retrouvé son calme, se sentit soudain parée d'invisibles plumes. Seul Lucien l'avait encouragée dans son art ou s'était seulement intéressé à son projet. William était d'une politesse irréprochable, bien sûr : il feignait de s'y intéresser. *C'est joliment bien, continue ce bon travail, mon Cœur*, disait-il en ces rares occasions où Grace lui demandait son opinion. Elle pouvait voir que son intérêt était superficiel, il n'était pas réellement persuadé que la peinture de sa femme était davantage qu'un petit passe-temps utile, une façon d'occuper ses matinées. Et voici que Lucien, cet étranger sans manières, ce nouvel ami dans sa vie, lui prodiguait d'honnêtes encouragements. En de tels moments, elle se sentait déborder d'affection pour lui, s'en voulant d'avoir jamais pensé qu'elle aimerait se débarrasser de lui une bonne fois pour toutes.

« Tu es vraiment gentil, lui dit Grace, d'un ton plus guindé qu'elle ne l'aurait voulu, de t'intéresser comme ça à mon travail, de m'encourager de la sorte… personne d'autre… » Elle n'acheva pas sa phrase, pour ne pas être déloyale.

« Bien sûr que ça m'intéresse. Tu es une femme merveilleuse qui est entrée dans ma vie, qui a un talent fantastique et qui me prépare tous ces super-petits déjeuners. Tu es le genre de femme que j'aimerais trouver. En un peu plus jeune, je suppose… »

Tous deux partirent d'un éclat de rire. Tous deux se turent, puis Lucien se mit à parler doucement.

« Alors, tu as eu mon message, hier soir ?

– Quel message ? »

Lucien releva la tête. Grace put voir se tendre les

muscles de son cou. Il émit un long et profond hurlement, imitant parfaitement celui d'un loup. Même dans la chaleur de la cuisine après le petit déjeuner, les lumières allumées, les fenêtres fermées, Grace sentit une lame de glace effleurer sa colonne vertébrale.

« Lucien… Je ne peux pas y croire, c'était donc toi !

– Moi, dit le loup ! » Il se frappa le torse avec un grand sourire. « Vois-tu, imiter les cris d'animaux est un talent que j'ai toujours eu. N'importe quoi, de l'éléphant au cochon d'Inde, je te le garantis. »

Voyant sa bonne humeur, et comprenant que, de toute évidence, il avait voulu voir là une sorte de plaisanterie, Grace réfréna son indignation. Décidée à ne pas prendre un ton de reproche, elle parla d'une petite voix tendue, contenue.

« Tu m'as fait une peur abominable, dit-elle. Je n'avais aucune idée de ce que c'était.

– Tu n'as tout de même pas cru que c'était un vrai loup ? Échappé d'un zoo ?

– L'idée m'a traversé l'esprit. On ne réfléchit pas trop quand on est réveillé au milieu de la nuit. J'ignorais ce que c'était.

– Eh bien, pardon et tout et tout si je t'ai affolée. C'était censé être un message.

– Un message ?

– Juste un petit signal entre toi et moi.

– Je ne comprends pas.

– Je n'étais pas censé savoir que William était parti, n'est-ce pas ? Tu ne m'avais pas dit qu'il ne rentrerait pas après le concert. Je me suis dit que j'allais pousser quelques hurlements, dans l'espoir que tu viendrais à la fenêtre. Tu me verrais. Ou, du moins, tu saurais que c'était moi. William serait au lit en train de dormir, et je me débrouillerais pour t'envoyer un message. Ça m'avait paru gentil. Un secret qui resterait entre nous. »

Grace fronça les sourcils, sentant revenir son inquiétude.

« Je ne suis pas sûre que…

– Non, disons que quelque chose a foiré, n'est-ce pas ?

Comme tu étais seule, ces hurlements t'ont fichu une sacrée trouille... Ça ne s'est pas passé comme prévu. »

Ce n'était pas un de ces moments où Grace voyait dans le langage de Lucien une bouffée d'air frais. Ce matin, perturbée comme elle l'était, cela la rebutait. Elle ne parvenait pas à comprendre la raison du curieux message de Lucien et ne souhaitait qu'une chose, qu'il s'en aille. Sur-le-champ. Qu'il la laisse tranquille. Il lui adressa un regard par lequel il cherchait peut-être à s'excuser, Grace y perçut de la fourberie.

« Et puis que faisais-tu à rôder par ici à trois heures du matin ?

– Une promenade nocturne. Je me promène beaucoup la nuit. C'est un bon moment pour réfléchir. Je peux tout de suite voir que tu désapprouves.

– En ce qui me concerne, tu peux te promener toute la nuit, mais je te conseille d'éviter de pousser ces hurlements de loup sous les fenêtres de qui que ce soit, ça pourrait t'attirer des ennuis.

– Tu crois ? Voyons, ma petite Grace, déride-toi un peu. Je suis désolé, mais toute cette histoire a été une connerie et ça ne se reproduira pas. Voilà. Suis-je pardonné ? »

Il regarda Grace d'un air si suppliant, tel un petit garçon contraint et forcé de demander pardon mais néanmoins convaincu de son innocence, qu'elle sourit malgré elle.

« Tu es pardonné », dit-elle. C'était toujours plus facile de pardonner. Lucien joignit les mains comme s'il était en prière.

« Dans ce cas, pourrais-tu m'accorder une faveur ? Aurais-tu par hasard quelques gâteaux secs pour mon déjeuner. Lobelia est mal lunée, je ne veux pas retourner à la maison tant qu'elle n'est pas de meilleure humeur. Et j'ai laissé mon portefeuille... »

Désireuse de l'encourager à partir, Grace se leva pour aller au cellier. Debout près des étagères, tandis qu'elle se demandait quels biscuits il préférerait, elle entendit la chaise de Lucien racler imperceptiblement le sol. Elle resta sans bouger, déterminée à prêter l'oreille plutôt qu'à choisir des gâteaux secs. Son instinct lui disait que Lucien était en train de manigancer quelque chose, et non pas juste en train de se lever de sa chaise. Elle crut entendre un mouvement près de la commode – du papier que l'on froissait – mais elle ne put en être sûre. Elle saisit un petit paquet de sablés au chocolat et se dépêcha de retourner à la cuisine. Lucien était assis là, sur sa chaise. Il avait l'air de n'en avoir jamais bougé. Mon imagination me joue des tours, se dit Grace. Mettons ça sur le compte de mes pauvres nerfs.

Elle lui tendit les gâteaux secs. Lucien les fourra dans sa poche, la remercia et se hâta de sortir, sans laisser à Grace le temps de lui demander quand il reviendrait. Elle voulait l'avertir qu'il ferait mieux de ne pas passer le lendemain car William, tout juste de retour, serait fatigué par son voyage. Il était trop tard. Debout devant l'évier, elle agita la main par la fenêtre tandis qu'il s'éloignait, se demandant comment un homme pouvait autant jongler avec ses sentiments en moins d'une heure.

Se tournant ensuite vers la commode, elle prit les papiers qu'elle croyait avoir entendu remuer. Au-dessous de ceux-ci se trouvait le panier rempli d'œufs de ferme que l'on apportait une fois par semaine pour William. Entre deux œufs étaient posés les boutons de manchettes en émeraude qui avaient disparu. Grace les prit délicatement entre ses doigts, comme s'ils étaient aussi fragiles que les œufs. Elle ne pouvait en croire ses yeux.

William commençait à se rendre compte que, dans l'esprit de quelqu'un qui n'est pas foncièrement malfaisant, le meurtre est terrain risqué. Le temps passait et jusqu'ici rien n'avait été accompli en dehors d'une pitoyable tentative à l'aide de cacahuètes pilées glissées dans un curry dont Grace s'était particulièrement régalée. L'idée de précipiter Grace du haut d'une falaise du Dorset quand ils séjourneraient chez Dick était plutôt horrible et sans aucune garantie quant au résultat. Faute de concevoir un plus sûr et plus subtil expédient, il estimait qu'il lui faudrait essayer.

L'ennui c'est que, dès qu'il réfléchissait sérieusement à

la façon de se débarrasser de son épouse, ses pensées s'éparpillaient désespérément, aussi frénétiquement que feuilles au vent. C'était là un sujet sur lequel il trouvait impossible de se concentrer. Pareille difficulté à se concentrer, conclut-il, pouvait être l'œuvre de sa conscience qui le suppliait de renoncer à seulement envisager cet acte infâme. Toutefois, quelque démon en lui s'entêtait : conduite par son amour dévorant (était-ce de l'amour ? Une question à laquelle il devrait s'efforcer de répondre très rapidement...), l'épave des réflexions concernant le meurtre de sa chère épouse flottait jour et nuit dans son esprit. Elle ne disparaissait que lorsqu'il jouait du violon.

Après son bizarre échange, au bar, avec Bonnie, qui lui avait tellement remonté le moral en lui annonçant qu'elle n'avait pas de petit ami, du moins pour l'instant, William se réveilla de très bonne heure. Les rideaux de la chambre sans âme pâlissaient à peine. Quatre heures encore avant un autre de ces horribles petits déjeuners mauves, six heures avant l'affreuse excursion à la campagne pour visiter l'église.

William décida que ce serait une bonne idée de mettre à profit son temps pour réfléchir très sérieusement à l'Innommable. Il se poserait calmement des questions difficiles et s'efforcerait d'y répondre. Avec un peu de chance, il parviendrait à une décision ferme et saine. Il ferma les yeux.

Est-ce que j'aime mon épouse ? commença-t-il.

De tout mon être. Autant qu'un homme peut aimer son épouse.

Est-ce que j'aime la jeune Bonnie ?

Je présume que c'est de l'amour, bien que ça ne ressemble pas à l'amour que j'ai pour Grace. Ça ne ressemble même pas à l'amour que j'éprouvais pour Grace quand nous étions jeunes.

Es-tu heureux avec Grace ?

Je le suis. Je l'ai toujours été. Je le... serai toujours.

Pourquoi alors, puisque tu as cette chance extraordinaire d'être heureux en ménage, voudrais-tu troquer ta femme en lui faisant mal ou en la tuant pour une jeune fille – séduisante, délicieuse, c'est entendu – dont tu ne sais pas grand-chose ?

Je ne puis pas vraiment répondre à cela.

Essaye.

Ce n'est pas un syndrome si rare que cela. Un homme, ou une femme, heureux en ménage entrevoit quelque chose au-delà de son environnement habituel et se sent irrésistiblement attiré.

Si peu réaliste, si ridicule et si cruel cela soit-il de donner suite à ce sentiment ?

Oui.

La crise de la quarantaine, peut-être ?

Je ne crois pas à ces inepties. Des crises, on en rencontre à toutes les années de la vie.

Je sais que les comparaisons sont odieuses, mais sans doute devrions-nous nous livrer à quelques comparaisons. Cela pourrait te ramener à la raison.

Parfait. Je suis prêt à essayer n'importe quoi.

Qu'est-ce qui stimule ton amour pour Grace et ton attachement à elle ?

À peu près tout. Elle est aussi proche de la perfection qu'on pourrait l'espérer pour une femme. Douce, aimable, attentionnée, pleine d'imagination, généreuse, courageuse et drôle – la liste n'en finit pas.

Excitante ?

Disons que, bien sûr, elle n'est plus aussi excitante qu'elle l'était, mais moi non plus. Que, dans un ménage, l'excitation s'atténue est chose parfaitement normale. Il faut s'y attendre.

Au cours de toutes tes années de mariage as-tu jamais regardé une autre femme, t'es-tu jamais senti attiré vers une autre femme ?

Jamais. Parole d'honneur !

Alors, question plus difficile : qu'aimes-tu – si amour il y a – chez Bonnie ?

Tout ce que j'en ai jamais vu, même si je dois avouer que ce n'est pas grand-chose. Surtout son talent. C'est une musicienne remarquable. Lorsque nous jouons ensemble... Je ne vais pas décrire ce qui arrive quand deux êtres s'unissent pour jouer un morceau de musique intense, mais sa force peut vous laisser chancelant de gratitude. L'état le plus proche de l'extase que je connaisse.

Quand t'es-tu rendu compte de la profondeur – si de profondeur il s'agit – de ta passion pour Bonnie ?

Le jour où elle est venue chez moi et où nous avons joué des duos de Mozart face au jardin. Il y avait de la neige.

Crois-tu qu'elle a la moindre idée de tes sentiments pour elle ?

Je suis à peu près certain qu'elle sait que j'ai un faible pour elle. Et que je l'admire. Elle me voit sans doute comme un croulant, mais l'âge n'intervient pas dans le rapport à la musique.

Écoute, William, sois raisonnable. Qu'est-ce qui te fait croire que troquer une Grace qui a fait ses preuves et qui est une femme tout à fait remarquable, pour la jeune Bonnie, une fille qui a du talent mais qui n'a pas fait ses preuves, soit une bonne idée ?

C'est là une question… à laquelle je réfléchirai en allant à l'église ce matin et dès que j'aurai un moment libre.

Sois réaliste aussi. As-tu envisagé d'inclure Bonnie dans tes plans ?

Oui.

Et alors ?

C'est là une autre question qui mérite plus ample réflexion. À beaucoup de points de vue, elle est plus mûre que son âge. Elle est consciente de la… musique entre nous. J'oserais dire qu'elle se laisserait convaincre. Je pense qu'elle se rendrait compte qu'en moi elle a trouvé un homme en qui elle peut avoir confiance.

Confiance ? Mais tu prévois d'assassiner ta femme !

C'est un vague projet pour le moment, je suis d'accord. Assez insensé. Et qui sans doute ne verra jamais le jour. Hélas, je n'entrevois guère d'alternative.

Si tu es vraiment déterminé à donner suite à ce projet insensé qu'est celui de quitter Grace, tu pourrais opter pour un procédé plus conventionnel, le divorce par exemple. Tu éviterais ainsi la prison – car, à coup sûr, quelqu'un d'aussi inexpérimenté que toi en matière d'assassinat serait démasqué sitôt après être passé à l'acte – et tu pourrais, en fait, te retrouver avec Bonnie, à condition toutefois qu'elle veuille bien de toi…

Exact.

Alors, pourquoi ?

Ça me semble très difficile de quitter Grace. De lui expliquer. Le meurtre pourrait être plus facile.

Dans ce cas, reste avec elle. Laisse là une bonne fois toutes ces vilaines pensées qui te rongent et recommence à voir dans Bonnie la charmante altiste que l'Elmtree vient d'avoir la chance d'acquérir, un point c'est tout.

C'est bien là le problème : je n'y arrive pas !

Écoute, William, voici deux questions finales et délicates.

Dieu merci, nous avons presque terminé ! C'est épuisant.

Est-ce du désir, ce que tu ressens pour Bonnie ?

(Une longue pause.) Ça intervient, oui. (Une autre longue pause.) Bon, oui, je suppose que je ne puis nier que sa présence me fasse fondre. J'ai envie de… Mais j'apprécie aussi sa compagnie, elle me remonte le moral. J'adore l'entendre jouer…

Oui. Oui. Maintenant, pour terminer, serais-tu prêt à reconnaître que ton plan est celui d'un déséquilibré, d'un être momentanément dérangé ?

Bien entendu.

Tu serais donc prêt à reconnaître que la seule option possible est de revenir à la raison ? De renoncer à tes idées malveillantes – chez un homme aussi foncièrement bon que toi, ce ne sont que des cauchemars qui se sont, sans qu'on sache trop pourquoi, immiscés dans tes rêves éveillés ? Laisse la logique, la bonté, la charité humaine reprendre leur place légitime et anéantir ces extravagances tel un chalumeau…

Pas besoin d'être lyrique. Ce que tu cherches à dire c'est : cesse de penser à Bonnie et reste heureux en ménage avec Grace.

C'est précisément ce que je suis en train de te dire.

Eh bien, je dois avouer que tout cela m'a été très utile. Ce n'est pas si simple que ça.

Dans ce cas, essaye…

J'essayerai.

Bonne chance.

Merci.

Quand ce dialogue avec lui-même s'acheva, William

sauta du lit avec une énergie inhabituelle et se dirigea vers la fenêtre. Il ouvrit les rideaux et regarda les toits de Prague, content de lui : ça s'était plutôt bien passé. Une conclusion – la conclusion que, dans le fond de son cœur, il souhaitait – avait été plus ou moins acceptée, il ne lui restait plus qu'à s'y conformer. Sur le moment, il se sentit déterminé à s'y plier. Après tout, personne n'avait la moindre idée de ce qui avait traversé son esprit torturé au cours des dernières semaines, il n'avait de comptes à rendre à nul autre que lui-même. Tout ce qui lui restait à faire c'était de tenir bon dans sa résolution… C'était aussi de penser à acheter à Grace son parfum préféré à la boutique hors taxe, et enfin, de revenir à la normale. Voilà qui ne devrait pas être trop difficile pour quelqu'un ayant sa force d'âme. Il se redressa fièrement, renoua le cordon de son pyjama. Grace avait toujours cru en sa force d'âme, et elle savait jauger les gens.

Deux heures plus tard, William mettait en pratique ses bonnes intentions. Sans cette sérieuse discussion avec lui-même, il se serait arrangé pour s'asseoir à côté de Bonnie dans le minibus. Sur l'étroite banquette, serrés contre Rufus ou Grant, leurs bras, leurs cuisses, leurs corps auraient été forcés de se toucher. Il aurait souffert de… Bon, appelez ça comme vous voudrez – de ce machin qui le tourmentait sitôt qu'il était près d'elle.

Quoi qu'il en soit, William se débrouilla pour arriver le premier au minibus, il s'assit à côté du chauffeur. Il n'expliqua pas ce choix inhabituel – Rufus occupait en général ce siège lorsqu'ils étaient ensemble. Ce matin-là, à Prague, en constatant que ce privilège lui avait été refusé, Rufus prit un air agacé autant que surpris. Peu importait à William. Les deux hommes gardèrent le silence.

Pendant le trajet qui leur fit traverser une campagne tchèque sans intérêt, rappelant à William de nombreux coins d'Angleterre qu'il n'affectionnait guère, il pensa exclusivement à Grace. Que pouvait-elle faire à cette heure ? Elle peignait, espérait-il. Sa chère tête était penchée sur un brin d'épine-de-rat ou une rose de Noël. Il devait l'encourager à terminer son livre le plus vite possible. Cela faisait un bon nombre d'années qu'elle y travaillait et il ne voulait pas la voir abandonner ce projet. Cet ouvrage achevé, il suggérerait une petite fête : un apéritif suivi d'un dîner avec le Quatuor, quelques amis. Peut-être composerait-il une aria en son honneur : n'avait-elle pas remarqué, à diverses reprises, qu'elle aurait souhaité que William ressemblât davantage à Schumann qui écrivait pour les êtres chers. Bref, William écrirait une petite chanson pour Grace et Bonnie la chanterait de sa voix mélodieuse. Pas de danger, il s'agirait d'un événement officiel. Il y avait si longtemps qu'il n'avait rien composé... La publication du livre de son épouse lui fournirait une excellente occasion.

Il était plus probable, se dit William, que Grace était bien loin de ses peintures, sans doute était-elle occupée à prévoir les repas de la fin de semaine. Lorsque William avait été absent, elle s'efforçait de l'accueillir avec ses desserts préférés. L'estomac de William languissait après ce genre de consolations. Comme à l'habitude, le petit déjeuner tchèque avait consisté en ces malheureux petits pavés de confiture de fraise en plastique plaqués sur un pain si dur que c'était un danger pour les dents. Il avait faim. La faim et le manque de sommeil avaient engendré une autre sorte de besoin. Il ne lâchait pas la route des yeux. Pour rien au monde il ne se serait permis de se retourner et de laisser son regard fureter sur Bonnie en jean et dont le pull vague flottait autour de la poitrine. L'objet de ses pensées, c'était Grace. Grace dans son bain, une Grace à la Bonnard, Grace, son très cher Cœur dont les orteils semblaient se multiplier sous les bulles, Grace dont les tétons maintenant décolorés ne pointaient plus vers le haut, mais retombaient en un angle attendrissant vers le capiton de son estomac. Sitôt qu'il eut ce tableau devant lui, il se sentit moins mal à l'aise, Dieu merci.

Le minibus s'arrêta devant l'église de Kutna Hora. Le chauffeur se dépêcha d'ouvrir les portières du véhicule, fier de sa galanterie. Il sourit, haussa les épaules, montra du doigt l'église, se tapota le front.

« Pas bon », les prévint-il.

Courbaturés après ce trajet serrés les uns contre les autres, les musiciens du Quatuor s'étirèrent et restèrent là un moment sans bouger. William ne parvenait pas à se rappeler comment l'idée de cette excursion leur était venue. Sans doute Grant en était-il à l'origine. À l'étranger, Grant s'arrogeait la responsabilité des activités culturelles, veillant à ce que les villes soient visitées entre les répétitions et les concerts. William et Rufus – et autrefois Andrew – avaient toujours suivi, mais ils avaient peur de ne pas se montrer aussi enthousiastes que Grant l'aurait souhaité. Peut-être que, maintenant, il plaçait ses espoirs en Bonnie. Il avait été question, au retour, de lui faire visiter à toute allure le cimetière juif, si toutefois il restait du temps avant la répétition. (Si William avait bien compris, cela voudrait dire que l'on ne déjeunerait pas, aussi n'approuvait-il pas cette idée.) Grant avait aussi suggéré d'autres visites avant de se rendre à l'aéroport le lendemain. William et Rufus n'avaient pas été inclus dans ces projets et, s'ils l'avaient été, ils auraient décliné. Qu'importe, pensa William, il était plutôt malvenu de la part de Grant de suggérer ces excursions en seule compagnie de Bonnie. Il ne savait si oui ou non elle accepterait de se joindre à lui, mais il espérait qu'elle irait. Le fait de voir Bonnie s'en aller dans le minibus seule avec Grant convaincrait William qu'elle n'avait pas de privilégié parmi les membres du Quatuor : elle était heureuse de faire plaisir à chacun individuellement.

Rufus fut le premier à pénétrer dans l'église. William le suivit à quelques mètres. À l'entrée, une vieille femme, dont les longs vêtements et le châle en laine retombaient mollement de la chaise, était assise devant une table sur laquelle étaient étalées des cartes postales. Tandis que leurs yeux s'accoutumaient à l'éclairage, ils s'apercevaient que l'intérieur de l'église était incrusté d'ossements : des squelettes humains coupés en morceaux avaient été transformés en ornements, chandeliers et motifs évoquant la mort.

« Seigneur, quel endroit ! » Rufus passa une main tremblotante sur ses yeux. « C'est difficile à croire. Je me bornerai à remercier le Ciel que mon épouse ne soit pas là !

– C'est ahurissant », dit William. Dans les ténèbres de novembre qui tombaient sur la macabre tapisserie, se coulait une lueur ironique qui donnait à ces ossements une impression de provocante vitalité. Ils ne ressemblaient en rien aux squelettes des cours d'anatomie du lycée, les seuls que William eut jamais vus. Parmi une pyramide de crânes, à première vue tous identiques, William pouvait voir la chair d'individus : ici une femme aux orbites profondes en train de rire, là un homme renfrogné aux sourcils en arc de cercle haut placés. Il y avait des fantômes dépouillés de leur irréalité, rappels moqueurs de la mort.

William ne fut pas aussi bouleversé que Rufus. Intrigué, il descendit dans la crypte où il se mit à étudier les ingénieux motifs composés à partir de bras, de fémurs, de colonnes vertébrales – ces armatures de la vie humaine. Les os, pensait-il, avaient une certaine beauté, pour peu que l'on parvînt à faire abstraction de la façon dont tout cela bougeait, se balançait, se reposait, vivait, protégeait le globe oculaire, la cervelle. À oublier qu'ils étaient la charpente à laquelle veines, tendons, muscles et organes étaient tous accrochés. Cependant, pour apprécier les os innombrables qui composaient cet étrange monument, il vous fallait bannir toute pensée concernant leur vie antérieure...

On entendit un cri. William, plongé dans ses réflexions, se retourna et vit Bonnie et Grant à deux ou trois mètres au-dessus de lui. Grant avait la main sous le coude de Bonnie. Il avait un air inquiet, empreint d'agacement. Bonnie hurla à nouveau et se couvrit le visage de ses mains.

« Sortez-moi de là », gémissait-elle.

Grant fit un signe de tête à William.

« Tu t'occupes d'elle, moi je veux visiter. »

Le goujat, pensa William. Au fond de son cœur, à son hésitation à tirer Bonnie de là se mêlait le bonheur d'avoir la chance de la consoler. C'était, se disait-il, une raison valable d'oublier toutes les promesses qu'il s'était faites moins de trois heures plus tôt afin de porter secours à une fille en danger. En hochant la tête, il accourut auprès de

Bonnie. Soulagé, Grant s'en fut inspecter un mur d'ossements entrelacés de façon aussi complexe que du tweed.

Bonnie se couvrit les yeux d'une main, tendit l'autre à William qui la prit.

« Aidez-moi juste à vite sortir de là, je n'ouvrirai les yeux qu'une fois dehors », dit-elle sur le ton exaspéré de l'enfant qui a peur.

William l'aida à remonter les marches, sa main droite autour de la taille de la jeune femme, sa main gauche étreignant celle qu'elle gardait libre. Sa transpiration lui rappelait l'odeur des prairies, il se rendait compte que son sein gauche était dangereusement proche de sa propre cage thoracique. Il la guida consciencieusement comme on guide un aveugle, sans un mot, jusqu'à ce qu'ils aient franchi la porte. En passant devant la vieille femme, elle eut un sourire entendu en pensant aux cartes invendues.

« Nous y voilà », dit-il.

Bonnie ouvrit les yeux avec précaution. Elle ne lâcha pas la main de William. Ils se regardèrent un moment, dangereusement proches l'un de l'autre. Elle fondit alors en d'incontrôlables larmes, lacérant le silence du cimetière. Elle tomba sur William, enfouissant la tête contre son épaule, avant de l'abriter sous son menton.

William s'alarma : c'était, bien sûr, plus qu'il n'aurait jamais espéré, mais ce soudain mélodrame de Bonnie, cette perte de contrôle de soi qui lui ressemblait si peu, aurait exaspéré n'importe quel homme. Il ne savait comment la consoler. Il lui tapotait gauchement la tête. Il avait le cœur qui battait si vite qu'il se sentait vaciller sous le poids de la jeune femme. Il écarta les jambes pour assurer son aplomb. L'afflux du sang qui bouillonnait dans ses veines accroissait son malaise, c'était là une sensation qu'il priait le Ciel de lui épargner, mais, dans leur curieuse étreinte, cela semblait peu probable.

William n'avait aucune idée du temps qu'ils avaient passé ainsi enlacés, Bonnie hurlant tandis qu'il lui murmurait d'inutiles paroles de réconfort. Il était vaguement conscient que Rufus, dont l'intérêt pour l'église avait dû cesser aussitôt que Bonnie s'était mise à crier, était assis à côté d'eux, sur une pierre tombale, tenant son guide ouvert, l'air curieux. William entendit le pépiement d'un moineau tchèque, ce qui lui rappela son jardin là-bas, au pays, ajoutant une note de nostalgie à la confusion générale de ses émotions mitigées. Il avait des fourmis dans le bras qui s'accrochait encore à la taille de Bonnie et il se demandait combien de temps encore il pourrait rester à la soutenir ainsi.

Bonnie finit par très légèrement se détacher de lui. Son chagrin était tel qu'elle avait les joues rose vif, ruisselantes de larmes. Ses longs cils étaient collés en touffes luisantes aussi effilées que les pinceaux en martre de Grace. William dut faire un considérable effort pour ne pas la prendre dans ses bras de façon plus conventionnelle et l'embrasser pour l'éternité.

« C'est l'endroit le plus abominable, oui, le plus abominable que j'aie jamais vu », sanglotait-elle, des sanglots qui allaient cependant diminuendo. « Si j'avais su qu'il s'agissait de quelque chose de ce genre, jamais je n'aurais accepté cette odieuse suggestion de Grant. Il m'avait dit que j'apprécierais sans doute. Il doit être fou, pervers !

– Ma femme aurait eu la même réaction que vous, émit Rufus, depuis la tombe sur laquelle il était assis. À propos, ce fichu moineau pépie un demi-ton plus bas que son homologue britannique. Ça me dérange bien plus que tous ces ossements ! »

William sentit Bonnie sourire contre son épaule, il s'en voulut de ne pas avoir été le premier à détendre l'atmosphère. Il éprouvait maintenant le besoin de prendre la courageuse décision de se dégager complètement de Bonnie dont les sanglots n'étaient plus qu'un imperceptible gémissement. Elle se ressaisissait, cherchant un mouchoir dans ses manches. William sortit le sien, par bonheur il était propre et encore plié, Grace maniait le fer à repasser dans les règles de l'art. Bonnie prit le mouchoir sans rien dire et en tamponna son charmant visage, plus charmant que jamais, entraînant la résolution et le cœur de William dans un tel tourbillon qu'il se sentit un peu étourdi. À ces sentiments turbulents, se mêlait le plaisir profondément humiliant que lui causait la colère de Bonnie contre Grant. William n'oublierait pas ce qu'elle avait dit contre Grant. Grant l'avait dupée – sans doute en toute innocence – et il l'avait laissée tomber. Bonnie ne le lui pardonnerait peut-être pas. S'il y avait dans l'esprit de Grant la moindre possibilité d'une liaison entre eux, l'inopportunité de la visite de ce matin avait fait échouer le projet. Il avait vraiment gaffé… Dieu merci !

« Dites-vous une chose, reprit Bonnie. C'est que nous, nous avons bien de la chance de ne pas avoir vécu et trépassé à l'époque de ces pauvres malheureux. Nous pourrions aussi bien être des leurs. Nous pourrions aussi bien être ces horribles petits paquets d'os, ces crânes vides en train de grimacer. »

William accueillit cela d'un sourire conciliant et il haussa les épaules. Il ne lui vint aucune réponse appropriée. Bonnie lui rendit son mouchoir. Il essaya d'adoucir son regard, espérant l'inciter à revenir se nicher au creux de son épaule si elle le souhaitait mais, de toute évidence, ce n'était pas le cas. S'éloignant de William, elle alla s'asseoir sur la pierre tombale, auprès de Rufus.

À la stupéfaction de William, Rufus tapota le genou de Bonnie. Bien entendu, il ne s'agissait que d'un geste paternel, mais néanmoins d'un geste dont William n'aurait jamais cru Rufus capable. Sans doute avait-il été ému par la détresse de Bonnie. Sans doute aussi avait-elle le pouvoir de les émouvoir tous.

« Quelle horrible aventure, ma pauvre ! disait Rufus à Bonnie. Le mieux, c'est d'oublier. J'avoue que ça m'a donné un tel appétit que je pourrais dévorer une assiettée de ces écœurantes boulettes sans murmurer. »

Bonnie sourit.

« Nous aurons tout le temps de déjeuner une fois de retour à Prague, dit-elle, car je n'ai aucune intention d'aller visiter *quoi que ce soit* avec Grant ! »

Cette précision engendra un tourbillon de sensations conflictuelles chez William qui commençait à avoir très froid. Il y avait d'une part la jalousie, éveillée par le sourire de Bonnie à Rufus – pourquoi n'avait-elle pas daigné accorder au moins un sourire de gratitude à lui, William, dans les bras de qui elle était tombée sans se faire prier ? Il y avait d'autre part le plaisir secret de savoir que, cet après-midi, Grant serait piqué au vif. Cela lui donnerait peut-être la chance de suggérer au moins une tasse de thé dans un café, après la répétition, tandis que Rufus retournerait à l'hôtel pour veiller à garder l'éternel contact téléphonique avec son épouse et que Grant s'en irait seul renouer connaissance avec cette déception touristique qu'était, à en croire William, le célèbre pont Saint-Charles.

Une petite scène qui contribua à remonter plus encore le moral de William eut lieu quand Grant finit par réapparaître, avec le paquet de cartes postales et l'air suffisant du touriste chevronné chez qui tout suscite le plus vif intérêt.

« Ça ne vous ennuie pas que je m'asseye sur le siège avant pour le retour ? demanda Bonnie à William.

– Bien sûr que non.

– Nous en sommes vexés, rétorqua Grant.

– Voyez ici la conséquence de votre stupide plaisanterie. Vous nous aviez annoncé que nous allions visiter quelque chose de merveilleux.

– Je ne pensais pas que vous le prendriez aussi mal. Quoi qu'il en soit, d'une certaine façon, c'est merveilleux. » Il referma la porte du minibus en la claquant.

Au cours du retour silencieux jusqu'à Prague, William commença à angoisser en pensant au concert du soir. L'interprétation du morceau de Purcell par Bonnie était un véritable enchantement, mais comment se débrouillerait-elle dans la *Sonate en fa majeur* de Haydn ? Il était pleinement conscient que Bonnie n'affectionnait guère Haydn et, bien qu'elle l'ait joué avec brio lors des répétitions, il se demandait dans quelle mesure les contrariétés de la matinée l'affecteraient.

L'humeur a tôt fait de changer et la colère de disparaître quand la paix sert l'intérêt de chacun, pensait William. Le temps de revenir à Prague, Bonnie semblait remise de ses émotions et Grant apaisé. Il ne mentionna pas de l'emmener visiter d'autres monuments et tous quatre partagèrent avec joie ce déjeuner dans un café lugubre, plaisantant au sujet de la nourriture trop lourde. Lors de la répétition dans l'église, Bonnie joua avec un tel entrain que personne n'aurait pu deviner qu'elle n'aimait pas Haydn. Quand, à la fin de cette longue séance, William proposa à Bonnie de prendre une tasse de thé sur la Grande Place, les deux autres présumèrent que l'invitation s'adressait également à eux. Ils acceptèrent avec enthousiasme – William, qui regardait à la dépense, offrait rarement de payer pour tout le monde – mais Bonnie refusa poliment. Elle éprouvait le besoin de dormir une heure pour être en pleine forme pour le concert du soir, dit-elle. William se retrouva donc autour d'une petite table en compagnie de deux musiciens de son Quatuor : deux hommes avec lesquels il avait passé une si grande partie de sa vie, émerveillé par leur talent et réconforté par leur amitié, que le bavardage n'était pas nécessaire. À travers le silence amical dans lequel, laissant là les contrariétés de la matinée, ils burent leur thé au citron, William s'aperçut que retrouver leurs vieilles habitudes était un soulagement pour tous. Sans la présence de Bonnie, il n'y avait plus de fièvre, plus de remarque ou de question inattendues mais ce calme, cette compréhension propre aux hommes qui ont travaillé et vécu en parfaite harmonie depuis longtemps. Et même si William avait en secret calculé les heures qui lui restaient avant d'apercevoir Bonnie dans ses velours, les yeux baissés sur son alto, il apprécia davantage qu'il ne l'aurait cru cette demi-heure, seul avec ses vieux amis, et ne regretta pas que Bonnie ait choisi de ne pas se joindre à eux.

8

Grace n'était pas femme à initier une querelle, mais elle avait tellement bouillonné de rage toute la journée en découvrant le méfait de Lucien qu'elle était décidée à l'affronter dès qu'il arriverait le lendemain matin. Cet acte scandaleux signifiait qu'il était temps d'en finir avec ses visites importunes. Sa rage l'emportait de beaucoup sur la pitié, voire l'affection qu'elle éprouvait à son égard.

Elle avait l'intention de rassembler son énergie pour l'affronter dès son arrivée. Elle lui refuserait sans doute même son thé et son toast habituels et se débarrasserait de lui avant neuf heures et demie. Ensuite, chassant de son esprit ce sujet pénible, elle passerait le reste de la journée à se préparer pour le retour de William. Au téléphone, ce dernier lui avait mentionné une excursion peu réussie à quelque bizarre église, il était fatigué, il avait faim et il était impatient de rentrer. Seigneur, comme elle était impatiente elle aussi de le retrouver… !

Que Lucien n'apparaisse pas à l'heure habituelle dérangeait ses plans. Neuf heures et demie, neuf heures quarante-cinq, toujours rien. Peut-être que, se sentant trop coupable pour l'affronter, il ne viendrait pas. Peut-être que la réapparition des boutons de manchettes avait été un signe d'adieu. Disons que, d'une façon ou d'une autre, cela faciliterait les choses. Grace n'aurait pas à rassembler son courage pour clamer ses griefs. Elle se verrait épargner sa réaction agressive prompte à se manifester dès qu'elle émettait la moindre critique. Elle n'aurait pas à résister à une de ses subites tentatives de charme et de persuasion s'il n'était pas d'accord pour mettre un terme à leur bizarre relation.

À dix heures, Grace commença à préparer le dîner de William. Désormais persuadée qu'elle ne verrait pas Lucien ce jour-là, elle sentit son calme habituel triompher de l'insupportable agitation des dernières vingt-quatre heures, et s'appliqua avec bonheur à étaler sa pâte à tarte. Elle avait tellement de choses en tête qu'il ne lui était pas venu à l'esprit de se protéger de visites inattendues en verrouillant la porte de service. À dix heures et demie, elle entendit qu'on l'ouvrait. Suivit alors le bruit familier des pas nonchalants de Lucien : il était là, qui la regardait avec un grand sourire ironique. Lucien avec ses énormes pupilles ternes, sa veste trempée, ses bajoues hirsutes.

Pour qui n'a pas l'habitude de s'emporter, raviver sa colère une fois qu'elle s'est affaiblie n'est pas aisé. Grace, le couteau à la main (elle achevait un bien beau travail en découpant la pâte dépassant du moule à tarte), regardait Lucien, dans un silence incrédule, attendant qu'un élan d'indignation mette le feu aux poudres.

« Alors, tu t'es fait prendre, n'est-ce pas ? Je t'ai bien eue ! Je parie que tu étais persuadée que je ne viendrais pas. Je parie que tu te disais que maintenant que je les avais rapportés, je ne reviendrais pas me faire sermonner ! » Il souriait. Ce ton moqueur était sans malice.

« Lucien », dit Grace.

Lucien s'avança vers elle. Il posa la main sur son épaule. Grace se raidit. Il la retira aussitôt.

« Écoute, je peux tout expliquer. Je ne suis pas un voleur – ou le suis-je ? Tu sais qu'en cas d'absolue nécessité, je pique ceci ou cela à ceux qui n'en ont pas besoin. Mais là, au fond – il ponctua d'un grand coup sur son torse –, je ne suis pas un voleur. En outre, je ne les volais pas ces boutons de manchettes, je ne faisais que les emprunter. Je les ai mis au mont-de-piété, j'ai pris l'argent pour régler quelques affaires. Ayant eu un peu de chance avec une autre opération, j'ai remboursé le prêt, je suis allé rechercher ces fichus boutons de manchettes et la première chose que j'ai faite ça a été de les rapporter. Tu ne peux rien me reprocher sur ce point. J'ose dire que c'était le geste de quelqu'un de parfaitement honorable, même selon tes critères. »

Grace soupira. Ni la colère qu'elle avait essayé de raviver ni ce qu'elle avait prévu de dire ne lui revenaient. Au lieu de cela, elle éprouvait une profonde lassitude.

« Ce que tu as fait est totalement inadmissible.

– Vois-tu, je ne dirais pas ça. Compte tenu de l'urgence de la situation. Bien sûr, je suis navré que la combine prévue pour le remboursement ait ralenti les choses. Les gens vous laissent tomber, vois-tu. On ne peut pas compter sur eux. » Il dit cela sans l'ombre d'un sourire ironique. « L'essentiel c'est que ces boutons de manchettes soient de retour. J'ose dire que je suis pardonné, car tu fais partie de ces femmes qui pardonnent. Si l'on célébrait ça avec une tasse de thé ? »

Leurs regards se rencontrèrent.

« Non, dit Grace en posant son couteau.

– Allons, où est passé ton sens de l'humour ? J'ai faim.

– As-tu quelque idée du souci, du tourment que tu as causés ? Je venais d'offrir ces boutons de manchettes à William. Il était dans tous ses états.

– Désolé pour tout ça. Pour ma part, je ne m'attache guère aux choses, les biens de ce monde ne m'intéressent pas vraiment, je ne serais donc pas en mesure de comprendre ça.

– Tu aurais pu me demander un autre prêt, dit Grace, J'étais tout à fait disposée à t'en accorder un.

– Non : je ne le pouvais pas, n'est-ce pas ? Je ne suis pas homme à profiter de la générosité d'une amie – et à ce sujet, je te rembourserai ces jours-ci, promis. » Lucien s'assit sur sa chaise habituelle. « Tu vas me préparer un petit déjeuner ? »

Grace secoua la tête sans grand enthousiasme.

« Alors, juste une tasse de thé. Je suis occupée. William rentre ce soir et je veux continuer à préparer le dîner.

– Il en a de la chance, ce vieux William ! »

Grace mit la bouilloire à chauffer et alla chercher la

tasse réservée à Lucien. Elle ne pouvait faire face à une discussion sur ce sujet. En revenant vers la table, elle vit que Lucien jouait avec le couteau, essayant la lame entre deux doigts.

« Tu travailles avec une lame fichtrement affûtée, remarqua-t-il calmement.

– Pour la pâtisserie, c'est nécessaire. »

Grace se rendit compte que son cœur s'était mis à battre plus vite. Elle s'en voulut d'être aussi ridicule.

« De la pâtisserie, voilà une chose que Lobelia ne fait jamais. »

Lucien tira vers lui la planche sur laquelle Grace avait étalé la pâte. Il aplatit une des bandes détachées du bord de la tarte. Avec la pointe du couteau, il la trancha en son milieu, d'une main parfaitement sûre.

« Imagine que ce soit de la peau, dit-il.

– Lucien ! Mais c'est horrible !

– Je suis horrible, souviens-toi. » Il émit un de ses rires, évocateurs, pour Grace, d'une cascade de boulets tombant d'un vieux seau à charbon. « Je jouais avec des couteaux quand j'étais gosse. J'aimais bien trancher. Un jour, Lobelia m'a donné un lapin. Cet abruti-là m'a mordu, je l'ai étripé avec un canif. Je me suis bien amusé, j'avais quatorze ans. Elle ne l'a jamais su. »

Grace, qui se demandait si elle devait ou non le croire, fut chavirée par cette histoire. Elle lui servit du thé.

« Merci, dit-il. J'ai passé une mauvaise nuit. Tu es une femme bien. » Il posa le couteau. Grace comprit qu'elle devait lui dire son fait avant que sa résolution ne se soit évanouie. Elle s'assit non point juste en face de Lucien mais un peu de biais. L'âcre relent de ses vêtements, de sa peau non lavée, avait commencé à l'emporter sur les odeurs de pomme cuite, de citron et d'aromates.

« J'ai bien peur qu'il ne faille mettre un terme à tout cela », dit Grace. Elle savait qu'elle parlait sur un ton de maîtresse d'école, laissant percevoir une trace d'excuse involontaire.

« À quoi faut-il… ? » Les yeux atones de Lucien s'ouvrirent faiblement tandis qu'il s'efforçait de paraître enjoué.

« À toutes ces allées et venues. Tu viens de plus en plus souvent sans être invité. Je ne peux plus y arriver.

– Je me croyais le bienvenu. Tu m'as toujours laissé entendre que j'étais le bienvenu.

– Ça a fini par devenir trop. Tu n'as pas idée de l'angoisse dans laquelle je vis en pensant que tu puisses tomber sur William.

– Ah ! C'est le mari qui n'est pas d'accord. Je pige. Je pige. » Coup de poing sur la table. Thé renversé sur la nappe. « Je pourrais venir plus tard, vérifier que Monsieur n'est plus dans les parages. »

Grace secoua la tête.

« Je crains que cela ne soit pas possible. Le matin, vois-tu, je travaille.

– Pas toujours, ce n'est pas vrai. » Lucien se mit à rire. « C'est là un de tes problèmes. En fait, certains pourraient, et à juste titre, te traiter plus ou moins de fainéante.

– Je me moque pas mal de ce que tu penses de mon emploi du temps, Lucien. Tu n'y connais rien. Je tiens juste à te dire que je veux que ces petits déjeuners... ces sessions, si tu préfères, prennent fin. »

Lucien soupira.

« Dommage, finit-il par dire. J'ai apprécié nos conversations, je les attendais avec impatience. » Il ramassa le couteau. « Mais si c'est ce que tu veux... », dit-il.

Silence.

« Oui, c'est ce que je veux. J'en suis désolée. » Si près de la victoire, s'excuser était la moindre des choses.

« Je suppose que tu t'imagines que tu ne peux plus avoir confiance en moi. Que je piquerais les petites cuillères trois fois par semaine. » Il lui adressa un sourire de mépris.

« Je ne pense pas que tu le ferais. » Grace s'efforça de prendre un ton désinvolte. « Ce n'est pas ça. C'est juste... toute cette histoire de visites. Toute cette tension, c'est trop pour moi. Je ne peux pas dire ça plus clairement, même si je me rends compte que je ne suis pas très explicite. »

Lucien tenait le couteau de cuisine à deux mains. Le regard rivé sur la lame, il fit lentement sortir le bout de sa langue entre ses lèvres rigides. Il plaça la pointe de la lame contre sa langue, pressant assez fort pour y laisser son empreinte.

« Bien aiguisée, tu ne trouves pas ? dit-il s'ennuyant soudain. Bref, je vois. Oui, je vois. Par conséquent, si c'est ainsi que tu comprends les choses, Grace, qui suis-je pour m'opposer à ta décision ? »

Il se leva brusquement, alla jusqu'à l'évier et vida énergiquement sa tasse.

« Désolé pour ce gâchis.

– Lucien, pour l'amour du Ciel ! Tu réagis de manière excessive... Je n'ai pas voulu dire que je ne voulais plus jamais te revoir. » Grace se leva à son tour, mal à l'aise, perturbée par l'air de Lucien. Elle glissa le couteau dans le tiroir de la table. Cela fit sourire Lucien.

« C'est pourtant le message que j'ai reçu. Côté messages, je m'y connais. Quoi qu'il en soit, avec moi, pas de demi-mesure. Quand j'apprécie quelqu'un, je ne crois pas aux demi-mesures. » Il eut un petit mouvement de tête en direction de la tarte aux pommes qui attendait qu'on la mette au four. « Je ferais mieux de te laisser retourner à tes fourneaux. »

Grace se retint pour ne pas riposter. Elle regarda Lucien, encore plus voûté qu'à l'habitude, se diriger vers la porte de service puis la claquer derrière lui.

Quand l'écho des pas de Lucien s'assourdit, Grace récupéra le couteau et se remit à découper les bords de la tarte. Son soulagement était assombri par certain pressentiment et, au fin fond d'elle-même, languissait une impression de tristesse, de perte.

Dans l'avion qui les ramenait, William se retrouva assis à côté de Bonnie. Ce n'était pas pur hasard. Tandis qu'elle trimbalait ses innombrables bagages à main le long du couloir bondé, elle s'était retournée pour faire savoir à ses collègues musiciens qu'elle souhaiterait être assise près de William, requête qu'elle n'avait jamais exprimée jusque-là.

« Elle est d'une de ces humeurs... », murmura Grant. William l'entendit. Certaine inquiétude émanait de son corps épuisé. Jadis, il y avait eu, à l'occasion, des tensions et des désaccords entre les musiciens, mais les sautes d'humeur du genre de celles que Bonnie leur avait infligées au cours de ce voyage à Prague leur avaient été épargnées.

Une fois son alto bien casé dans le porte-bagages au-dessus de sa tête, Bonnie s'installa à côté du hublot et se mit à tapoter sur le siège libre à côté du sien. Elle s'assit au milieu d'un tourbillon d'affaires sens dessus dessous : sacs trop pleins, foulards, magazines, vestes... William ne savait par où commencer pour l'aider à mettre un peu d'ordre dans ce fouillis. Après s'être assis et avoir placé sous son propre siège son seul bagage à main, un porte-documents impeccable, de petite taille, conforme aux normes, il se releva, vaguement conscient qu'il devrait plus ou moins lui proposer de l'aider. Il put lire un certain agacement sur le visage de Bonnie et non point la reconnaissance qu'il escomptait.

« Restez assis, William, jusqu'à ce que j'aie mis de l'ordre dans mes affaires. »

Il obéit, embarrassé. Bonnie s'agitait, malmenant ses sacs et tirant sur ses vêtements avec humeur. Tandis qu'elle se tortillait, ses seins ballottaient sous son pull en angora clair. William ferma les yeux. Il pensa à la femme hideuse aperçue dans l'église, à des artichauts en conserve, à des soucis, à la valse dite *L'Or et l'Argent* – choses qui le faisaient frémir. Rien n'y fit.

Bonnie le poussa du coude. Il ouvrit les yeux.

« Pouvez-vous mettre ça là-haut ? » Elle balança un tas de sacs et de vêtements dans ses bras. On aurait cru que c'était vivant tant ça remuait. Il se leva, avança avec précaution dans le couloir pour prévoir l'étape suivante. Comment allait-il ouvrir le coffre à bagages, les bras ainsi chargés ?

« Tu as un problème ? » Assis dans un siège au centre de l'avion, Grant leva le nez du *Guardian* avec un sourire satisfait.

« Veux-tu me l'ouvrir ?

– Je vais y réfléchir. » Grant replia très lentement son journal. Rufus posa son livre, une nouvelle biographie de Brahms, et sourit. Il était difficile à dire si ce sourire exprimait le plaisir qu'il prenait à voir William dans une situation aussi critique ou si ce sourire se voulait un encouragement pour William.

Sans se presser, Grant se leva et ouvrit le coffre à bagages, puis il se rassit, et se replongea dans son journal. William qui n'était pas grand, se mit sur la pointe des pieds et souleva d'un coup toutes les affaires de Bonnie plus ou moins en direction du coffre. Il visa maladroitement, manquant de beaucoup le but. Les sacs déversèrent leur fatras, vestes et foulards dégringolèrent sur sa tête puis par terre. Grant et Rufus à nouveau plongés dans leurs lectures ne semblèrent pas remarquer la situation critique du malheureux William. Bonnie, le dos tourné, regardait par la fenêtre. Conscient que sa dignité s'en allait en lambeaux, William se mit à ramasser les affaires éparpillées dans le couloir. Après un long moment d'affolement, une hôtesse de l'air arriva à la rescousse. C'était une grande et belle fille au rouge à lèvres si éblouissant qu'on aurait cru que sa bouche était découpée dans de la cellophane. En moins de deux, tout fut rangé et William put retourner s'asseoir. Il remarqua que le regard de Grant avait glissé de son journal aux chevilles athlétiques de l'hôtesse de l'air, cette observation produisit sur William un effet apaisant. C'était bien la preuve que Grant avait toujours l'œil pour repérer les jolies femmes. S'il avait été amoureux de Bonnie, amoureux comme il l'était, lui, William, jeter un coup d'œil à une autre femme eût été hors de question.

« Je déteste le décollage, déclara Bonnie quand les moteurs de l'avion démarrèrent. Jamais je n'aimerai prendre l'avion. Vous n'avez pas attaché votre ceinture de sécurité. »

Elle se pencha sur William, activant innocemment ses mains sur son estomac et ses reins tandis qu'elle cherchait les deux boucles en métal pour les attacher. Mon Dieu !... William s'agrippa aux accoudoirs de son siège et serra les dents.

« On dirait que vous vous préparez à décoller dans une fusée. Détendez-vous ! Et ne vous inquiétez pas, je ne vais pas recommencer une scène comme celle d'hier au milieu de tous ces ossements. J'en suis désolée. »

William se tourna vers elle, il sourit. Il espérait qu'elle lirait son silencieux message l'assurant de son pardon, de sa compréhension, de son attachement absolu…

« Nous venons de décoller », annonça-t-elle avec un flegme remarquable pour quelqu'un ayant peur de l'avion. Cependant, tandis que l'avion prenait de l'altitude, elle couvrit de sa main la main de William et enfonça férocement ses ongles dans ses doigts écartés. Il aurait été heureux de mourir à cet instant, pensa-t-il. Son bonheur ne dura que quelques secondes, Bonnie retira sa main et se contorsionna une fois de plus pour regarder par le hublot. Quel paquet de nerfs ! se dit William, que cela ne semblait d'ailleurs aucunement gêner.

« Enfant, je me disais que ce serait vraiment amusant d'installer une échelle, d'y grimper et de sauter sur les nuages…

– C'est vrai ? »

Ils se turent, puis William essaya de maîtriser le chaos dans sa tête et d'apaiser le sang qui bouillonnait dans ses veines en respirant très lentement. Bonnie ouvrit le magazine offert par la compagnie aérienne, s'il y avait bien une chose qu'il ne voulait pas, c'était la perdre au profit d'un magazine. Il voyait là un danger de rater la chance de ne pas pouvoir poursuivre leur échange dans le bar de l'hôtel. Comment regagnerait-il son attention ? Peut-être devrait-il profiter de l'occasion pour lui poser une question, une question personnelle, qui le préoccupait depuis quelque temps.

« J'aimerais vous parler de Haydn, finit-il par dire.

– Oh non ! Pas de Haydn ! Pas ici, je vous en supplie. Haydn, c'était hier soir.

– Et vous l'avez admirablement joué, quoi que vous puissiez en penser. »

Bonnie soupira, elle tourna la page de son magazine. Elle se mit à étudier une publicité occupant une page entière vantant les mérites d'une huile de bain. Une fille enveloppée d'une grande serviette debout à la fenêtre. Au loin un homme sur son destrier en train d'approcher.

« Vous savez que nous avons prévu la *Sonate en sol majeur* pour un des concerts de Noël ? demanda William après une longue pause au cours de laquelle il évalua le bien-fondé de la question.

– Oui, j'ai vu qu'elle était au programme.

– Opus 77 n° 2. » William se donnait du temps pour réfléchir.

« Je sais ça moi aussi.

– Bon, je suis en train de me dire... Je veux dire que je connais votre... aversion pour Haydn en général. Mais il paraîtrait difficile de ne pas se laisser séduire par ce quatuor-là. » Bonnie pinça les lèvres, laissant à peine entrevoir ses fossettes. Elle tourna une page. Les Beefeaters posaient comme des porcelaines alignées auprès de la Tour de Londres.

« J'entends par là qu'il y a une telle joie dans ce morceau, c'est si joyeux, dit William.

– Ça varie selon chacun, reprit Bonnie après un moment. La gaieté de Haydn n'est pas du genre à me toucher. »

Réprimant un soupir, William décida d'encourir un risque. Peut-être pourrait-il la persuader de considérer le grand compositeur avec plus d'indulgence s'il la réinitiait à son système de valeurs intime ?

« Ce quatuor appartient au niveau supérieur, murmura-t-il.

– À quoi ?

– Rappelez-vous, je vous ai expliqué...

– Oh ! Ça ? Oui.

– Vous devriez me faire confiance. » Le désespoir qu'il éprouvait au sujet de son amour (était-ce bien de l'amour ?) pour Bonnie laissait place à ce désespoir plus lugubre mais plus coutumier qui le gagnait lorsqu'il défendait un morceau de musique qui lui était cher. Sans doute devrait-il essayer une note moins subtile et plus autoritaire. « Bref, quoi qu'il en soit, ce morceau est au programme. Il va falloir en passer par là. Je vous suggérerais de l'écouter autant que vous le pourrez au cours des prochains jours et vous finirez peut-être par changer d'avis.

– C'est possible. Pouvons-nous toutefois laisser Haydn de côté pour le moment ? Je veux continuer à lire. » Son attention se portait maintenant sur la photo d'un jeune couple fleur-bleue à deux doigts de copuler au-dessus d'une cuve de crème glacée.

Intrigué en songeant aux recoins obscurs et inconnus de l'esprit de Bonnie, William tourna son regard vers le hublot derrière elle. Il ne vit plus que le blanc intense d'un nuage aux contours nets. Il se laissa aller à imaginer Bonnie faisant des bonds sur cette masse blanche, mais si douce cette pensée lui fût-elle, elle ne compensait pas son sentiment d'échec personnel au sujet de Haydn. L'étrange avec Bonnie c'était que, si discussion il y avait, il sentait qu'il perdait ses moyens, impression qui lui était jusqu'ici inconnue, Dieu sait pourtant s'il avait l'habitude de discuter avec des musiciens. Quelle créature étrange, enchanteresse, compliquée, irrésistible elle était ! À bien des égards, le voyage aurait été beaucoup plus agréable si elle avait choisi de s'asseoir près de Grant ou de Rufus, mais alors il se serait vu refuser ces quelques heures où la proximité de la jeune femme chamarrait son âme, et malmenait plus encore son corps vieillissant.

« Tu as maigri, dit Grace au moment où William franchit le seuil de la maison.

– C'est vrai, mon Cœur ? Peut-être. Toute cette nourriture étrangère… »

Ils s'embrassèrent doucement sur la joue.

« C'est merveilleux que tu sois de retour.

– Oui, merveilleux…

– Je vais vite mettre tes affaires dans la machine à laver. Nous pourrons dîner dans une demi-heure. Je t'ai préparé une tarte aux pommes.

– Je l'aurais parié ! »

Il la suivit à l'étage, remarquant que le poids de la valise la contraignait à s'incliner de côté, faisant ployer avec élégance sa colonne vertébrale. S'il avait été peintre, s'il avait été Bonnard, il aurait aimé peindre une femme portant une valise.

Le silence épais et familier de son studio lui apporta une certaine sérénité. Il repoussa plusieurs piles de partitions qui encombraient le canapé afin de pouvoir s'asseoir. Ce soir, pour éviter de parler de Prague, il émettrait l'idée d'un séjour chez Dick après Noël. Assurément, Grace se réjouirait à la perspective de ces... promenades hivernales au bord des falaises.

Au bord des falaises... Son plan initial, ayant pour scène le Dorset, lui revint avec une étonnante vigueur. Tandis qu'il le voyait surgir devant lui, aussi étincelant que le poignard de Macbeth, il se força néanmoins à se souvenir de la conversation qu'il avait eue à Prague avec cette moitié de lui-même dotée de raison. Toutefois, depuis qu'il en avait tiré sa conclusion, les événements avaient contribué à modifier sa détermination. Bonnie avait pleuré contre son épaule. Bonnie avait décidé de s'asseoir à côté de lui dans l'avion. Les doigts de Bonnie attachant sa ceinture de sécurité (il avait veillé à la défaire lui-même) avaient anéanti ses bonnes intentions, Bonnie, Bonnie, Bonnie... Que faisait-elle maintenant, dans son petit appartement d'Aylesbury, à moins de trois kilomètres de chez Grant ? Pourquoi n'était-il pas auprès d'elle, à lisser ses fossettes de tous ces baisers qu'il n'en pouvait plus de réprimer ? Pourquoi ne pouvaient-ils pas simplement partir et...

« À table ! » En entendant Grace l'appeler, il gémit tout haut avant de se lever et de se contraindre à adopter comme à l'habitude la position militaire rigide, le dos droit, sans la moindre trace de culpabilité sur son visage, prêt à affronter son cher, cher Cœur devant sa tarte aux pommes préparée avec amour.

Grace demeura quelques instants à contempler la masse savonneuse et tourbillonnante des chemises, pantalons et chaussettes sales de son époux dans la machine à laver. Ce spectacle domestique lui apporta un certain réconfort. William était rentré. Elle n'avait plus rien à craindre. Si Lucien continuait à la menacer, elle demanderait à

William de lui parler, de veiller à ce qu'il parte, d'élever le ton en cas de besoin. Elle savait cependant au fond de son cœur qu'une telle confrontation ne serait pas nécessaire. Lucien avait fait une sortie tout ce qu'il y a de plus définitive. Il ne reviendrait pas. Elle en prenait de plus en plus profondément conscience depuis son départ. Désormais, au sentiment troublant de perte, s'adjoignait le pressentiment que, sans les visites de Lucien, sa vie serait... plus morne. Le comportement particulier, fantasque de Lucien avait mis un peu d'animation dans ses journées. Même si, bien sûr, tout compte fait, mieux valait mener une vie morne et tranquille que vivre en état de constante agitation.

Pour décourager de telles pensées, Grace décida de se concentrer sur son mari et sur la soirée tranquille en perspective. Elle savait ce qui l'attendait : des anecdotes de Prague, en staccato, des compliments sur ses talents de cuisinière, des excuses pour ne pas avoir pris de ses nouvelles... puis ce serait le retour à leur silence aussi heureux qu'habituel, l'un et l'autre soulagés de ne pas avoir à faire plus d'efforts. Elle tourna le dos à la lessive et se débrouilla pour sourire à William tandis qu'il se hâtait de descendre.

Au milieu du poulet rôti, ils avaient déjà achevé l'évocation du voyage à Prague, une version soigneusement revue et corrigée, et pris des nouvelles, pour la forme, des progrès du livre de Grace. Alors, *mieux valait saisir le taureau par les cornes,* se dit William, même si détourner son esprit d'une vision de Bonnie, la tête nichée dans son cou, devant l'ossuaire, exigeait un puissant effort. Curieusement, sa perception de cette scène n'était pas celle qu'il avait de ses propres yeux, à travers les mèches de la jeune femme, mais plutôt celle d'un observateur, qui, depuis le cimetière, étudiait l'étrange couple qu'ils formaient : une belle fille cherchant quelque réconfort auprès d'un homme plus âgé. La tête de l'homme était renversée en arrière afin qu'elle puisse enfouir la sienne dans son cou. Les jambes de l'homme étaient solidement écartées pour lui permettre de mieux supporter le poids de la jeune femme. L'image était d'une netteté inquiétante.

« Dick a suggéré que nous allions passer quelques jours chez eux après Noël, dit-il.

– Oh ! Ce cottage où il fait si froid ! Dans son dernier cottage, on gelait ! dit Grace.

– Il doit y avoir le chauffage central dans celui-là.

– Tu n'arrivais pas à dormir, tu te rappelles ?

– C'est vrai ?

– Jack et Laurel ont décidé de venir passer quelques jours au moment du nouvel an.

– Mon Dieu ! Tu en es sûre ? » Quand Bonnie avait tendu la main pour attacher la ceinture de sécurité de William, il avait failli s'évanouir de bonheur. Il aurait rêvé de se laisser aller en arrière afin de permettre à Bonnie de lui attacher des ceintures de sécurité pendant des heures. Le fantasme commença à s'emparer de lui.

« Ils font toujours ça. Mais je pense qu'il y a moyen de s'arranger. Un jour ou deux. » Pas plus d'un jour ou deux, mon Dieu, je vous en supplie, se disait Grace. Après Noël, qui sait, Lucien pourrait changer d'avis, recommencer ses visites… Elle ne voudrait pas qu'il trouve la maison vide.

« Nous pourrions nous promener », reprit William si discrètement que Grace dut faire un effort pour l'entendre. Il lui fallait dire quelque chose pour couvrir la plainte qui s'élevait en lui, pour masquer la déliquescence dans laquelle il tombait sitôt qu'il était entre les mains de Bonnie, et qui n'avait rien à voir avec les boucles en métal de la ceinture.

« Dis-moi, William, tu te sens bien ?

– Parfaitement bien. » Il se redressa.

« Tu es pâle ? Tu ne manges pas grand-chose.

– Au bord des falaises… », dit William. Il sourit, se ressaisit. « Autrefois, tu aimais te promener au bord de ces falaises du Dorset.

– C'est vrai. » Même si la dernière promenade dont elle avait un vif souvenir était celle dans le parc. Ah ! Ces horribles chiens ! Quel drôle de couple ils formaient, Lucien et elle ! Lui sale et mal rasé, se livrant à des remarques grossières et bizarres, elle avec son ciré décoloré, dont le manque de classe ne l'avait jamais frappée, tenant son petit sac à main austère au fermoir doré. Étrange que Lucien n'ait pas paru remarquer ces choses. Étrange aussi de voir combien, en marchant à ses côtés, le parc semblait différent.

« Tu as l'air un peu pâle toi aussi », dit William. Il remarqua soudain que c'était précisément le cas. D'habitude, les joues délicates de Grace étaient colorées. Bizarre qu'après un bon morceau de poulet rôti accompagné d'une excellente sauce elle soit encore si pâle. « Ton ami Lucien a-t-il profité de mon absence ? » William n'avait aucune idée de la raison pour laquelle il posait cette question, si ce n'est que le seul nom de ce sale type aurait des chances de colorer un peu les joues de Grace. Peu lui importait de connaître la fréquence des visites de Lucien du moment qu'elles survenaient en son absence.

« Il a fait deux ou trois apparitions le matin, comme à l'habitude, mais il ne vient plus. » Grace inclina la tête sur le côté. Un petit sourire de madone, vaguement brave ou d'une patience à toute épreuve, étira les coins de sa bouche. Un long silence s'ensuivit.

« Pourquoi pas ? »

Grace ramassa les assiettes. La seule pensée du dessert qui suivait lui donna la nausée.

« Oh ! Tu sais, j'en avais marre de ses visites. Je n'arrivais pas à comprendre pourquoi il continuait à venir ni ce qu'il voulait, ni ce que nous pouvions lui donner.

– Des petits déjeuners gratuits. C'est un fichu parasite, si tu veux savoir.

– Tu ne l'as jamais aimé.

– Je n'ai pas la même bienveillance que toi dans ma façon de voir les gens, c'est sûr. Je n'ai jamais compris à quoi rimaient ses visites et celles-ci sont devenues une intrusion.

– C'est exact.

– Je me réjouis de savoir qu'il ne va pas revenir nous déranger. » Les mains de Bonnie étaient dans les airs, prêtes à fondre sur lui à nouveau.

« Tout à fait. » *Tu as un réel talent, Grace. Tu peins très, très bien.* La voix de Lucien était si forte qu'il aurait pu être dans la pièce avec eux. Il est des moments où absence et présence sont une seule et même chose. Essayer de les distinguer entraîne une irrémédiable confusion. La voix de William venait de très loin.

« Quoi qu'il en soit, mon Cœur, tu es toujours une femme sensée. Tu as fait ce qu'il fallait en l'envoyant sur les roses. » William tapota la main de sa femme. Il remarqua que celle-ci avait récemment changé de forme, qu'elle n'avait pas jadis cette topographie, qu'elle n'était pas ainsi vallonnée de veines et criblée de zones arides de peau brune. Mon Dieu, les petites mains potelées de Bonnie ressembleraient-elles un jour à ça ? Cette pensée était apaisante, il avait besoin de pensées apaisantes. « Et, dans ce cas, je vais répondre oui à Dick. Le Dorset… » Du haut de ces gigantesques falaises, cette épouse angélique aux mains vieillissantes serait précipitée à sa mort, sur les galets. L'image était floue mais positive.

« Et pourquoi pas ? Sans doute avons-nous besoin d'une pause. » Toutes les obscénités que Lucien avait jamais proférées en sa présence se bousculaient dans l'esprit de Grace. Savourant ces mots bas et grossiers, elle se leva pour aller chercher la tarte.

« J'attends cela avec impatience, mon Cœur. » Et ce qui s'ensuivra : folâtrer avec Bonnie quelque part, peu importe l'endroit. Tous ces duos pour violon. Jouer jusqu'à une heure avancée de la nuit, tout en se préparant à leur suprême et irrésistible union.

Après un long week-end, William s'en fut le lundi matin à une répétition. En dépit du brio avec lequel Bonnie avait interprété à Prague le *Quatuor en fa majeur* de Haydn, il se demandait non sans inquiétude comment elle accueillerait le *Quatuor en sol majeur* ce matin-là. Il trouvait l'agacement que lui inspirait Haydn difficile à gérer, elle faisait preuve à cet égard d'une résistance extraordinaire autant qu'irrationnelle. Cela avait beau être sa seule faille, elle n'en était pas moins gênante, étant donné que le Quatuor Elmtree était très respecté pour son interprétation des admirables quatuors de ce compositeur. Sur la route qui le menait à la grange de Grant, il se posa tellement de questions sur la meilleure façon de convaincre, d'approcher, de persuader Bonnie que sa mauvaise évaluation des virages lui valut de nombreux coups de klaxon de la part des autres conducteurs.

Il était parti de chez lui de très bonne heure – « juste au cas où ton ami changerait d'avis et déciderait de revenir », avait-il dit à Grace. La vraie raison était son angoisse de retrouver Bonnie. Son impatience extrême l'avait incité à conduire deux fois plus vite que d'habitude, aussi était-il arrivé avec dix minutes d'avance. La voiture de Bonnie était là, mais celle de Grant n'y était pas. Voilà qui était étrange.

William entra. À sa nervosité venait s'ajouter la curiosité. La pièce principale de la grange était vide, la porte donnant accès à la chambre était ouverte. Bonnie en sortit soudain, elle souriait. Face à l'innocence de son entrée en scène, une impression de soulagement se répandit dans les membres de William crispés par l'appréhension.

« Devinez ! Vous savez ce que j'ai trouvé dans la chambre de Grant ? Un piano !

– Un piano ? » William trouva qu'il avait bien affecté la surprise. « Vraiment ? » Il avait besoin de temps pour résister à poser la question : *et que faisiez-vous dans la chambre de Grant ?* Bonnie lut ses pensées. Elle se mit à rire, taquine.

« Ne vous inquiétez pas. Il ne se passe rien de défendu entre vos musiciens. J'avais froid, je suis venue emprunter un pull. » Elle resserra le nœud qu'elle avait fait avec les manches autour de son cou. Ce pull que William avait toujours vu sur Grant était enroulé autour de son cou comme une écharpe.

« Je vois. Tout à fait. Où est Grant ?

– Il est allé chercher du lait. »

Cette précision eut pour effet de tant et si bien rassurer William qu'il se mit à parler avec une hâte aussi excessive qu'imprudente.

« Vous êtes donc arrivée de très bonne heure.

– Pas vraiment. » Elle le taquinait encore, la petite rosse.

« Seulement, maintenant j'habite si près que je n'ai plus d'excuse pour être en retard, n'est-ce pas ?

– Sans doute pas. » William enleva son pardessus et alla s'asseoir sur le siège à côté de son pupitre. Bonnie paraissait avoir noté la portée de sa question stupide. « Vous avez essayé le piano, non ?

– Bien sûr. Quelques notes. Mais il est dans un état désespéré. J'ai demandé à Grant pourquoi diable il avait laissé à l'abandon un beau piano comme ça, pourquoi ne pas le faire pas accorder et remettre en état, comme ça nous pourrions jouer ensemble.

– Vous pourriez jouer ensemble ? » William qui avait placé son violon sous son menton le reposa sur ses genoux.

« Oh ! Je suppose que ça ne nous arriverait jamais, mais l'idée était plaisante. »

William approuva de la tête, avala sa salive, incapable de parler.

Bonnie alla s'asseoir sur son siège, les jambes bien écartées dans son jean moulant. Elle ramena sous son nez en reniflant les manches trop amples du pull de Grant. Elle grimaça. Elle portait à nouveau son tricot en angora aux effets dévastateurs, sous lequel ses seins formaient des monticules mystérieux et imprécis. William ferma les yeux, souhaitant qu'elle se débarrasse à jamais de ce fichu tricot qui le mettait si mal à l'aise.

« Écoutez, William, j'ai quelque chose à vous dire. »

William rouvrit les yeux, les gardant rivés sur son visage. Il n'y avait plus aucune malice dans la voix de Bonnie.

« Je vous en conjure, n'essayez pas de me persuader de rejouer le morceau de Haydn. C'est aller à l'encontre du but recherché. Vous savez parfaitement que, étant musicienne de carrière, je ferai de mon mieux, en dépit de mes goûts personnels. À vrai dire, j'ai passé une bonne partie de la nuit à travailler, honnêtement. Donc attendez et vous en jugerez par vous-même. Si je n'y ai rien compris, montrez-moi ce que je dois faire. Mais je vous en supplie, cessez de vous mettre dans tous vos états au sujet de Haydn. » Elle fit une pause. « J'espère que vous ne m'en voudrez pas de vous avoir dit ça.

– Non. » William chercha dans sa poche un mouchoir. Il sentait son front moite. « Non, bien sûr que non. Ce que vous dites est tout à fait sensé. Loin de moi l'intention de vous faire travailler toute la nuit ! Je savais que vous… »

Grant entra en balançant les deux bouteilles de lait comme des haltères. Rufus le suivait. Quelques minutes plus tard, ils se lançaient dans le joyeux tourbillon enneigé rapide du *Quatuor en sol majeur* de Haydn. Tout au long du morceau, Bonnie garda un petit sourire satisfait, aussi ses fossettes ne remuèrent-elles pas. Elle y alla avec toute la joie et la virtuosité dont elle avait si souvent fait preuve avec ses chers Schubert ou Brahms et son interprétation ne passa pas inaperçue. Rufus plissa le front tout au long du morceau, Grant hocha et inclina la tête plus souvent qu'à l'habitude. William, lui-même confondu, comprit que ce serait là sa fin. Jusqu'à ce matin, ce qu'il éprouvait pour Bonnie était un mélange d'admiration, d'amitié et de désir. Voici que cette interprétation inattendue avait tout changé. Cela ne voulait dire qu'une chose : elle avait écouté, elle avait pris beaucoup sur elle et voici qu'elle commençait purement et simplement à comprendre Haydn qui lui semblait jusque-là si difficile à apprécier. Elle avait fait cela pour lui, William. À la fin du morceau, il y eut un silence embarrassé. William se rendit alors compte que les sentiments qu'il avait pour Bonnie étaient maintenant remplacés par quelque chose de différent, d'irrésistible, et d'absolument clair : il l'aimait totalement.

L'Elmtree avait pour coutume de donner un concert au bénéfice d'œuvres caritatives chaque année au cours de la semaine précédant Noël. Ce concert avait lieu à Reading et il faisait toujours salle comble. La tradition voulait que les épouses des musiciens y soient présentes. Il y avait de nombreuses années, Grant, seul célibataire du Quatuor, avait amené sa petite amie du moment, une rousse spectaculaire. Cette dernière s'était évanouie au milieu du Borodine, d'ennui, avait-elle raconté par la suite, entraînant un remue-ménage embarrassant. Depuis lors, il avait pris la précaution de n'inviter que sa mère, veuve minuscule et silencieuse dont l'émerveillement, tant devant la profession que devant la taille de son fils, avait gravé sur son petit visage noueux une constante expression d'ahurissement.

Cette année, c'était au tour des Handle de recevoir à dîner après le concert. Grace préparait toujours un délicieux buffet froid et des tartes, William s'efforçait d'être à la hauteur en sortant de bonnes bouteilles de vin. Comme toujours en pareilles occasions, il pouvait compter sur Grace pour tout organiser de manière admirable et il était fier de se dire qu'en ce domaine Iris, la frêle épouse de Rufus, et jadis Zara, celle grincheuse d'Andrew, ne pourraient jamais rivaliser avec elle.

Cette année, toutefois, il redoutait cet événement. Il ne pouvait supporter l'idée de voir Bonnie invitée sous son propre toit et se montrant amicale et serviable à l'égard de son épouse.

Il lui faudrait faire un effort suprême pour ne rien laisser paraître, pour se comporter en hôte bienveillant et généreux, également attentif à chacun de ses invités, tout en cachant la passion que lui inspirait l'une d'entre eux.

Pour compliquer les choses, il devait y avoir cette année un ajout à l'événement. Le soir où Grace établissait tranquillement sa liste de courses en prévision de la réception, il y eut un appel de Londres.

« Salut, William, ici Laurel.

– Salut, Laurel. »

Un long silence s'ensuivit. Peut-être William n'avait-il pas paru aussi chaleureux qu'elle l'aurait espéré.

« Tout va bien de votre côté ? Cela fait longtemps qu'on s'est pas vus.

– Tout va très bien.

– Formidable. De notre côté, nous sommes débordés, comme d'habitude. En cette période de l'année, tout arrive en même temps, vous savez ce que c'est. Le monde des agences de voyages se transforme en un tourbillon de soirées et mondanités. Bref, Jack aimerait vous dire un mot. Je vous le passe. »

William fit la moue à Grace, celle-ci lui répondit par un

sourire. C'était la première fois de la soirée qu'elle souriait. Il pouvait entendre des murmures malveillants à l'autre bout de la ligne. Son fils Jack prit l'appareil.

« Salut, papa. Ça fait des éternités qu'on s'est pas vus. » Mon Dieu, il s'exprimait même de façon aussi lamentable que Laurel. « Comment ça va ? Pas de problèmes ?

– Tout va bien, Jack, très bien. » William se demandait où il voulait en venir. « Je viens de rentrer de Prague, s'efforça-t-il d'ajouter.

– De Prague ? Nom d'une pipe ! Tu te balades. Tu aurais dû demander à Laurel d'organiser ce voyage. Figure-toi qu'elle disait justement l'autre jour qu'elle avait des tarifs très intéressants pour Prague !

– On verra la prochaine fois. Je prends bonne note. » Après toutes ces années, Jack aurait dû savoir que Stephen s'occupait des réservations du Quatuor et qu'il passait par son agence de voyages, mais William n'avait pas le courage de se lancer dans ces explications…

« Écoute, papa, voilà ce qui se passe : tu sais, ton concert de Noël, tu te rappelles quand on y a été il y a quelques années ? Eh bien, Laurel et moi on se demandait si t'aimerais qu'on y fasse une apparition ? Qu'est-ce que tu en penses ?

– Mon Dieu !

– Maman me disait l'autre jour que c'était à ton tour d'avoir tout le monde à dîner après le concert. On aime toujours bien ton vin et ce qu'elle prépare. Alors ?

– Ma foi…, répondit William.

– On peut même passer la nuit si ça vous dit.

– Oh ! Ça ne se terminera pas si tard que ça ! » La résistance à cette idée alarmante coulait comme du plomb dans le corps de William : voici qu'il se tenait de plus en plus droit jusqu'à se retrouver au garde-à-vous, rigide, glacial.

« Non, pas pour nous, voyons. Mais si on restait on pourrait prendre un verre. Sûr que si c'était un problème avec tout ce qu'il y a à préparer, et que vous préfériez qu'on reste pas, alors…

– Non, non. Je veux dire oui. Bien sûr, ça ne pose aucun problème. Ta mère et moi en serions ravis.

– On peut pas dire que t'aies l'air très enthousiaste. » Jack eut un rire qui sonnait faux. « Mais on s'est dit qu'on rigolerait bien. J'aimerais bien reparler à Grant et discuter avec l'autre, Rupert... ?

– Rufus. » Jack connaissait Rufus depuis des années.

« Rufus, oui. » Une pause bien marquée s'ensuivit, puis il reprit avec une légèreté affectée : « Et la fille, Bonnie. On l'a pas encore rencontrée, Bonnie, n'est-ce pas ? Elle m'a fait l'effet d'une fille chouette. »

Voilà donc où il voulait en venir. Jack, malgré son soi-disant grand amour pour la redoutable Laurel, voulait s'en mêler, essayer ses charmes sur Bonnie. Cette perspective écœurait William à tel point qu'il en perdait la parole.

« Bonnie sera là, j'espère, finit-il par dire.

– Un copain en remorque ? »

Cette *impertinence* ! Dans sa fureur, William élabora si vite un plan qu'il n'eut pas le temps d'en juger le bien-fondé. Il mentirait.

« Il paraîtrait, dit-il, que Grant et Bonnie... bon...

– Ils sont ensemble, tu veux dire ?

– Comment ? Écoute, je te demande d'être discret à ce sujet, Jack. Ce n'est pas un sujet que nous abordons entre nous. Ça ne nous regarde pas, c'est leur vie privée. Je ne connais aucun détail. C'est juste quelque chose qu'on a remarqué, que nous acceptons, et nous attendons sans poser de questions qu'on nous en parle.

– Compris. Te fais pas de bile, papa ? Je suis pas intéressé à ce point. J'me disais juste que ça serait chouette de la rencontrer.

– Parfait. Alors, nous vous verrons au concert, dans ce cas. Je laisserai vos places à l'entrée.

– Merci, papa, au revoir !

– Ils veulent non seulement venir au concert mais passer la nuit ici », dit William à Grace. Il agita les bras, s'efforçant de se détendre pour effacer son rictus.

« C'est très bien. Que disais-tu au sujet de Bonnie et Grant ? »

Il y eut un long silence, William le mit à profit pour réfléchir. De toutes façons, il croupissait déjà tellement dans la turpitude… En outre, ça ne serait peut-être pas si mal si Grace, elle aussi, avait l'impression que Bonnie et Grant…

« Ils paraissent beaucoup s'apprécier, remarqua-t-il.

– Ils semblent se convenir, oserais-je dire. Quant à savoir si dans un petit groupe…

– Ils n'en ont rien avoué pour le moment, je ne puis donc m'inquiéter de ce genre de choses avant qu'ils ne nous en aient parlé.

– Bien évidemment. » Grace se remit à sa liste de courses. « Quant à Jack et Laurel, j'ai l'horrible impression qu'ils vont profiter de l'occasion pour annoncer leurs fiançailles.

– Je te parierais n'importe quoi que tu te trompes, dit William. Ils sont trop occupés pour ça. Avec un peu de chance, nous éviterons de justesse de devenir les beaux-parents de Laurel. Voyons, mon Cœur, tu ne manges rien du tout, qu'est-ce qui se passe ? »

Lucien fut fidèle à sa parole. Il ne réapparut pas et Grace ressentit de plus en plus son absence. L'idée lui vint de lui adresser une carte de Noël, mais elle se rendit compte que ce serait peut-être forcer le destin. Pour autant qu'elle aurait souhaité le voir de temps en temps, elle n'avait aucun désir de retomber dans cet état d'angoisse permanent où la mettaient ses visites. Elle ne posta donc pas la carte qu'elle lui avait choisie avec soin et elle se concentra sur l'organisation de la soirée après le concert au bénéfice des œuvres de bienfaisance. Selon son habitude, William montra peu d'empressement à s'investir dans les préparatifs, il aimait lui en laisser l'entière responsabilité et était toujours enchanté du résultat.

Au cours des jours qui précédèrent la soirée, Grace le trouva plus renfermé qu'à l'ordinaire. Il était nerveux, il sursautait sans cesse. Il passait plus de temps que jamais à tirer sur les draps et à décider chaque soir du nombre de couvertures et de leur exacte position. Et malgré tout, il dormait mal. Éveillée pendant une bonne partie de la nuit, guettant le retour du loup, dont elle apprécierait cette fois le signal, Grace le sentait tourner et se retourner, s'en prendre aux draps et couvertures qu'il avait arrangés avec tant de soin un peu plus tôt. Quelle tristesse, se disait Grace, que la seule idée de la présence de son fils l'affecte autant, car c'était de toute évidence la perspective de voir Jack et Laurel assister à cette soirée qui l'avait mis dans un tel état. Hélas, Grace ne pouvait y remédier. Elle avait à diverses reprises essayé de lui faire comprendre que les déceptions que vous causent vos enfants ont à voir avec vos propres aspirations à leur égard, aspirations qui ne les intéressent aucunement. William devrait se réjouir de voir que Jack se débrouillait aussi bien en comptabilité. Il devrait cesser de regretter que son fils n'ait pas donné suite à ses inclinations de jeunesse pour la chimie et ne soit pas devenu médecin, ou qu'il n'ait pas développé le don qu'il avait pour saisir le ton à la guitare et ne soit pas devenu musicien. William était absurdement déprimé par l'insignifiance du travail de Jack, associée à l'ambition démesurée de ce dernier à faire fortune. Il ne pouvait supporter de voir Jack, qui par nature n'avait jamais été particulièrement bon vivant ni attachant, communiquer maintenant par mimiques stéréotypées, persuadé qu'elles donnaient de l'importance à ses discours. William, si pointilleux en matière de langage, si inquiet sur la corruption de celui-ci, devenait de plus en plus allergique au jargon de psy, au jargon des hommes d'affaires et à toutes les contorsions que l'on faisait subir à la langue anglaise par les temps qui couraient. Rien d'étonnant à ce qu'il montrât si peu d'enthousiasme à retrouver Jack et Laurel. Leur façon de parler lui rappelait les nouvelles et atroces tendances du « Cool Britannia » qu'il refusait systématiquement. Cela l'offusquait à tel point qu'il avait peine à cacher sa désapprobation en leur présence. Leur compagnie était aussi assommante que peu mélodieuse, et la faute en incombait surtout à Laurel. Avant qu'elle n'entre dans la vie de Jack, le père et le fils s'entendaient assez bien. Laurel avait été à l'origine du dérapage de Jack vers une insupportable suffisance. Même si, comme il l'avait confié un jour à

Grace, Jack aimait Laurel pour la confiance en soi qu'il avait acquise à son contact... Grace pouvait la voir exhibant un lugubre petit solitaire au cours de la soirée tout en vantant des tarifs économiques défiant toute concurrence à destination des Caraïbes pour leur lune de miel. Elle frissonna et ramena vers elle sa part de couvertures, le plus délicatement possible afin de ne pas provoquer la colère de William devant le triste état du lit.

Grace fut toutefois la première à reconnaître que ses craintes étaient infondées. Soucieux sans doute de se faire pardonner d'avoir tant et si bien affiché leur ennui lors du dernier concert, Jack et Laurel se comportèrent convenablement. S'ils avaient apporté des calculatrices et des brochures pour tuer le temps, ils évitèrent de s'en servir. Ils prirent place au premier rang, en compagnie de Grace, de la femme de Rufus et de la mère de Grant et ils parurent apprécier le programme. Non, il n'y avait pas de bague au doigt de Laurel, remarqua Grace tandis que Laurel applaudissait avec frénésie à la fin de chaque morceau. On leur épargnerait donc l'annonce de fiançailles, Dieu soit loué, se dit Grace qui commença à son tour à profiter de la soirée.

De son siège sur l'estrade, William repéra en un clin d'œil le rang des parents et amis, puis il dirigea son regard vers Bonnie. Il se demandait si son interprétation du morceau de Haydn serait aussi remarquable que lors de la répétition, ou si, n'étant plus stimulée maintenant que William en avait fait l'éloge, elle ne reviendrait pas à une façon de jouer plus mécanique. Elle ne le déçut pas. Elle joua impeccablement, en y prenant plaisir, fière de son nouvel intérêt pour Haydn. Son coude dansait si fort que la manche de velours remontait plus haut que jamais le long de son bras ; ses cheveux ondoyaient et brillaient sous les projecteurs. À la fin du morceau, elle se tourna vers William avec un sourire triomphant pour lui seul, il lui renvoya un sourire indifférent. Le secret qu'ils partageaient, et que l'auditoire ne pouvait deviner, anéantissait la concentration de William. En cherchant dans ses partitions le

Quatuor en la mineur de Schubert, le quatuor préféré de Grace, choisi intentionnellement, il laissa une fois de plus son regard errer sur le premier rang. Il était peu probable que Laurel ait apprécié le Haydn, pourtant, si étonnant cela fût-il, elle applaudissait avec vigueur. Jack aussi. Les yeux de ce dernier, William ne put s'empêcher de le noter, étaient rivés sur Bonnie, pénétrant assez effrontément ses velours. William virevolta sur son siège et darda un regard furieux sur son fils. Les applaudissements cessèrent. Il s'ensuivit un instant de silence intrigué, le regard de William était si menaçant que personne ne pouvait avoir manqué de le remarquer. Sa récompense fut de voir les joues de Jack se colorer d'un rouge intense et malhonnête. Jack se tourna alors vers Laurel avec un grand sourire stupide et suspect.

Rufus donna un coup de coude à William.

« Vas-y ! » murmura-t-il.

William donna le signal. Ils attaquèrent le Schubert. Étonnée par le visage empourpré de Jack, Grace se demandait ce qui avait pu être à l'origine de la colère apparente de William. Son regard erra sur les musiciens, qui ployaient et tanguaient, enfermés dans leur musique. Elle regarda alors du côté de la porte de sortie près de l'estrade et la vit s'ouvrir lentement. Une tête apparut qui parcourut des yeux l'auditoire. Une seconde plus tard, elle avait disparu.

Lucien.

Mon Dieu, se dit Grace. Il est de retour… Lucien est de retour. Que mijotait-il ? Elle sentit soudain qu'elle avait très froid malgré la chaleur qui régnait dans la salle. Pourquoi diable était-il apparu ? Qu'avait-il prévu pour la tourmenter ? Grace ne lâchait pas William des yeux. Elle espérait être rassérénée par l'andante qu'elle aimait tant.

À la fin du concert, Jack et Laurel se dépêchèrent de ramener Grace à la maison, afin qu'elle ait le temps de mettre la dernière main aux préparatifs avant l'arrivée des invités. De toute évidence, leur bonne conduite au concert avait mis leurs nerfs à rude épreuve. À peine arrivés, ils se ruèrent sur une bouteille de bordeaux de William dont ils descendirent prestement deux verres. Grace fut ainsi contrainte de se débrouiller seule.

Tandis qu'elle se hâtait de disposer les plats et d'allumer les chandeliers, elle n'eut pas le temps de repenser à l'extraordinaire apparition éclair de Lucien, finissant presque par se demander si son imagination ne lui jouait pas des tours. Néanmoins l'effet en était là, dans ses mains qui tremblaient, dans sa maladresse pour allumer l'arbre de Noël. À genoux, tout en cherchant l'interrupteur, elle s'effondra avec une telle force dans les branches basses du sapin que les boules colorées clignotèrent et se balancèrent dangereusement. Laurel, les joues écarlates, se mit à glapir.

« Attention, mère ! » cria Jack. Il fit sa seule et unique contribution à la soirée en aidant sa mère à se relever. Une fois qu'elle fut relevée, il balaya du bout des doigts les aiguilles de pin accrochées à ses épaules. « T'excite pas ! ajouta-t-il. C'est pas ce qu'on appelle une grande soirée. Pas besoin de te faire du mouron, pas vrai ? »

Grace était au bord des larmes. Elle voulait s'enfuir, les laisser tous en plan. Elle ne dit rien.

En arrivant, les autres s'émerveillèrent de ses efforts : le buffet, l'odeur d'un ragoût de viande longtemps marinée aux aromates, les corbeilles de Noël disposées contre les branches de houx, l'éclairage aux chandelles. William servait le vin, Bonnie distribuait les verres. Ils faisaient bonne équipe, se dit-il. Il lui vint à l'esprit que la soirée pourrait ne pas se passer aussi mal qu'il ne l'avait craint. Cette impression se confirma en voyant les convives vider rapidement leurs verres et lier conversation. Sa seule inquiétude était Iris, l'épouse de Rufus. Une femme maigrichonne à la jupe froufroutante. Il remarqua qu'elle se cantonnait dans la pénombre, ne parlait pas, mais semblait écouter. Quand quelqu'un ouvrit tout grand la porte, éclairant davantage la pièce, Iris s'empressa de regagner l'ombre. Elle prit soin d'éviter l'arbre de Noël, craignant, pensa William, les reflets des boules en verre sur sa jupe grise trop sage. « Elle n'aime pas qu'on la remarque », avait un jour confié Rufus. Une chose sûre, elle n'encourait aucun risque de ce côté-là ce soir ! William se fraya un chemin jusqu'à elle. Le visage empourpré par la présence de Bonnie, il éprouvait une certaine compassion à l'égard de cet être moins favorisé que lui, revigoré par son amour secret.

« Ma chère Iris, commença-t-il, pourquoi ne viendriez-vous pas vous asseoir près du feu ?

– C'est aimable à vous, William. J'ai un peu froid. »

Rien d'étonnant à ce que Rufus veillât sans cesse sur son épouse, elle semblait trop frêle pour connaître encore beaucoup d'hivers. L'idée de sa mort était perturbante. Qu'arriverait-il à l'Elmtree si Rufus devenait veuf avant son temps ? La pauvre petite main d'Iris tremblotait de toutes ses veines bleuâtres tandis qu'elle tenait son verre. William se jura qu'il ne se moquerait plus jamais de Rufus qui appelait si souvent chez lui.

Sans doute ces deux ou trois verres de bon vin, associés à la présence de Bonnie, accrurent-ils la compassion de William envers une femme à l'égard de laquelle il n'avait montré qu'un intérêt poli depuis tant d'années. Quelle que fût la raison, il décida de s'asseoir à côté d'elle pendant un moment et de centrer son attention sur elle. Il la guida jusqu'au canapé. Elle s'assit lentement mais, avant que William ne prenne place auprès d'elle, Grant poussa sur les coussins sa minuscule vieille mère, tête de tortue émergeant d'une coquille de châles. Dans sa flagrante impatience, Grant y alla un peu fort : la vieille dame tomba, rigide, à la renverse et parut incapable de se redresser.

C'était là un de ces instants où les choses se précipitent. Quand on les revoit, elles se muent en coulées lumineuses dont l'ordre demeure confus, mais dont le sens est souligné par la grande découverte du moment.

William balaya la pièce du regard. Pas trace de Laurel. Grant s'empressa de sortir, deux bouteilles vides à la main. William se retrouva seul pour aider la mère de Grant à se relever. Après avoir accompli ce geste charitable, il échangea un sourire avec Iris et entendit cette dernière demander à la vieille dame si tout allait bien. Ayant perdu sa place, il s'installa sur le bras du canapé, à côté d'Iris, donnant l'impression de pleinement participer à la conversation égrotante de ses voisines.

À vrai dire, Bonnie et Jack, assis face à face sur des chaises basses devant la fenêtre, retenaient son attention. Les rideaux tirés – un tourbillon de tulipes plongeant et émergeant avec affectation d'un océan d'un bleu pervers que William avait toujours détesté – servaient de toile de fond à la silhouette familière et vespérale de Bonnie en velours noir. Parmi ces fleurs en folie, la jeune femme paraissait-elle gênée, curieuse ou amusée ? William n'en était pas sûr : le sapin de Noël lui cachait à moitié Jack, mais il pouvait voir que les épaules de son fils étaient voûtées sous l'effet d'une intense concentration. Enfant, il fallait toujours que Jack se penche sur quelque chose, que ce soit ses trains électriques, une bande dessinée ou un canif de luxe. Adulte, c'était pour lui une position familière quand il étudiait la carte des vins ou le *Financial Times*. Pour le moment, il se penchait affreusement vers Bonnie…

« Une fois qu'on vous a retiré l'estomac, vous n'avez plus rien pour amortir les coups, observa la mère de Grant à la cantonade. Vous ne trouvez pas ? » D'une main encore emmitouflée de châles, elle toucha le genou de William.

« Oh oui !

– Que voulez-vous, c'est la vie ! » ajouta Iris.

Sa mystérieuse remarque intrigua légèrement William, mais rien n'aurait pu détourner son attention de Bonnie et Jack. Jack parlait. La voix était basse, mais William put saisir quelques bribes.

« … Venu, sans m'attendre à quoi que ce soit… Je ne pense pas… Avoir jamais été aussi ému…

– Vraiment ? » Et Bonnie d'y aller d'un charmant sourire étonné, n'étant en rien responsable des inepties qu'on lui débitait.

« Et… Je ne sais pas… Si je puis me permettre, Bonnie, le seul fait de vous voir… La plus belle violoniste que j'aie jamais vue, et vous savez quoi ? » Ici, Jack se pencha un peu plus vers Bonnie pour lui murmurer quelque chose à l'oreille. Elle se déroba en riant.

C'était intolérable. William se leva. Le regard de Grace croisa le sien.

« N'est-il pas temps de passer à table ? demanda-t-elle. Dis-leur de commencer à se servir.

– Où sont Grant et Laurel ?

– J'ignore où est Grant. J'ai demandé à Laurel de sortir le beurre au cognac du frigo. »

Après un rapide coup d'œil vers la fenêtre, Bonnie et Jack, debout, s'agitaient, se séparant à contrecœur, tels des écheveaux de laine humide. William sortit de la pièce. Le visage en feu, il se précipita à la cuisine où il découvrit Grant et Laurel, les yeux dans les yeux, près du vaisselier. Laurel tenait d'une main son troisième ou quatrième verre de vin et ramassait avec l'autre d'invisibles peluches du col de Grant. Ses joues brillaient d'une pourpre lubricité.

« ... Et je pourrais vous obtenir au moins cinquante pour cent de réduction pour Corfou, hors saison », disait-elle.

Grant, en voyant entrer William, se retourna, ahuri. Il avait l'air sémillant de quelqu'un qui a été, un bref instant, sérieusement attiré par l'idée de vacances en Grèce à prix réduit.

« Formidable », lança-t-il.

Laurel lui toucha la main.

« Vous n'avez qu'à me donner le feu vert.

– Laurel ! » hurla William, si fort qu'il en fut lui-même aussi étonné que les autres. Laurel, encore entortillée dans ses rêves de conquête d'un client (et qui sait davantage, avec ce bel animal), se tourna vers lui sans l'ombre d'un remords, le regard langoureux, stupide.

« William ?

– Grace vous a demandé d'aller chercher le...

– C'est fait. » Elle fit un signe de tête en direction de la table et du bol contenant le beurre au cognac. William joignit les mains, désespéré. Il était dépassé par les événements. Il lui fallait retourner voir à quelle nouvelle ignominie son fils et sa collègue s'abaissaient, même si pour rien au monde il n'eût laissé Grant seul avec cet épouvantable oiseau de proie qu'était Laurel. Ce grand gaillard de Grant n'avait pas une chance face à Laurel.

« Il est temps de passer à table, dit-il. Revenez par ici. »

Une partie de son émoi avait dû pénétrer la cuirasse de Laurel, car celle-ci se hâta de sortir, la tête haute non sans adresser à Grant un sourire entendu.

« Nom de Dieu ! s'exclama ce dernier. On peut dire qu'elle ne perd pas de temps, ta belle-fille !

– Elle n'est pas ma belle-fille, et j'espère bien qu'elle ne le deviendra jamais.

– Là-dessus, je te comprends !

– Je suis navré qu'elle ait pu te mettre dans l'embarras.

– Il faut tout de même plus qu'un vulgaire petit agent de voyages pour me mettre dans l'embarras, t'inquiète pas ! »

Ils se regardèrent avec la complicité de vieux collègues qui ont survécu à de nombreuses années ponctuées d'incidents mineurs, sans effets durables.

« Dans ce cas, allons faire honneur au buffet.

– Je vais proposer une saucisse à Laurel, histoire de lui faire passer un petit message public...

– Sois sage, mon vieux Grant. »

Là-bas, au salon, Bonnie, assise par terre, bavardait avec Iris et la mère de Grant. Debout près de l'arbre de Noël, tenant son assiette et sa fourchette, Jack avait les yeux rivés sur le dos de Bonnie. De son côté, Rufus s'efforçait de lier conversation avec Laurel qui pignochait dans son ragoût élisabéthain, intriguée par l'air maussade de son amant. Rufus n'eut guère de réaction.

Grace, hôtesse toujours prévenante, veillait à ce que l'assiette de chacun fût pleine, mais elle n'avait, même en se forçant, aucun appétit. Elle trouvait qu'il faisait trop chaud dans la pièce. Étouffant. Elle n'avait bu qu'un demi-verre de vin, mais les flammes des chandelles et les lumières de l'arbre de Noël ployaient et ondoyaient comme sous l'effet du vent. Elle se dirigea d'un pas hésitant vers William. Il se tenait seul près du piano, l'air morne, consterné, il fallait reconnaître que William n'avait jamais aimé recevoir, et ce soir-là, sans qu'elle sût au juste pourquoi, Grace commençait à partager son point de vue. Les réceptions n'avaient rien d'amusant pour ceux qui les donnaient, surtout quand les hôtes étaient à la fois disparates et difficiles.

« Tu te sens bien, mon Cœur ?

– J'ai chaud. Tu ne trouves pas qu'on étouffe ici ? Je sors respirer un peu. »

Grace s'esquiva. Elle demeura quelques instants dans le couloir, les bras serrés bien fort sous sa poitrine. Elle écouta le frêle lacis de voix, les rires occasionnels. Elle étudia les capitons des manteaux étrangers autour des patères. Elle mourait d'envie de savoir si l'apparition de Lucien était sa façon de la prévenir qu'il serait là le lendemain matin.

Grace se dirigea vers la porte d'entrée. C'était une de ces réalisations du début du siècle, avec une imposte garnie de vitraux à travers lesquels jouait le soleil, projetant sur le sol des motifs multicolores. Ce genre de portes, avec leur air réservé, rappelait à Grace les robes du dix-neuvième siècle.

Elle se surprit à l'ouvrir. Elle se tint dans l'étroit couloir d'air frais et moite, reconnaissante pour le soulagement qu'il lui apportait. Dehors, trois voitures brillaient sous l'effet de l'humidité et les lauriers enchevêtrés dans un brouillard pâle et mouvant devenaient des formes indistinctes dont on ne pouvait discerner ni les feuilles ni les branches. Grace frissonna. Au moment de refermer la porte, elle aperçut, sur le seuil, une bouteille de lait entourée de six mandarines disposées en couronne. Une flèche en papier dépassait du goulot de la bouteille. Grace se pencha pour la ramasser. Elle la déplia et en lut le message à la lumière de la lampe du porche. *Joyeux Noël*, lisait-on.

Grace resta un moment à lire et relire ce gribouillage. Elle finit par ramasser les mandarines disposées avec soin et les emporta à la cuisine. Dans son émotion, elle les fit tomber et les regarda rouler par terre, jusque sous la table. À peine s'était-elle agenouillée pour les ramasser que Rufus arriva avec des verres vides.

« Puis-je vous aider ? »

Ce cher Rufus ! Tout comme William avait ressenti une

inexplicable sympathie à l'égard d'Iris, Grace était consciente d'une extraordinaire bienveillance de sa part à l'égard de Rufus, pour la simple raison qu'il était, à son insu, pris dans le courant de sa propre euphorie. Il se montra beaucoup plus efficace qu'elle pour ramasser les mandarines et les lui tendre afin qu'elle les dispose dans la corbeille de fruits.

« Une bien agréable soirée, dit-il. Vous avez l'art de recevoir.

– Oh ! De façon très modeste, reprit Grace. Merci tout de même. » Elle se moquait pas mal qu'il ait remarqué la rougeur de ses joues, son affolement, son recul par rapport à tout cela. Désormais, elle était décidée à profiter de la soirée. Émoustillée de savoir que Lucien rôdait dans l'obscurité, elle se sentait d'humeur à profiter de ses invités. Pour elle, la soirée en était à ses débuts.

Repasser tout cela dans sa tête devait lui donner l'air soucieux car Rufus ne fit aucun effort pour converser avec elle. Il retourna à la salle à manger. Grace resta adossée à l'évier, s'abandonnant à ces instants délicieux où, en tant qu'amphitryon, vous réussissez à trouver un moment pour vous seul, où vous n'avez ni à parler, ni à vous occuper de qui que ce soit. Dans le calme d'une salle vide, vous pourriez presque vous persuader qu'il s'agit d'une soirée normale et que les invités n'existent pas. Grace baignait à moitié dans une transe euphorique quand elle entendit un cri.

Elle s'empressa de rejoindre ses invités, passa la tête par la porte.

Elle les vit figés dans un plan fixe. Laurel et Grant étaient face à face devant le sapin de Noël. Grant lui enfournait dans la bouche une grosse saucisse, si vite qu'elle n'arrivait pas à mâcher. Ce fut le silence absolu interrompu par un glouglou, un gargouillis, un gloussement étouffé de Laurel. Ses joues écarlates se gonflèrent, ses yeux sortirent de leurs orbites. Près de s'étrangler, elle posa les mains sur le torse de Grant pour se stabiliser plutôt que pour le repousser. Malgré l'inconfort de la situation, Laurel s'arrangea pour montrer qu'elle prenait un certain plaisir à l'incident, elle aimait être le centre de l'attention, elle aimait choquer.

« Arrête, Grant ! Tu vas l'étouffer ! »

Grant se tourna brièvement vers sa mère dont le glapissement les ramena à la réalité. Il se mit à rire.

Le regard de Grace dévia brusquement vers Jack. Ce dernier laissa là son assiette à moitié pleine, un geste lourd de menace, puis il se dirigea, l'air grave, vers Laurel et Grant. En passant près de Bonnie, il lui pressa brièvement l'épaule. Grace sentit une remontée de bile au fond de sa gorge.

Jack saisit la saucisse dans la bouche de Laurel et l'expédia sans façon à l'autre bout de la pièce, renversant un verre, puis il flanqua une gifle vigoureuse à Grant. On entendit un bruit creux, mat. Tous en eurent le souffle coupé. Iris étreignit la main de la mère de Grant.

« C'était une *plaisanterie*, espèce d'idiot. » Grant se tenait la joue.

« Tu parles d'une plaisanterie ! » Jack fit un pas en direction de sa cible. Le premier coup avait été insignifiant comparé à celui qu'il concoctait.

« Jack ! Qu'est-ce que tu fais ? » Laurel était là qui gesticulait pour essayer de l'éloigner de Grant. Elle faisait un tapage atroce. Il l'écarta d'un geste, serra le poing et y alla d'un autre coup énergique sur le nez de Grant.

Grace vit du sang jaillir du visage de Grant, tel un pavillon de détresse. Un chœur confus de hurlements et de pressants appels au calme s'éleva. Les invités s'agitaient, embarrassés, ne sachant que faire. William, les mains en l'air tel un homme qui se rend, bouscula Rufus pour parvenir jusqu'à son fils. En cet instant de confusion générale, Grace remarqua que les mains de William étaient très pâles et sa peau grenue.

« Recule, papa, hurla Jack. J'ai pas fini. » Il brandit à nouveau le poing. Soulagé par cet ordre, William obtempéra aussitôt. Il avait senti qu'il lui fallait faire un geste de défense, même si savoir qui défendre le mettait devant un dilemme, mais il était peu probable qu'il parvienne à mettre un terme à une bagarre entre deux hommes beaucoup plus costauds que lui.

Toutefois Grant, qui avait une dizaine de centimètres de plus que Jack, en avait assez. Un petit coup envoyé dans le feu de la jalousie, passe encore, il l'aurait accepté sans riposter. Un nez ensanglanté c'était une autre affaire. Il asséna un coup à Jack, mal assuré sur ses pieds trop écartés, et le fit tournoyer tout en le matraquant sur la tempe.

Jack s'écroula sur l'arbre de Noël, l'entraînant dans sa chute. Il se retrouva gisant au milieu des branches, la joue barbouillée de sang, l'œil tuméfié. Des éclats de verre de couleur pailletaient sa veste sombre. Plusieurs boules encore entières roulèrent par terre, chacune reflétant un fragment de la scène dans sa minuscule lucarne de lumière. Elles furent vite écrasées sous des piétinements. Jack gémissait, les autres hurlaient. Laurel sanglotait dans les rideaux, s'enveloppant du tissu aux tulipes comme d'une houppelande.

« Que quelqu'un fasse quelque chose ! » pleurnichait-elle, sans toutefois offrir ses services.

Grace vit William et Grant saisir les mains de Jack pour l'aider à se rasseoir par terre. Le sang de Grant jaillit sur le pantalon de Jack et sur le tapis. Bonnie prit la main de Grant et le fit sortir de la pièce. Grace ne savait à qui porter secours : Grant était plus mal en point que Jack mais ce dernier se plaignait davantage.

« Ça a dérapé », marmonna-t-il. Assis au milieu du sang et des éclats de verre, il paraissait aussi minable qu'odieux. En le voyant ainsi, Grace détesta son fils.

« Aidons-le à s'asseoir sur une chaise, suggéra Rufus qui semblait être le seul homme dans la pièce à avoir gardé son sang-froid.

– Qu'est-ce qui t'a pris de cogner comme ça sur Grant, espèce de salaud ? » hurlait Laurel depuis le cocon de son rideau.

Jack la regarda de son œil au beurre noir.

« Et toi, qu'est-ce que tu faisais, petite roulure ?

– Bouclez-la, vous deux ! » Rufus parlait au nom de William. « Nettoyons tout ce foutoir ! »

L'ordre donné, chacun s'activa. La mère de Grant se mit à quatre pattes, rampant lentement dans la pièce en quête de minuscules parcelles de verre cassé. À la voir ainsi enveloppée dans ses châles, William ne put s'empêcher de remarquer qu'elle avait tout d'un vieux mouton, ajoutant ainsi une note d'humour à cet atroce épisode. Rufus remit en place l'arbre de Noël, Iris tamponna le sang sur le tapis avec son mouchoir humecté d'eau minérale, Grace s'empressa de ranger et William resservit du vin à tout le monde, à l'exception de Jack et Laurel.

Jack resta assis sur sa chaise à brosser ses vêtements et à regarder les autres remettre de l'ordre. La mine renfrognée, il ne daigna ni donner un coup de main ni ouvrir la bouche. D'une moue agressive, il décourageait les regards désapprobateurs de ceux qui s'échinaient à nettoyer. Il ne se tourna pas vers Laurel dont les sanglots s'étaient mués en reniflements. Elle s'agrippait encore à ses rideaux protecteurs. Une garce débile, pensait Grace, et elle prit en horreur Laurel à son tour.

« Ça a abominablement dérapé, finit par remarquer Jack.

– Tu peux redire ça. » Laurel relâcha ses tulipes.

Jack la regarda. « Je me demande ce que tu t'imaginais faire.

– T'as jamais été fichu de comprendre une plaisanterie. On rigolait un peu, c'est tout.

– C'est pas mon idée d'une plaisanterie. Un étouffe-chrétien, ta saucisse ! »

Encore à quatre pattes par terre près de la cheminée, la mère de Grant leva le nez, ahurie. « Chrétien ? reprit-elle. Je me demande bien où la religion intervient là-dedans ? J'estime que vous devez des excuses à mon fils.

– J'vous garantis que pour des excuses, il peut aller se faire voir, dit Jack. Jamais de la vie !

– Faut toujours que tu gâches tout. » Laurel se rapprocha de Jack. D'un doigt, elle toucha son œil légèrement tuméfié.

« Touche pas. Enlève tes foutus doigts. On rentre.

– Espèce de salaud. T'es pas près d'oublier ça ! » Laurel éclata à nouveau en larmes.

« Tu restes ici ce soir, comme prévu. Tu n'es pas en état de prendre le volant.

– Nous rentrons chez nous, mère, mêle-toi de tes affaires.

– Tu vas obéir à ta mère, mon garçon », dit William. Il se rendait compte qu'il n'avait pas été d'un grand secours dans la confusion générale, c'était donc là sa chance de se rattraper sans s'exposer à un autre affrontement. Il emporta deux verres à la cuisine pour Bonnie et Grant, heureux de s'éloigner du pénible spectacle qu'offrait la salle à manger.

Grant s'assit devant la table, la tête rejetée en arrière. Bonnie lui tamponnait le nez avec un torchon roulé en boule. Elle y allait très doucement. William l'arrêta. Son cœur, qui était resté calme pendant la bagarre, se mit à bondir et à chanceler. Il posa les verres sur la table.

« Rien que je puisse faire ?

– Non merci. Bonnie que voilà est une excellente infirmière.

– Pardon pour tout ça… Mon fils. Je ne sais pas ce qui…

– Je t'en prie. » La voix de Grant était étouffée par le torchon. « Je suis désolé de ne pas avoir pu lui rendre la pareille.

– Il l'avait bien mérité. Ça devrait lui apprendre une chose ou deux.

– J'avoue que la saucisse était une triste plaisanterie et que Jack avait déjà eu beaucoup à boire.

– Pas d'excuse. » William haussa les épaules.

Bonnie recula pour évaluer son travail sur le nez de Grant.

« Pas si mal, dit-elle, en leur souriant à tous deux. À croire ou presque qu'il ne s'est rien passé.

– Continuons comme si tel était le cas. » Grant se leva, dérangeant la coiffure de Bonnie. « Merci. Écoute, William, ne laisse pas cette histoire ridicule nous gâcher la soirée. Grace s'est donné tant de mal, retournons finir ce qui reste du buffet. »

Il sortit de la pièce mais Bonnie ne le suivit pas.

« Excusez-moi pour le torchon, dit-elle en jetant la boule de toile ensanglantée dans l'évier.

– Aucune importance...

– ... Et pour ce qui se passe d'une façon générale. » Elle lui adressa un regard (n'est-ce pas ?)... Un regard qui pénétra son être en émoi, un secret aveu de quelque chose que William n'osait nommer. « Je dois dire, et vous me pardonnerez de paraître mal élevée, que votre fils Jack ne ressemble pas à son père. »

William sourit. Il haussa les épaules.

« Il suit une bien triste voie depuis que Laurel est arrivée dans sa vie. » Dieu tout-puissant, Bonnie était tout contre lui, son velours tiède s'appuyait contre son corps, ses gros bras étaient passés autour de son cou selon son habitude.

« Quant à vous, William, vous êtes un hôte merveilleux et ce ne sont pas des démêlés de voyous qui vont gâcher votre soirée. » Son haleine sentait le bordeaux. Combien avait-elle bu ? Non que William s'en souciât... *in vino veritas*, pensait-il. Tout ce qu'il demandait c'était de rester là, adossé au vaisselier. À écouter à jamais ses mots tendres. Il lui tapota l'épaule d'une main qui brûlait de prendre son sein.

« Chère Bonnie.

– Vous êtes la perle des hommes. Grant, Rufus et moi bien sûr, en sommes convaincus, et tout ce que je demande, sur-le-champ, c'est un baiser de Noël. »

Bonnie plaça sa bouche admirable contre celle de William à la ligne sévère. Elle n'écarta pas les lèvres mais se contenta d'appuyer. William garda les yeux ouverts si bien que l'image floue des cils épais et des pores délicats du nez de la jeune femme emplit son champ visuel. Une sensation de faiblesse se propagea dans son corps, l'étourdissant. Bonnie s'éloigna.

« Voilà. Merci. » Les joues de Bonnie étaient assorties aux baies de houx décorant la table. Il y avait une désinvolture dans son comportement qui, il fallait le reconnaître, trahissait les effets de l'excellent vin de William. Après tout, pourquoi pas ? Si la chance lui en était donnée, il veillerait à ce que, sa vie durant, elle ne fût jamais à court de montrachet 85. « Je ne dois pas oublier Grant et Rufus, n'est-ce pas. Ils ont droit à un baiser, eux aussi. » Elle rit. « Allons, venez ! »

William lui prit la main. Ils se dirigèrent vers la porte. Ce qui l'enchantait c'était de se dire que les autres n'auraient pas droit, bien sûr, à un baiser de cette *qualité*. Le leur aurait lieu en public, le sien avait eu lieu en privé. Qui plus est, parvenue à la porte de la cuisine, Bonnie lui lâcha la main, comme il se doit. Elle ne voulait pas que les autres aient la moindre idée de l'intimité absolue que William et elle venaient de connaître. Non : c'était leur secret et William avait, lui aussi, la ferme intention de le garder.

Dans l'entrée, ils aperçurent Jack et Laurel se traînant jusqu'à l'étage.

« Je les ai persuadés de rester, dit Grace. Ils avaient beaucoup trop d'alcool dans le sang pour prendre le volant. »

Ils les regardèrent disparaître au coin du couloir et regagner leur chambre, sans même se retourner pour prendre congé de ceux devant lesquels ils s'étaient donnés en spectacle.

« Au moins, reprit William, pour des fiancés, les liens paraissent plutôt lâches… »

Cette remarque fit rire Bonnie. Elle en rit tant et si bien que William s'imagina ou presque que c'était là sa façon de les aider à retrouver un peu de gaieté. Son rire, il le voyait, produisait de l'effet sur Grace et sur Grant. Cette soirée saccagée par son fils prenait meilleure tournure, grâce à l'entrain de Bonnie. Il estima que l'on pourrait un peu en profiter avant que les invités commencent à repartir.

En sourdine, bien sûr. Les convives qui restaient ne savaient rien des taches de sang sur le tapis ni du triste sort des boules de l'arbre de Noël dont la fragile coque aux reflets nacrés était un timide rappel de leur couleur extérieure. Ils se forcèrent à faire honneur au buffet pour ne pas décevoir Grace, tout en discutant de leurs plans pour les fêtes de Noël. William remplissait les verres, redoutant leur départ. Dix jours de vacances, dix jours sans Bonnie. Il savait que Grant la ramènerait chez elle à Aylesbury. Si sensée que fût cette idée, elle n'avait pas l'heur de plaire à William, même avec la mère de Grant pour chaperon. Il savait que, le lendemain, Bonnie avait prévu de se rendre dans le nord, afin de célébrer Noël avec les siens. Grace et lui passeraient un Noël tranquille comme à l'habitude, mais sous la surface bouillonneraient un émoi et un désir ardent dont il ne devrait rien laisser paraître devant Grace. Viendraient ensuite les quelques jours tant redoutés de vacances chez Dick. La promenade sur les falaises.

Ce fut Rufus qui, peu avant minuit, suggéra de terminer la soirée par des chants de Noël. Il aimait chanter en chœur, car il gardait quelque secrète fierté de sa voix. Dans sa jeunesse, il avait souvent chanté des lieder de Schubert. Grace fut enchantée par cette idée. Elle applaudit et dit qu'elle allait chercher son livre de chants de Noël.

Grant, qui n'avait apparemment pas saisi que Grace proposait en fait de les accompagner au piano, regarda Bonnie.

« Bonnie va nous jouer quelque chose », annonça-t-il.

Cette dernière sourit.

Grace se rassit. « J'ignorais que Bonnie jouait du piano, dit-elle.

– C'est un de ses talents cachés, reprit Grant en adressant à Bonnie un sourire encourageant. Nous l'avons découvert à Prague. »

William vit la déception rembrunir le visage de son épouse, il savait combien elle aurait voulu accompagner les chants de Noël.

Bonnie se leva et se dirigea vers le piano. De pâles flocons de lumière s'éparpillèrent sur sa jupe de velours comme une coulée de soleil à travers la ramée. Elle s'avança, somptueuse, tous les regards étaient rivés sur elle.

« Ça fait des années que je n'ai pas joué de chants de Noël, dit-elle. Mais je vais essayer. »

Bonnie n'avait pas besoin des partitions de Grace. Elle pouvait jouer n'importe quoi à l'oreille. Elle égrena quelques accords, histoire de se mettre en train et d'essayer le piano. Grace fut saisie d'une absurde angoisse : elle voyait là un talent qu'elle n'avait pas, qu'elle n'aurait jamais. Les énormes vagues de la soirée, apaisées à la fin de la bagarre et après que Jack et Laurel étaient montés se coucher, revenaient, la submergeant presque. Elle se tourna vers William. Debout, mal à son aise, on aurait dit un homme figé dans la lave d'un volcan, William contemplait le dos de Bonnie d'un regard sans expression. Il était béatement conscient qu'elle n'avait pas eu l'occasion, ni sans doute le désir, d'accorder un baiser de Noël à Grant et à Rufus, voilà qui lui donnait une profonde satisfaction.

« *Douce Nuit*, commença Bonnie.

– *Stille Nacht.* » Rufus, fier également de son allemand, s'arrangea pour que les autres ne puissent se joindre à lui. Il n'avait pas l'intention de se voir refuser son solo. Par le passé, son interprétation de ce chant de Noël les avait tous émus aux larmes. Ce ne serait pas le cas ce soir, mais il ferait de son mieux. Il regarda autour de lui et remarqua que la mère de Grant dormait, qu'Iris jouait avec sa bague de fiançailles, et que Grant allumait un de ses abominables cigares. Seuls William et Grace, auditeurs attentifs et immobiles, semblaient apprécier.

« *Heilige Nacht* », poursuivit Grant en posant une main sur son cœur.

9

« C'est encore beaucoup plus loin ? » demanda William.

Il jeta un coup d'œil à Grace. Elle conduisait très bien, les mains tenant avec fermeté le volant, expertement espacées comme si elle menait un tracteur – et sans quitter des yeux la bande réservée aux véhicules qui lui semblait la plus appropriée pour leur petite voiture de modeste cylindrée. Il était toujours heureux d'être conduit par Grace, même si son respect strict du code de la route signifiait que, tout comme s'il était lui-même au volant, leurs voyages dureraient plus longtemps que la plupart de ceux des autres. Mais l'expérience lui avait appris que s'il la pressait d'accélérer même discrètement, il n'obtenait qu'un résultat opposé.

« Pas très. » Grace avait répondu deux fois à la même question depuis qu'ils roulaient sur l'autoroute. Elle était habituée à ce besoin anxieux qu'éprouvait William d'arriver là-bas et de revenir. Elle savait qu'il était inutile d'évaluer à combien de kilomètres exactement (ce qui le perturbait) ou d'heures et de minutes approximativement (ce qui l'excédait) on pouvait se trouver. De vagues assurances l'apaisaient plus efficacement. Mais ce matin-là, il était en proie à une impatience particulière.

William mit la radio. *Le Duo des fleurs* de Leo Delibes répandit son sirop dans la voiture. Quelle plaie. Des centaines d'appels pour réclamer cette affreuse guimauve et ils la donnaient à la radio trois fois par semaine. La musique pour tous, j'imagine. Il coupa l'émission. Comme toujours William se plaisait à pester contre ces prétendus programmes « classiques ». « La voilà qui remet ça, ironisa-t-il tandis que la présentatrice débitait un de ses commentaires ridiculement simplistes, sur le ton fleur bleue d'une surveillante de garderie d'enfants.

– On n'y peut vraiment rien », murmura Grace, machinalement. En général ce genre de réflexion suffisait à le calmer. Mais pas ce matin-là. Le mépris de William s'exhalait comme des flocons de neige emportés par le vent.

« Je vais écrire pour protester. Il y a un temps fou que je veux le faire.

– En effet. » Grace esquissa un sourire tandis qu'un poids-lourd démesuré les doublait en rugissant et secouait la petite voiture dans son sillage.

Durant le silence qui s'établit entre eux au cours des cinquante kilomètres suivants, Grace et William réfléchirent aux vacances de Noël. Chacun jugeait pour des raisons personnelles et inexprimées que les jours s'étaient écoulés avec une lenteur inhabituelle. Le sentiment familier de merveilleuse intimité qu'ils avaient savouré lors de cette pause annuelle dans les concerts leur faisait faux bond.

Mais tous deux étaient à ce point absorbés par leurs pensées qu'ils ne remarquaient pas l'inattention de l'autre.

Une fois Jack et Laurel partis – après un déplaisant petit déjeuner au lendemain de la fête, quand ils avaient tenté au nom de leurs gueules de bois de justifier leur conduite. Grace et William avaient retrouvé le régime normal des jours de Noël. Ils échangeaient des cadeaux devant le sapin, se rendaient à la messe de minuit dans une église lointaine où n'étaient pas célébrés de services hybrides exaspérants, et où l'on n'était pas soumis à l'obligation extravagante d'embrasser ses voisins.

William servit le reste de l'excellent vin de la veille dans deux verres et proposa de boire à la santé de Jack et Laurel.

« Ne les invitons plus jamais, au grand jamais, à une

autre soirée, dit-il. Comment aurais-je pu imaginer que mon propre fils puisse se conduire comme une brute aussi lamentable. »

Encore sous le coup de la vision de Jack déshabillant Bonnie du regard, William avait pris un ton véhément. « Vulgaire, provocateur ; pour une fois dans ma vie, j'ai vraiment plaint Laurel.

– Elle n'est pas un ange non plus ! »

Grace s'en voulait de manquer de charité à Noël, mais ce flirt flagrant de Laurel avec Grant l'avait profondément choquée.

« Grant a dû être révolté !

– Il l'était.

– Dommage pour l'autre. J'ai encore beaucoup à faire pour nettoyer le tapis.

– Enfin, reprit William en quête de mots apaisants, je dois dire qu'il y a un certain plaisir malsain à évoquer cette soirée particulièrement atroce et, au moins, elle s'est bien terminée avec Rufus ravi de son numéro de vedette.

– C'est vrai », dit Grace. Qu'on l'eût exclue comme pianiste était une blessure qu'elle garderait pour elle – et qui resterait à ses yeux le moment le plus éprouvant de cette horrible soirée.

Ils reconnurent l'un et l'autre qu'il valait mieux tirer un trait sur toute l'affaire. Devant la pintade et le pudding traditionnel, leur silence retrouva toute sa légèreté, rompu seulement par une brève allusion à leur soulagement de ne pas partager leurs modestes agapes avec Jack et Laurel.

Seule devant le feu, Grace se tourmentait au sujet de Lucien. Où était-il ? Que faisait-il ? Supportait-il Lobelia à seule fin de ne pas se retrouver à la rue ? Ou bien, incapable de supporter sa compagnie, ne fût-ce que quelques jours à Noël, quand, selon la tradition, la famille se rassemble plus ou moins à contrecœur, avait-il opté pour l'hospitalité d'un ami quelconque ou un squat cafardeux ? Par-dessus tout, elle s'interrogeait sur le sens de son message sur le perron de la maison. Fallait-il voir là un mystérieux signe de bonne volonté, en dépit de la fin probable de leur amitié ? Ou bien était-ce une menace ? Et s'il avait par hasard besoin d'elle ? S'il revenait et trouvait la maison désertée… Grace se refusait à imaginer ce que Lucien pourrait faire s'il était en proie à une de ses humeurs irrationnelles… Elle ne devait pas oublier de s'assurer que William avait bien fermé toutes les fenêtres et vérifié l'alarme. Heureusement il était par nature très soucieux de sa sécurité – beaucoup plus qu'elle. Il serait donc ravi de voir que, pour une fois, elle prenait soin de boucler la maison. Son insistance à s'assurer que toutes les issues étaient infranchissables n'éveillerait chez lui aucun soupçon.

Même en étudiant les moyens de se barricader, Grace se sentait coupable. S'absenter, au cas où il voudrait la voir, équivalait à laisser tomber Lucien. Et cela, elle ne le souhaitait pas. Il avait perturbé son existence de façon bizarre, voire très déplaisante, mais il l'avait aussi approuvée, encouragée, avait apporté comme un chatoiement dans sa vie routinière. Elle avait insisté pour qu'il s'en aille parce que sa bizarrerie lui démolissait les nerfs. Mais elle avait, et aurait, toujours un faible pour lui. En vérité, si on lui eût demandé lequel de ces deux hommes comptait le plus pour elle, son fils Jack ou Lucien, elle aurait répondu sans hésitation. Et elle prit conscience de ne s'être jamais inquiétée pour Jack autant que pour Lucien. Son fils ne lui avait jamais donné des plaisirs comparables et l'avait fait souffrir d'une tout autre façon. En réalité, elle ne pouvait pas aimer Jack de la façon dont elle avait toujours cru qu'une mère devait aimer son enfant. Elle était submergée par un sentiment d'affection protectrice à l'égard d'un jeune homme étrange et inquiétant qu'elle ne connaissait pas très bien mais pour lequel elle éprouvait une attirance qui la désorientait. L'idée de ne pas être là pour lui, si jamais il se montrait, faisait appel à elle, était presque insupportable.

Tandis que Grace se tourmentait ainsi au rez-de-chaussée, dans sa chambre tout en haut de la maison, William jouait le premier mouvement du *Quatuor en la mineur* de Schumann – un mouvement imprégné de verve nostalgique, pensait-il – qui lui semblait refléter ce désir que lui inspirait Bonnie. Le son même de sa voix au téléphone aurait été une consolation – elle qui se trouvait au diable dans le Northumberland. Le peu qui lui restait intact de son être chaviré par Bonnie était confronté à un aussi angoissant problème : comment, concrètement, précipiter sa chère épouse au bas de la falaise… Si l'assassinat pouvait enrayer les conséquences, se disait-il, tout irait bien. Mais jamais les choses n'étaient aussi simples. L'idée de simplement la pousser en espérant qu'elle finirait en bouillie sur les galets était d'une incroyable naïveté. Quelqu'un le verrait, c'était presque inéluctable. Son saisissement horrifié risquait de ne pas convaincre le coroner. Il devrait pourtant, car William serait en effet traumatisé, horrifié, mortifié même – mieux valait ne pas prendre ce risque. Et puis il y avait le problème des regrets. Sans le moindre doute il serait assailli de regrets, sans parler de la culpabilité, si intense qu'il ne parviendrait pas à la surmonter. Mais une pensée pour Bonnie, le parfum de ses cheveux durant ces instants délicieux où elle avait reposé sa tête contre son épaule, suffirait à écarter la perspective du châtiment réservé aux meurtriers, même si on ne les attrapait pas. Comment, comment pourrait-il commettre une action aussi noire ?

Le lendemain de Noël, par une matinée lugubre et un froid très vif, William monta dans sa chambre et alla regarder par la fenêtre. Le jardin était figé par le gel. Il n'y avait pas le moindre rayon de soleil pour jouer sur les branches nues ou sur les feuilles du lierre gainées de givre. William prit son violon et attaqua sa partie du duo de Mozart qu'il avait joué avec Bonnie. Les notes douces, sèches – comme elles sonnaient si souvent quand il jouait seul – balayèrent de sa pensée divers problèmes annexes et une idée commença à prendre forme dans son esprit. Une idée d'abord imprécise, telle une plante aquatique émergeant du lit d'une rivière turbulente, tandis que les sons montant de son instrument se diffusaient dans la pièce, puis cernée de contours bien définis lorsqu'elle fut parvenue à la surface : claire, évidente, terrifiante.

William, les yeux fermés, soupesa son idée. À coup sûr, elle comportait de gros risques. Mais s'il agissait avec le maximum de prudence, elle semblait presque infaillible. Dans son excitation, il accéléra l'andante tout en faisant passer et repasser dans son esprit, comme une image inédite et brillante, le plan qu'il avait conçu. Il se sentait envahi par la volonté du mal. Il comprenait ce que pouvait ressentir un criminel. N'éprouver aucun remords, exulter à la pensée d'un acte impardonnable. Jamais il ne s'était aventuré jusque-là dans ces sombres replis de l'âme, et envahi par la peur il n'en était pas moins déterminé.

Il acheva l'andante avec l'impression d'avoir la cervelle en feu, en même temps une sueur glacée lui perlait au front ; et il n'eut pas le cœur d'attaquer le scherzo.

Dick, l'ami de William, n'avait pas le moindre souci du confort. Son cottage, qui avait appartenu à des générations de garde-pêche, était situé si près de la mer que par les jours de tempête, les vagues passaient souvent par-dessus les murs, et s'évaporaient en sifflant dans la cheminée. L'épaisseur des murs en garantissait l'indestructibilité mais excluait la moindre chaleur à l'intérieur, où flottait en permanence une odeur verdâtre d'humidité. Quelques tapis râpés étaient dispersés sur les dalles de pierre. Leurs motifs bleus et rouges s'étaient fondus à la longue les uns dans les autres pour donner une couleur dominante approchant l'aubergine. Leurs bordures se réduisaient à des franges effilochées d'une nudité presque pathétique. Un canapé défoncé et deux fauteuils qui semblaient jadis s'être écrasés à l'atterrissage sans avoir eu la force de se redresser, étaient recouverts de pans de tenture aussi lugubres que les tapis. En dépit d'un feu de bois dans le foyer, il faisait un froid mordant. Grace enfila un second cardigan, se demandant s'ils pouvaient trouver une excuse pour écourter leur séjour.

Mais William aimait beaucoup son vieil ami Dick et il était résolu à minimiser les carences de la maison. Il ne détestait même pas à l'occasion subir de brèves épreuves d'inconfort aigu à condition de se trouver sur le sol britannique. Elles lui faisaient apprécier le bien-être qu'il connaissait chez lui. Debout devant le feu, il se réchauffait sans trop se rendre compte que la chaleur médiocre ne lui effleurait guère qu'une fesse à la fois. Au-delà de la petite fenêtre, la mer hivernale, horriblement proche, s'acharnait sur les rochers et les galets. Dick, il le remarqua avec plaisir, servait du sherry contenu dans une bouteille vénérable qui ne devait être que rarement dérangée, sentinelle poussiéreuse gardant une rangée de verres minuscules.

« Alors, William, mon vieux... Quelles sont les dernières nouvelles du monde de la musique ? »

Dick lui tendit un verre, le sherry semblait solidifié, comme un bloc d'ambre. William fit de son mieux pour sourire et sentit sa bouche qui se tordait de côté. Il espérait bien ne pas donner à Dick d'autre impression que celle d'un homme engourdi et frigorifié après un long voyage.

« Nous avons joué le *Sol majeur* de Haydn au concert de Noël. Ça s'est très bien passé. Je me souviens que tu aimais ça... »

Il avait parlé de Haydn bien sûr parce qu'il créait un lien secret entre lui et Bonnie. L'évoquer le réchauffait plus que le sherry. Dick parut surpris.

« Moi... Tu crois ?

– Mais oui, Dick, je m'en souviens très bien. "J'ai un faible particulier pour l'opus 77 nº 1 de Haydn, m'as-tu dit. J'adore les trois derniers quatuors", as-tu ajouté... » William se sentait dérailler complètement, il n'avait plus aucune idée de ce qu'il disait.

« Tu crois vraiment ?

– Mais oui. En fait... »

William fit une pause, s'accordant juste le temps de calculer le danger que représentait sa remarque suivante. « Haydn a causé un petit accrochage. Figure-toi que notre nouveau membre du Quatuor n'aime pas sa musique, lui est presque hostile.

– Bonnie ? Vraiment ? » Grace haussa les sourcils. « On n'aurait jamais cru ça, à la façon dont elle a joué l'autre soir. Elle a été brillante.

– Ne me dis pas que ce nouveau membre est une femme ? »

Dans sa stupeur Dick tendit un verre à Grace d'une main incertaine, manquant de renverser le sherry.

« Eh si, j'en ai peur. » William eut un petit rire. Il se demanda ce qui se passerait s'il criait subitement : « Et je l'aime. »

« Comme tu peux l'imaginer, nous ne cherchions pas une femme, mais il s'est trouvé qu'elle était de loin la meilleure candidate.

– Seigneur ! Ça pourrait créer bien des complications. »

Grace se mit à rire. On ne pouvait que rire d'un tel préjugé.

« Jusqu'ici, ça va. Mais je l'ai prévenue : au moindre problème, vous partez, lui ai-je dit. »

Sa tête pivotait si vite entre vérité et mensonge qu'il était incapable d'une réflexion sensée.

« Très sage de ta part, approuva Dick.

– Je suppose que le seul problème qu'elle pourrait poser c'est son affaire avec Grant. On pourrait croire qu'ils sont tous les deux...

– Enfin, bon ; trop tôt pour le dire », dit William, d'un ton sec. La remarque de Grace reglaça ses mollets qui se réchauffaient lentement. Mais c'était bien sa faute, il le savait. Jamais il n'aurait dû mettre ce sujet sur le tapis. Il ne fallait jamais être le premier à faire allusion à Bonnie.

Ils déjeunèrent dans la cuisine glaciale : choux et saucisses. William n'avait pas faim. Il regarda Grace qui souriait bravement en dépit du froid et il ressentit le trouble de celui qui sait devant l'innocent. Peut-être était-ce leur dernier repas. Il regrettait qu'il ne fût pas de meilleure qualité. Elle aurait aimé un pudding au beurre. William passait en revue dans sa tête les diverses formes de pudding qu'elle appréciait quand ils entendirent le crépitement de la pluie sur la petite fenêtre. La vue sur la mer sinistre était maintenant voilée par le brouillard à travers lequel l'averse oblique fouettait les murs de la maison.

« Dommage, dit Dick. Plus question d'aller se promener. Il fera peut-être meilleur demain.

– Dommage », répéta William. Ce sursis de vingt-quatre heures lui apportait un répit ambigu. Un surcroît de temps à passer en compagnie de Grace était inespéré ; d'un autre côté, qu'il serait soulageant de se retrouver le forfait accompli.

« Mais je peux vous consoler avec une bonne nouvelle, reprit Dick. Perdita, Perdita Beccles, viendra dîner avec nous. Ma fiancée. » Il regarda tour à tour les Handle, un sourire incertain sur les lèvres. « C'est-à-dire que nous allons nous marier au printemps, ajouta-t-il. Nous nous sommes rencontrés aux réunions de la chorale. Elle a une très jolie voix. Je suis sûr qu'elle vous plaira. L'épouse rêvée. Tout ce que peut espérer un homme. J'ai bien conscience de ma chance… »

Tout en laissant sa phrase en suspens, Dick leva son verre de bière blonde comme s'il suggérait de porter un toast à sa future moitié absente. Puis il se ravisa et avala bruyamment une gorgée de bière.

« Quelle bonne nouvelle, en effet, dit Grace avec un large sourire.

– Très bonne, excellente nouvelle, ajouta William.

– Un homme a besoin d'une femme, reprit Dick. Surtout dans un endroit pareil. »

William et Grace acquiescèrent, marquant leur approbation sans réserve. Mais seule une parcelle mineure de William se réjouit de la bonne fortune de son ami qui avait trouvé la femme rêvée dans un trou perdu aussi désolé ; pour le reste il se demanda avec inquiétude comment ce long après-midi sans joie s'écoulerait dans la chambre d'amis cinglée par le vent sous le toit. Grace, dont le comportement était toujours exemplaire, écouterait Dick lui exposer ses plans matrimoniaux et, avec un peu de chance, elle participerait à la préparation du dîner.

Perdita Beccles arriva vers sept heures dans un ciré assombri de pluie et portant un sac en papier rempli de pommes, dont les rondeurs rubescentes se devinaient à travers leur enveloppe détrempée. Le sac éclata à l'instant où elle entrait. Que chacun se mît aussitôt à la poursuite des pommes qui roulaient de tous côtés fut un adjuvant rêvé aux présentations, songea William. L'incident devait masquer parfaitement sa mine stupéfaite et ses yeux écarquillés.

William ne savait pas trop à quoi s'attendre quant au choix de son ami en matière conjugale. La pensée mesquine lui était venue qu'une femme ayant atteint la quarantaine et vivant dans un petit village de la côte, où elle chantait dans les chorales, devait automatiquement correspondre à un type défini : un type qui représentait la sécurité, la stabilité, dépourvu de tous les périls que pouvait sous-entendre un joli visage. Mais par ailleurs, le beau nom de Perdita incitait William à penser à la nubilité d'une réplique de Bonnie, chevelure blonde mousseuse, peau incandescente. Quelle ironie ce serait, songeait-il, si dans l'héroïque solitude de Dick une sorte de demi-déesse faisait irruption.

Mais une fois les pommes pourchassées récupérées et confinées dans un compotier hideux, William put constater que tel n'était pas le cas. Perdita Beccles correspondait bien à sa première hypothèse. C'était une femme imposante, de haute taille avec des mains rose vif, de grands pieds dans des chaussures austères. Ses cheveux roux étaient coupés courts à la Jeanne d'Arc, comme ceux d'une enfant. Elle avait un de ces sourires nerveux qui, alors même que les lèvres s'étirent, semblent se raviser avant de s'être épanouis et s'effacent pour laisser la place à une expression de neutralité inquiète. Enfin, elle était nerveuse, la pauvre femme, supposa William. Désireuse de faire bonne impression au vieil ami de son fiancé, le célèbre (Dick l'avait-il décrit ainsi, William s'interrogeait) musicien et sa femme… c'était compréhensible. Elle respirait la gentillesse. Servant le sherry avec une robuste efficacité dans ses gestes, et dans ses grandes mains les verres faisaient l'effet de dés à coudre. Tandis qu'elle traversait la pièce, sa jupe à plis permanents lui battait plaisamment les genoux. Gentil correspondait à tant de définitions, songea William, la plupart très éloignées de la connotation générale de terne médiocrité que le mot a acquise aujourd'hui. À l'évocation de certaines bribes d'un savoir lointain, William se souvint que jadis le terme gentil signifiait païen, puis noble, et qu'il était devenu l'équivalent de trivial, négligeable, sans importance… pas du tout ce qu'il entendait à propos de Perdita Beccles.

« Dommage, ce mauvais temps. » Elle s'adressait à William en lui tendant un verre ambré.

« Une vraie guigne, oui.

– Nous voilà privé de promenade.

– Il fera beau demain », assura Dick.

Au son de sa voix, Perdita Beccles rougit. William la regarda avec sympathie.

« Oh ! je me demande, dit-elle. C'est souvent comme ça. »

William apprécia son pessimisme. « N'empêche, il faut que vous montiez sur les falaises. Peu importe le temps.

– Nous irons, nous irons », dit William en réprimant un frisson. Il avait l'impression absurde qu'elle lisait dans ses pensées, cette grande rouquine si gentille, qu'elle se doutait de ce que William mijotait de faire au sommet de la falaise. Et si un procès criminel avait lieu, elle s'avancerait gentiment à la barre des témoins et déclarerait qu'elle avait su, dès la veille au soir, très exactement quels étaient les plans de William.

La cuisine, à l'heure du dîner, était vaguement réchauffée par le rayonnement de bougies. Perdita avait allumé plusieurs gros cierges d'église (elle s'était débrouillée pour les acheter au prix de gros, disait-elle). Les courants d'air venant de la fenêtre sans rideaux ployaient leurs flammes dans tous les sens, faisaient danser les ombres sur les murs, estompaient la laideur utilitaire des casseroles et des poêles, la vaisselle grossière.

Un poulet anorexique fut découpé avec soin, une bouillie de choux-fleurs passa de main en main, une sauce tiède fut versée, un vin d'une qualité inattendue fut servi. Grace, qui semblait s'amuser plus qu'elle ne l'aurait jamais imaginé, ce qui était réconfortant alors qu'il s'agissait sans doute de sa dernière nuit sur terre, écoutait Dick et Perdita raconter leurs histoires de chorale et, à leur tour, ils parurent s'intéresser vivement au livre qu'elle écrivait. Tout en manifestant lui aussi son intérêt pour tout ce qui se disait autour de la table, William se posait mille questions sur les rapports entre son vieil ami et Perdita Beccles. Pouvait-on parler de passion entre eux ? se demandait-il. Mis à part la façon dont Perdita avait rougi, et une légère tape sur l'épaule que lui avait donnée Dick pour la remercier d'une assiette servie devant lui, ils ne semblaient guère émus l'un par l'autre.

William jeta un coup d'œil à Grace. Ses pommettes étaient colorées par le vin, ses yeux plissés par l'attention, ses lèvres prêtes à s'étirer en sourires approbateurs. Leur première rencontre lui revint en mémoire : sa peau translucide, son énergie, son rire. Il avait envie de la toucher tout le temps. Son absence l'obnubilait, sa présence le galvanisait. Cet état de choses s'était prolongé durant les dix premières années de leur mariage et, quand cette griserie quotidienne avait commencé à s'atténuer, le plaisir de la vie en commun et la compréhension réciproque qui s'y étaient substitués avaient continué à combler William. Ce fut seulement sa rencontre avec Bonnie qui lui fit comprendre qu'il passait à côté de la magie, de la fièvre, de la flamme, de tout ce qui, entre un homme et une femme, suscite une sorte de turbulence quotidienne merveilleuse. Inconsciemment il avait dû attendre le retour de cette exaltation.

Son amour pour Bonnie et son désir étaient si débordants qu'il fallait absolument que sa chère Grace lui cédât la place… Dick et Perdita éprouvaient-ils d'aussi impétueuses sensations ? William en doutait. Bien sûr, ils avaient atteint la quarantaine, un âge où les célibataires en quête d'épouses sont mus par des considérations d'ordre pratique – intérêts mutuels, accord sur l'endroit où vivre – plutôt que par des élans passionnés. William admettait que Perdita et Dick avaient leur chance. Il avait remarqué quelques brefs regards de bonheur échangés entre eux, une certaine lumière dans les yeux de Dick qu'il n'y avait jamais vue. Le dîner terminé, ils décidèrent de s'offrir un intermède musical. Ils revinrent dans le salon où le feu fut ranimé et Dick souleva le couvercle d'un vieux piano droit, découvrant des touches jaunies lançant comme un défi au pianiste éventuel. Dick fouilla dans une pile de partitions. Presque gaiement Perdita tendit à William son violon, qu'il avait oublié de monter dans sa chambre.

« Bon d'accord, pour vous être agréable », dit-il, car il avait toujours été hostile à cette forme d'impromptu musical.

Dick se mit à jouer *Linden Lea.* William se joignit à lui tandis que les notes lui revenaient en mémoire, émergées d'un lointain passé, de l'école peut-être. La belle voix de baryton de Dick emplit la pièce. Quelques minutes plus tard, la sonorité fut altérée par l'intervention de Perdita. Elle avait une de ces voix caricaturales de choriste aux inflexions perçantes et acides. Mais elle souriait, ravie, les mains jointes comme si elle priait.

William détourna les yeux vers Grace. Elle était assise près de la fenêtre. Derrière elle, de vieux rideaux – si souvent lavés que leurs dessins de fleurs se fondaient dans un brouillard incolore – oscillaient dans le courant d'air. Elle regardait fixement le feu, le corps tendu en une écoute attentive. Si elle avait levé les yeux et croisé le regard de William, elle aurait souri. Il devinait qu'elle avait la même opinion que lui de cette bizarre soirée et semblait en goûter l'atmosphère. Après tout, c'était une très bonne chose, pensa-t-il encore une fois. Durant une pause entre deux couplets, le vent, soustrait à la concurrence de la musique, se mit à gémir contre les murs du cottage, comme un chanteur en fureur, négligé jusque-là. Les autres ressentaient-ils aussi l'étrangeté de ces moments, se demandait William, ou était-elle simplement engendrée par son esprit pervers ?

Le lendemain matin, sur la mer apaisée s'était établie une houle sévère, les vagues privées de leurs crêtes d'embruns furieux n'étaient plus qu'ourlées de franges écumeuses. Le ciel était calme, gris et sans pluie, mais des flaques de lumière intense témoignaient de la lutte du soleil pour percer les nuages.

« Une journée parfaite pour aller se promener sur les

falaises », déclara Dick au petit déjeuner. Il regrettait de ne pouvoir les accompagner, Perdita et lui ayant des obligations à l'église. À moins qu'ils n'y aillent tous ensemble après le déjeuner... ? Quand William vit Grace hésiter devant cette proposition, il se hâta de lui rappeler qu'ils ne voulaient surtout pas manquer les meilleurs moments de la journée, risquer que la vue ne fût compromise par un crépuscule d'hiver prématuré.

Grace se rangea aussitôt à son avis. La rapidité avec laquelle, presque toujours, elle adoptait son point de vue était encore un de ces traits de caractère qu'il aimait en elle.

Ils firent en roulant les quelques kilomètres qui les séparaient de West Bay et garèrent la voiture. Quand ils avaient visité le pays bien des années plus tôt, alors que Jack était encore un petit garçon, c'était le plein de l'été, il y avait des foules d'estivants, un ciel bleu pur et des marchands de glaces. Aujourd'hui, les lieux étaient déserts. Privés de leurs vacanciers, les immeubles à appartements étaient lugubres avec leurs rideaux tirés. Les kiosques étaient barricadés de planches, les affiches arrachées, vieilles de quatre mois, pendaient aux murs des boutiques fermées. Le restaurant aux cloisons de bois où ils avaient un soir savouré une brandade de morue fraîche avait l'aspect aveugle d'un bateau retourné à l'abandon sur la plage.

« Je me sens un peu déplacée », dit Grace. Elle eut un frisson et considéra les pieds de William. « Avons-nous eu raison de venir ? Tu portes des souliers très glissants.

– C'est vrai », dit William en riant. Il lui faudrait se donner un peu de mal pour ranimer son enthousiasme vis-à-vis de la promenade mais, s'il la parait avec les couleurs d'un défi, ce ne serait pas trop difficile. « Je crois bien que j'ai oublié mes bottes en plus. Enfin, tant pis, je me débrouillerai.

– On ferait peut-être mieux de marcher simplement le long de la plage.

– Non, non. Je vais me casser la figure sur les galets.

– D'accord. Mais ne t'en prends pas à moi si tu tombes. »

La flèche ironique de Grace ayant atteint avec exactitude le plan élaboré par William faillit le terrasser. Il lui prit le bras pour la soutenir. Si tout se passait bien, il n'aurait pas le temps de lui faire de reproches car, dans les efforts qu'elle ferait pour le remettre sur pieds, elle-même glisserait facilement par-dessus le bord de la falaise. Son plan était simple, excellent, infaillible. *Tragique accident à West Bay. La femme d'un célèbre violoniste fait une chute mortelle...* Les gros titres dansaient sur le fond du ciel plombé.

Ils se tournèrent vers les falaises ravinées de vastes précipices rocailleux aux flancs sombres, couleur de sable mouillé. Elles rappelèrent à William certaines photos qu'il avait vues de parois rocheuses en Égypte. Elles avaient quelque chose d'impérieux, d'extatique, rien d'engageant comme les blanches falaises de Douvres ou celles broussailleuses qui cernaient les criques du Sussex. À coup sûr, elles avaient dû voir plus d'une âme en détresse s'envoler de leur sommet vers la mort qui les attendait sur les rochers de la plage. Sans doute pourrait-on découvrir des ossements humains parmi les squelettes des goélands morts si l'on se donnait la peine de creuser entre les blocs de pierre.

« Ça monte raide, remarqua Grace.

– C'est bon pour toi », dit William.

Ils se tinrent un moment immobiles au pied de la haute muraille qui les dominait. En été, elle se couvrait d'une herbe grasse et courte de couleur bleu vert qui luisait aux rayons du soleil, donnant l'impression d'être aussi glissante que de l'huile. Sous le soleil d'hiver, la lumière accrochait les touffes pelées et grisâtres, cramponnées çà et là le long de la paroi de terre et de rocher. En la contemplant, William ne put réprimer un frisson.

« Tu as froid, dit Grace.

– Non, mon Cœur. Ai-je jamais froid ? » Une rafale venue de la mer retroussa ses pantalons, plaqua le tissu contre sa peau. Il déplorait de n'être pas dans son studio, le violon sous le menton, feuilletant une pile de partitions en quête d'un air à jouer contre les intempéries tandis que Grace, en bas, s'absorberait tranquillement dans la fabrication d'un gâteau.

« Quelquefois, reprit-elle. Allez, marchons. »

Ainsi qu'un homme en train de se noyer voit, dit-on, toute sa vie défiler devant lui, William tout en grimpant la pente, le souffle court, à côté de sa femme, revoyait en esprit des fragments des multiples promenades qu'ils avaient pu faire au long des années.

Pour la plupart, elles avaient eu lieu en Angleterre. La plage de Brancaster en décembre et sa fluctuante dune de sable, toujours balayée par des vents de forces diverses, fixée par le gel à son soubassement rocheux. Un ciel jaune. Du jaune Van Gogh, avait spécifié Grace toujours très précise à propos des couleurs, déployant des ombres d'un ocre plus pâle sur la mer rébarbative. Pas une âme : l'horizon d'un bout à l'autre et le ciel rien que pour eux. Les doigts de Grace dépassant des mitaines étaient bleuis de froid mais elle affirmait qu'elle ne le sentait pas. William lui avait pris chaque main tour à tour, soufflant dessus pour les réchauffer. Il se souvenait d'avoir pensé qu'en l'absence de la musique se trouver seul avec Grace dans un endroit silencieux comblait ses désirs. Il y avait eu Mull aussi, une crique minuscule en forme de coquillage couverte de sable rose où, parmi les rochers, poussaient des chênes rabougris et où les moutons trouvaient encore quelques brins d'herbe à brouter. Et la plage de Lisadell dans le sud de l'Irlande, où les primevères poussaient dans le sable de la crique. Là, Grace avait posé la tête contre l'épaule de William et dit que durant deux jours pleins, elle avait réussi à oblitérer les soucis que lui causait Jack, adolescent. Parfois, ils étaient allés à l'étranger. Ils avaient marché dans des champs de lavande près d'Apt et le long des forêts de tournesols dansant au vent et dont les têtes semblaient tendues vers le soleil dans une sorte de ferveur unanime. Grace les trouvait étrangement laids. À ces couleurs éclatantes avaient succédé les rues grises de Milan, ville méconnue où ils s'étaient arrêtés pour reposer leurs pieds endoloris dans la crypte de San Ambrogiano où le squelette du saint exsudait des bouffées d'une vie ancienne dans sa robe de bure élimée. Ils étaient restés seuls avec le saint. Comme ils avaient eu souvent la chance de se trouver en tête à tête dans leurs promenades. C'était à Milan, par une matinée brumeuse dans une galerie déserte que William était tombé en arrêt devant le petit tableau de Léonard appelé *Il Musico* : un jeune homme tenant une partition. À son ravissement, William avait constaté que des notes véritables étaient inscrites – et ce n'étaient pas de simples touches sombres – et il les avait recopiées sur son carnet. Une fois rentré, il les avait déchiffrées et jouées. Elles ne correspondaient à rien de particulier mais cela avait été un exercice intéressant dont il avait fait part à Grace. Elle en avait eu les larmes aux yeux de rire et déclaré que c'était bien là la preuve qu'elle était mariée à un excentrique de génie.

« Attention », dit-elle.

Ils s'arrêtèrent un instant, essoufflés, à mi-hauteur de la falaise et se détournèrent pour contempler en contrebas la petite ville dans son cadre hivernal, l'étendue des champs et au-delà une mosaïque de mobil-homes fermés. Mais dès que le regard se portait vers la mer, toute laideur disparaissait. William considéra à ses pieds la grève grisâtre puis, vers le village, le miroitement voilé des vagues qui se tordaient dans le ciel, le long d'un horizon indéterminé. Un instant il retint son souffle et entendit les battements de son cœur. Il s'efforça d'effacer de son esprit les promenades anciennes et de concentrer son attention sur celle qu'ils étaient en train de faire, la dernière et il sentit le courage lui manquer. Il se tourna vers Grace. Ses joues avaient des nuances de pommes sauvages ; les franges de sa chevelure échappée de son bonnet de laine voltigeaient sur son front et autour de sa nuque en boucles grisonnantes qui lui rappelèrent ses années d'amour et de dévotion. Elle était en bien meilleure forme que lui, cela ne faisait aucun doute : à peine essoufflée, les lèvres prêtes à sourire au moindre motif d'admiration.

« Alors, on y va, dit-elle. On est presque arrivés. »

Grace, plus légère que son mari, reprit son ascension d'un pas leste. La visite au vieil ami de William qu'elle redoutait s'était révélée beaucoup plus agréable qu'elle ne l'avait imaginé. Elle avait été conquise par la disgracieuse Perdita avec sa voix intense aux accents impérieux et sa conviction que la meilleure façon de passer une soirée était de se réunir autour du piano. Dick, amical et sans prétention, lui avait plu. Elle aimait son indifférence apparente à l'égard du froid et de l'inconfort, son désir sincère de se montrer un hôte parfait, son manque total d'ambition en vue d'acquérir quelque réputation dans le monde musical. Oui, à son grand étonnement, elle était ravie de sa soirée, encore qu'il lui avait semblé que William, si désireux de faire le voyage, était moins heureux. Enfin, il y avait eu quelques problèmes la nuit à cause d'une couette, article de literie que William abhorrait si intensément que ses aptitudes habituelles au calcul de l'équilibre et du poids s'étaient simplement effritées, volatilisées, anéanties. Il avait passé la nuit enveloppé dans son manteau. Grace mettait donc sa mine morose sur le compte du manque de sommeil. Pour sa part, la seule ombre au tableau était la pensée que Lucien avait peut-être tenté d'entrer dans la maison, qu'il avait besoin d'elle, comptait sur elle. Elle sut toutefois raisonner judicieusement avec elle-même : il se pouvait que Lucien eût commis un vol par nécessité, mais il n'avait nullement l'âme d'un cambrioleur. Elle ne pouvait pas l'imaginer grimpant le long d'une gouttière ou tentant de forcer l'ouverture d'une fenêtre. La maison ne risquait rien. Et à leur retour, elle renoncerait à l'éconduire et prendrait contact avec lui. Elle n'allait pas se laisser bercer par l'idée que l'autoconsolation pouvait être un piège et trouvait autant de plaisir à cette promenade avec William, à bout de souffle, qu'à toutes leurs autres randonnées.

Au cours des vingt derniers mètres de sentier abrupt qui les séparaient du sommet de la falaise, William garda les yeux rivés au sol sur l'herbe d'hiver si glissante, sur les bottillons de Grace. Ce qu'elle appelait ses bottes de marche, comme si les trajets dans les rues de leur quartier réclamaient des souliers particulièrement robustes. Ils étaient faits d'un cuir couleur sherry assez souple pour épouser les contours de ses pieds. William songea à toutes les paires de chaussures de Grace alignées avec soin dans son armoire. Chaque paire portait l'infaillible empreinte de ses enflures de l'articulation, ces anomalies que William avait toujours jugées désolantes. Quelques mesures du *Quatuor* de Borodine *en la majeur* au second mouvement lui revinrent en mémoire. Allons, il faut se décider, pensa-t-il, car ils avaient atteint le sommet.

Côte à côte, ils contemplèrent l'horizon brouillé sur la mer. Le faîte de la falaise formait une langue de terre avancée qui empêchait de voir la plage. Grace fit un pas en arrière pour se rapprocher de la pierre qui séparait la lande sauvage des molles ondulations d'un terrain de golf. Les bords du précipice n'exerçaient sur elle aucun attrait. Jamais elle ne se serait penchée par-dessus le bastingage d'un bateau. Elle avait peur de conduire sur les routes étroites de montagne. La vue de William qui accroissait la distance entre eux en faisant deux pas vers le vide lui donna des battements de cœur.

« Allons, viens », dit-il en lui tendant une main.

Il souriait, d'un sourire exprimant moins un encouragement que l'impression d'être retranché du présent. Grace lui avait souvent vu ce sourire lorsqu'il jouait, en particulier dans les andantes. Prenant sur elle, elle le rejoignit mais ne prit pas sa main.

« Encore un mètre à peine et on verra le rivage, dit William.

– Je ne veux pas voir le rivage. Je sais parfaitement à quoi il ressemble. Ne sois pas stupide, William. Tu sais que je déteste…

– Très bien, je ne t'y oblige pas. »

Il sentit ses pommettes brûlantes. La situation n'évoluait pas comme prévu. Il avança encore vers le bord, s'arrêta devant une touffe de feuilles luisantes qui ressemblaient un peu à des épinards, mais plus caoutchouteuses. Jamais il n'avait vu une plante comme celle-là et il se demanda si Grace la reconnaîtrait. Encore deux pas et ce serait le vide. Il tendit le cou pour regarder la plage dont les roches grises se réduisaient à une ligne irrégulière tracée au crayon.

« William ! »

Le cri poussé par Grace fut amorti par l'air humide mais amplifié par la terreur qu'il exprimait. William se détourna pour l'apaiser. En cet instant d'inattention, frappé par le visage convulsé de sa femme, son pied glissa. Il perdit l'équilibre.

Comme il s'affalait sur le sol, une parcelle infinitésimale de son esprit lui souffla que son plan ne marchait que trop bien. C'était lui qui devait tomber et, dans les efforts qu'elle ferait pour le retenir, il pourrait pousser Grace par-dessus bord... Ce qu'il n'avait pas calculé, c'était la soudaine paralysie de ses sentiments tandis que ses jambes fouettaient l'air. Seul le haut de son corps était en contact avec le sol.

Cramponnées aux bras et aux épaules de William, les mains de Grace le tiraient désespérément. Elle lui cria de s'accrocher aux feuilles. Il vit qu'accroupie sur le sol elle s'efforçait de lui ramener une jambe par-dessus le bord de la falaise. Elle en avait la bave aux lèvres. Une force immense, puisée on ne savait où, devait l'animer car, brusquement, William sentit ses jambes reposer à nouveau sur la terre ferme : l'humidité de la plante traversait son pantalon. Sa presque mort étant maintenant conjurée, du chaos mental et physique où il avait chaviré surgit l'idée précise qu'il lui fallait tenter sa chance avant que Grace eût reculé. Elle continuait à tirer William en arrière, l'adjurant de se relever, de s'écarter du bord. Il restait étrangement prostré, gémissant. Puis il se mit à se débattre, à ruer, à se tordre, comme un homme en proie à une attaque. La terreur de Grace se raviva, comme il l'escomptait. Comment pourrait-elle jamais trouver la force de l'empêcher de glisser ? Elle lui empoigna les cheveux. Il roula sur lui-même, dégageant sa tête pour échapper à l'étreinte de ses mains. Grace, affaiblie à la pensée qu'ils étaient malgré tout sauvés, au contact de la terre ferme, relâcha son attention. William s'en aperçut aussitôt et comprit que c'était là son ultime chance. Hurlant d'une voix terrible « Allez, hop ! », il attira de nouveau Grace vers l'abîme. Dans sa position, ramassé sur lui-même, ses bras étaient privés d'une bonne part de leurs forces. Néanmoins, Grace parut se laisser entraîner docilement vers sa mort.

Comme elle se trouvait à quelques centimètres du bord,

William, fasciné, la regarda déraper lentement. Il parvenait à peine à croire que sa brillante stratégie était couronnée de succès. Diverses questions lui surgirent à l'esprit : entendrait-il ses cris pendant qu'elle s'abîmerait dans le vide ? Comment apprécierait-il les mérites d'une entreprise de pompes funèbres, d'après les Pages Jaunes de l'annuaire ?

Comme Grace s'arc-boutait, ramassée sur elle-même, au bord du vide, ses dernières pensées furent un élan d'amour exaspéré pour William. Comme d'habitude, lorsqu'il était désorienté par une situation critique, il devenait incapable de distinguer entre l'avance et le recul. Dans sa panique, il avait voulu dire qu'elle devait rouler vers lui. « Allez, hop ! », et il avait basculé en pleine confusion comme d'habitude... Qui, cette fois, risquait d'être fatale. Car Grace voyait maintenant la plage lointaine qui l'attendait cent mètres plus bas. L'épreuve était insupportable. Elle essaya de hurler mais la terreur lui étranglait la voix. Elle ferma les yeux.

À tâtons, elle lâcha William qui se cramponnait à ses hanches. Paupières closes, des prières exaltées lui venaient aux lèvres. Elle savait que William faisait de son mieux pour la sauver, l'arracher à un danger mortel. Mais si, par hasard, il n'était pas assez fort, peut-être lui resterait-il, à elle, une chance de s'en tirer. Aveuglément, Grace tendit une main en avant. Ses doigts se refermèrent sur des feuilles humides et caoutchouteuses, sur cette plante étrange dont elle aurait été incapable de dire le nom. Elle tira sur les feuilles. Elles ne cédèrent pas. Cette plante robuste allait lui sauver la vie. Une main solidement crispée sur un faisceau de feuilles, elle parvint à pivoter sur elle-même en se hissant du côté où elle pensait trouver William. Seulement elle ne pouvait se résoudre à ouvrir les yeux. Et elle avait raison. Le bord de la falaise était derrière elle. Tel un poisson échoué sur le sable, elle gisait le visage tourné vers le terrain de golf, vers l'essaim des toits lointains du village. William aussi était à plat ventre, les bras tendus, les mains crispées sur le sol. Son visage se trouvait tout près de celui de Grace, les yeux dilatés de peur, la pauvre créature. Elle savait qu'il avait imaginé la vie sans elle.

« Oh ! mon Dieu, mon Cœur. »

La voix de William lui parvenait comme celle d'un guide. Il avait cessé de la tirer, de la pousser. Elle ne le quittait pas des yeux. Reconstituer toute leur lutte pour la vie aurait été impossible. Comment étaient-ils parvenus là, à plus d'un mètre maintenant du bord de la falaise, elle ne le saurait jamais. William péniblement se redressa et parvint à s'asseoir. Il tapota doucement l'épaule de Grace puis tenta de brosser les marques sur ses jambes de pantalon. Il lui avait sauvé la vie – encore que, durant un instant, il avait paru dans un tel état de confusion qu'il avait cédé à une conception aberrante du sauvetage. Pour rien au monde Grace ne l'aurait reconnu devant William mais, à un moment donné, elle avait vraiment eu l'impression qu'il la poussait vers le vide plutôt que de l'en écarter. Mais peut-être avait-elle été victime d'une hallucination causée par une terreur partagée. Grace vit que les joues de William étaient d'un rouge malsain et son front maculé de boue. Il posa sur elle un regard calme. Du moins prenait-il cet intermède avec sang-froid. Comme elle pouvait s'y attendre.

« Il s'en est fallu de peu, dit-elle enfin avec un rire bref, qui s'acheva dans un sanglot étouffé.

– En effet, mon Cœur », approuva William. Le motif de Prokofiev – da-di-da-didadida de *Roméo et Juliette* – résonnait si fort dans sa tête qu'il la secoua avec énergie dans l'espoir de s'en débarrasser.

« Tu m'as sauvée », dit Grace.

William mua ses violents hochements de tête en un signe d'acquiescement.

« Eh oui ! mon Cœur, dit-il. J'y suis arrivé. »

Grace se remit péniblement sur pied. William leva les yeux vers elle, le regard anxieux. Elle lui tendit la main, l'aida à se relever.

« Sans ces curieuses feuilles si robustes, Dieu sait... Nous serions peut-être maintenant tous les deux...

– Ou l'un de nous peut-être, ajouta William. Ç'aurait été encore pire... » Il reprit après une courte pause : « Veux-tu qu'on marche un peu ? Ou sommes-nous trop secoués et frigorifiés ?

– Je crois que nous le sommes en effet. » Grace passa un bras sous celui de William. « À mon avis, on ferait mieux de rentrer. »

Très lentement, ils redescendirent vers le bas de la falaise en se tenant à plusieurs mètres du bord. Durant le trajet, William se rendit compte qu'il existait peu de formes de bonheur aussi intenses que le soulagement et, dans l'immédiat, avec Grace sauvée près de lui, cette pensée chargée d'émotion dispersa tous les regrets qu'il pouvait avoir de l'échec de son plan. Dans la chaleur et la solitude de son studio seulement, il pourrait songer à le reprendre.

À leur retour au cottage, Dick et Perdita étaient encore à l'église, ce qui leur donna le temps de se remettre de leurs émotions, de passer des vêtements secs, de recharger le feu et de se réconforter avec un verre de sherry avant l'heure. Mais tous deux avaient été choqués en profondeur et leur premier désir était de rentrer chez eux le plus tôt possible, de prendre leurs distances par rapport à l'expérience qu'ils avaient vécue en haut de la falaise. Aussi, lorsque leurs hôtes arrivèrent, ils leur expliquèrent qu'ils souhaitaient repartir l'après-midi même plutôt que le lendemain matin. William se souvint qu'il avait des coups de fil essentiels à donner à propos d'un concert au Danemark. Dick comprit, s'inclina avec respect. « Pas question de contrarier la vie si absorbante d'un musicien de classe internationale », déclara-t-il en toute sincérité. Si William n'avait pas été submergé de mille autres sensations, la modestie de son vieil ami l'aurait plongé dans la culpabilité.

Pour essayer de compenser leur départ soudain, Grace et William firent un gros effort lors du déjeuner dominical. Ils donnèrent une version allégée de leur accident, convertirent leurs terreurs mortelles en une aventure presque comique.

« Dès que j'ai agrippé William, j'ai fermé les yeux, dit Grace. Je n'osais pas regarder. À un moment, j'aurais juré qu'il me poussait du mauvais côté, vers le vide. Mais bien sûr j'étais complètement sens dessus dessous. »

Dick et Perdita rirent de si bon cœur que l'effort de William pour marquer la drôlerie de leur aventure passa inaperçue. Sous la table, pétrissant ses doigts glacés, il se désola de ne pas tenir son violon entre ses mains et se demanda comment il allait reprendre son plan grandiose. Après la bévue désastreuse du matin, il se rendait compte que sa résolution de parvenir à ses fins avait perdu de sa fermeté. Mais pour se libérer vis-à-vis de Bonnie il ne devait flancher sous aucun prétexte. Une autre idée lui viendrait à l'esprit. En attendant, pour une fois, il ne se sentait aucun appétit pour le gâteau de riz que Dick avait si aimablement préparé bien avant le petit déjeuner. En voyant qu'il refusait de se resservir, Grace haussa les sourcils. Par bonheur, elle semblait considérer que c'était le seul incident insolite de leur séjour.

10

« As-tu passé une bonne nuit ? demanda Grace.

– Pas mauvaise. Pas mauvaise du tout, mon Cœur. Et toi ?

– Très bonne, très bonne. »

Dès le matin suivant leur retour à la maison, Grace et William retrouvèrent presque automatiquement leur routine habituelle, leur souci réciproque de la santé et du bien-être de l'autre. Et, pour une fois, tous deux mentirent pour des raisons différentes. Au lieu d'exagérer leurs petits problèmes nocturnes, ils déclaraient tous les deux que leur nuit blanche s'était très bien passée. Très bizarre, pensèrent-ils l'un et l'autre en évitant de se regarder.

Grace, en se levant, ressentit dans ses membres une raideur absente la veille. Elle remarqua des meurtrissures sur ses bras et vit sa cuisse. Une de ses chevilles était enflée. Elle avait du mal à marcher. Mais elle était bien décidée à cacher son boitillement. Mieux valait ne faire aucune allusion à la chute de la veille. Sur le moment, l'accident était arrivé si vite que l'impact, l'horreur en puissance, lui avaient échappé. Mais durant la nuit elle avait été brutalement assaillie par la pensée de ce qui aurait pu arriver, ce qui lui avait valu une longue insomnie. Et maintenant, elle se retrouvait déroutée, anxieuse de se replonger dans ses illustrations pour atténuer le contrecoup du choc.

La pensée de Lucien lui causait des angoisses supplémentaires. Elle avait l'intuition qu'il allait réapparaître le matin même. Il ne pouvait pas savoir que le climat de ce jour n'était pas propice à sa visite. William semblait aussi nerveux que Grace.

En dépit de ses lèvres fermées et son calme apparent, elle devinait ses frémissements internes et imaginait que lui aussi souffrait du choc éprouvé voyant la mort de si près. Par une telle matinée, William ne réserverait certainement pas un bon accueil à Lucien.

Mais Lucien ne vint pas. Les Handle restèrent silencieux pendant le petit déjeuner, souhaitant tous deux retrouver le plus vite possible leurs activités personnelles. Grace acheva sa deuxième tasse de café. Elle avait envie d'aller jeter un coup d'œil par la fenêtre, craignant et en même temps souhaitant voir Lucien. Mais elle résista, de peur que William ne devine la démarche de son esprit. Elle posa une main à plat sur la table, les doigts dirigés vers lui. À travers le voile de ses propres soucis, il reconnut à ce signe une sorte d'appel inhabituel.

« Alors, mon Cœur ? » Il caressa légèrement cette main étrangement placée. « Tu as une journée chargée aujourd'hui ? » En réponse Grace sourit et acquiesça d'un signe de tête. « Moi aussi il faut que je parte, reprit-il. Je dois m'occuper du concert de Bournemouth. » Et il sortit rapidement de la pièce.

Grace savait qu'il n'y avait pour elle aucun espoir de se mettre à ses dessins dans l'immédiat. Si désireuse qu'elle fût de se réfugier dans la coquille du travail – pinceau de martre, couleurs subtiles, délicates étamines à reproduire avec un soin infini –, elle savait qu'elle ne ferait rien de bon avant d'avoir échappé à l'anxiété qui la rongeait. Elle mit un manteau épais, des bottes et une écharpe et quitta la maison. Elle ne prit pas la peine de laisser un message à William. Il était peu probable qu'il descende avant le déjeuner et découvre sa dérobade.

C'était un matin gris avec un froid mordant. Les haies séparant les jardins des voisins étaient saupoudrées de givre. Sur les petites pelouses bien tondues se reflétait par les fenêtres la lumière des pièces éclairées, traçant d'étranges figures géométriques dorées sur l'herbe parée de gelée blanche. Grace marchait à pas lents, péniblement.

Personne n'étant là pour la voir, elle ne cherchait pas à dissimuler sa claudication. Elle se rendait compte qu'elle était tentée de s'apitoyer sur elle-même et souhaitait que cette visite au Dorset n'ait jamais eu lieu. Elle souhaitait de même n'avoir jamais rencontré Lucien. Tout en éprouvant un profond désir de le voir.

Au bout de la rue, elle s'arrêta, se demandant de quel côté tourner, à droite ou à gauche ? Elle avait vaguement projeté d'aller à la banque, mais cette corvée ne s'imposait nullement. Elle prit donc à gauche et, après avoir tourné l'angle, se rendit compte, qu'avec sa cheville il lui faudrait en rester là. Une fois rentrée, elle devrait la bander.

Elle clopina sur quelques mètres dans Beauchamp Road – les maisons y étaient plus exposées que dans la rue des Handle, avec de pseudo façades Tudor étriquées – et leva les yeux pour regarder au loin une silhouette qui venait vers elle. Lucien. À n'en pas douter, Lucien. Il portait un long manteau informe qu'elle ne lui avait jamais vu et qui, ouvert, laissait voir une mince chemise déboutonnée… Comment s'arrangeait-il pour ne jamais attraper froid ? Elle s'attarda un instant sur ces préoccupations maternelles tandis que les battements précipités de son cœur l'étourdissaient. Lucien l'avait presque rejointe : le pas vif, mal rasé, le sourire aux lèvres. Elle se réjouit d'avoir disposé de quelques secondes pour l'observer avant qu'il ne l'eût reconnue. Ils s'arrêtèrent en même temps à un mètre l'un de l'autre.

« Alors, dit Lucien. Grace, comment diable… » Il baissa les yeux, regarda son pied. « William t'a jetée en bas de l'escalier ? »

Grace lui rendit son sourire et sentit le sang affluer à ses joues. Dans ses gants d'angora, elle avait les doigts brûlants.

« Un petit accident », dit-elle.

Lucien avait minci, ses poignets osseux émergeant de ses manches semblaient plus contusionnés que ses propres bras. Qu'avait-il bien pu lui arriver ?

« Je songeais à venir te voir, dit Lucien. Ça fait longtemps…

– En effet.

– Tu as passé un bon Noël ?

– C'était calme.

– Tu as reçu mon message ?

– Oui, merci.

– Il m'a semblé que tu donnais une fête. Je n'ai pas voulu déranger.

– Oh ! juste pour les membres du Quatuor. Nous nous réunissons toujours pour Noël.

– Très sélect, je vois. » Lucien haussa les épaules et fronça les sourcils.

« Pas du tout. » Grace eut un petit rire. « Et toi, qu'est-ce que tu as fabriqué ? Tu as travaillé ? »

Lucien tapa du pied. Les clous dépassant de ses semelles firent un bruit inquiétant sur les dalles du trottoir.

« Je suis allé ici et là. Je voulais t'envoyer un signal, tu me connais... Enfin, moi et les signaux. C'est tout ce qui compte, non, les signaux ?

– Je suppose, oui, répondit Grace après un silence.

– Et mon Noël à moi, tu voudrais peut-être savoir...

– Pardonne-moi, je...

– Donc tu voulais savoir pour mon Noël... Très bien. Un putain de cauchemar. »

Lucien plongea la main dans une poche profonde de son manteau et en sortit une cigarette qu'il alluma avec la dernière allumette d'une pochette fripée. Il aspira une longue bouffée et jeta la pochette dans un jardin. Le nuage de fumée plus pâle que le ciel, qui lui sortit des narines avec une sorte de sifflement, dégagea une odeur maléfique que Grace ne parvenait pas à reconnaître. Lait aigre, sueur, caniveau.

« Lobelia était complètement maboule : bijoux, bas résille, paupières argentées, elle faisait un foin pas possible. La porte du frigo, bourré de bouffe, s'ouvrait sans arrêt. Elle m'a donné une vraie écharpe de mac, soie d'un côté, cachemire de l'autre. Tu te rends compte. Je l'ai fourguée. C'était insupportable. J'ai filé. Et je suis allé à Londres.

– Je suis désolée », dit Grace. À rester immobile, le froid commençait à la pénétrer. Elle enfouit les mains dans ses poches, oscilla. Elle avait tellement froid aux pieds qu'elle ne les sentait plus.

« Alors, reprit Lucien en tirant une nouvelle bouffée ostentatoire de sa cigarette, tu ne vas pas m'inviter à prendre une tasse de thé par cette foutue matinée polaire ? »

Il lui décrocha un de ses sourires les plus affectueux. Mais sous sa question, Grace avait senti l'ironie. Un faisceau de répliques variées lui traversa l'esprit. Une chose était sûre : elle ne pouvait pas lui donner une réponse sincère. Lucien n'aurait jamais la patience d'accepter la présence de William comme une excuse.

« Je ne suis pas sûre que le moment soit bien choisi, dit-elle avec un léger froncement de sourcils pour indiquer qu'elle le regrettait. Mais je m'en vais à la clinique. Il faut que je fasse examiner ma cheville. »

Cette fois, le sourire de Lucien était clairement sarcastique. Il hocha la tête à plusieurs reprises.

« Tu ne vas pas dans la mauvaise direction ? demanda-t-il.

– J'allais faire le tour du pâté de maisons pour voir comment je me sentais, tu comprends... Si la marche ne me fait pas trop souffrir, ce n'est pas la peine de déranger le docteur. En fait... » Elle n'acheva pas sa phrase, regrettant de n'avoir pas dit la vérité.

Lucien parut convaincu. Son persiflage s'estompait vite.

« Pardon d'avoir douté de toi, dit-il. À vrai dire, j'avais dans l'idée de venir te transmettre une invitation. Apparemment Lobelia meurt d'envie de te connaître. C'est vrai, je te le jure. Thé, petits gâteaux et tout le tralala. Qu'est-ce que tu en dis ? »

Grace avala sa salive.

« Ce serait charmant, un de ces jours.

– Cet après-midi ?

– Cet après-midi !

– Pourquoi pas ? » Lucien la défiait du regard. « Qu'on en finisse ! »

William ne lui demandait jamais où elle passait ses après-midi. Elle n'avait rien prévu. Elle pouvait en toute sincérité aller se faire bander la cheville. La maison de Lucien n'était qu'à quelques mètres. D'ailleurs, elle était curieuse, l'avait toujours été, de connaître la terrible Lobelia. Elle avait compté sur cette invitation puis y avait presque renoncé. Si irritante fût-elle dans sa soudaineté, elle restait alléchante.

« Je crois que je vais pouvoir m'arranger, dit-elle. Vers quatre heures, d'accord ? »

Lucien acquiesça, écrasa son mégot à demi fumé sur les pavés.

« Mais ne dis pas que je ne t'ai pas prévenue, hein ? Elle est complètement siphonnée. C'est une pute, une traînée obsédée par une seule chose...

– Lucien... coupa Grace en lui posant une main sur le bras.

– Disons par deux choses. L'argent pour commencer.

– J'en jugerai moi-même. Pas la peine de continuer.

– Quant à son apparence... Tu vas avoir un choc. Et je ne sais pas comment tu réussiras à ne rien montrer.

– J'espère y arriver. » Grace voulait repartir maintenant. Le froid était terrible et elle avait tant de sujets de réflexion à démêler avant la visite de l'après-midi. « Je dois...

– Allez, vas-y. Je dirai à Lobelia de dérouler le tapis rouge. Je te verrai sans doute là-bas. » Une autre pensée lui vint à l'esprit. « Mais attention, si vous vous entendez trop bien toutes les deux, qu'est-ce que je deviendrai, moi ? »

Il pivota sur les talons, carra les épaules et s'éloigna vers le bout de la rue. En dépit du froid, pressée de bouger pour rétablir sa circulation, Grace resta sur place encore quelques instants en regardant la silhouette de Lucien s'éloigner. Elle n'avait aucune idée de la façon dont tournerait cette rencontre. Lucien n'avait rien fait pour l'assurer que leur amitié était retrouvée. Il lui avait plutôt donné l'impression que, tout en étant content de la voir et en accomplissant son devoir en l'invitant, enfin, à venir voir Lobelia, elle était devenue un vestige du passé, qu'il n'avait plus besoin d'elle.

Au bout d'un moment, elle se détourna pour rentrer chez elle, le cœur encore battant.

L'idée vint à William, dans le silence béni de son studio, qu'appeler Bonnie et s'enquérir de la façon dont elle avait passé Noël ne serait pas malvenu. Elle n'aurait aucune raison de supposer que son coup de fil avait un autre motif que l'amitié. Une répétition était prévue pour le lendemain matin, mais il ne pensait pas pouvoir survivre un jour de plus sans entendre sa voix. D'ailleurs, durant ses longues heures d'insomnie, il était arrivé à la conclusion qu'avant de faire une nouvelle tentative pour éliminer Grace, mieux vaudrait s'assurer que Bonnie était disposée à prendre sa place. Il serait en effet absurde de supprimer une femme aimée et de se retrouver sans rien. Mais, durant les premiers jours de sa passion obsessionnelle pour Bonnie, son désir avait effacé toute raison. Dans son aveuglement, il avait été stupide – il s'en rendait bien compte. Tandis qu'elle germait dans son esprit, cette nouvelle incertitude sur la volonté de Bonnie de souscrire à son plan, il constatait que son envie de tuer sa femme déclinait. Sa résolution pour le nouvel an, décida-t-il, serait de se garantir doublement. Si Bonnie laissait entrevoir que ses sentiments étaient partagés et qu'elle envisageait de vivre avec lui, alors il ferait encore une tentative unique pour commettre son crime. Mais s'il y avait le moindre doute, il laisserait en sommeil toute sa machination : il continuerait de loin à se languir de Bonnie, mais resterait avec sa chère Grace, son Cœur.

William dégagea une place sur le canapé pour s'asseoir entre les piles de partitions, puis il posa le téléphone sur ses genoux. Ses mains tremblaient un peu. Il commençait à se rendre compte que cette fébrilité qu'il ressentait dans tous les membres était le prix d'une conscience troublée. Il tenta d'évoquer des sujets propres à le calmer : des chutes d'eau, l'ombrage des saules, des sandwichs au concombre. Il imagina Grace au travail en bas, sa petite tête studieuse penchée sur ses marguerites. Depuis que le redoutable Lucien avait interrompu ses visites du matin, elle avait retrouvé sa sérénité ancienne devant les toasts et la marmelade d'orange. Elle était beaucoup moins agitée, Dieu merci. Elle jetait moins de ces coups d'œil furtifs vers la fenêtre, qu'elle imaginait faire à son insu. William admettait que ce répugnant voyou représentait la dernière bonne cause de Grace, mais elle s'était déjà trop dépensée pour lui. Sa disparition soudaine était la source d'un soulagement bienvenu. Si jamais il revenait... William serait contraint de lui exprimer son opinion avec la plus grande fermeté.

Il décrocha le téléphone, la main toujours frémissante, fit le numéro de Bonnie – gravé plus profondément qu'aucun numéro l'avait jamais été dans sa mémoire. Elle lui parut essoufflée, de ce délicieux essoufflement qu'il connaissait si bien quand elle surgissait en trombe, sans être jamais vraiment en retard pour les répétitions, sa poitrine palpitant doucement sous l'angora d'un pull-over gris pâle ou bleu clair ou rose.

« William ! que c'est gentil d'appeler. Comment allez-vous ? Noël s'est bien passé ?

– Dans le calme. Je téléphonais seulement pour avoir des nouvelles de votre Noël à vous. Pas de problème dans le Northumberland ?

– Des problèmes ?

– Je veux dire. Vous vous êtes bien amusée ? Toute la famille va bien ? » Il partait de l'idée qu'elle avait une famille sans savoir en quoi elle consistait, sa mère mise à part. Comme il en savait cruellement peu sur elle.

« Tout était parfait, merci. Nous avons eu de la neige. C'était merveilleux. J'ai fait faire des kilomètres aux chiens dans les collines. Ils avaient besoin d'exercice.

– Ah ! » Il la voyait si bien : emmitouflée dans des blousons bien chauds et des écharpes, escaladant d'un pas vif les collines pierreuses, les joues en feu, parmi les moutons dispersés avec les chiens : danois, labradors, chiens-loups ? – le fond sonore d'aboiement qu'il entendait si souvent n'avait aucun sens pour lui – bondissant autour d'elle. Il n'aimait pas les chiens, devinait simplement que les chiens de manchon n'étaient pas le genre de Bonnie. Que n'aurait-il pas donné pour marcher à côté d'elle en tenant sa main froide et mince – ou, plus probable, ne la tenant pas.

« Et vous ? »

William, immergé dans ses fantasmes, hésita un moment.

« Dorset... », dit-il enfin. Seigneur. Il fallait qu'il reprenne ses esprits sinon cette fille allait penser que quelque chose clochait.

« Je parie que Grace et vous n'avez pas beaucoup marché. Je n'arrive pas à vous imaginer marchant.

– Nous avons un peu marché, si... nous sommes montés sur les falaises. Mais Bonnie... » Il ferma étroitement les yeux, luttant pour contrôler sa voix. « Je sais qu'il y a une répétition demain, reprit-il. Mais il se trouve que je dois aller à Aylesbury cet après-midi chez le dentiste. » Il était si perturbé par ce mensonge inattendu, imprévisible, qu'il dut s'interrompre. Bon Dieu, qu'était-il en train de raconter. Mais au point où il en était, il ne pouvait que continuer.

« Mon pauvre ami. C'est grave ?

– Pas vraiment. Je me disais seulement qu'en sortant de son cabinet, je pourrais peut-être en profiter pour rendre visite à votre appartement.

– William ! Franchement ! s'exclama Bonnie en riant. Moi qui croyais avoir réussi à vous guérir de votre enflure verbale. Quelques jours d'entracte et voilà que ça vous reprend. Vous voulez dire simplement, puis-je passer prendre une tasse de thé ?

– Ça ne vous dérange pas ?

– Non, non. » Sa voix avait nettement perdu un peu de son allant. Devait-il revenir sur sa suggestion ?

« Je veux dire c'était une idée comme ça. Je ne voudrais surtout pas m'imposer.

– C'est une idée charmante. Je vous attends quand vous voulez. »

Elle lui donna l'adresse, dit qu'elle devait filer. Sa voix avait retrouvé son timbre amicalement chaleureux. Dans quatre heures tout juste, il serait chez elle, en tête à tête.

Cette pensée annihila en William toute velléité d'action. Il se rejeta brusquement au fond du canapé, et vit les feuillets de partitions glisser par centaines vers le sol et s'y éparpiller. Il ferma les yeux pour mieux laisser aller son imagination ; mais pas trop loin cependant. Que pourrait-il se passer ? Aurait-il enfin une chance de se déclarer ? Pourrait-il obtenir d'elle quelques lueurs sur les sentiments qu'elle éprouvait pour lui ? Mon Dieu, ce serait sans doute son unique chance. Il se surprit à prier pour que les paroles adéquates lui viennent aux lèvres et que cette chance qui lui était offerte ne soit pas perdue.

William avait à peine touché à ses croquettes de poisson au déjeuner. Sur le pâle visage de Grace se peignit la surprise : elle était habituée à ses compliments – les compliments quotidiens, avait-il découvert, étaient payés de retour – pour sa cuisine. Toutefois, pensa-t-il, elle souffrait peut-être plus dans sa cheville que dans ses sentiments. Mais dans sa hâte de s'en aller, il avait oublié de lui demander comment elle se sentait maintenant avec une bande bien serrée. Et Grace n'avait rien dit. Chère Grace.

Dans son état d'excitation nerveuse, sa conduite s'en ressentit. Tous les trois ou quatre mètres, il semblait commettre des erreurs qui exaspéraient les autres automobilistes. Les gens klaxonnaient et lui faisaient des signes plus ou moins grossiers. Ce qui le stupéfiait, étant donné qu'il prenait grand soin de rouler le long du trottoir à très petite vitesse. Finalement, d'une part parce qu'il était très en avance, de l'autre pour se ménager quelques instants de répit en échappant aux sarcasmes des conducteurs modernes, il s'arrêta dans un garage. Là, comme toujours, il eut des ennuis avec la pompe pour faire le plein d'essence. Il avait écrit plusieurs lettres, à la fois au *Times* et au ministre des Transports, suggérant que le retour aux employés pompistes pour servir les clients constituerait un pas important vers le retour aux services décents qu'avaient connus les usagers deux décennies plus tôt. Mais son idée n'avait été accueillie qu'avec une parfaite indifférence. Les gestes encore mal assurés, il fit de son mieux. Mais la pompe automatique acheva sa tâche plus tôt que ne l'avait prévu William et le trop-plein d'essence arrosa non seulement le flanc de la voiture mais aussi ses jambes de pantalon. Et il comprit qu'il ne pouvait rien faire pour atténuer l'odeur, détail que Bonnie remarquerait sûrement et attribuerait peut-être à sa maladresse. Il lui resterait à tourner cela en plaisanterie. Se moquer de soi-même, avec légèreté, était en général efficace dans ce genre de circonstances.

Pour tuer le temps, William inspecta les fleurs enveloppées dans leurs cônes de cellophane alignées sur un étal de plastique vert devant la station-service. Marguerites, chrysanthèmes, fuchsia mêlés de feuillage plus deux bouquets de ces roses qu'il n'avait jamais vues pousser dans un jardin. Soixante centimètres de tige avec au bout un de ces boutons durs et sombres et sans parfum qui ne s'ouvraient jamais. D'où venaient-elles donc, ces roses ? Qui diable pouvaient-elles séduire ? Bonnie saurait que c'étaient des fleurs de serre mais, s'il en achetait beaucoup, peut-être lui plairaient-elles malgré tout.

Il se tâta les poches en quête de son portefeuille.

Un moment plus tard il se retrouva empilant une demi-douzaine de bottes aux couleurs ternes sur la plage arrière de la voiture. Il se rendit compte trop tard que son rétroviseur était à demi aveugle et qu'il risquait des anicroches supplémentaires mais il n'eut pas l'énergie de s'arrêter pour les aplatir et continua à rouler au pas.

En dépit de ses atermoiements, William arriva une demi-heure avant l'heure prévue. Ce n'était pas si mal, pensa-t-il : il aurait le temps de se calmer un peu et, qui sait, d'élaborer une stratégie encore que chaque fois qu'il avait essayé de calculer la marche à suivre au cours des dernières heures, il s'était toujours retrouvé la cervelle vide.

Habilement, il se gara le long du trottoir à quelques mètres du petit immeuble des années cinquante dont Bonnie avait fait l'éloge en de nombreuses occasions. Pour un œil non exercé, le décor semblait plutôt ordinaire. Une étroite bande de gazon orné d'un unique saule pleureur séparait la porte d'entrée commune de la rue. La vue était inexistante. Bonnie avait dû louer son appartement pour sa proximité de la grange de Grant et des répétitions et sans aucun doute le loyer devait être moins cher que tout ce qu'elle avait pu occuper à Londres. Si peu avenant son intérieur fût-il, elle l'avait sûrement rendu charmant. William avait une confiance absolue dans le bon goût de Bonnie, une confiance fondée sur ses robes du soir en velours et son choix de biscuits quand cela avait été son tour de ravitailler le groupe pour les pauses café. Il regarda les aiguilles de la pendule du tableau de bord ramper avec une intolérable lenteur vers trois heures et demie et il se demanda combien de temps son cœur pourrait cogner si fort sans exploser.

L'appartement de Bonnie était au premier étage. Il n'y avait pas d'ascenseur. Les pas de William résonnèrent sur les marches garnies de lino tandis qu'il s'appuyait au mur pour maintenir son équilibre. Il se trouva enfin sur le palier devant la porte de Bonnie. Une porte bon marché, sans relief, sans enjolivures mais peinte d'un gris qui rappelait bon nombre de ses pull-overs. On pouvait lui faire confiance pour choisir une telle couleur et marquer son territoire. Pour retarder encore un instant le moment de sonner, William jeta un coup d'œil vers l'étage au dessus. La porte palière y était peinte du même gris… Avec un pincement de tristesse, William dut bien admettre que cette couleur constituait la règle pour toutes les portes de l'immeuble. N'était-il pas curieux de voir la façon dont un amour profond pare souvent à tort son objet de toutes sortes d'attributs, pensa-t-il ; puis il pressa sur la sonnette.

Bonnie surgit en face de lui avant même qu'il ait eu le temps de se composer une attitude. Il eut un bref aperçu de son visage radieux puis sentit ses bras autour de son cou tandis qu'elle lui posait sur ses joues des baisers sonores. Elle avait un parfum de fleurs d'été pois-de-senteur peut-être avec cependant peut-être un léger relent d'oignon ou d'ail.

« Enfin une visite, dit-elle. Je commençais à penser que vous ne viendriez jamais. Vous et Rufus vous n'avez guère eu l'air de vous intéresser à mon nouveau logis. Vous n'avez pas beaucoup insisté pour être invités, n'est-ce pas ? » Ses fossettes rosirent. William secoua la tête, Grant ne semblait pas entrer dans la catégorie d'amis qui s'étaient désintéressés de son appartement, évidemment... C'était un ami de Grant qui en était propriétaire, Grant qui l'avait trouvé pour elle. Sans nul doute elle l'avait remercié en lui offrant un verre à l'occasion, ou en l'invitant à dîner. William préférait ne pas penser au nombre de fois où Grant, fût-ce en toute innocence, était venu chez elle. Il ne voulait pas approfondir le degré d'intimité lié à la présence de Grant dans l'appartement de rêve de Bonnie.

William la suivit dans le salon, transporté par la chaleur de son accueil.

« Eh bien, voilà, comme vous voyez, ce n'est pas grand. Asseyez-vous. Je vais aller faire du thé. »

Non, ce n'était pas très grand, William devait le reconnaître. À vrai dire, il n'y avait rien de remarquable ou de spécialement plaisant dans le décor. C'était une pièce très banale, selon William. Un plafond bas, des murs blancs plutôt douteux, un mobilier hétéroclite, des fauteuils d'aspect inconfortable, une plante en pot agonisante devant la petite fenêtre sans vue. À la fois surprenant et décevant. William avait été tellement sûr que, si ordinaire que fût son logement au départ, Bonnie en aurait fait une sorte de grotte magique débordante de chaleurs et de couleurs. Il avait imaginé des coussins chatoyants, des tableaux originaux, une masse de plantes. Telle qu'elle était, cette pièce ne révélait rien sur la vie de Bonnie. On n'aurait jamais cru qu'elle avait un tel flair pour les robes de velours et les biscuits exquis. Mais, après tout, peut-être n'avait-elle pas encore eu le temps de modifier son cadre : à moins qu'elle n'en eût aucun souci. Dans l'un et l'autre cas, peu importait. Elle était là, enfin, et il devait tenter sa chance.

Bonnie remplissait d'eau bouillante une théière au fond de la pièce, dans le coin cuisine. William vit qu'elle avait préparé un petit plateau de métal avec deux tasses et une assiette de biscuits au gingembre, ces biscuits d'une finesse particulière qu'elle avait l'art de dénicher.

« Je dois dire que je me sens plutôt déprimée », dit-elle.

William sentit son cœur sauter dans sa poitrine. Il possédait un don pour réconforter les affligés. En bien des occasions, son écoute attentive s'était apparemment révélée d'un grand secours. Il savait que la meilleure tactique était de ne pas s'enquérir des raisons de sa mélancolie. Elle les lui expliquerait elle-même en temps voulu.

« J'ai dû prendre la décision de laisser les chiens dans le Nord, dit-elle après un long moment de réflexion attristée. Ce n'était vraiment pas possible de les savoir ici. Pas assez de temps pour leur donner de l'exercice, sans parler des plaintes des voisins qu'entraînaient leurs aboiements. »

Si haut qu'avait pu sauter le cœur de William à la pensée de la peine qui la minait, il retombait au plus bas maintenant qu'il en savait la cause. Il ne pouvait guère consoler quelqu'un de l'absence d'un chien, lui apporter une consolation venant du cœur pour être précis. Il détestait les chiens. En vérité, il avait souvent songé que *si jamais* Bonnie acceptait ses propositions, le problème des chiens risquait de lui opposer un redoutable écueil.

« Ça me désole tellement, dit-elle, mais c'est vrai qu'ils sont bien plus heureux dans le Northumberland, avec toutes ces promenades. »

Il s'efforça d'arborer une mine assez compatissante.

« Ils me manquent terriblement.

– Je m'en doute.

– Pourquoi ne vous asseyez-vous pas ? »

Bonnie désignait un fauteuil bas près du radiateur électrique. Son ossature d'osier était recouverte d'un vieux tapis décoloré parsemé de poils de chien blancs. Ne souhaitant pas ajouter au gâchis de son pantalon taché d'essence, William choisit plutôt de s'asseoir sur le divan, un peu moins avachi, dont l'alto de Bonnie occupait la moitié. Les ressorts grincèrent sous son poids et lui rappelèrent un des divans de chez lui. Le chapitre sur les chiens lui semblant tourné – avec un peu de chance, Bonnie lui épargnerait les détails de son affliction –, il se sentait soulagé, quoique encore incertain sur la marche à suivre.

Bonnie s'installa dans le fauteuil du chien, après avoir posé le plateau sur une table en faux bois aux pieds trop frêles, très semblable à une de celles qu'il avait vues dans la grange de Grant.

En dépit de la lumière avare de la haute fenêtre, les cheveux de Bonnie luisaient comme les ailes d'un oiseau, sa longue frange cachait les yeux. William avait peine à réprimer son envie de s'élancer sur elle, de serrer dans ses bras son corps potelé, de sentir en l'étreignant sa passion partagée. Mais il se contint. Sur l'étagère près de la cheminée se trouvait une photo d'elle en compagnie d'un beau garçon, bras dessus, bras dessous. Bonnie avait suivi son regard.

« Mon frère, expliqua-t-elle.

– Ah vraiment ? »

Seigneur, quel soulagement. William songea que si cette pièce était tout ce qui lui serait révélé de l'appartement – et comme il ne s'agissait pas précisément d'une demeure grandiose chargée de richesses architecturales, exprimer le désir d'en faire la visite serait déplacé – il aurait peu de chance de découvrir des indices. Bonnie lui tendit une tasse de thé et une petite assiette avec des biscuits.

« Bournemouth vous plaira beaucoup la semaine prochaine, dit-il. Nous y avons de nombreux fidèles. le public est toujours merveilleux. Le Dvorak… Ils adorent ça.

– Êtes-vous venu pour me parler de Bournemouth ? » dit Bonnie en repoussant sa frange.

Durant une seconde il entrevit son front large et pâle et ses yeux couleur de glace. Elle se moque de moi, pensa William.

« Non, dit-il.

– C'est drôle, reprit-elle après un silence, en dehors de votre musique, je ne sais rien de votre vie, en dépit de vagues aperçus à Prague. Vous et Grace, j'ai du mal à l'imaginer. »

L'idée qu'elle fût tentée de l'imaginer était surprenante et, en un sens, réconfortante. Cela signifiait que, durant quelques-unes des longues heures qu'il avait passées à penser à elle, de son côté, elle avait pensé à lui.

« Grace et moi, nous sommes mariés depuis longtemps. Un ménage très heureux et ainsi de suite… C'est une femme unique… N'empêche que… »

Il croisa les mains et haussa les épaules comme dans un effort pour tenter de dire à Bonnie ce qu'il mourait d'envie de lui faire savoir. « N'empêche que… je suis tragiquement seul. »

Il y eut un moment de silence pendant lequel Bonnie parut sur le point de rire puis reprit son sérieux.

« Tragiquement ! Je sais ce que vous voulez dire, quoique *tragiquement* s'applique sans doute plus à vous qu'à moi.

– En effet. Je vous imagine mal tragique.

– Mais vous pouvez m'imaginer heureusement seule ?

– Je suppose, oui. Je l'espère.

– Parce que c'est exactement mon cas. »

Que faire maintenant ? Il avait osé, elle avait presque compris. Mais ils semblaient dévier de la route à suivre. Il devait essayer de gagner du temps, faire une prudente marche arrière.

« Vous êtes très bien installée ici », dit-il, peu inspiré.

Bonnie haussa les épaules.

« Je n'ai pas changé grand-chose, comme vous pouvez voir. D'ailleurs je me demande si je me donnerai ce mal. Je ne me vois pas ici pour l'éternité.

– Vous songez à déménager ?

– Rien de précis. Mais je considère cet endroit comme provisoire. Il ne donne aucune impression de permanence, non ? »

William secoua la tête. Il se sentait étourdi. La pièce se murait en un sable mouvant dans lequel il s'enfonçait peu à peu. Bonnie voulait-elle dire que sa participation au Quatuor était elle aussi temporaire ? Qu'elle songeait à s'en aller ? Mais la questionner sur ce sujet risquait de lui attirer une réponse qu'il ne souhaitait pas entendre.

Il y eut un long silence. Puis William demanda : « Pensez-vous quelquefois à Clara Schumann ?

– Pas souvent, non. Pourquoi ? »

Encore une fois Bonnie réprima un sourire. Les coqs-à-l'âne de William la déroutaient, l'amusaient.

« La pauvre femme. Je pense beaucoup à elle.

– Et qu'est-ce que vous pensez ?

– Eh bien, elle s'est épuisée, n'est-ce pas ? Épuisée à aimer. Mais c'est surtout Brahms que je plains.

– Il lui a mené la vie dure, non ? Refusant de s'engager, se servant d'elle, la laissant tomber, l'exploitant...

– Oh oui ! d'accord. Je ne le nie pas. » William exhala un soupir, se reprit : « Mais le rôle de Julia Schumann dans l'histoire...

– Je ne suis pas au courant.

– La fille de Clara. Il l'avait connue petite fille et l'avait vue grandir et devenir une jeune beauté. Brahms était envoûté mais il ne pouvait rien faire, bien sûr à cause de Clara. »

Voilà, ça y était, il avait parlé. Sous le coup de l'inspiration, il avait conçu cette introduction à ce qu'il voulait dire. Bonnie semblait intéressée.

« Le démon de midi ? demanda-t-elle.

– Oui, si vous voulez.

– Triste.

– Où est la ligne de séparation ? Le désir, l'amour ? Ces cas-là sont toujours tristes. Quoique je ne sache pas pourquoi on prétend toujours qu'ils se bornent au désir. L'amour est souvent un puissant levier. »

Il avait pris un ton léger, le sourire aux lèvres. Bonnie réagit – du moins il l'imagina dans la lumière déclinante – avec une coloration plus accentuée de ses joues roses. Puis il sentit son inspiration l'abandonner. Il se trouvait à nouveau dans une impasse et ne savait plus comment en sortir : « Mais vous, Bonnie, qu'est-ce qui vous attend ? Comment voyez-vous votre avenir ? Avez-vous des projets ? »

Bonnie se mit à rire. Sans doute n'avait-elle aucune idée de l'importance de ses questions.

« Comment voulez-vous que je vous réponde ? Je suis bien trop jeune pour être sûre de projets concrets. Tout ce que je sais, c'est que je veux continuer à jouer, jouer et faire des progrès. Je prends les journées comme elles viennent. Vous ne vous souvenez pas d'en avoir fait autant, quand vous étiez jeune ? »

William but deux gorgées de thé, poignardé. Il jeta un coup d'œil à sa montre. Le temps filait.

« Oui, en effet, dit-il, encore que je me souvienne d'avoir été d'une précision fastidieuse dans mes projets d'avenir. On pourrait dire que, même dans ma jeunesse, j'étais déjà vieux… »

Il sourit à nouveau dans l'espoir de la faire revenir dans son camp. N'avoir mis au point aucune stratégie avait été stupide : les choses ne s'étaient pas du tout passées comme il l'espérait. Il n'avait perçu aucun signe de réciprocité sur le plan des sentiments. Et maintenant il était perdu. Bientôt il devrait partir. Encore une question, posée avec légèreté.

« Mais votre cœur… vous n'êtes pas… fiancée ? Il doit y avoir des centaines de jeunes gens qui se bousculent pour obtenir vos faveurs… » Mon Dieu, comme il paraissait vieux jeu. Et indiscret aussi, en dépit d'un ton dégagé. Cette fois Bonnie éclata d'un rire plein de gaieté.

« Sincèrement William ! Posez-vous ce genre de question à votre fils ? Mais non. Bon, d'accord, je vais vous expliquer. Vous êtes assis à côté de l'objet avec lequel je suis vraiment fiancée. » Elle regarda son alto. « D'accord ? mais je peux vous promettre une chose, si ça peut vous rassurer. Si jamais la situation change et si je dois quitter le Quatuor, vous recevrez des tas d'avertissements, je vous le promets.

– Ce sera très gentil de votre part. » Mais ce n'était pas du tout ce qu'il voulait dire.

« En réalité, ça ne m'effleure même pas l'esprit, mais vous pourriez sûrement me remplacer en un clin d'œil, sans problème.

– Jamais.

– Sottises.

– Vous seriez irremplaçable. » La main de William se mit à trembler si fort qu'il dut reposer sa tasse.

« C'est très gentil de votre part, mais ce n'est pas vrai.

– Vous n'avez sans doute aucune idée de mon… de notre attachement pour vous.

– Et vous n'avez sans doute aucune idée de la chance que j'ai d'appartenir à un quatuor pareil !

– Le seul ennui, c'est que vous êtes tellement séduisante que j'ai parfois envie… »

Le téléphone sonna, l'interrompant. Bonnie se releva

d'un bond. En s'éloignant pour aller répondre, elle donna à William une petite tape affectueuse sur l'épaule. Dès qu'elle eut décroché, elle se mit à rire. William enfouit son visage dans ses mains. Il ne savait pas trop si Bonnie avait enregistré sa dernière déclaration émiettée et si, au cas où c'était oui, elle avait été choquée, amusée ou apitoyée ?

« N... non, disait Bonnie. Vers cinq heures, je pense. Viens vers cinq heures. » Elle reposa le récepteur et revint vers le foyer mais sans s'asseoir. William jeta un coup d'œil à sa montre : moins vingt. Il devait s'en aller avant qu'elle fût contrainte de lui suggérer de partir. Il se leva, accablé par son échec ; Bonnie ne l'incita pas à rester. Dans le glissement de son regard, les virevoltes de sa jupe, il vit un signe avant-coureur de son impatience à le voir vider les lieux. C'était à son prochain visiteur qu'elle attachait de l'importance. De toute évidence, ses remerciements, leurs adieux furent brefs.

« C'était vraiment gentil de votre part de venir, William. Sincèrement... Quand vous voudrez. »

À nouveau, baisers sur les deux joues. Puis la triste descente de l'escalier, la mélancolie de savoir qu'il n'était arrivé à rien, qu'il avait gâché ses chances. À coup sûr, il devrait se montrer beaucoup plus persuasif pour expliquer à Bonnie où son cœur libre (l'était-il vraiment, d'ailleurs ?) pourrait trouver asile. Il devait rassembler ses forces, sa patience, réfléchir plus clairement à la façon de la gagner, et à celle d'en finir avec Grace...

Dans la rue, les lampadaires étaient allumés et leurs faisceaux lumineux oscillaient dans le brouillard du soir. William déverrouilla la porte de sa voiture. Sur la plage arrière il vit les fleurs de serre qu'il avait oublié de lui donner – encore une chance, sans doute – elles auraient été de trop, auraient causé des embarras supplémentaires. C'était de l'argent gaspillé, tant pis. Grace n'en voudrait sûrement pas. Il devrait s'arrêter et les jeter par-dessus une haie pendant le trajet de retour. La conduite de William encore plus heurtée qu'à l'habitude exaspéra un nombre considérable de conducteurs. Il s'efforça d'orienter ses pensées vers le confort de la cuisine familière et chaude qui l'attendait chez lui. Il y aurait des brioches, peut-être de la confiture de fraise. Grace. Son cher Cœur.

Mais il trouva la maison plongée dans l'obscurité. Elle était sortie – pour aller où, mon Dieu ? – ça ne lui ressemblait pas de ne pas être rentrée de ses courses à cinq heures et demie. Comme il tournait la clef dans la serrure, l'idée lui vint que cette surenchère à son abattement était plus qu'étrange, alors que son ultime plan visait à l'élimination définitive de Grace.

À peu près à l'heure où William arrivait devant la porte de Bonnie se demandant ce que lui réservait l'avenir immédiat, Grace se tenait sur le perron de la maison de Lobelia dans un état semblable de nervosité et d'appréhension. Elle pressa la sonnette, s'attendant à voir en face d'elle la jeune femme hédoniste et vulgaire dont elle avait tant entendu parler.

Lucien ouvrit la porte. Grace fut aussitôt frappée par son pull-over rouge, neuf et luxueux : pas du tout son genre habituel. Peut-être, pensa Grace, ne revendait-il pas *tous* les cadeaux de sa mère. Le regard de Grace remonta du pull au visage. Il fixa sur elle des yeux morts, comme s'il venait de se réveiller et ne la reconnaissait pas.

« Oh ! c'est toi », dit-il enfin puis il lui fit signe d'entrer.

Il n'y avait pas de lumière dans l'étroit vestibule que Grace avait entrevu lors de sa visite de dame quêteuse. De sinistres boiseries et toutes les portes fermées rendaient la pièce encore plus obscure.

« Elle est là, dit Lucien, ou elle va y être. » Il montra une porte au fond du vestibule. « Entre donc. Il faut que je sorte. » Et il se dirigea vers la porte encore ouverte.

« Tu ne vas pas nous présenter ? » Grace savait qu'il mépriserait ces formes conventionnelles de politesse mais elle craignait de perdre tous ses moyens s'il disparaissait sans un mot.

« Vous vous reconnaîtrez sans peine. » Il eut un sourire fugitif et sortit en claquant la porte derrière lui.

Grace resta décontenancée dans le vestibule. Quel grossier personnage, pensa-t-elle. Un instant furieuse, elle songea à s'en aller, elle aussi. Après tout, c'était lui qui avait eu l'idée de cette rencontre : le moins qu'il pouvait faire c'était de la présenter à sa mère, et de dire quelques mots aimables avant de les laisser en tête à tête. Mais partir maintenant alors qu'il s'agissait d'une visite organisée, serait faire preuve d'une incorrection égale à celle de Lucien. Grace alla vers la porte que lui avait indiquée Lucien et entra.

La pièce était vide. Là aussi il n'y avait aucune lampe allumée. Il fallut quelques instants à Grace pour habituer ses yeux à la géographie des lieux vaguement éclairés par un ciel crépusculaire au-dessus d'un petit jardin. L'endroit était lugubre : trop de fauteuils aux couleurs sombres rassemblés comme des bêtes au seuil de l'orage, empilage de coussins frangés de glands sur un canapé. Une reproduction du *Cerf aux abois* de Landseer au-dessus de la cheminée. Grace déboutonna son manteau et se demanda ce qu'il convenait de faire. Lucien n'avait pas prévenu sa mère de son arrivée : peut-être, avec ses sautes d'humeur perverses, ne lui avait-il même pas dit à quelle heure Grace avait prévu sa visite.

Elle s'assit sur un des fauteuils couverts de Dralon. Sur un guéridon, à côté d'elle, se trouvait une photo d'un petit garçon ravissant dans un cadre d'argent. Lucien, pensa-t-elle, et elle soupira. Comment diable une aussi merveilleuse innocence avait-elle pu se muer en... ce qu'il était devenu maintenant. Dix minutes s'écoulèrent, très lentement.

Puis il y eut un bruit de pas à l'étage au-dessus. Grace se leva et reboutonna son manteau. Elle se tourna vers la porte, celle-ci s'ouvrit. La femme qui se tenait sur le seuil était éclairée de dos par une lampe unique dans le vestibule qu'elle venait sans doute d'allumer. Grace remarqua seulement qu'elle était petite et frêle, âgée de soixante-cinq à soixante-dix ans. Sans doute la gouvernante, pensa-t-elle. D'après ce qu'avait dit Lucien, Lobelia ne faisait à peu près rien elle-même dans la maison.

« Qui êtes-vous ? demanda la femme.

– Grace Handle, l'amie de Lucien. Il m'a dit que

Mme Watson souhaitait me rencontrer… Il était convenu avec lui que je viendrais cet après-midi…

– Vous êtes Grace Handle ?

– Excusez-moi… Vous ne m'attendiez peut-être pas ? »

La femme entra dans la pièce et ferma la porte derrière elle. Elle pressa un commutateur. Divers globes lumineux diffusèrent un éclairage parcimonieux.

« Pardonnez-moi de paraître si peu hospitalière. Non, je ne vous attendais pas. Lucien est toujours assez imprécis. Il m'a simplement dit que vous viendriez un jour ou l'autre. »

Sa petite bouche eut un tressaillement. Grace pouvait enfin voir comment elle était habillée : tout en gris, avec un cardigan au crochet par-dessus une blouse modeste.

« Et… vous êtes ? » Grace cherchait encore à identifier son interlocutrice. Peut-être était-ce une vieille parente qui habitait là : quelqu'un dont Lucien avait oublié de parler. La femme croisa les mains, l'air surpris.

« Mais je suis Lobelia. La mère de Lucien… Asseyez-vous donc. »

La stupeur de Grace se reflétait sur le visage pâle et menu de Lobelia. Réunies dans leur incrédulité, les deux femmes se dévisagèrent sans un mot puis finirent par s'asseoir dans deux des fauteuils qui se faisaient face. Grace rompit le silence.

« Je dois dire que c'est très étrange. Je m'attendais à… quelqu'un de très différent. »

Un léger pli se creusa sur le front de Lobelia. Elle l'effleura du bout des doigts comme pour l'effacer et fit un effort pour y substituer un sourire las.

« Moi aussi, dit-elle calmement.

– Il ne peut pas y avoir de confusion, n'est-ce pas ? C'est le genre d'incident qui vous donne l'impression de perdre la tête.

– Un sentiment que j'éprouve depuis de longues années, reprit Lobelia. Ôtez donc votre manteau, à moins que vous n'ayez pas assez chaud ici. Je vais préparer du thé tout à l'heure. Mais je crois que nous devrions… commencer par rétablir les faits.

– Je crois en effet. »

Lobelia était assise très droite, toute petite dans son grand fauteuil, les mains jointes sur les genoux dans sa jupe de flanelle grise, les chevilles croisées. Elle rappelait à Grace une intendante du dix-neuvième siècle.

« Le fait est… et pardonnez-moi de ne pouvoir vous cacher ma surprise… que j'imaginais une personne totalement différente… il m'est très difficile de croire que vous êtes la Grace Handle dont il m'a parlé depuis tant de mois. » Elle eut un bref soupir. « Celle que m'a décrite Lucien mille fois est une sorte de tyran pas moins. Une… garce : est-ce le mot juste ? Vulgaire, bruyante, exigeante… Il m'a dit qu'il avait fait votre connaissance quand vous étiez venue faire une collecte pour je ne sais quelle bonne œuvre.

– C'est vrai », dit Grace. Elle sentait sa poitrine se contracter avec une telle force qu'elle avait peine à articuler les mots.

« Et que, durant ces quelques minutes, vous aviez été totalement… envoûtée par lui. » Lobelia regarda le plancher. « S'il vous plaît, pardonnez le mot et tout ce qu'il implique. Mais c'est celui dont il s'est servi et qu'il a répété à satiété. “ Elle est dérangée mère, me disait-il. Elle me harcèle sans arrêt. ” Un jour il a même suggéré d'appeler la police, pour le protéger des tracas que vous lui causiez. »

Les regards des deux femmes se croisèrent.

« Je n'arrive pas à le croire, dit Grace. Et pourtant j'y suis obligée parce que c'est presque exactement ce qu'il m'a dit de *vous*.

– Mais encore…

– Ce serait très pénible à dire. Mais en substance il me semblait que vous étiez une mère démoniaque… cruelle… sans cœur. Il y avait aussi un homme auquel il faisait allusion avec une aversion prononcée.

– Un *homme* ?

– Un… enfin, un ami. Il a parlé de… d'un excès de boisson.

– De boisson ? Oh ! mon Dieu. Je ne sais pas si je dois rire ou pleurer. Il n'est pas entré un ami homme dans cette maison depuis trente ans. Et il n'y a rien à boire ici que du sherry pour les visites éventuelles du curé. Qu'est-ce qu'il a dit d'autre ?

– Il doit y avoir une explication », hasarda Grace pétrissant avec une telle force son alliance qu'elle se blessa le doigt.

Lobelia tira de sa manche un petit mouchoir de linon, fin comme un ectoplasme de buée, et se tamponna le nez. Ses yeux étaient secs, mais son regard était désolé.

« Il y en a une, dit-elle. Il y a une explication, mais pas de solution. »

Elle replia son mouchoir et le refit disparaître. « Il y a beaucoup de termes modernes pour désigner son cas. Pour moi, c'est simplement un malade mental. Un fou.

– Je suis profondément désolée », dit Grace après un long silence. Elle savait qu'elle devait concentrer toute son attention sur Lobelia. Ce n'était pas le moment de penser à elle.

« J'ai vécu cet enfer depuis ses douze ou treize ans, reprit Lobelia. Il a été vu par tous les spécialistes imaginables, a fait des cures dans plusieurs centres de soins. Cela ne l'a pas changé d'un iota. C'est plutôt... moi qui ai été démolie. » Lobelia posa ses mains à plat sur ses genoux. « L'ennui, c'est que je n'ai jamais pu renoncer à espérer, à accepter le fait qu'il n'y avait pas d'espoir. Voyez-vous, il m'a si souvent presque convaincue qu'il était aussi sain d'esprit qu'un autre, et gentil comme un mouton. Drôle, délicat, touchant... et puis sur un déclic mystérieux, il devient quelqu'un d'autre, une créature sauvage enragée, frustrée, méconnaissable. Il est né menteur, il a toujours été menteur. La vérité n'existe pas pour lui. C'est un concept qu'il n'a jamais compris. À bien des égards, j'ai appris à reconnaître ses mensonges ; mais même après tant d'années, il peut encore me piéger... Dans votre cas – elle regarda Grace dans les yeux – j'ai d'abord cru qu'il inventait tout, toutes ces histoires à propos de cette toquée qui habitait dans notre rue. Mais ses récits étaient si élaborés, si précis, duraient si longtemps, crachant le même venin, que j'ai pensé qu'ils avaient un fond de réalité. Peut-être pourrais-je me rendre utile, me suis-je dit, en rencontrant cette

Grace insensée. Voilà pourquoi j'ai suggéré une rencontre. Et depuis bien longtemps. »

Elle s'interrompit pour esquisser un faible sourire. « Je suppose, reprit-elle, que l'idée que nous soyons là, si étonnées l'une par l'autre, doit beaucoup l'amuser... » Elle avait une voix sèche, amère.

« J'imagine, en effet, dit Grace.

– Le thé... Oh ! excusez-moi. Je peux vous offrir quelque chose ?

– Non, merci, vraiment. » Il lui serait impossible d'avaler.

« Quand il rentrera ce soir, son rire de hyène va résonner dans toute la maison. Ce rire terrible, atroce, dément. Et ses bruits d'animaux. Quelquefois il hurle comme un loup. »

Grace acquiesça.

« S'il revient, continua Lobelia... Souvent il ne revient pas et s'absente pour des journées entières... des semaines quelquefois. Il réapparaît sans avertissement, avec des vêtements qui puent, maigre comme un clou, ne disant jamais où il est allé. Il a toujours besoin d'argent. Si je refuse de lui en donner... » Elle promena un regard circulaire sur la pièce. « Tant de bibelots ont disparu. Toute l'argenterie. Mais que puis-je faire ? Le dénoncer à la police ? Livrer mon propre fils ?

– Personne n'a jamais pu vous aider ?

– Personne n'a pu m'aider parce qu'il n'est pas prêt à coopérer. Ça ne l'intéresse pas de changer. Il a l'air de trouver une étrange jouissance dans sa vie déréglée. J'ai l'impression affreuse qu'il... eh bien... qu'il est drogué, comme vous pouvez l'imaginer. Jamais je ne lui ai demandé, bien sûr. Jamais je ne lui ai fait de reproches. J'ai essayé de me cantonner à mon rôle de mère constamment compréhensive et douce, quoi qu'il arrive. Je n'ai réussi qu'à l'assurer que mon amour était inconditionnel. Ce qui ne nous amène, lui comme moi, nulle part. Il en profite, simplement. »

Elle s'était légèrement affaissée dans son fauteuil. Puis elle saisit un bord de son cardigan et le tira sur sa poitrine, l'air aussi frigorifié que Grace qui avait gardé son manteau.

« À Noël, poursuivit Lobelia. Ce Noël, tout s'est passé à peu près bien pendant vingt-quatre heures. Il m'a offert un pot de cyclamens. Je préfère ne pas savoir où il l'a pris. Nous étions au beau milieu de notre déjeuner. J'avais préparé un repas qui ne rappelait en rien Noël, car il a en horreur ce genre de nourriture. Quand, soudain, il s'est levé le visage furieux, a déclaré qu'il n'en pouvait plus et il est parti. Il n'est revenu que ce matin, portant toujours le joli pull-over que je lui avais offert. Il n'a fait aucune allusion à votre visite cet après-midi. C'est pourquoi j'ai été si déroutée de vous trouver ici, je vous en demande pardon.

– Ah non ! je vous en prie », dit Grace. Elle se sentait envahie d'une grande pitié pour cette malheureuse vieille femme et elle avait le cœur si serré qu'elle avait peine à respirer. « Comparée à la vôtre, continua-t-elle, mon expérience de Lucien n'est rien ; mais je me suis habituée à ses réactions imprévisibles. Et, comme vous, j'ai découvert son autre aspect, bien des fois. Sa sympathie, son intérêt, ses encouragements. Et je dois dire que je me suis prise d'affection pour lui. »

Les deux femmes échangèrent à nouveau un long regard.

« Je l'aime, dit Lobelia. Je l'aime malgré tout. » Elle se tut un instant. « J'ai essayé sans fin de comprendre pourquoi tout a mal tourné. Son père nous a quittés quand il avait six ans. Ils s'entendaient si bien. Peut-être est-ce l'explication. C'est même sans doute probable. La désertion, la trahison. Résultats classiques. Son père est parti vivre en Australie. Il n'a plus jamais repris contact avec Lucien. Vous pouvez comprendre...

– Mais bien sûr.

– J'ai fait de mon mieux. Mais une femme seule ne peut pas espérer assumer le rôle de mère et de père. Quand il a commencé à dérailler, il n'y avait personne d'assez énergique pour le discipliner. Ça a été l'engrenage. Et sa haine pour *moi*, la femme qui avait causé le départ de son père, selon lui, n'a cessé d'augmenter. J'ai échoué complètement avec lui, mais je n'ai jamais perdu espoir. Je ne peux pas renoncer à croire qu'un jour il se produira un déclic et il sera retransformé par magie en un fils normal et aimant.

– En attendant, demanda Grace d'un ton réservé, vous n'avez pas peur... de vivre avec lui ? Je veux dire... votre sécurité... Vous y avez songé ?

– Je suis habituée à ses crises de rage. » Lobelia haussa les épaules. « Il est parfois violent mais jamais avec moi. Il jette les objets, claque les portes, me crache des obscénités à la figure, mais sans jamais me faire le moindre mal. Je m'y suis faite. Peut-être ce qui pourrait en horrifier d'autres est devenu pour moi la norme. Bien sûr, je vis dans l'appréhension, en me demandant chaque fois ce qu'il va inventer. Mais non, je n'ai pas peur qu'il m'attaque. Jamais il ne ferait une chose pareille. Je n'ai pas d'inquiétude pour ma sécurité personnelle. » Elle fit une pause. « Mais pour vous, qu'en est-il ? J'espère qu'il ne vous a pas rendu la vie trop insupportable ? qu'il ne vous a pas menacée ? volée ? »

Grace secoua lentement la tête. Elle n'avait nulle intention d'ajouter aux épreuves de Lobelia en lui racontant sa propre expérience des méfaits de Lucien.

« Non, dit-elle. Je me suis bien rendu compte qu'il était imprévisible, soupe-au-lait, qu'il avait des moments d'égarement, de désespoir. Je crois que ses seuls mensonges importants se sont limités à cette accumulation d'histoires, de descriptions, vous concernant... C'était si étrange. Peut-être était-ce sa façon de nous émouvoir l'une et l'autre. Il arrivait chez moi, m'écoutait jouer du piano, regardait mes modestes petites peintures, me prodiguait ses encouragements. Souvent il se montrait un compagnon agréable. La différence d'âge entre nous ne semblait pas compter pour lui. On pourrait dire qu'il a fait jaillir... une étincelle dans ma vie plutôt sans histoires. »

Une joie fugitive se peignit sur les traits de Lobelia. Peut-être n'avait-elle pas entendu une seule parole en faveur de son fils depuis de nombreuses années.

« Je suis contente, dit-elle. Je suis soulagée. Et maintenant que nous nous connaissons, et qu'il s'est arrangé pour torpiller ses fantasmes, que va-t-il se passer, je me le demande.

– Peut-être, ensemble, pourrons-nous réussir à l'aider vraiment », dit Grace, consciente de la faiblesse de sa réflexion. Deux femmes normales, et bien intentionnées n'étaient pas de taille à venir en aide à un être aussi perturbé que Lucien.

« Peut-être », admit Lobelia. Grace se rendit compte qu'elle aussi ne croyait guère à cette éventualité. Du moins cela ne rimera plus à rien pour lui de broder des contes ridicules sur ces deux femmes extravagantes Lobelia et Grace.

Elles échangèrent un léger sourire.

« Il faut que nous restions en contact, dit Grace.

– Bien sûr. C'est merveilleux de vous avoir rencontrée, de savoir que vous êtes si près au cas où… Mais il ne faut absolument pas qu'il aille s'imaginer que nous complotons dans son dos. Il serait hors de lui.

– Bien sûr », dit Grace. Elle se leva, prise d'une brusque envie de sortir de cette pièce triste et sombre. Elle aspirait à se retrouver à la maison avec William qui marmonnerait, en buvant son thé, à propos du concert de Bournemouth, ignorant tout de la trahison de Lucien qui lui déchirait le cœur. « Je ne veux pas m'imposer plus longtemps, dit-elle.

– Je vous en prie, revenez, dit Lobelia en se levant à son tour.

– Peut-être viendrez-vous me rendre visite un de ces jours ? dit Grace. Pour déjeuner, ou n'importe quand, comme cela vous arrangera. »

L'idée de revoir Lobelia l'enchantait : la possibilité d'une amitié. Mais une expression de crainte, de confusion, altéra le visage de Lobelia.

« Je n'ai guère eu de vie mondaine depuis des années, dit-elle d'un ton léger. Mais oui, un jour, peut-être. J'aimerais beaucoup. Merci. »

Dans le vestibule poussiéreux, Grace constata qu'elle dominait d'au moins dix centimètres Lobelia qui lançait des coups d'œil inquiets vers la porte d'entrée.

« Je crois que nous sommes toutes les deux en état de choc, dit-elle calmement, après avoir découvert…

– Ce que nous avons découvert. Oui. Je le crois aussi. »

Il y eut entre elles un moment de gaucherie dont Grace prit conscience plus tard lorsque les deux femmes hésitèrent, ne sachant trop quelle sorte d'adieux échanger, s'embrasser l'une l'autre sur la joue leur traversa l'esprit, mais étant des femmes d'un certain âge et d'un naturel réservé, le lien même que Lucien avait tissé entre elles n'était pas assez fort pour provoquer de leur part un tel geste d'amitié. Elles échangèrent une brève poignée de mains mais en y mettant une fermeté qui confirma, chez Grace, l'espoir d'une amitié future, qui ne relèverait pas d'un simple fantasme.

« Au revoir, madame Handle. Et merci.

– Grace… Appelez-moi Grace.

– Eh bien !… au revoir.

– Au revoir. »

Dehors, il faisait nuit : des filets de lumière encadraient des fenêtres aux rideaux tirés, la clarté des réverbères brillait sur les branches nues des cerisiers dans leurs cages de fer inégalement plantés le long du trottoir. Grace sentait le froid vif pénétrer ses membres, traversant son épais manteau. Elle se hâtait vers sa maison, courait presque. Là elle se rendit compte de l'importance de son retard. Elle avait projeté d'être de retour bien avant William, mais n'y était pas arrivée. Prise de culpabilité, elle desservit la table de la cuisine où William avait bu son thé. Où était-il ? Elle voulait lui parler de son extraordinaire après-midi *tout de suite*, sans attendre jusqu'au dîner. Alors même que cette envie la tenaillait, elle sut que c'était absurde. Il détestait être dérangé quand il travaillait, d'autant qu'elle le pensait plongé dans les problèmes posés par le concert de Bournemouth.

Machinalement, Grace sortit des carottes du frigo et se mit à les couper. Ses mains tremblaient, incertaines. Lucien : comment pouvait-il ? Comment ce garçon qui avait provoqué cette *étincelle* chez elle n'avait-il pas cessé de viser sa destruction ? Et comment, alors qu'elle était sûrement apte à juger du caractère des autres, s'était-elle laissé prendre à son jeu, avait eu pour lui, à bien des égards, tant de considération. Comment se faisait-il qu'elle n'avait jamais eu vraiment peur de lui ? Le malaise qu'elle avait parfois éprouvé par le passé n'était rien à côté de la violence des vibrations qui la secouaient. Affranchie de la retenue qu'elle s'était imposée devant la pathétique Lobelia, Grace voulait clamer son angoisse, supplier William de la protéger au cas où Lucien réapparaîtrait dans la maison.

Elle abandonna ses carottes et se hissa péniblement dans l'escalier, insoucieuse de l'irritation qu'elle pouvait causer à William en le dérangeant. En atteignant le palier, elle l'entrevit en train de jouer. C'était si inhabituel à la fin de la journée qu'elle s'immobilisa en se demandant s'il avait eu des ennuis dans l'après-midi, qui sait une séance éprouvante chez le dentiste.

Grace resta un moment devant la porte de William, l'écoutant jouer. Elle ne reconnut pas le morceau mais il était en mineur. La mélodie était triste et se dissolvait comme un nuage. Les notes, amorties derrière la porte close, montaient et descendaient, semblant se poursuivre comme si elles craignaient de se rejoindre et de détruire le thème désespéré qu'elles développaient. Non : elle ne pouvait pas rentrer. William devait achever son morceau à l'insu de sa présence. Chacun avait toujours respecté l'intimité de l'autre dans leurs divers, mais rares, moments de souffrance.

Grace se détourna pour redescendre l'escalier. À mi-hauteur, elle s'assit sur une marche et, la tête dans ses bras, se mit à pleurer, ses sanglots couverts par la musique. Sa détresse ne cessait de croître comme des rides à la surface des eaux dormantes d'un étang. La découverte de la folie de Lucien était déjà assez désolante ; l'idée de le chasser encore une fois, de le rayer de sa vie, ce qu'elle serait à coup sûr contrainte de faire pour se protéger et protéger William du danger, était encore bien pire. Peut-être même serait-ce impossible, pensa-t-elle, tandis que William continuait à jouer.

11

Un observateur regardant par la fenêtre de la cuisine des Handle un peu plus tard ce soir-là aurait été frappé par une apparence parfaite de normalité. Grace avait les yeux brillants bien que las : toute trace de larmes avait disparu. William, revenu d'un de ces pays sans contours où magiquement la musique régénère, ne laissait maintenant voir aucun signe de la déception ou de l'autoréprobation inspirée par la gaucherie qui l'avait crucifié au cours de l'après-midi. L'une des grandes vertus d'un mariage où les mots sont raréfiés tient à ce que les signaux sont acceptés, respectés et non contestés. Donc, si Grace avait le moindre doute que William était perturbé – le très léger tremblement de ses mains persistant – elle n'avait pas l'intention de lui demander pourquoi. De même, si William pressentait que l'après-midi de Grace avait été de quelque façon mystérieusement bouleversé, il devait par simple décence garder ses interrogations pour lui-même. Contrairement à Jack et Laurel qui ne cessaient d'« étaler leurs sentiments sur la table et de se les jeter à la tête », comme ils disaient, Grace et William avaient appris la valeur extrême de la discrétion. Telle était leur confiance réciproque que jamais la jalousie ne s'immisçait entre eux. Leur code de conduite mutuelle, établi au long des années, et que ne troublait aucun débat analytique, fonctionnait parfaitement. Ils savaient cependant l'un et l'autre que si jamais un événement qui ne pouvait être affronté seul, intervenait dans leurs existences cloisonnées, ils ne manqueraient pas de s'en avertir par quelque signe.

Grace réfléchissait à ce problème tout en tripotant dans son assiette son morceau de quatre-quarts. Elle n'avait pas d'appétit. William se servait de la crème anglaise de façon extravagante. Grace évaluait le degré de réceptivité de son humeur. Les événements de l'après-midi l'avaient tellement remuée qu'elle se sentait contrainte de relater à William, dans les grandes lignes, ce qui s'était passé.

« Enfin, dit-elle. J'ai rencontré Lobelia, la mère de Lucien.

– Ah ! c'est là que tu étais, dit William. Drôle de nom !

– J'étais curieuse, comme tu peux l'imaginer.

– Faire la connaissance de la mère de Lucien n'aurait pas précisément excité ma curiosité, mais je comprends la tienne. Je veux dire, compte tenu du cas que tu fais de son fils... Et c'était intéressant ?

– Pas du tout ce que j'attendais. Lucien avait fait d'elle un portrait totalement faux.

– Jamais je n'aurais pensé qu'il avait le moindre souci de la vérité.

– Loin d'être l'abominable femme qu'il décrivait, je l'ai trouvée plutôt gentille, craintive, douce. Elle m'a plu.

– Elle pourrait devenir une amie ?

– Peut-être.

– Voilà qui serait une bonne chose, mon Cœur. » William reprenait encore de la crème. « Je veux dire, tu n'as pas une riche mine d'amies dans le coin, non ? Cette Lobelia pourrait peut-être combler une lacune. Ce serait bien commode, une voisine aussi proche. Quant au jeune Lucien, j'ai l'impression qu'il a renoncé à prendre notre maison pour un salon de thé. Ce serait une bonne chose aussi.

– À bien des égards, oui. » Grace ne se donna pas la peine de dissimuler un léger soupir. Elle se rendait bien compte que l'intérêt porté par William à Lucien et Lobelia se dissipait rapidement. Elle avait conscience de ne pas avoir mis en avant d'indices assez convaincants.

Une sorte d'instinct l'empêchait cependant de reconnaître son état de nervosité, son désir d'obtenir de William l'assurance que, si jamais Lucien réapparaissait, il serait là pour la protéger. De même, elle se sentait incapable d'avouer le tourment pervers que, en dépit de son horreur pour la conduite de Lucien, elle éprouvait à la pensée de ne pas le revoir. Si une amitié avec Lobelia signifiait que Lucien de son propre chef l'abandonnait, alors peut-être devrait-elle sacrifier cette amitié potentielle.

« Bournemouth : j'y vais en voiture avec Grant », dit William après un silence prolongé pendant lequel ses pensées avaient dérivé bien loin du sujet de conversation favori de Grace : Lucien – un sujet maintenant malencontreusement élargi par l'intrusion de sa mère.

« Ah oui ? fit Grace en se redressant. Ce n'est pas dans tes habitudes.

– Le plan me semble valable. Grant et moi n'avons pas eu un moment ensemble depuis un temps fou. » Un autre plan s'esquissait dans son esprit, si furtif qu'il en distinguait mal les contours, mais sa seule existence prouvait que William comptait beaucoup sur ce voyage avec Grant.

« Et Bonnie ?

– Elle s'arrange de son côté. Il me semble qu'elle a dit qu'elle viendrait de Londres par le train.

– Pauvre vieux Rufus. Avec sa voiture par un temps pareil.

– Rufus s'en tirera très bien. Il vient en voiture avec Iris. Elle a toujours aimé Bournemouth. Elle voudrait y prendre sa retraite. » L'image de Bonnie dansait devant lui, confuse à travers la crème anglaise – debout devant sa morne petite cheminée ; elle lui souriait, tout en déplorant la perte de ses chiens (à qui il avait certainement plus qu'assez compati). Sans doute avait-il sous-estimé sa sympathie, son attachement pour lui. Sans doute aussi qu'inconsciemment, au fond d'elle-même, l'idée de partager l'existence d'un violoniste qu'elle disait admirer profondément, se frayait un chemin dans son esprit. Cette pensée apporta un immense réconfort à William. Demain, en face d'elle, à la répétition, il alignerait quelques mots supplémentaires de condoléances à propos des chiens, et peut-être lui feraitelle une place dans son cœur.

Il pourrait même suggérer, si le concert se passait aussi bien que d'habitude à Bournemouth, de déboucher après une bouteille de champagne au bar de l'hôtel. Il avait entendu Bonnie avouer à Rufus son faible pour le champagne.

« En tout cas, dit-il, mon Cœur… si jamais Lucien réapparaît ici un matin… je t'en prie, dis-lui de s'en aller. » Finalement, au désespoir, Grace avait calmement explosé. William se contenta de hausser un sourcil.

« Je serai ravi de le virer d'ici, à tout moment. La petite ordure. Content de voir que tu as fini par te rendre compte que c'était un salaud.

– *William !* Il… Il est malade. Tu ne te rends pas compte. Je veux simplement être sûre. »

Elle jeta un coup d'œil circulaire dans la pièce sur leur collection d'objets, et se souvint des boutons de manchettes.

« Comme tu voudras, mon Cœur. Je suis à ta disposition. » Il lui fit un sourire distrait. William, disait Bonnie dans ses pensées, *je suis là tout à toi.*

Pour quelque obscure raison, il commençait à se sentir plus optimiste. Il savait qu'il serait capable de se présenter devant Bonnie à la répétition du lendemain matin en affectant un calme parfait et peut-être pourrait-il marquer un réel progrès après le concert de Bournemouth. « Tu es une femme très bien », conclut-il au bout d'un moment.

Grace fut touchée par le compliment, mais aussi étonnée : jamais William n'avait employé ces mots-là pour la féliciter. Mais après tout il n'était pas bien – c'était évident. Il s'inquiétait à propos de Bournemouth, supposa-t-elle. Tandis qu'elle desservait calmement la table du dîner et passait en revue ses préoccupations de l'après-midi, Grace oublia bientôt le ton insolite qu'avait pris William avec elle et lui adressa un sourire qui sembla se perdre dans le lointain.

William était ravi de voyager dans la voiture de Grant. Elle était vaste avec des sièges moelleux, presque des fauteuils, bien chauffée et silencieuse. L'idée lui vint que peut-être Grace et lui devraient échanger leur médiocre petit engin pour une machine plus proche de l'imposant véhicule de Grant, encore que ni lui ni elle n'auraient été capables de le conduire avec l'aplomb adéquat.

L'autre plaisir tenait à ce que Grant était un compagnon de voyage rêvé. Il gardait les yeux rivés sur la route, conduisait avec un mélange de prudence et d'audace que William ne pouvait qu'admirer. De plus, il ne voyait pas la nécessité de faire la conversation, à moins qu'un sujet de discussion valable ne lui vînt à l'esprit. En fait, ils écoutèrent la symphonie *Prague* en entier sans que l'un ou l'autre eût proféré un mot.

Ce fut Grant qui rompit le silence et en abordant précisément le sujet que William se demandait comment évoquer sur un mode innocent.

« Nous arriverons à Bournemouth largement à temps pour passer prendre Bonnie à la gare, dit-il.

– Parfait, tu conduis comme un chef. » William étudiait ce profil qu'il connaissait si bien : de grands yeux, un nez romain, une bouche rieuse. Grant avait une de ces têtes hors du temps que l'on rencontre à la fois chez les statues grecques et aux arrêts d'autobus contemporains. Oui, il avait quelque chose d'un Romain excentrique. Il était le seul membre du Quatuor fait pour porter une toge, tout en conservant l'allure d'un Anglais réservé. Grant était bon. Bon au sens biblique, qualité que William admirait profondément. On pouvait compter sur lui dans une situation critique (il s'était montré précieux le soir de la fête de Noël), on pouvait compter sur lui pour s'effacer derrière les autres. Ses faiblesses étaient négligeables : désordonné (sa superbe indifférence au capharnaüm de sa grange que William n'avait jamais pu comprendre). Parfois il était maussade, entêté, tatillon à l'excès quant au siège qu'on lui fournissait pour s'asseoir lors des concerts d'un bout à l'autre du pays. En tant que violoncelliste, ce n'était pas Rostropovitch. Mais, étranger à l'ambition de devenir une vedette, il se souciait avant tout d'assumer de son mieux son rôle dans le Quatuor, et sur ce point il était irréprochable. Lorsqu'un jour, enfin, une femme saurait capter son cœur tourmenté, pensa William, elle bénéficierait d'une chance inespérée.

« Qu'est-ce qu'elle faisait à Londres ? »

Grant haussa les épaules.

« Ça, mystère. Elle ne me tient pas au courant de tous ses plans. »

Aurait-il *aucun* de ses plans que William se serait senti plus heureux. Il avait eu un coup au cœur en pensant que *certains* de ses plans étaient connus de Grant. À lui, elle n'en avait pratiquement confié aucun… Mais il devenait ridicule.

« Je suis incapable d'imaginer son existence en dehors du temps qu'elle passe avec nous », dit-il. Il avait calculé que cette inoffensive remarque pourrait ouvrir une mine d'informations.

« Elle a bien fait de s'installer à Aylesbury, c'est beaucoup plus commode.

– Commode pour quoi ? dit William sèchement.

– Eh bien, plus commode pour elle.

– Tu as vu son appartement ?

– Je le lui ai trouvé, souviens-toi.

– C'est vrai. Elle a l'air de s'y trouver bien ?

– Il me semble, oui.

– Parfait. » William respira à la pensée que Bonnie n'avait clairement pas parlé à Grant de sa visite de la veille. Il augmenta le volume de la radio merveilleusement simple d'aspect. Un nouvel interlude musical lui donnerait le temps d'élaborer sa prochaine manœuvre. Il s'agissait toutefois d'une pièce pour piano de Debussy, musicien qui n'avait pas les faveurs de Grant. Et il éteignit à nouveau la radio.

« Quelquefois je m'inquiète à la pensée qu'elle pourrait nous quitter bientôt. Je veux dire : elle est si jeune, si brillante. Quelqu'un va nous l'enlever. Je ne sais quel poste plus excitant et plus lucratif nous l'enlèvera.

– Nous avons débattu de tout ça quand nous avons

décidé de la prendre avec nous, dit Grant. Et nous avons tous reconnu que cela valait la peine d'encourir ce risque.

– C'est vrai. »

William soupira. Il éprouva une soudaine désolation, plus à la perspective de voir Bonnie s'en aller que l'avenir du Quatuor compromis. Peut-être était-ce le moment d'en parler à Grant.

« Rufus et moi, dit-il, nous devrons songer à prendre notre retraite un jour.

– N'y songe donc pas. Ce n'est pas comme si les contrats étaient en baisse. En fait avec Bonnie, on ne nous a jamais autant réclamés. Peut-être nous a-t-elle insufflé une nouvelle vie ?

– C'est probable. Mais il n'en demeure pas moins que... Rufus et moi... ne sommes plus de la première jeunesse. Nous devrions partir en beauté, mais j'aime à croire que le Quatuor pourra continuer sous une forme ou une autre. Avec Bonnie peut-être. Je me demande souvent si tu serais capable de prendre la suite. Ça ne devrait pas être si difficile de dénicher deux bons violonistes. Il y a tellement de jeunes pleins de talent.

– C'est à envisager, dit Grant.

– Bien entendu, reprit William après une pause convenable. Si Bonnie se mariait, ou se mettait un fil à la patte, enfin, disons qu'elle avait une histoire... tu vois ce que je veux dire – je suppose qu'il n'y aurait guère de chance de la garder.

– Oh ! je ne sais pas trop. » Grant eut un haussement d'épaules... « Ça dépend. Les femmes sont si indépendantes de nos jours. Elles poursuivent leurs carrières même avec des enfants et tout, et tout.

– C'est vrai – un silence. Pour autant que tu saches, il n'y a pas... anguille sous roche ?

– Tu veux dire un type ?

– Ma foi oui.

– Comme je te l'ai dit – Grant souriait –, elle garde ses cartes bien planquées contre ses seins de rêve.

– Ses seins de rêve : oui... en effet. » William sourit à son tour pour masquer une pointe d'inquiétude. Entendre

Grant appliquer à Bonnie des épithètes que lui, William, n'utilisait que dans les tréfonds de sa pensée était assez déconcertant. Il sentit que c'était le moment de pousser sa pointe en avant. « Une fille bigrement séduisante », dit-il.

Grant ne fit pas de commentaire.

« Encore qu'à mon avis elle n'a pas la moindre idée de cette séduction. Très inattendue. Elle semble totalement dénuée de vanité.

– D'accord avec toi. Le spécimen rare de sa génération.

– Il y a un tas de spécimens excellents parmi les jeunes, dit Grant. Il se trouve simplement que tu ne les connais pas. »

William appréciait ce genre de léger persiflage de la part de Grant.

« Pas parmi les amis de Jack et Laurel. Il n'y en a pas. »

Ils rirent tous les deux. Son affection pour Grant s'était affirmée au cours du voyage, pensa William tandis qu'ils atteignaient les faubourgs de Bournemouth. En outre, il se sentait très réconforté à la pensée que la vie privée de Bonnie restait un mystère pour Grant également. C'était bien entendu la moindre des choses : il eût été de mauvais goût que le membre féminin célibataire du Quatuor confiât ses espoirs et ses craintes à ses compagnons musiciens. Et jusqu'à ce qu'elle fît une déclaration précise concernant son engagement futur avec un inconnu subsistait l'espoir que William – selon un processus encore à définir – pût gagner durablement son amour et son affection. Sa vie.

Lorsque William était parti pour Bournemouth, Grace, debout devant sa table de dessin, savait que commençait encore une nouvelle journée où des problèmes superflus l'empêcheraient de travailler. Elle feuilleta son carnet de croquis à la recherche d'une *Pulsatilla vulgaris alba* qu'elle avait l'intention de finir. Les pâles petites fleurs avec leurs petites feuilles rigides, dessinées avec un soin si affreusement méticuleux, la désolaient. La conviction que son talent – si l'on pouvait parler de talent – était d'un niveau très mineur, la harcelait. Peut-être la certitude ancrée en elle que ce dernier livre – si elle l'achevait jamais – ne serait pas fameux expliquait-elle pourquoi elle trouvait si souvent des excuses à ne pas persévérer. Car elle n'aimait pas vraiment ce qu'elle faisait mais avait choisi cette activité comme une alternative au piano dont elle jouait lorsqu'elle avait rencontré William ; elle ne se sentait pas contrainte de la poursuivre avec la discipline rigoureuse que s'imposait William, constamment soucieux de se perfectionner avec son violon. Dans le cas des fleurs, songeait Grace, elle n'avait ni l'énergie ni le désir de viser la perfection. Et ce matin-là, avec sa cheville encore douloureuse, sachant que l'étrange conduite de Lucien lui causait une peine inéluctable et que William s'absentait avec vingt-quatre heures d'agrément devant lui, elle se demanda si elle ne devait pas renoncer à l'un et à l'autre. Cesser de feindre de croire que ce *magnum opus* méritait d'être poursuivi. Le mettre au panier peut-être et s'attaquer à quelque chose de tout à fait différent. Elle ramassa l'album de peintures terminées encore plus dénuées de vie que ses croquis. Comment avait-elle pu croire Lucien quand il louait avec tant de conviction son talent ? À coup sûr, c'était encore là un de ses mensonges. Son travail était bon à mettre au feu.

Grace détacha une image d'un bouquet de violettes, bizarrement mis en page, lui sembla-t-il. Elle était sur le point de la déchirer quand le téléphone sonna. Elle la reposa.

« Allô ? Madame Handle ? » Une voix de femme qu'elle ne connaissait pas. « C'est Lobelia Watson à l'appareil.

– Oh ! Lob... Madame Watson. » Grace ne se souvenait plus exactement des termes qu'elles avaient convenu d'utiliser pour se parler. Mais c'était plaisant de penser que cette nouvelle amie éventuelle l'appelât si tôt. En général, elle ne recevait aucun coup de fil le matin.

« J'ai pensé que vous aimeriez savoir que, peu après votre départ hier, Lucien est rentré d'excellente humeur. Je ne l'avais pas vu si heureux depuis longtemps. Il riait, plaisantait, disait que ça l'avait énormément émoustillé, comme il disait, de penser à notre stupeur à toutes les deux.

– Enchantée que sa petite plaisanterie l'ait amusé, dit Grace, je suppose qu'il a trouvé ça très drôle.

– Ma foi, dit Lobelia, elle était plutôt à retardement. Toutes ces descriptions de vous pendant des mois pour élaborer ce tableau odieux… Mais Lucien est comme ça – quand il a une idée en tête, il ne la lâche pas et elle devient de plus en plus tordue. Je suppose que cela fait partie de son… dérangement. Échafauder toute cette machination devait l'emballer.

– Tant mieux s'il a retrouvé la joie.

– C'est toujours un soulagement mais ça peut ne pas durer. Il était si… touchant. Je vous assure, hier soir. Il m'a proposé de me préparer un verre, a même fait mine de mettre la table. Au dîner nous avons eu une conversation des plus civilisées… sur l'histoire de l'art. J'ai été une étudiante tardive. » Elle laissa échapper un petit rire de dérision. « Il m'a dit qu'il voulait découvrir tout ce que je savais sur Van Gogh, Dieu sait pourquoi. Ensuite il est sorti mais il m'a embrassée sur les deux joues avant de partir. Il n'était rien arrivé de pareil depuis des années. Je ne parvenais pas à le croire. Et ce matin, je l'ai trouvé en bas dans la cuisine, il était descendu avant moi et il avait mis la bouilloire sur le feu. Tout cela est très mystérieux. Merveilleux.

– Seigneur Dieu ! fit Grace.

– C'est lui qui m'a suggéré de téléphoner ce matin, de m'arranger pour que nous nous rencontrions peut-être. Je pensais plutôt attendre quelques jours. Je me demandais si… ? » Sa véhémence, son incertitude vibraient à l'oreille de Grace.

« Pourquoi ne venez-vous pas déjeuner vendredi ? suggéra Grace. Mon mari sera absent, en répétition mais ce sera une agréable excuse pour passer la matinée à nous préparer un petit plat.

– Comme c'est gentil à vous. Si cela ne vous dérange pas trop, je serai ravie de venir. » Lobelia se tut un instant et reprit : « Oh ! avec tous ces préparatifs. » De nouveau elle eut un petit rire, comme si elle s'effarait d'un plan imprévu pour un déjeuner hors de chez elle. « J'ai failli oublier le message de Lucien. Il m'a chargée de vous dire qu'il comptait venir vous voir aujourd'hui. Il a dit qu'il n'était pas allé chez vous depuis je ne sais quand. Il a très envie de vous voir.

– Merci », dit Grace.

Cependant, quand elle eut raccroché, elle se rendit compte qu'une partie d'elle-même ne souhaitait nullement voir Lucien. Enfin, son esprit nageait dans la confusion. Elle brûlait du désir de le voir. Dieu sait s'il lui avait manqué mais, d'un autre côté, avec sa démence confirmée par Lobelia, elle avait maintenant peur de se trouver seule avec lui. Pourquoi sa présence la mettait-elle subitement dans un tel état de nervosité, elle était incapable de l'expliquer. Peut-être ne pouvait-elle être certaine de contenir la vive déception qu'il lui causait et que si elle donnait libre cours à sa colère, il aurait une réaction irrationnelle et même violente. C'eût été très bien si William avait été là-haut dans son studio, prêt à venir à la rescousse en cas de subite explosion d'humeur. Mais se trouver seule dans la maison avec lui après plusieurs semaines de coupure dans les relations, la remplissait d'appréhension. Elle pensait aux hurlements de loup, à la disparition des boutons de manchettes, aux mensonges extravagants à propos de Lobelia. Elle pensait à la partie inconnue de sa vie, dont son air débraillé, ses pupilles dilatées fournissaient quelques indices… et elle éprouvait un état de vulnérabilité qu'elle n'avait jamais connu.

Comme elle se tenait debout devant son bureau, contemplant les lauriers décolorés par la brume dans l'allée, un sentiment d'angoisse vint s'ajouter à son accablement. Soudain elle sut qu'elle ne devait pas être là, seule, quand Lucien arriverait. Ce serait absurde, dangereux même. Elle lui ferait faux bond bien sûr et peut-être son absence l'inciterait-elle à des représailles futures. Mais elle devait prendre ce risque. L'important dans l'immédiat, c'était de *partir*. De vérifier si toutes les fenêtres étaient bien fermées, le système d'alarme branché et de filer.

Tandis qu'elle allait et venait précipitamment dans la

maison, aucune idée précise ne lui vint de l'endroit où elle pourrait se réfugier durant vingt-quatre heures. Elle remerciait simplement le ciel du départ de William avec Grant, grâce à quoi la voiture lui restait. Une solution allait bien se présenter, songea-t-elle. Elle fourra ses affaires de nuit dans un petit sac, prit l'argent du ménage dans le tiroir de la cuisine, ce qui lui éviterait de s'arrêter à la banque. Dix minutes après le coup de fil de Lobelia, trop déroutée par ses réactions irréfléchies pour concevoir le moindre plan cohérent, elle s'engageait au volant dans l'allée du jardin en se demandant si elle allait tourner à droite ou à gauche.

Après tant d'années d'apparitions en public, William et ses compagnons savaient qu'il était très rare qu'une formation musicale obtînt un « décollage », comme disait crûment Grant, quand elle se produisait – parfois spontanément et sans avertissement, parfois après des signes avant-coureurs dus à un afflux de sympathie dans la salle ou à un morceau de musique unanimement apprécié –, la griserie qu'il déclenchait les propulsait par-dessus des soirées moins mémorables, tandis qu'ils attendaient de se sentir à nouveau transportés dans un avenir inconnu.

Bournemouth, William en était presque sûr, serait une soirée « décollage ». C'était à Bournemouth que le Quatuor avait obtenu pour la première fois des comptes rendus dithyrambiques dans la presse nationale. Ils y étaient retournés chaque année. Certains du soutien de leurs fidèles admirateurs, dont beaucoup avaient assisté à ce premier concert. Mais ce qui leur faisait chaud au cœur c'était que, au cours des dernières années, il y avait eu également beaucoup de jeunes dans le public. William se plaisait à enrichir son répertoire de nouveaux morceaux qui empêcheraient cette nouvelle génération de penser que le Quatuor Elmtree se cantonnait dans une stricte tradition – le *Quatuor en fa majeur* de Dvorak, *L'Américain*, par exemple, qu'ils donnaient régulièrement chaque année et qui était devenu le « Bournemouth Special », un des premiers quatuors de Mozart et un quatuor de Brahms étaient en général inscrits au programme tandis que l'« épice », l'élément nouveau, était intercalé entre eux. Cette année, William avait choisi une œuvre d'Alan Rawsthorne. Et il était impatient de découvrir la réaction de son public. Il ne restait plus une place depuis des semaines, comme toujours. La salle était comble. Une foule de jeunes se tenaient debout tout au fond. William conduisit les musiciens sur l'estrade, bordée de pots de poinsettias si populaires parmi les organisateurs de concerts. Il se sentait léger, allègre, avant même qu'une note fût jouée. Les applaudissements – comme toujours également – traduisaient le chaleureux accueil du public. En de tels instants, William parvenait quelques moments durant à oblitérer son sentiment habituel d'inadaptation en tant que musicien et à croire que le Quatuor Elmtree pouvait contribuer un peu au bonheur de plusieurs centaines de personnes.

William remarqua que Bonnie exécutait un de ses petits saluts supplémentaires accompagné d'un gracieux sourire. Sur quoi les applaudissements redoublèrent et William se surprit à sourire lui-même. Il était résolu à en faire la réflexion à Bonnie : lui suggérer de se joindre aux autres seulement dans l'unique salut qu'ils adressaient au début. Il n'avait toutefois pas le cœur de le faire et il décida de s'abstenir de toute observation au cours de l'année – après tout, elle faisait ses débuts. Elle devait se présenter elle-même aux auditeurs dont une bonne partie devait regretter le départ d'Andrew. Avant d'avoir touché son instrument, elle semblait les avoir conquis. Comme ses manches se retroussaient, William entrevit un instant l'éclat de la doublure de satin écarlate – elle ne portait cette couleur que dans les occasions particulières, songea-t-il, et il se remit à sourire en écoutant les sifflets enthousiastes en provenance du fond de la salle. Il s'efforça de regarder le public du mieux qu'il put avec les lumières de la rampe qui l'éblouissaient et put tout juste noter qu'au premier rang se trouvait Iris, son visage pâle et tendu voilé d'une écharpe de mousseline. Un bref instant, William sentit l'aiguillon de la culpabilité. Peut-être, comme Rufus, aurait-il dû amener sa femme au concert. Mais après tout Grace n'avait jamais aimé les hôtels, n'était guère portée sur Dvorak et se trouvait beaucoup plus heureuse à la maison au coin du feu...

Un profond silence se fit tandis que les musiciens, assis, accordaient leurs instruments. William les consulta du regard l'un après l'autre. Ils étaient tous prêts. Il hocha la tête. Ils s'inclinèrent en avant pour jouer les premières notes alertes de l'ouverture pastorale du *Quatuor en fa* de Dvorak. Toutes les images de Grace se dispersèrent tandis que William s'immergeait dans la musique.

En tant qu'épouse de William Handle, résident de cet hôtel chaque saison depuis de nombreuses années, Grace fut admise d'emblée. On lui montra la chambre de son mari – le tapis rouge dans le couloir sans fin lui donna l'impression de glisser vers elle comme un de ces escalators dans les aéroports, illusion causée par une journée longue et fatigante, pensa-t-elle.

La pièce avait un haut plafond de style edwardien rehaussé d'une corniche. Le mobilier ne cadrait pas avec la noblesse de l'architecture mais le lit et les sièges paraissaient confortables et il y avait un poste de télé et un minibar. Grace, à la fois épuisée et affamée, prit un paquet de chips et un gin-tonic – geste très inhabituel pour elle, mais elle avait le sentiment de le mériter, d'en avoir besoin. Elle avait fait au volant plus de cent cinquante kilomètres incapable de décider où s'arrêter et prendre une chambre. Ce ne fut qu'une fois seule dans un salon de thé de Marlborough qu'elle se rendit compte qu'elle n'était pas loin de Bournemouth et qu'en toute logique elle devrait aller retrouver William, le surprendre, et le ramener en voiture le lendemain matin.

Dans le confort de la chambre d'hôtel, Grace commença à se détendre. Elle emporta son verre dans la salle de bain – une extravagance à base de faux marbre et de serviettes blanches – et prit un bain prolongé. Puis elle se dit que si elle se dépêchait, elle pourrait arriver à la salle de concert à temps pour la deuxième partie du programme. Elle savait toutefois qu'il n'y aurait pas une place, et elle n'avait aucune envie de rester debout avec sa cheville fragile. Elle ne voulait pas non plus se presser. L'esprit stimulé par le gin, elle s'abandonna bientôt à la chaude sécurité de la salle de bains, allongée au fond de la baignoire dans une émulsion de bulles à l'odeur de pin, les cheveux humides collés au front. Plus tard, en robe de chambre, elle regarda les nouvelles à la télévision, sa mauvaise cheville posée sur un tabouret tendu de Dralon. Un second gin-tonic éveilla en elle l'idée que, aussi heureux et surpris que pût être William de la trouver ici, il risquait d'être bien moins que ravi de la voir en robe de chambre avec des vestiges de son petit déjeuner sur les revers. Alors elle se rhabilla : remettant la jupe qu'elle avait portée toute la journée et le pullover froissé qu'elle avait jeté, prise de panique, dans sa valise. Puis elle retourna s'asseoir dans le fauteuil pour regarder une émission culinaire.

Dans deux heures environ, William serait là. Elle avait pris la bonne décision, pensa-t-elle. Il comprendrait et se réjouirait de la voir. Et un sourire s'esquissa sur ses lèvres.

Ils se tenaient debout sur l'estrade depuis un temps incalculable. William se rendit soudain compte que le concert était terminé lorsque le public, comme envoûté par la musique, s'arracha à sa béatitude pour applaudir. Tel un ressac incontrôlable qui lui assaillait les oreilles, les applaudissements se prolongeaient indéfiniment. William avait fait une entorse à ses principes concernant le *bis* et en avait accordé *deux* à ses plus fougueux partisans du quatuor. De toute évidence, ils ne portaient pas le deuil d'Andrew : Bonnie avait totalement conquis cette salle enthousiaste. Ses petits saluts et ses sourires – même une esquisse de révérence qui avait déclenché une vague de rires au-dessus des battements de main – étaient tout à fait incongrus, encore que William sût très bien que jamais il ne lui adresserait des reproches. Fossettes, chevelure chatoyante, éclat rutilant du velours – pas étonnant qu'elle fût aimée.

En dépit du plaisir que lui donnait l'approbation du public, William ne voulait pas risquer de le gâcher en restant trop longtemps face à la salle. Avec un bref salut final – les applaudissements déferlaient encore par vagues –, William entraîna ses musiciens vers les coulisses. Bonnie fit une pirouette, grisée par ce qu'elle qualifia de magique. Grant marmonna « Foutu décollage » plusieurs fois, tandis que Rufus même reconnaissait avec le sourire que c'était leur plus merveilleuse soirée depuis longtemps. William en personne était comme étourdi par la pensée qu'ils avaient donné le meilleur d'eux-mêmes et que ce meilleur leur avait valu un enthousiasme du public – peut-être le Quatuor Elmtree pourrait-il conserver encore sa forme actuelle durant un an ou deux. Puis à son esprit s'imposa une image du futur immédiat – l'élégant bar de l'hôtel où, pour une fois, insoucieux des économies, il commanderait du champagne et serait témoin de la joie de Bonnie. Et ensuite... ensuite... qui sait ? S'il amorçait avec elle une conversation qu'elle se sentirait obligée de poursuivre, peut-être l'accompagnerait-elle jusqu'à sa grande chambre qui donnait sur la mer (il avait été catégorique à ce sujet en faisant les réservations), où ils pourraient explorer le minibar et ouvrir les rideaux pour laisser la lumière de la lune jouer sur les roses rouges qui ornaient le vaste tapis.

« William ! » Bonnie l'avait pris par le bras. « Ils veulent que vous signiez leurs programmes ! »

Ils se trouvaient au-dehors devant l'entrée des artistes dans un chatoiement de lumières où flottait la buée des haleines condensées par le froid, comme des bulles de bandes dessinées montant d'une douzaine de personnes. William s'arracha à ses rêveries. Il sortit un crayon de sa poche. Bonnie avait raison. Une vieille femme tenait un carnet d'autographes plaqué contre sa poitrine – poliment, se dit-il, car le réel objet de leurs désirs était Bonnie. Des bouts de papier, des programmes et des calepins tournoyaient autour d'elle. Elle s'écarta de William en riant. Cet instant soudain de célébrité, d'approbation publique, avait transporté Bonnie à des hauteurs inconnues de William jusque-là. Elle signait, signait sans discontinuer, penchée contre les épaules et les bras de ses admirateurs. William échangea un coup d'œil avec Grant qui, comme lui, emporté dans le tourbillon de la popularité de Bonnie, avait signé quelques programmes. Comme les demandes d'autographes étaient taries, ils ne purent que se réjouir par procuration du succès de Bonnie. Rufus avait disparu. Il détestait ces séquelles vulgaires des concerts, William le savait. Il était parti rejoindre sa femme.

Enfin Bonnie acheva de signer pour ses fans et alla retrouver William et Grant. Tous trois regagnèrent à pied l'hôtel, Bonnie, déliquescente, pouffant de rire, incrédule.

« Jamais je n'ai rien connu de pareil ! Quel public ! Et puis tous ces demi-fous qui voulaient mon autographe... Je veux dire que jamais je n'aurais pensé que viendrait le jour...

– Mettez la sourdine, dit Grant gentiment. Nous ne voudrions pas que vous attrapiez la grosse tête. »

Il la prit par le bras.

« Ne soyez pas bête, Grant. Je vois bien que c'est un miracle d'un soir. » Elle offrit son autre bras à William qui s'en empara vivement. C'était là, songea William, ce qu'on appelait marcher sur un nuage.

Il se demanda combien de temps durerait ce miracle d'un soir. « Regardez la mer ! » s'écria Bonnie, soudain anxieuse de détourner l'attention de son succès personnel. Tous trois s'arrêtèrent un instant – un drôle de trio, pensa William – et se tournèrent docilement vers la houle d'ébène dont la lune et les lampadaires éclairaient les creux paisibles. Ils écoutèrent sans parler la percussion du ressac qui se brisait sur le rivage, puis repartirent, la mine plus grave.

Pour William, l'émergence de l'obscurité dans la lumière avait toujours revêtu une signification particulière, à la fois métaphorique et physique. Il ne s'était jamais habitué à sortir de la pénombre du passage souterrain d'une salle de concert à l'explosion brutale des projecteurs. Illuminé de façon aussi flagrante, il se sentait désagréablement exposé. Sa vision était troublée par ce brusque changement. Il lui fallait toujours quelques instants pour dissiper ce malaise (les autres ne semblaient pas du tout affectés comme lui) mais, après tout, il était de ces hommes qui préfèrent l'ombre au soleil, le demi-jour à une lumière trop révélatrice. Il se considérait comme un être dont la place est dans les coins sombres, et non pas qui cherche les feux de la rampe ou toute autre forme de lumière. À cet égard, il se sentait des affinités avec la femme de Rufus.

Mais il y avait des circonstances dans sa vie où cette répugnance à passer de l'obscurité à la lumière, loin de lui jouer des tours désagréables, le réjouissait intensément. Jamais il ne pouvait dire quand cette éventualité se produirait. Ces moments favorables intervenaient toujours à l'improviste. Ils ne s'étaient que rarement manifestés, mais ces quelques moments privilégiés restaient inoubliables. Le premier dont il se souvenait remontait à son enfance. Il s'était caché sous une table, plongé dans l'obscurité par une nappe épaisse retombant au sol. Au bout d'un certain temps, lassé de ce jeu, alarmé par les appels anxieux de ses parents, il avait quitté sa cachette et surgi dans une pièce illuminée par des lampes et des bougies, un arbre de Noël égayé de boules de verre, chacune ornée d'un minuscule reflet d'une partie du décor. Il n'avait aucun souvenir de ce brillant éclairage au moment où il s'était caché. Le contraste créé par les cinq minutes passées dans un monde obscur avait suscité cette illumination. Le petit William était resté sans voix, émerveillé, tandis qu'on se réjouissait de sa réapparition.

Une autre fois, jeune homme, un ami et lui avaient pénétré à la nage dans une vaste grotte sur la côte d'une île écossaise. L'aventure avait été moins plaisante qu'ils ne l'espéraient. Perchés sur un rocher humide au cœur de la grotte, ils avaient écouté les coups de boutoir de l'eau noire contre les parois puis décidé de repartir plus tôt que prévu. Au-dehors, le soleil avait embrasé le ciel jusque-là très sombre et dissipé le moindre nuage. Une éblouissante clarté opaline se déployait depuis le zénith jusqu'à la mer où elle se perdait dans les profondeurs. En revenant vers le rivage,

William avait eu la sensation de nager dans un océan de lumière pure. Il avait gardé secrète cette expérience durant de nombreuses années – encore qu'à plusieurs reprises il eût été tenté d'en parler –, et souvent il la revivait en jouant du Schubert, à ses yeux le musicien le plus merveilleusement apte à propager la lumière. Quand il évoquait cette journée à la mer, William y voyait un de ces moments de l'existence qui revêtent une inexplicable importance. Ce jour-là, une partie de lui-même avait pris une orientation nouvelle. Il s'était rendu compte que la vague possibilité de consacrer sa vie à la musique s'était transformée à son insu, tandis qu'il nageait dans cet éblouissement de lumière, en un sentiment plus fort : la détermination. Ce sentiment s'était affirmé depuis ce jour-là.

Le soir du concert si réussi de Bournemouth, William n'était nullement préparé à ce passage de l'obscurité à la lumière. Ravi par l'enthousiasme du public, il se sentait également grisé par sa sortie de la salle en compagnie de Bonnie. Elle lui avait donné le bras – le fait que l'autre bras fût passé dans celui de Grant n'avait qu'une signification négligeable à ses yeux. La brise de mer ébouriffait leurs cheveux et leur fouettait les joues. Quittant la nuit mouchetée de la rue, la lune, les fenêtres éclairées – les lampadaires se contentaient de perforer l'obscurité – ils pénétrèrent dans le monde magique du grand hôtel. Là, William se trouva délicieusement surpris par les éclairages parfaitement normaux du soir. Il lui semblait que soleils, étoiles et lunes scintillaient dans chaque alcôve, que son tapis aux dessins roses se muait en flaque marine. Une sensation de mouvement le pénétrait. À nouveau, il flottait dans une lumière liquide, était le jouet de sortilèges : les meubles d'acajou luisant se balançaient comme sur une mer paisible, les fauteuils oscillaient et les pétales de verre des lustres se transformaient en flammes vivantes. Rien n'était immobile, rien n'était sombre. William se frotta les yeux.

« Eh bien, alors, dit Bonnie rompant le charme. Qu'est-ce que vous attendez, planté là ? Le bar ! Allons au bar ! »

Elle était toujours là, un bras passé dans le sien ; il sentait la chaleur de sa présence. Grant n'était plus de l'autre côté. Qu'était-il devenu ?

« Grant est allé commander le champagne promis, au cas où vous auriez changé d'idée. »

Mon Dieu, cette fille semblait lire dans ses pensées : lors d'une nuit comme celle-là, jamais il n'aurait songé à commander une boisson de moindre qualité.

Ils pénétrèrent ensemble dans le hall de l'hôtel. William, majestueux, étourdi. Bonnie, piaffante d'impatience. C'était, pensa-t-il, un moment de pur bonheur. Bien souvent, ces bonheurs-là ressurgissent aisément du passé ou sont espérés dans l'avenir. Mais il est rare de les capter à leur éclosion. Chérissons-les pendant un fugitif instant avant de les reléguer dans les souvenirs. Quelle soirée, quelle soirée, pensait William.

Le bar, lorsqu'ils l'atteignirent, était bondé, bien différent de ce lugubre local mauve de l'hôtel de Prague. Rufus et sa femme, assis à une table, y gardaient trois sièges. Grant se frayait un passage dans la foule avec une bouteille de champagne ouverte dans un seau d'argent, un champagne de grande marque, nota William avec inquiétude. Un garçon le suivait avec un plateau chargé de flûtes. Bonnie, qui s'était écartée de William si calmement qu'il n'avait éprouvé le froid de son absence qu'après un moment, se penchait vers Iris qui la tenait aux épaules, ravie de la voir.

Bon Dieu, l'amitié de Bonnie était multiple. William se laissa aller au fond d'un grand fauteuil, à côté de Rufus qui hocha la tête avec la gravité d'un homme résolu à profiter de la soirée pour se mettre au diapason des autres.

Quand un groupe qui a participé à quelque activité exigeante parvient au moment de la célébration, il intervient souvent une faille dans le processus, une impression passagère de vide. Tandis qu'ils buvaient à petites gorgées, maintenant que l'effervescence de leur succès était retombée, William se demandait de quoi ils allaient parler – quatre personnes qui se voyaient et travaillaient ensemble presque tous les jours, qui se connaissaient si bien entre eux. Et Iris, à l'attitude modeste, réservée. Sa présence signifiait qu'il faudrait mettre une sourdine aux plaisanteries confidentielles et aux anecdotes qui lui étaient étrangères. Il serait impoli de se mettre à lui donner des explications en risquant de lui faire sentir un peu plus qu'elle n'était pas des leurs. Donc, quand ils auraient bu à leurs santés respectives et à l'avenir de l'Elmtree (un point sur lequel William ne souhaitait pas insister, en dépit de l'optimisme qui l'avait envahi plus tôt dans la soirée), comment allaient évoluer les réjouissances ? Dans l'état d'exaltation où il était encore, William leva son verre et jeta un coup d'œil presque désespéré à Grant. Grant n'allait pas le laisser tomber. Il commença à raconter des histoires du temps où il faisait partie d'un orchestre de jeunes – récits familiers pour Rufus et William, nouveaux pour Bonnie qui les trouva un peu trop drôles pour la sérénité de William... Mais après une seconde, puis (grands Dieux !) une troisième bouteille de champagne, lui aussi, estima que Grant avait d'exceptionnels dons de conteur.

« Tu aurais dû faire du music-hall », marmonna-t-il à l'intention du disque tournoyant qu'était devenue la tête de Grant. Mais comme personne ne l'approuvait – à moins qu'ils n'eussent pas entendu cette réflexion vacillante – William résolut d'attirer l'attention de Bonnie. Il posa un verre de champagne à demi plein sur la table d'un geste décidé. S'il n'arrêtait pas *tout de suite,* il serait trop tard pour intriguer Bonnie avec des propos si fascinants qu'elle se sentirait contrainte de le suivre jusqu'à sa chambre, de l'écouter philosopher, ou raconter l'aventure de la grotte marine pour le reste de la nuit. S'il ne se ressaisissait pas *tout de suite,* il serait trop tard pour s'approcher avec gravité des rideaux, les tirer et faire apparaître la lune. Son plan était-il donc si ridicule ? Soudain il ne savait plus trop... Mais il pouvait s'entendre rire, bruyamment.

« William se dégèle ! » dit Grant. Bonnie s'approcha de lui, l'approuvant d'un sourire. Puis elle lui poussa légèrement l'avant-bras. En retour, Grant lui saisit le poignet. William cessa de rire et détourna les yeux. Quand il les regarda de nouveau, ils s'étaient éloignés l'un de l'autre. Mais maintenant Bonnie parlait avec Rufus. Peut-être ce bref intermède de familiarité avec Grant n'avait-il pas eu lieu. William ne savait plus trop. Rien n'était clair !

À travers le bourdonnement des conversations, il entendit les gémissements d'une musique de médiocre qualité. Il se retourna. Dans une alcôve où le bar communiquait avec le grand salon, deux musiciens avaient pris position, un violoniste et un pianiste. Pour quelque inexplicable raison, ils étaient habillés un peu à la façon de matadors ou de gitans espagnols, pantalons de satin rose à taille haute, chemises à jabot, et gilets brodés de fragments de verre multicolores. Peut-être pour détourner l'attention de leur jeu, songea William, à coup sûr pour accroître sa confusion. Dans les tournoiements de sa tête, l'idée lui vint que les autres jugeaient plus favorablement ces musiciens qui, en cet instant, se lançaient dans *Un soir enchanteur.* Il y eut des applaudissements, quelques sourires discrets d'auditeurs au souvenir de leurs soirs enchanteurs personnels. Puis Bonnie se faufila entre les tables des consommateurs, son alto à la main. Elle n'avait vraiment pas son pareil pour saisir au vol les occasions de s'exhiber en public. On ne pouvait pas l'amener à un bar d'hôtel sans qu'elle ne s'arrange pour faire un numéro, créer de l'animation autour d'elle. À cette pensée, William se sourit à lui-même. Ce n'était pas dans sa nature d'approuver un tel comportement mais elle y mettait tant de charme et de verve qu'il eût été trop dur de la condamner.

Bonnie chuchota quelque chose au violoniste qui achevait un affreux trémolo sur la corde d'ut. Le musicien sourit, flatté de voir cette créature céleste, vêtue de velours, lui proposer de se joindre à eux. Sur quoi, William s'entendit pousser un gémissement prolongé en remarquant les sourires et les poses enjôleuses avec lesquelles Bonnie faisait des suggestions à ce violoniste de quatrième ordre. *Oh non ! Seigneur par pitié...*

Bonnie n'avait aucune intention de se tourner vers les membres du Quatuor pour quêter leur approbation. Elle s'amusait. Apparemment, elle devait croire que tout musicien sérieux avait le droit de s'accorder de temps en temps ce genre de distraction spontanée. Avec un peu de chance, semblait-elle dire en ondulant des reins, Rufus et Grant se joindraient à elle. Et même, peut-être, William. Elle jeta un coup d'œil à son visage horrifié, sourit et se lança dans *Let's do it*. Ses partenaires, peu habitués à un rythme aussi trépidant, restaient à la traîne.

« Allez, que ça swingue ! » s'écria-t-elle pour les encourager à accélérer le rythme. Balançant les hanches de plus belle, elle agitait les bras sous ses manches retroussées. Et soudain, ses nouveaux compagnons se rallièrent à son tempo, inspirés. La musique était déchaînée. Et William, regardant autour de lui, vit un spectacle extraordinaire : ces douzaines de consommateurs entassés dans le bar semblaient ravis. Certains se levaient, d'autres battaient la mesure, d'autres encore fredonnaient les paroles de la chanson. Plus étrange encore : Rufus. Rufus, le placide, le réservé, les avait rejoints. Debout, il faisait des flexions des genoux comme pour esquisser une sorte de gambades rythmiques. Puis Iris se leva à son tour pour aller les retrouver. Serrant son châle autour de ses épaules, elle se joignit aux chanteurs avec, sur les lèvres, les mimiques affectées d'une soliste dans un chœur de Bach – mais aussi une expression d'allégresse sans mélange sur ses traits délabrés.

Quant à Grant, il donnait l'impression d'un haltérophile privé de ses poids, tapant dans ses larges mains audessus de sa tête. Ses manches de veste retroussées laissaient voir une paire de manchettes voyantes et de mauvais goût, que William ne lui avait jamais vues et dont il aurait aimé connaître l'origine...

Grant braillait à pleine voix, conduisant ce chœur disparate dans une avalanche de paillardises. C'était incroyable.

Assis sur sa chaise devant tous ces derrières entre deux âges qui se trémoussaient autour de lui, William se sentait isolé, il avait l'impression d'être un phénomène à part. Sachant à peine ce qu'il faisait, il se leva, se mit à hausser les épaules en mesure, tapant dans ses mains sèches, bras levés, vit ses pieds qui esquissaient des pas incertains sur le tapis, éprouva un besoin aigu de tenir Bonnie dans ses bras et de l'étreindre pour danser. Bonnie elle-même qui se trémoussait comme un pantin déchaîné restait floue dans son champ de vision. William n'en remarqua pas moins ses joues aux pommettes enflammées et luisantes de sueur. Défaillant d'amour, il se contraignit à détourner les yeux de peur de ne pouvoir retenir les larmes qu'il sentait monter sous ses paupières. Tandis que ses pieds oscillaient sans conviction, il attacha son regard sur l'horizon au-delà du bar où une foule de spectateurs trépidants encombraient le hall. Puis il vit une apparition qui lui évoqua le spectre de Banquo – une illusion issue de la trame de sa conscience. Mais ce n'était pas un spectre en pull-over. C'était Grace. Le visage familier de sa femme. Grace qui, semblait-il, était venue le chercher.

Avec les derniers éléments valides de sa raison, William fut tout juste capable de se demander si les autres la voyaient (en admettant qu'ils l'eussent remarquée) avec ses yeux ; ou si, lui, qui la considérait avec inquiétude, la voyait avec les yeux de tous ces chanteurs inconnus.

Grace se tenait complètement immobile, les deux mains sur la poignée de son vieux sac noir. Elle portait la jupe qu'elle avait mise ce matin-là et un pull qui n'avait jamais trouvé grâce aux yeux de William avec son motif jaune traditionnel des Shetland courant d'une épaule à l'autre. Parmi tous les sequins et les satins, elle offrait une piètre image. William amorça un vague sourire dans sa direction. Il ne pouvait pas se résoudre à interrompre ses tortillements et ses battements de main rythmés. Dans la confusion de ses sentiments, il se rendit compte que son cœur volait vers elle, plein d'amour. Son cher Cœur – geste si inhabituel – était venue participer aux réjouissances.

Dans sa hâte à quitter la maison, Grace n'avait pas pensé à emporter des vêtements adéquats pour une soirée de concert, ou pour un verre ensuite au bar d'un hôtel de luxe. Elle regretta cet oubli dès qu'elle eut senti le rayonnement du chauffage central dans la chambre de William mais, à vrai dire, elle ne s'en souciait guère. Dans sa fuite devant l'éventuelle et alarmante visite de Lucien, rien ne comptait plus pour elle que la protection que pouvait lui assurer William.

Après son bain, ayant renoncé à toute envie de se rendre au concert, elle savoura un dîner servi en chambre, sur un chariot couronné de dômes argentés qu'elle souleva avec lenteur, émoustillée. Les grillades et les pommes dauphines la déçurent, ainsi que le gâteau aux châtaignes dont le nom était beaucoup plus savoureux que le dessert même.

Enfin, c'était une telle nouveauté d'être servie de cette façon que le plaisir de Grace, joint au sentiment de sécurité qui l'accompagnait, en fut multiplié. Elle regarda la télévision jusqu'à vingt-deux heures trente puis décida de descendre. Dans sa hâte de surprendre William – elle brûlait d'impatience de voir son visage – elle descendit en courant la courbe du vaste escalier, ses pas étouffés par l'épaisse moquette, au lieu de prendre l'ascenseur. Arrivée au rez-de-chaussée, elle entendit les bruyants échos de la musique et sourit à la pensée que William et les autres devaient subir ce charivari en buvant leur dernier verre.

Grace s'efforçait de fendre la foule. Ici, la chaleur était pire : et la laine de son shetland commençait à lui picoter la poitrine. Elle continua à avancer, lentement, et remarqua que certains des buveurs, dans leurs tenues élégantes, s'effaçaient pour la laisser passer comme s'ils reconnaissaient en elle une créature d'une espèce spéciale en quête de sa voie. L'orchestre martelait une chanson d'une comédie musicale des années cinquante – Grace n'arrivait pas à retrouver son titre – c'était le genre de rengaine qui fait naître des sourires niais sur les visages des gens au souvenir de lointaines aventures sentimentales agréablement enjolivées par la mémoire.

Grace trouva alors ce qu'elle cherchait et enregistra une scène dont elle n'aurait jamais pu s'imaginer être le témoin : là, devant ses yeux, étaient réunis les membres du Quatuor à cordes Elmtree. Saouls. Peut-être pas ivres-morts pensa-t-elle, mais sérieusement éméchés et apparemment ravis. Rufus dansait tout seul – si l'on pouvait appeler ça danser –, se démenant comme un oiseau secouant ses plumes trempées, roulant des yeux derrière ses lunettes. Grant, le Tarzan du groupe, tenait ses bras haut levés comme s'il se suspendait à une branche invisible tandis que William semblait s'appliquer à exécuter de petits sauts accompagnés de pénibles rotations des épaules. Son nœud papillon avait pivoté autour de son cou et se trouvait sous une oreille. Quant à Bonnie – à côté du pianiste de troisième ordre, elle assassinait son superbe alto en secouant la tête au rythme syncopé de la musique. Sa frange voltigeait en tous sens, et les reflets de la lumière jouaient sur le velours mouvant de sa robe. Dieu du ciel, qu'avait-il pu…

Grace, pétrifiée, regardait les musiciens l'un après l'autre. Un spectacle pareil la désarmait totalement. Elle ne savait que faire, où aller.

Puis elle entendit des applaudissements, des cris de Sioux, de sifflets, vit la foule refluer vers le bar. La main de Rufus se posa sur son bras. Cher, aimable Rufus, toujours fiable en cas de crise, bien qu'il ne fût pas tout à fait lui-même en raison de circonstances imprévisibles.

« Grace, dit-il. Comme c'est gentil d'être venue. Pourquoi n'allez-vous pas retrouver Iris sur le canapé ? Puis-je vous apporter un verre ?

– Très bonne idée… » Maintenant William se trouvait près de Rufus, plus animé que confus. « Oh ! nous nous amusons tellement, mon Cœur. Je suis très surpris de te voir ici, mais quel plaisir, quel plaisir. »

Grace n'obtint jamais son verre car, semblait-il, son apparition correspondit à quelque carillon de minuit disant que le temps était écoulé et que les réjouissances étaient finies. Bonnie s'éloigna des musiciens bizarrement accoutrés. Privés de sa présence, ils avaient perdu toute inspiration pour jouer un autre air. Grant rangeait maladroitement son alto dans son étui. Rufus et Iris avaient disparu. Grace se sentit profondément déçue. Ayant surpris le Quatuor dans une situation aussi insolite, elle aurait bien voulu en voir un peu plus, s'assurer que ses yeux ne lui jouaient pas des tours. William et elle semblaient glisser vers l'escalier. Le bras de William passé sous le sien la tenait fermement mais son sourire vacillait dans son visage dévasté :

« On s'amusait comme des fous, dit-il.

– J'ai vu ça.

– Tu es si gentille d'être venue, mon Cœur. Mais c'était pas la peine, tu sais. »

Ils gravirent le grand escalier. Les marches avec leur épaisse moquette auraient pu être une face rocheuse tant William avait de difficultés à chaque pas. Grant les suivait, Grace en fut soulagée, sachant que seule elle n'aurait rien pu faire si William était tombé. Grant entra avec eux dans leur chambre et tint le bras de William pour l'aider à franchir le seuil. William parut à la fois surpris et interloqué par cette sollicitude. Il alla vers la fenêtre – une parcelle de son plan maintenant périmé avait surnagé dans son esprit –, prêt à ouvrir les rideaux pour saluer la lune qu'il voulait regarder avec Bonnie.

« Où est-elle ? demanda-t-il à Grant.

– Encore en train de donner des autographes au bar. »

William émit un bref grognement.

« On ne devrait pas encourager ce genre de numéro.

– Oh ! je t'en prie, pour une fois. On s'amusait. Tu l'as dit toi-même… plusieurs fois.

– D'accord, bon, on s'est amusé. » William, mal ancré sur le sol, vacillait légèrement. « Bien, merci, Grant… Alors, bonsoir.

– Bonsoir. » Grant sourit aux Handle et quitta la pièce. Seul un être aussi sensible que Grace aux moindres signes d'ébriété aurait pu remarquer sa démarche incertaine.

William se tourna vers sa femme en tiraillant sur son nœud papillon ; dépassant le point central du col, celui-ci alla se loger sous l'autre oreille.

« C'était pas la peine de venir, répéta-t-il, excédé par sa bataille avec sa cravate. Qu'est-ce qu'on s'est amusés, oui… avec ces vieux airs de danse. D'ailleurs, tu as vu, on n'a rien fait d'autre que rigoler. Je veux dire, j'avais pas du tout de vues sur Bonnie. »

Sur cette déclaration d'innocence, Grace, sur le point d'aider William, s'immobilisa, puis elle décida de réprimer son hilarité.

« Quoi ? fit-elle.

– J'ai dit qu'y avait rien entre… simplement parce qu'on passe une nuit dans le même hôtel. »

William, pris de bourdonnements d'oreille, eut la sensation qu'il allait se noyer. Bon Dieu, quelle idée avait-il eue de mentionner Bonnie ? De mettre la puce à l'oreille de Grace ? Il esquissa un sourire torve, accompagné d'un haussement subit des sourcils pour indiquer qu'il la faisait marcher, risquait une plaisanterie inoffensive. « Je veux dire, pas de fricotage… absolument *rien* de pareil, mon Cœur. »

Il avait à ce point baissé la voix que Grace était obligée de tendre l'oreille.

Alors elle se mit à rire si bruyamment que William tituba jusqu'au lit sur lequel il s'assit pesamment.

« En voilà une idée ! Toi et Bonnie ! Toi et Bonnie ! Je ne peux pas croire que tu aies cru que je venais vous espionner ! » Elle riait aux éclats. La laine de son shetland lui grattait de plus en plus la poitrine. William n'était pas mécontent de voir combien il la divertissait mais désarçonné aussi à la pensée qu'elle trouvait si hilarant ce rapprochement entre lui et Bonnie.

« Jamais je n'ai rien entendu d'aussi absurde, William, poursuivit-elle. Bonnie est une jeune fille très belle et pleine de talent : toi aussi tu es un musicien merveilleux mais, tout près de la retraite, un vieux… Peux-tu imaginer Bonnie te voyant sous des traits autres que ceux d'un père ? Ta plaisanterie est tellement tirée par les cheveux qu'elle tombe à plat.

– Vraiment ? » William était très affecté par la réaction véhémente de sa femme à un demi-aveu qu'il n'avait nulle intention de faire. Dans la confusion de cette dernière partie de la soirée, il n'avait toutefois pas trouvé le temps de réfléchir aux raisons de sa venue. Confusément, il se demandait si elle n'avait pas été effleurée par un vague soupçon de son inavouable amour – la culpabilité, sombre tourmenteuse à l'œuvre –, son unique souci avait été de la détourner prestement de la vérité, et il s'y était, semblait-il, pris le plus mal possible.

Il se maudissait d'avoir fait allusion à Bonnie et à sa

propre innocence. « Je suis content que tu trouves ça si drôle, la seule idée d'une jeune fille me considérant comme autre chose que…

– Mais oui, mais oui ! »

Puis ce fut le silence. William voulait se lever, aller s'enfermer dans le cube blanc de la salle de bains, retrouver sa sobriété en s'appliquant à brosser rythmiquement ses dents. Mais il n'avait pas l'énergie de bouger.

« Alors pourquoi es-tu venue ? » demanda-t-il. Un fugitif coup d'œil au visage de Grace. Solennel maintenant, et pâle.

« J'avais peur que Lucien ne vienne me faire une de ses visites. Je ne voulais pas être seule dans la maison au cas où il viendrait.

– Lucien ? Oh ! ça… Lui. »

Grace voyait William lutter pour se remettre en mémoire de vieilles préoccupations, un monde normal d'inquiétudes mineures, à des années-lumière de cette chambre luxueuse.

« Jamais tu n'as aimé Dvorak, dit-il enfin. Si j'avais pensé que le programme t'intéressait, je t'aurais invitée.

– Non : je ne suis jamais allée à Bournemouth.

– En effet. »

Grace alla ouvrir le mini-bar et y prit une bouteille miniature de whisky. William la considéra avec stupeur.

« Mais… tu as raison… Ici, tu es en sûreté », dit-il avec un geste vague de la main. À ce propos, songea-t-il, Bonnie aussi était en sûreté dans sa chambre. Les coudes à l'air, peut-être, ses manches retroussées tandis qu'elle s'efforçait d'ouvrir la fermeture à glissière de sa robe.

Grace s'assit dans le grand fauteuil en velours olive. Tout en buvant à petites gorgées prudentes son whisky, elle regardait son cher Roi du Lit Bien Fait confronté au défi qui se présentait à lui. Après avoir réussi à se mettre debout, il considéra le lit de l'hôtel un long moment, les mains aux hanches, jaugeant le problème. En dépit de son cerveau embrumé par l'alcool, il n'en remarqua pas moins combien il était mal fait, déséquilibre flagrant dans la répartition draps-couvertures, coins médiocrement bordés, légèreté inadéquate de l'édredon auquel il faudrait adjoindre des couvertures cachées dans un tiroir ou un placard.

Grace ne le quittait pas des yeux tandis qu'il soupesait ces données. Suivit alors une scène étrange qui vit les draps glisser entre ses mains impotentes, refusant d'obéir aux instructions données. Les oreillers atterrirent sur le sol. Les portes de l'armoire en acajou ouvertes à la volée en vue d'une recherche de literie supplémentaire ; une pile de couvertures dégringola en avalanche sur la tête de William qui se débattait en alternant jurons et gémissements.

De sa position dans le fauteuil et suivant chacun des mouvements de son mari, Grace ne souriait pas. Ce pitre ridicule ne la gênait pas, ne l'excédait pas, ne l'amusait pas. Elle était simplement contente de ne pas se trouver seule chez elle et d'avoir pu dissiper chez William son absurde illusion d'une possible aventure avec Bonnie. Boire, lors de ces rares occasions où il passait les bornes, ne rendait William ni plus sage ni meilleur.

Grace ne savait pas l'heure qu'il était lorsque son mari finit par s'affaler sur le lit dans un entortillement de couvertures. Elles n'avaient pas cédé à ses tentatives de domestication si bien qu'il s'était résigné en silence à y renoncer. Grace n'avait pas l'intention de déshabiller ce personnage inerte mais elle le débarrassa tout de même de sa cravate blanche. Le matin… enfin, sachant que William aurait un peu retrouvé de sa dignité, ils commanderaient un délicieux petit déjeuner avant de rentrer chez eux en voiture.

Grace tira les rideaux et vit que la lune était si basse dans le ciel qu'elle semblait posée sur son reflet dans la mer. Bizarrement, elle ne pensa pas à Lucien mais seulement à son besoin de sommeil.

Elle dormit mal. Peu habituée à boire plusieurs verres, déboussolée par sa visite impromptue à Bournemouth et par l'étrange conduite des membres du Quatuor Elmtree, elle se mit à revivre sans trêve cette dernière soirée – une version plus âpre que la réalité qui ballottait dans son crâne et la tenait éveillée. Quand les premières lueurs du jour apparurent, avant l'éveil des bruits de la circulation, Grace entendit le faible bruissement du ressac sur la plage. Marée haute, se dit-elle. Elle fut tentée de s'habiller et d'aller se promener, et même de se tremper dans l'eau. Puis elle imagina William se réveillant dans ses vêtements froissés, frigorifié, désorienté, se demandant où elle était, et elle changea d'avis.

En revanche, elle pénétra dans la salle de bains claustrophobique, y fit couler un bain, y ajouta une huile parfumée qui engendra un nuage de bulles iridescentes. Ce n'est pas moi, songea-t-elle, tout en s'y glissant en dérangeant à peine leur fragile pellicule. C'est Katherine Hepburn dans un film de série B. Le luxe. Un épisode insolite, détaché de la vie normale et qui nous fera rire quand nous l'évoquerons. William se rendra compte à quel point c'était drôle. Oh ! comme nous rirons... Elle laissa traîner un doigt parmi la nappe liquide d'arcs-en-ciel miniatures et, dans sa lassitude rêveuse, elle s'attendit presque à voir Humphrey Bogart passer la tête à la porte.

La tête qui apparut précisément fut un affreux spectacle : les cheveux hérissés comme des fils électriques, les yeux striés de veinules rouges, la peau blême et luisante comme un oignon pelé. William s'était débarrassé de sa veste mais avait renoncé à lutter avec ses bretelles qui, glissant de ses épaules affaissées, retenaient de justesse son pantalon en berne. Il entra en traînant les pieds.

« Il me semblait t'avoir entendue. » Il porta une main tremblante à sa tempe comme pour imposer silence à ses pensées. Puis s'approcha de la baignoire. « Quelle heure est-il ?

– À peu près cinq heures et demie.

– Il est tôt alors. On est montés tard hier soir.

– Toi, oui. »

C'était cette forme d'appréhension des choses, ce refus de l'apitoiement sur soi-même causé par la bêtise que Grace admirerait toujours.

« Tu te sens bien ? » demanda-t-elle.

William s'assit sur le tabouret à trois pieds, baissa les

yeux sur sa femme couverte de bulles. Une idée vague lui vint à l'esprit.

« Ça va. » Il se toucha l'autre tempe. « Je me sentirai sûrement mieux après le petit déjeuner. »

Sur le visage empourpré qui flottait, comme décapité, au ras des bulles, il lut son pardon. C'était une femme très bien, Grace. Étonnamment compréhensive. Pas de doute là-dessus. Et aussi curieusement langoureuse, ce matin. William attendait des questions, des explications. Il n'y en eut aucune. Elle se contenta de lui dire :

« J'ai lu récemment qu'une façon très facile de tuer quelqu'un consistait à se pencher sur une baignoire pleine et à saisir sa victime par les jambes. Dans cette position elle ne peut pas lutter ni soulever sa tête hors de l'eau. » Du bout du doigt, elle traça un mince passage à travers les bulles.

Un instant, William entrevit un ruban de sa peau sous l'eau claire. Son idée vague lui revint. Pourquoi les couples mariés depuis longtemps possédaient-ils si souvent le don de lire réciproquement dans leurs cœurs ? Mais ce n'était pas le moment de ruminer les propos de Grace. Elle lui offrait une dernière chance d'agir et, à moins de la saisir sur-le-champ, peut-être ne serait-il plus jamais animé de la volonté ou de l'énergie de faire une autre tentative.

« Tu veux dire comme ça ? » dit-il, avec un rire factice (un rire préventif, car s'il échouait, il pourrait toujours dire que c'était une simple farce). Sans arrière-pensée, sans plan cohérent, il se pencha sur la baignoire, plongea les deux bras dans les bulles, chercha à tâtons les jambes de Grace, les empoigna et les souleva (comme elles étaient lourdes !) avec un effort suprême ; les jambes émergèrent brutalement, diaprées de bulles qui disparurent comme neige au soleil – quelques-unes restèrent un instant accrochées en grappes avant d'éclater. Puis les épaules de Grace s'enfoncèrent dans l'eau et sa tête disparut complètement. Des bulles d'air montèrent en flèche au niveau du remous créé par l'immersion du corps.

L'instant suivant, dans un silence absolu, William se rendit compte qu'il avait enfin réussi. Ça y était. Grace se noyait, Grace était noyée. Morte. Dans un moment, il hisserait le corps mou de l'eau parmi les bulles, trempant un peu plus ses bras de chemise. Il la prendrait par les épaules. Ayant vu la semaine précédente une scène identique dans un film policier à la télévision, il savait que c'était le moyen le plus simple. Ensuite, il sonnerait pour appeler à l'aide. « Vite, ma femme vient d'avoir un terrible accident... » Ses paroles affolées donneraient l'alarme.

Il considéra l'eau qui oscillait au-dessus du cadavre et sentit une larme lui sourdre à l'œil avec un sentiment de panique triomphante. Il se retourna, pris de honte et néanmoins souriant de l'absurdité des pensées qui pouvaient venir à l'esprit d'un homme en situation de crise – une serviette de bain fournirait-elle un suaire approprié ?

Deux, peut-être trois secondes passèrent. Puis le silence moite sur le lieu même du crime fut rompu par un gargouillis. Soudain Grace surgit hors de la nappe de bulles, se débattant comme une possédée, lançant des coups de pied frénétiques, les jambes de Grace échappèrent à l'étreinte de William. Il n'avait pas calculé la force de sa femme ni sa propre faiblesse. Une fois de plus comme sur les falaises, il comprit qu'il n'était pas de taille à lutter avec elle. Il eut un mouvement de recul, trébucha contre le tabouret et s'étala sur le carrelage humide. La tête de Grace apparut au ras de la baignoire, le visage congestionné, les cheveux collés au crâne comme un casque noir. Elle hurlait.

Accroché au tabouret William tentait de se relever. Oh ! mon Dieu : il ne lui restait qu'à laisser tomber. Il tenta de rire pour s'assurer qu'elle comprenait qu'il ne s'agissait que d'une mauvaise plaisanterie. Elle explosa comme un volcan inversé, jaillit parmi les bulles, ses seins déformés frangés d'une guirlande d'arcs-en-ciel éphémères qui s'effacèrent comme du givre inondé de pluie.

« Qu'est-ce que tu fais ? » hurla Grace. Jamais William ne l'avait entendue crier aussi fort. Puis, sur un ton un peu plus calme : « Tu essayes de me tuer ou quoi, William ? »

Son ton s'était empreint de tristesse en prononçant son

nom. William se sentit brusquement tenaillé par le remords. Il parvint à émettre un autre rire éteint.

« Ne sois pas ridicule. L'idée m'est simplement venue de réfuter une théorie absurde.

– J'aurais pu me noyer. » Elle secoua la tête, s'enfonça les doigts dans les oreilles.

« Mais non, voyons, tu ne pouvais pas te noyer. Jamais je ne t'aurais laissée te noyer, mon Cœur. »

Grace leva les yeux vers lui avec un sourire radieux.

« Non, je suppose. Je pense que tu aurais bien du mal à vivre dans la culpabilité – ou sans moi. Quelquefois, pourtant, j'ai l'impression de ne pas savoir du tout ce qui te passe par la tête. Passe-moi la serviette, veux-tu ? »

William trouva ce calme soudain, cette expression bienveillante beaucoup plus déroutante que ses rugissements de fureur. Il éprouva le sentiment pénible que cette expérience presque fatale, si elle avait été ressentie comme telle, avait été pour Grace un tournant décisif. Peut-être n'en avait-elle pas conscience. Mais pour quelqu'un qui l'avait observée (de temps en temps) durant de longues années, William songea que l'épreuve subie par Grace lui avait apporté une étrange satisfaction, une sorte d'exaltation insolite. Peut-être, après une existence essentiellement silencieuse de femme mariée, ce curieux petit drame, les cris, le prétexte du danger couru avaient libéré quelque chose en elle. Il espéra vivement que cette mutation ne changerait rien dans l'avenir à leur réserve habituelle. L'idée que Grace pouvait passer d'une louable discrétion, où elle gardait pour elle ses réflexions, à la conviction qu'elle pourrait en faire bénéficier son mari, le consternait.

« Tiens, voilà, mon Cœur ! » William lui tendit la serviette et se retira. Il n'avait nulle envie de voir ce corps plein de vie émerger des vagues pour lui rappeler ces chairs débordantes qui distendaient ses bonnes vieilles fringues, à peine visibles dans leur banalité.

Voir ce qui se cachait au-dessous, ce matin-là, serait plus qu'il n'en pourrait supporter.

Seul dans la chambre, William ôta sa chemise et son pantalon trempés, passa sa robe de chambre et alla se planter devant la fenêtre pour contempler le ciel et la mer qui semblaient tricotés ensemble d'une laine décolorée. Le cri aigu d'une mouette lui résonna douloureusement dans la tête. Des images en trois dimensions ne vaudraient rien ce matin pour remédier à son délabrement, il lui faudrait des sons. Il tenta d'évoquer un roucoulement de colombe, le murmure d'un ruisseau de montagne en Écosse, le second mouvement de la *Cinquième Symphonie* de Schubert : sans résultat. La douleur lancinante causée par ces champignons qui grossissaient contre son crâne et pesaient sur sa peau empirait. Il s'assit sur le lit en désordre, où il n'avait dormi que quelques heures, les mains pendantes entre ses genoux écartés, les yeux fermés.

Grace entra sans bruit pour s'habiller. Elle ne voulait pas déranger William ou lui imposer la douloureuse contrainte d'une conversation. Elle se réfugia dans le bien-être apaisant d'un fauteuil et, les mains posées sur les bras, se demanda comment passer le temps jusqu'à sept heures, quand elle pourrait sonner pour réclamer le petit déjeuner. William entrouvrit furtivement un œil pour vérifier la position de Grace dans la pièce, il aperçut les cheveux humides en lanières, et une image de betteraves déchiquetées lui surgit à l'esprit. Il referma prestement les yeux pour échapper à cette déplaisante vision et se rendit compte que, déjà, il commençait à purger sa punition. La colère de Dieu s'inscrivait dans l'écœurante image de la femme qu'il aimait. Mais, il savait que quand il aurait retrouvé toute sa tête, Grace redeviendrait elle-même.

William et Grace puisèrent, chacun à leur façon, un réconfort dans le silence qui s'établissait si naturellement entre eux. Ils s'en laissèrent imprégner, sûrs de son pouvoir régénérant jusqu'à ce qu'un chœur de mouettes vînt perturber leur paix. Grace s'agita alors pour commander du porridge et du café. Elle savait que William serait obligé de manger. Ce serait de sa part une façon de feindre la sérénité, un des aspects de cette attitude que Grace tenait en haute estime. Le temps qu'ils arrivent chez eux, en fin de matinée, ils auraient retrouvé intacte leur adhésion à la normalité. L'épisode de Bournemouth serait effacé, comme s'il n'avait jamais existé, le ronronnement de la vie quotidienne reprendrait sans heurts.

William sentit le passage de ces émotions dans l'esprit de sa femme tandis qu'elle commandait ce petit déjeuner gargantuesque avec une calme jubilation et la douleur qui lui taraudait la tête se transféra à son cœur, en songeant à Bonnie – si près – juste au bout du couloir, endormie sans nul doute d'un profond sommeil, sourde aux cris des mouettes. Mais pour lui maintenant plus que jamais hors d'atteinte. Accès interdit. Objectif impossible.

12

Le lendemain matin, chez lui, la tête claire, lucide, William, rompant avec ses habitudes, monta directement à son studio avant le petit déjeuner. Il voulait assurer ses arrières, vérifier ses repères, retrouver son aplomb. Il se sentait épuisé par ses cheminements le long de la chaîne alpestre des espoirs et des déceptions menant à Bonnie : il avait besoin de calme, de repos. En outre, une marée de dialectique commençait à approcher : la pensée mélancolique que si jamais il risquait encore une tentative absurde pour se débarrasser de Grace, il n'y avait aucune raison d'espérer que Bonnie voudrait de lui. Toutes réflexions faites – et aborder le problème d'un point de vue logique n'avait rien d'agréable – Grace dans sa grande sagesse avait sans doute eu raison... *absurde... Bonnie est une jeune fille très belle... peux-tu l'imaginer te voyant autrement que sous les traits d'un père... ?* La voix de Grace résonnait encore dans sa tête. Il ne pouvait l'étouffer ni en ignorer le sens. La musique aurait pu résoudre certains problèmes mais il n'avait pas l'énergie de prendre son violon. (D'une façon ou d'une autre, il devait absolument se ressaisir avant le concert Beethoven du surlendemain.) Il mit *La Truite* simplement parce que le CD se trouvait dans l'appareil. Puis, adossé à son mur favori, face à la fenêtre, il s'absorba dans l'écoute du soleil dansant à la surface de l'eau, aux virevoltes mélodieuses du poisson, et la souffrance causée par l'absence de Bonnie, l'impossible espoir de jamais pouvoir lui montrer son amour, furent légèrement atténués par la fluidité de la musique. Quand il quitta enfin la pièce pour descendre, il prit nettement conscience de sa démarche de vieillard. Il était voûté, courbatu, traînait les pieds. Même chez lui, en sûreté, la journée à venir n'en serait pas moins pénible à supporter.

Comme il atteignait le vestibule, le téléphone sonna, vrillant le silence. William décrocha d'un geste irrité. Il détestait les coups de fil avant neuf heures.

« Vous allez bien ? demanda Bonnie.

– Bien sûr que je vais bien. » William se retint d'une main à la rampe.

« Pas la peine de vous fâcher comme ça. Vous aviez l'air assez mal en point hier. Je voulais seulement m'assurer...

– Je vais *très bien*. Ce n'était pas la peine. Une bonne nuit de sommeil m'a remis sur les rails.

– Tant mieux. Je veux dire, c'était une drôle de soirée, non ? Vraiment gaie. Je crois que nous nous sommes tous bien amusés.

– Oui », dit William. Il ne voulait plus jamais entendre le mot *amusés* de sa vie.

« Alors on se voit à la répétition de cet après-midi.

– Mon Dieu, j'avais oublié. Je croyais que c'était demain matin.

– *William !* Nous avions prévu une séance prolongée cet après-midi. Vous avez dit. Pour le Beethoven. La cavatine vous calmera.

– C'est vrai. » Son cœur battait trop fort. Comment pourrait-il écarter cette fille de ses plans à long terme si elle continuait à produire sur lui un tel effet ? « Alors à tout à l'heure. »

Le ton amical de Bonnie si déroutant rendait les choses difficiles. Elle n'avait pas *besoin* de l'appeler, de s'enquérir de sa santé. Ni Rufus ni Grant n'avaient apparemment songé à le faire. En vérité, ils ne l'avaient même pas remercié pour les trois bouteilles de champagne, ajoutées à sa note, que William avait dû régler hier matin, choc supplémentaire ajouté à sa gueule de bois. « Sacré bon Dieu ! »

marmonna-t-il pour lui-même, très affecté. Telle était l'ingratitude humaine.

Il se concentra en vue d'affronter un petit déjeuner tardif et le demi-sourire de Grace sous lequel elle masquait toujours son inquiétude. Jamais William n'en était dupe mais, dans le jeu du mariage, il avait appris qu'il était plus facile de prendre pour argent comptant les propos de son épouse, plutôt que de provoquer des complications en posant des questions.

Quand Grace ouvrit la fenêtre de la cuisine, une bouffée d'air tiède, insolite pour un mois de janvier, pénétra dans la pièce. Signe avant-coureur du printemps, pensa-t-elle, et l'idée pernicieuse lui vint d'aller ce matin-là acheter des jacinthes et des narcisses en pot pour égayer la cuisine plutôt que de descendre dessiner. Sa cheville allant mieux, elle serait contente de marcher.

Grace ne s'étonna pas de ne pas voir William apparaître à l'heure normale. Pour autant qu'elle pouvait en juger, il souffrait d'une gueule de bois tenace bien que, naturellement, il n'y eût fait aucune allusion, ni se soit même pas enquis de la présence d'aspirine dans la maison. Grace l'avait surpris en train de farfouiller dans des endroits impossibles. Elle allait, bien sûr, feindre comme lui d'ignorer le problème et, de sa façon subtile, s'assurer qu'il serait d'aplomb pour le prochain concert. Du porridge, pensa-t-elle. Cela devrait lui faire du bien. Elle lui suggérerait aussi d'ouvrir la fenêtre de son studio pour laisser entrer l'air frais et velouté. Ensuite un petit somme avant le dîner, peut-être ? Comme toujours, il était difficile de déceler la frontière entre l'autoritarisme et une affectueuse suggestion. Mais Grace qui avait bénéficié d'une bonne nuit de sommeil pensait pouvoir mettre son plan en œuvre sans heurter l'ombrageuse susceptibilité de William.

Elle était si absorbée par ses calculs qu'elle ne pensait guère à Lucien. Il lui revint à l'esprit comme elle prenait son petit déjeuner en face de la place vide de William. Elle détourna les yeux vers la fenêtre ouverte, s'attendant presque à le voir : espérant qu'il allait venir et redoutant les conséquences de sa visite. (William dans son état de vulnérabilité réagirait sans aucun égard vis-à-vis d'un visiteur quel qu'il fût ce matin.) Grace ne pouvait s'empêcher de penser que la veille, Lucien était venu. Il n'avait laissé ni traces ni indices ; il n'avait pas pu entrer mais son instinct lui disait qu'il voulait la voir et qu'en découvrant son absence il était reparti... dans quel état d'esprit ? – fâché ? Déçu ? Son sentiment de culpabilité se réveillait. Peut-être s'était-elle enfuie par lâcheté. Elle aurait dû être présente pour lui. S'il s'était trouvé de cette humeur bienveillante qu'avait décrite Lobelia, ç'aurait été un plaisir. Il aurait demandé à voir ses derniers dessins, l'aurait admonestée pour n'en avoir pas fait davantage... l'aurait encouragée. Ils auraient pu faire une petite sortie ensemble : aller déjeuner à l'auberge de la poste, ou prendre l'autobus pour aller visiter le musée Ashmolean à Oxford. Grace aurait aimé vivre une aventure de cette sorte ; sa modestie ne lui aurait causé aucune inquiétude encore que la présence de Lucien la mît toujours mal à l'aise. Mais en s'en allant, assaillie de sottes appréhensions, elle s'était peut-être privée d'une journée entière de plaisir avec Lucien. En outre, serait-elle restée à la maison qu'elle n'aurait rien su des sottes bouffonneries de l'Elmtree – à bien des égards, elle aurait voulu n'avoir jamais été témoin de cette soirée de Bournemouth, en dépit de la curiosité qu'elle avait éprouvée sur le moment.

Néanmoins, si Lucien était venu hier et avait trouvé la maison vide, sans doute referait-il un essai aujourd'hui. Elle saurait par Lobelia ce qu'il avait pu manigancer... Lobelia ! En l'évoquant, Grace songea aux moyens d'entretenir cette nouvelle amitié – sans hâte, dans le calme – par des visites réciproques, des conversations à propos de jardinage et de lectures, puis un crescendo progressif donnant accès à des relations plus captivantes. Grace envisagea des visites aux grandes cathédrales d'Angleterre, peut-être même une journée à Paris par l'Eurostar pour aller voir des expositions, déjeuner au bord de la Seine, ce genre de divertissements auquel elle ne convertirait jamais William offrait des perspectives délicieuses. Grace s'imaginait avec

Lobelia flânant le long du boulevard Saint-Germain, bras dessus, bras dessous, par une belle journée de printemps, sous un ciel bleu. William entra dans la cuisine. Il était dix heures.

Il s'assit à sa place, prit la théière d'une main qui tremblait très légèrement. Le silence déférent qui s'était établi entre Grace et lui depuis leur retour de Bournemouth fut rompu par un hurlement – un hurlement qui venait du dehors. Suivirent les échos d'une course précipitée.

Un visage de femme blanc comme linge apparut à la fenêtre. Ses yeux agrandis par la terreur étaient exorbités comme ceux d'une victime de la myxomatose. Grace la reconnut. Elle habitait à quelques maisons de là.

« Laissez-moi entrer ! hurlait-elle. Le téléphone ! Il n'y a personne nulle part... Il y a eu un accident... »

Grace courut jusqu'à la porte. William ne bougea pas. Il avait l'impression qu'un fusil avait été braqué sur la table de la cuisine. Dans sa précipitation, Grace avait, en se levant, accroché et emporté la nappe. Les toasts étaient tombés de leurs supports. Les tasses s'étaient renversées dans leurs soucoupes. L'étrange femme continuait à pousser des hurlements. Tout espoir d'un petit déjeuner tranquille et réparateur était envolé. Le drame, quel qu'il fût, laissait William insensible. Il buvait son thé à petites gorgées. Mais à côté du buffet, la femme hors d'elle, les joues ruisselantes de larmes et de sueur, glapissait dans le téléphone.

« Le 14 ! Watson, oui. *Vite*, s'il vous plaît. Il y a du sang partout. Je crois bien qu'il y a un mort. Oui. J'ai dit 14... tout de suite, par pitié... »

Elle reposa l'appareil et se tourna vers Grace.

« Personne ne répondait à la porte de Lobelia... j'apportais des œufs, comme toujours le mercredi matin. Alors je suis allée frapper à la fenêtre de la salle à manger et j'ai vu tout ce... »

William lui-même remarqua la pâleur terrible qui s'étalait sur le visage de la femme en pleurs. Celle-ci s'effondra en sanglotant.

Grace poussa une chaise à côté d'elle. Elle s'y laissa choir. Ses paroles, dans une nouvelle tentative pour décrire la scène, étaient incompréhensibles. William continuait à boire son thé, encore insoucieux de la scène qui se déroulait à un mètre de lui, excédé de voir que le plan qu'il avait établi pour la matinée était fichu.

Grace tapotait l'épaule de la femme. Elle avait tout de suite compris ce qui s'était passé. Lucien avait essayé de se tuer et avait réussi, un reflux de bile lui brûla l'œsophage. Elle eut l'impression que les disques de son épine dorsale se disloquaient, qu'elle était annihilée, sans force et pourtant ses mains posées sur les épaules de la femme hystérique s'efforçaient encore de la calmer. Elle savait que c'était sa faute : elle aurait dû être là quand Lucien avait besoin d'elle et non s'esbigner lâchement. C'était parce qu'elle avait fait cette fugue insensée à Bournemouth, où personne ne souhaitait sa présence, que Lucien était maintenant mort ou mourant.

« Je vais mettre l'eau à chauffer, s'entendit-elle déclarer. Vous allez boire une tasse de thé.

– Ils ne peuvent pas entrer par-derrière, sanglota la femme, la clef est dans l'appentis. Lobelia la laisse toujours là pour éviter que Lucien l'emporte et la perde… »

William ? Le sens des réalités oscillait dans l'esprit de Grace comme un pendule. Plus tard elle pourrait s'effondrer. « Vous feriez mieux de retourner là-bas et d'attendre l'ambulance, dit-elle. Donnez-leur la clef. Je viendrai dès que je pourrai. » Elle avait parlé de ce ton sec et heurté qu'ont ceux chez qui la raison l'emporte sur le choc affectif.

« Très bien. »

À contrecœur, William se leva : il ne pouvait plus feindre d'ignorer la gravité en puissance de la situation. Il posa un regard attristé sur le toast intact et sortit par la porte de derrière, évitant d'avoir encore une fois sous les yeux cette femme en larmes et le visage désemparé de Grace. Il régnait une douceur si étrange au-dehors qu'il renonça à l'idée d'aller chercher une écharpe.

William s'achemina à petits pas, se demandant pourquoi tout sentiment d'urgence ou d'agitation lui était étranger. Cette messagère hystérique avait sans doute exagéré, trait commun à tant de personnes de son sexe, et le drame qu'elle avait décrit se bornait peut-être à un accident sans gravité. Si, par hasard, Lucien s'était supprimé – ma foi… non pas bon débarras exactement, mais ce geste était typique du genre de vaurien égocentrique qu'il incarnait. Si tel était le cas, William espérait que Grace ne se croirait pas obligée de se sentir coupable, de s'en vouloir d'une façon ou d'une autre. Nul n'était moins à blâmer qu'elle.

Quoi qu'il en fût, William savourait la douceur exceptionnelle de l'air, les légères traînées de bleu qui sillonnaient le ciel. Dans le jardin d'un des voisins, les premiers bourgeons apparaissaient aux branches d'un bouquet de lilas. Cette vision le transporta à Prague, vers Bonnie.

Il s'engagea dans l'allée des Watson. Il y avait de grandes fenêtres à gauche de la porte d'entrée – très semblables à quelques détails près à celles de chez lui. La salle à manger, pensa-t-il. Scène de… Dieu savait quoi.

William fut intrigué par deux marques rougeâtres, comme des toiles d'araignées déchirées sur l'une des fenêtres. Il hésita un bref instant. Puis il repartit, pris de légers frémissements au niveau des genoux. À un mètre de la fenêtre, les marques étaient clairement reconnaissables : c'étaient les empreintes de deux mains sanglantes placées côte à côte comme dans un geste d'horreur. Ou qui sait de triomphe. Du pouce de chaque empreinte, un filet de sang qui avait coulé vers le bas et figé en caillots déparait presque la netteté du dessin. William avala sa salive. À pas très lents, il s'écarta des monstrueuses mains rouges. Ses pieds s'enfoncèrent dans la terre meuble d'un massif. Un bref instant, il eut l'impression que le sol cédait sous lui, lui fournissant un prétexte pour détourner les yeux. Mais un affaissement de quelques centimètres ne suffit pas à l'empêcher de regarder par la fenêtre.

Juste en face s'étirait d'un mur à l'autre un buffet de bois sombre. Au-dessus était accroché un long miroir. Il y vit son reflet et les mains rouges – flottant dans l'espace sur le verre invisible – à quelques centimètres au-dessus de sa tête. Sur le buffet étaient posées une planche à pain et la moitié d'une miche de pain blanc. Une bouteille de sherry, un poivrier. William laissa longuement errer son regard sur chaque objet, redoutant l'horrible découverte que pouvait lui réserver le voisin. Il ne voulait surtout plus voir ces mains suspendues si près de sa tête.

Le couteau à pain… où était-il ? En formulant cette question, William sentit s'éveiller en lui l'écolier détective amateur : avec l'idée que rien de tout cela n'était réel et qu'à tout moment allait se présenter une explication rationnelle.

Son regard dévia vers la nappe blanche qui avait été traînée vers un bout de la longue table et abandonnée en un amas froissé de tissus de damas, rappelant à William ce genre de lit défait qu'il considérait toujours comme un défi. La nappe chiffonnée, il s'en aperçut alors, était maculée de sang. Son regard suivit les traînées de sang qui descendaient jusqu'au sol, elles aboutissaient sur le tapis foncé à une mare presque noire dont seul l'éclat amorti permettait de distinguer la forme. Et là aussi, le couteau à pain, la lame rouge, le manche sanglant. À quelques centimètres de là… un pied : non, deux pieds sans souliers couverts de sang. Des jambes visibles jusqu'aux genoux, gainées de collants pâles déchirés, striés d'échelles blanches comme des chapelets de chenilles rampant dans des sillons de sang. Quelle qu'elle fût, la victime avait été poussée sous la table. Enfin, Dieu merci, William ne pouvait pas en voir plus du corps inerte. Détournant les yeux de ce spectacle, et toujours conscient de la nécessité d'éviter les mains flottantes, William posa son regard sur le mur de la pièce à droite. Là, un ensemble de petites gravures encadrées se détachaient comme des drapeaux sur un fond de coucher de soleil sanglant ; le mur était éclaboussé presque jusqu'au plafond d'un vaste éventail écarlate. Les coups de poignard ou les lacérations avaient dû être infligés avec une force prodigieuse pour engendrer un tel jaillissement de sang. Sur les verres des gravures des filets rougeâtres coulaient encore jusqu'aux bordures des cadres. Le regard de William s'abaissa le long du mur ensanglanté jusqu'à un long buffet bas. Là, le seul objet décoratif était un globe de verre coiffant un hibou empaillé. Ce globe lui aussi était à ce point inondé de sang que seuls apparaissaient un œil de verre et quelques plumes du poitrail de l'oiseau. Le hibou semblait avoir été la deuxième cible de l'agression.

William tourna les talons dans la terre molle et regagna l'allée d'accès pavée, les jambes flageolantes. Il ne savait pas s'il avait contemplé ce spectacle sanglant quelques secondes ou plusieurs heures. Son indifférence, son détachement, son calme s'étaient bien évanouis. Il tremblait, se sentait comme glacé dans la tiédeur de l'air. Le cœur au bord des lèvres, il ravala la bile qui affluait au fond de la gorge. Mais il n'était plus seul. Soudain un autre cauchemar l'assaillit. Des pulsations de phares bleus, des hurlements de sirènes, des cris. Plusieurs hommes en combinaison verte striée de bandes jaunes livides couraient vers lui.

« Vous savez comment on peut entrer ? » cria l'un d'entre eux.

William acquiesça. C'était pour cela que Grace l'avait envoyé. Pour les faire entrer dans la maison. Pour aider. Pour sauver la victime aux jambes ensanglantées. Il tenta de bouger, mais ses pieds lui refusaient tout service. L'auxiliaire médical lui prit le bras. Ils parvinrent à l'appentis près de la porte de derrière. L'homme trouva la clef accrochée à un clou. Il ouvrit la porte de derrière. En dépit de sa hâte à porter secours à la victime, il se montra plein de sollicitude pour William. C'était un homme merveilleux, cet infirmier, il faisait honneur à sa profession. Quand toute cette affaire chaotique serait terminée, William écrirait à une des huiles du ministère de la Santé... Le bras vert le soutint pour traverser le vestibule obscur et l'aida à s'asseoir sur la première marche de l'escalier.

« Voilà, dit-il, vous restez là bien tranquille, mon vieux. Et ne regardez rien autour de vous. Je reviens le plus vite possible. »

Deux autres hommes en jaune et vert passèrent en courant devant William et s'engouffrèrent dans la salle à manger. Puis la porte fut refermée avec violence. Un moment plus tard, elle s'ouvrit. William eut un bref aperçu d'une nappe rouge et blanche avant de détourner les yeux, pris d'un étourdissement il s'agrippa à la rampe d'escalier. Il se demanda s'il pouvait refouler la bile qui lui refluait à nouveau dans la gorge. Revenu dans le vestibule, l'homme qui l'avait aidé parlait dans un téléphone portable. Il leva les yeux vers William.

« Faudrait que la police rapplique en vitesse, disait-il. L'auteur de ce coup a pété les plombs. On ne peut rien faire jusqu'à l'arrivée des policiers… elle est morte. Vous avez l'air rétamé, mon vieux. À votre place, je resterais encore assis là un moment.

– Vous aussi vous avez l'air mal en point », répliqua William d'un ton calme. Mais l'homme criait dans l'appareil et ne l'entendit pas.

Quelque temps après, les policiers firent une entrée bruyante, ils jetèrent à peine un coup d'œil à William dans l'escalier. La porte de la salle à manger fut rapidement ouverte et refermée. William entendit des voix qui parlaient dans des portables. Puis des exclamations obscènes. L'un des infirmiers ressortit, le visage blanc comme de la craie et se hâta vers les toilettes. William plongea la tête dans ses mains. Il ne voulait plus rien voir ni entendre. Il y avait vraiment eu un meurtre, pensa-t-il. L'acte même dont il avait *envisagé* la possibilité venait de s'accomplir.

Il s'accroupit sur les talons, ratatiné sur lui-même de dégoût, d'horreur, de peur. Trop désemparé pour se lever et partir, son seul désir était de se trouver auprès de Grace, de lui tenir la main.

Bouleversée comme elle l'était, Grace s'efforçait d'assister de son mieux la voisine traumatisée. Elle lui apporta du thé et du cognac et lui suggéra de rester sur place jusqu'à ce qu'elle se sentît mieux. Puis, à grand renfort d'excuses, elle expliqua qu'elle devait aller maintenant jusqu'à la maison des Watson. Aussi terrible que pût être le spectacle, elle tenait à être présente.

« Lucien était mon ami, dit-elle.

– Lucien, votre *ami* ? » Au milieu de ses sanglots la femme laissait passer son incrédulité. « Ce psychopathe ? »

Grace sortit en hâte de la maison. Depuis combien de temps William était-il parti ? Dix minutes ? Deux minutes ?

Le temps exécute de tels soubresauts dans les situations critiques. Des questions absurdes, hors de propos l'assaillirent. Elles furent brusquement enrayées par la scène qui l'attendait, à peine arrivée dans la rue : à une vingtaine de mètres, devant la maison des Watson, étaient garées une ambulance et deux voitures de police. Leurs phares bleus tournaient en silence mais projetaient sur les lauriers et les ifs de répugnants éclats de lumière électrique. Une foule de voisins aisément reconnaissables s'était rassemblée.

Grace se mit à courir puis elle se fraya un passage parmi les curieux. Un ruban fluorescent avait été tendu en travers de l'allée d'accès. Elle tenta de passer dessous mais fut arrêtée par un policier.

« Désolé, ma belle. Accès interdit.

– Mais c'était mon ami.

– Lui ?... Je regrette. »

Grace lui tenait tête. Jamais elle ne s'était sentie plus résolue. D'ailleurs, William...

« Mon mari, dit-elle, est venu le premier pour aider les gens à entrer, pour trouver la clef. Il est dans la maison. Je dois le rejoindre. Sûrement... je vous en prie. »

Le policier hésita. Il scruta les yeux de Grace d'un air morne comme s'il examinait un permis de conduire périmé. De toute évidence, il y lut quelque signe qui l'incita à réfléchir.

« Bon. Très bien, dit-il en soulevant le ruban. Mais ne dites pas que je vous ai laissée passer. »

Grace courut jusqu'à la porte de derrière sans même avoir vu les mains rouges à la fenêtre de la salle à manger ni l'atroce décor de la pièce. Elle traversa vivement la cuisine, au sol couvert de boue – pauvre Lobelia – jusqu'à l'étroit vestibule où elle se heurta à un autre policier.

« Et vous, vous êtes qui ? »

Grace hésita un instant. Qui était-elle au juste dans ce matin irréel, avec Lucien sans doute en pleine crise, les policiers et les ambulanciers galopant comme des fous dans l'intimité calme et grise de la maison de Lobelia ?

« Je suis une voisine et la femme de William Handle »,

dit-elle enfin. Sur ses lèvres, les mots s'égrenaient comme ployés par la brise.

« Le type sur l'escalier ? » Grace acquiesça bien qu'elle ne comprît pas le sens de la question. « Pour le moment, il est encore sous le choc, le pauvre gars. Dès qu'on aura bouclé l'affaire, on s'occupera de lui. »

Le policier s'écarta pour laisser Grace s'avancer dans l'étroit couloir. Elle leva les yeux et vit William assis sur l'escalier, à cinq ou six marches du bas, la tête enfouie dans les mains.

Grace le rejoignit précipitamment, elle se pencha contre lui sans toucher ses mains.

« Je suis là », murmura-t-elle. William eut un haussement d'épaules.

« Bien, dit-il au bout d'un moment. Ô, Seigneur Dieu, mon Cœur… ce que je viens de voir… »

Silence.

« Est-ce qu'il… n'est pas mort, j'espère. »

Grace savait que, si elle ne posait pas cette question immédiatement, elle fondrait en larmes et n'aurait que plus de mal à obtenir des informations.

« Qui n'est pas mort ? » dit William en redressant brusquement la tête. Grace s'étonna de voir que c'était la confusion plutôt que le choc qu'exprimait son regard. Sans doute était-il néanmoins hébété par le choc.

« Lucien, bien sûr. »

William eut un soupir puis il se tourna vers Grace. Elle se rendit compte que ce geste lui avait coûté un gros effort.

« Mon très cher Cœur. Je ne sais pas ce qui se passe mais rien ne donne à penser que ton ami Lucien soit mort. » Il surprit l'amorce d'un sourire à la commissure des lèvres de Grace. Le sens en était clair : *Lucien est vivant, tout le reste est supportable.* Un choc terrible la guettait. Il prit une de ses mains froides…

« Lelia…, dit-il.

– Qui ?

– Comment s'appelle-t-elle ? Sa mère ?

– Lobelia… ?

– Lobelia, oui. Apparemment c'est elle qui n'a pas réchappé.

– *Lobelia.*

– À voir comme ils se démènent, j'ai peur, bien qu'elle... Enfin, si j'en crois ce que j'ai vu par la fenêtre. » L'étreinte de leurs mains se resserra. « Ne m'en demande pas plus.

– Non. Mais Lucien : où est Lucien ?

– Je n'en sais rien, mon Cœur. Pas plus que toi. Personne n'a parlé de Lucien. De toute façon, ces gens-là ne disent jamais rien. »

Il jeta un coup d'œil au policier près de la porte de la salle à manger. « Je peux seulement imaginer que ta pauvre nouvelle amie, Lola...

– Lobelia.

– Pourrait être la coupable. »

Grace dégagea sa main de celle de William. Puis elle contempla le vitrail curieusement ecclésiastique qui ornait la moitié supérieure de la porte : un enchevêtrement edwardien de paysans, gerbes de blé, colombes, coquelicots et rubans sans autre but que de former les éléments d'une fantaisie pastorale. Les rouges et les bleus lui brûlaient les yeux. Elle eut l'impression que la boule orange figurant le soleil comprimait sa gorge comme une balle dure. Dans tout ce chaos, ce vitrail multicolore était le seul élément qui conservait une certaine stabilité.

« Lobelia allait devenir mon amie, dit-elle.

– Je sais, mon Cœur, je sais.

– Elle va sans doute très bien.

– Peut-être.

– Elle ne peut pas être morte. Lucien n'aurait jamais fait une chose pareille... Il était un peu déséquilibré, d'accord. Mais pas dangereux. Elle a dû faire ça elle-même, Lucien l'a sans doute mise hors d'elle mais pas... Il doit y avoir une erreur. »

La sonnette de la porte retentit. Le policier alla ouvrir. Un instant, le regard de Grace se détacha du verre coloré. Deux hommes en combinaison blanche entrèrent. L'un d'eux enfilait un gant fait d'une matière fine et laiteuse qui évoqua pour Grace... une fois gainée, livide, cette main parut prête à accomplir sa tâche. Les hommes semblaient connaître d'instinct leur destination. Le policier se contenta de faire un signe de tête en direction de la salle à manger et ils se glissèrent discrètement dans la pièce dont ils refermèrent avec soin la porte.

« Seigneur, fit William. Combien de… ? Voyons, mon Cœur… » Il lui passa un bras sur l'épaule.

Un autre policier apparut à côté de celui qui était en faction. Il lui chuchota quelque chose et jeta un coup d'œil à William et à Grace.

« Vous deux, là, sur l'escalier, dit-il. Excusez-moi de vous déranger mais on a un boulot à finir… Vous êtes ?

– Monsieur et madame Handle, dit William, *dle* pas *del*.

– Monsieur et madame Handle, bon : des voisins ? »

William acquiesça.

« Au numéro six. La maison rouge. »

Le policier sortit un petit ordinateur et tapa quelque chose dessus.

« Nous aurons des questions à vous poser un peu plus tard, mais pour le moment, si vous le voulez bien, je vous demanderai de sortir. Nous devons fouiller la maison.

– Pourquoi ? demanda Grace.

– Ma femme ne se sent pas bien du tout, intervint William parlant pour lui-même.

– On vous donne quelques minutes. Mais si vous permettez, on va s'y mettre. »

Les deux policiers, soudain mués en athlètes en dépit de leur corpulence, s'élancèrent dans l'escalier. Grace dut se serrer contre William pour les laisser passer. Puis son regard retourna se poser sur le vitrage nauséeux de la porte tandis que son esprit battait la campagne ; étrange comme un choc moral joint à l'incrédulité pouvait volatiliser une image précise, comme le ferait un coup de feu. Dans son esprit, le visage de Lucien était couvert de craquelures. Elle ne pouvait se rappeler son sourire, seulement cet étrange regard qui avait si souvent avivé ses craintes.

Ils écoutèrent les deux hommes allant de pièce en pièce au premier étage, ouvrant et fermant les portes des armoires, tirant avec violence les rideaux comme si Lucien se cachait derrière tel un enfant. L'idée que la maison de Lobelia fût ainsi violée indignait Grace. Encore que si elle n'était pas vraiment *morte*, et personne sauf William – dont l'opinion sur un problème si éloigné de la réalité était sans valeur – n'avait suggéré qu'elle pût l'être alors Grace pouvait bien sûr contribuer à ramener le calme. Peut-être, après tout ce drame, devrait-elle raisonnablement s'éloigner, partir au loin.

Ils entendirent les hommes qui grimpaient à l'étage au-dessus. Deux portes s'ouvrirent et se fermèrent. Puis un rire gras, sans timbre, éclata, comme un seau d'anthracite renversé. Grace avait déjà entendu ce rire – celui de Lucien dans ses pires moments. Il fut suivi d'un ordre, noyé dans les rafales d'hilarité.

Lucien devait être dans sa chambre à les attendre. Grace jeta un coup d'œil à William assis sur l'escalier. Lucien ne l'avait jamais aimé. Lunatique comme il était, Lucien aurait pu prendre le risque de se venger.

« Je crois qu'on devrait s'en aller », dit-elle, les joues sillonnées de larmes.

William ne bougea pas. Ils entendirent, cette fois, les pas disjoints de trois personnes qui descendaient de l'escalier, puis traversaient le palier. En même temps, Grace et William levèrent les yeux.

Lucien, menottes aux poings, était encadré par les deux policiers. Sa chemise ensanglantée lui collait au torse. Ses gestes étaient calmes, mesurés. Il avait cessé de rire mais il souriait (non de ce sourire encourageant que Grace connaissait et qui lui remontait le moral). Son visage n'exprimait ni provocation ni bravade mais il donnait l'impression de beaucoup s'amuser.

Grace et William se levèrent précipitamment, main dans la main, ils tremblaient. Ils dévalèrent l'escalier puis allèrent s'adosser à un mur où des manteaux pendaient à des patères. Grace entendit derrière ses épaules les crissements d'un vieux ciré. Elle ne pouvait détacher les yeux du visage ravi de Lucien.

Ils regardèrent les trois hommes descendre l'étroit escalier. Arrivé en bas, Lucien s'arrêta... Entravé par les menottes, il agita les mains du mieux qu'il put. Il avait les paumes rouges et les ongles noirs comme toujours depuis quelque temps.

« J'ai laissé ma signature dans le sang, hein, dit-il, le regard perdu entre Grace et William. J'ai signé mon chef-d'œuvre : *Lobelia.* » Ses yeux se plantèrent brusquement dans ceux de Grace. « Pas moyen de savoir ce qui se serait passé, bon Dieu, maintenant que vous étiez prêtes à copiner toi et *elle.* »

Son sourire s'effaça brusquement. Grace tressaillit comme sous un coup de fouet. Dans son dos, le ciré émit un chuintement. Les policiers qui gardaient Lucien le pressèrent d'avancer. Il ne résista pas. Les trois hommes franchirent la porte d'entrée. William et Grace entendirent des cris, des sifflets (bruits étranges pour un quartier aussi tranquille) tandis qu'on le conduisait au car de police.

Une fois la porte refermée, Grace et William se retrouvèrent dans le vestibule obscur. Grace remarqua sur la table, à côté d'un poinsettia agonisant, un tronc en fer-blanc destiné à recueillir les aumônes pour quelque œuvre de charité. Elle se souvint que c'était à l'occasion d'une quête parmi les voisins qu'elle avait rencontré Lucien pour la première fois – un être étrange, attachant, au sourire irrésistible : rien à voir avec ce visage froid, hostile, figé d'autosatisfaction qu'elle venait de voir sortir, ensanglanté, menotté, un criminel, un meurtrier.

« Je n'arrive pas à le croire, murmura-t-elle.

– Nous devrions rentrer à la maison maintenant, mon Cœur, dit William – par-derrière. »

La porte de la salle à manger s'ouvrit à nouveau et un auxiliaire médical au visage affable apparut. Derrière lui, William put voir que les mains rouges avaient disparu de la fenêtre.

« J'ai un moment libre, dit l'homme. Je peux vous reconduire chez vous ? Il ne faut pas trop vous tourmenter. »

William prit le bras de Grace et son regard croisa celui de cet homme si obligeant.

« Merci beaucoup, dit-il, il se redressa. Mais nous habitons juste à côté… Tout ira bien, nous allons rentrer tout de suite.

– Prenez du thé, conseilla l'homme, avec plein de sucre pour contrer le choc.

– Merci encore, dit William, surpris par la fermeté de sa propre voix, mais encore désorienté par tout ce drame. Plein de sucre, oui, et répétition cet après-midi. Le *Si bémol majeur* de Beethoven, opus 130… »

L'auxiliaire médical suivit des yeux sans comprendre les Handle qui se dirigeaient vers la porte de derrière de Lobelia. Il savait qu'un traumatisme pouvait revêtir bien des formes différentes.

William avec Grace, pesante à son bras, commença à égrener dans sa tête les premières mesures du Beethoven. Au-dehors le ciel était d'un bleu pur mais fragile et la tiédeur de la matinée s'était accrue de plusieurs degrés.

Grace était sagement assise dans son fauteuil près du téléphone. Éclairée de dos par la lumière du jour, William la vit comme il l'avait vue tant de fois quand elle était jeune : sereine, d'une beauté calme, avec une force visible sous la douceur et la patience. Elle avait appelé Rufus, Grant et Bonnie, expliqué qu'une urgence s'était présentée, « une amie de William et de moi est morte ce matin ». William serait un peu en retard pour la répétition.

Personne ne lui avait dit expressément que Lobelia était morte. D'après le silence de William, il n'avait pas dit un mot de ce qu'il avait vu, elle avait conclu au décès. Chacun des membres du Quatuor suggéra qu'on annulât la répétition, mais William insista pour qu'elle eût lieu. Il voulait que la vie continuât selon son rythme normal autant qu'il était possible. Une heure ou deux de repos, deux aspirines et un bol de la soupe préparée par Grace, et il viendrait à bout de cet insupportable tremblement. Grace paraissait assez calme mais, après tout, elle n'avait rien vu du carnage.

« Tu es sûre que ça ne te fait rien de rester seule une partie de l'après-midi ? demanda-t-il.

– Sûre et certaine. À vrai dire, je pense m'écrouler un moment, y aller de mes larmes. » Elle se tapota la poitrine. « Et ensuite je serai retapée. »

William fit un effort. Il savait qu'il devait poser le genre de question qu'il détestait le plus. Le genre qu'il avait l'habitude d'éviter et qu'il remplaçait par un silence compréhensif.

« Aimerais-tu que je sois avec toi quand… quand tu verseras tes larmes ?

– Pourquoi diable ? Sûrement pas. Quelle drôle de question ! »

C'était *vraiment* un ange, Grace. Cette façon de laisser en paix, même dans une situation de crise.

« Je me disais seulement… Enfin. C'est si horrible cette histoire. Lucien : ton ami. Je ne l'aimais guère comme tu sais. Mais… c'était ton ami. »

Grace se détourna pour regarder par la fenêtre. William considéra son profil avec une vive attention, comme si c'était la première fois : un profil familier et cependant doté d'une acuité nouvelle. Étrange comme des événements inattendus pouvaient modifier ou accentuer des traits physiques. Jamais il n'avait compris ce phénomène.

« Tu sais, si je ne t'avais pas suivi à Bournemouth… commença Grace. Je ne sais quel instinct m'a dicté de me sauver le plus vite possible. J'avais le sentiment qu'il rôdait dans les parages… Bien sûr, tout se serait peut-être bien passé comme c'est arrivé si souvent. Mais j'avais peur, je ne saurai jamais pourquoi. C'est affreux de craindre quelqu'un qu'on aime bien… Et si j'avais été là, j'aurais peut-être pu le dissuader d'une façon ou d'une autre. Ce drame ne serait pas arrivé. Et cette idée m'obsédera à jamais.

– Dieu merci, tu as pris la bonne décision. Toi, ici, seule avec un dément… J'en suis malade d'y penser. Oublions tout ce qui aurait pu se passer, mon Cœur. C'est trop abominable à imaginer. Je veux dire : ç'aurait si facilement pu être… » Il frissonna. « Remercions le ciel que tu aies été épargnée. »

Grace vit deux larmes apparaître dans ses yeux.

« Mais Lobelia… penser qu'il a *provoqué* un événement

qu'il n'a pas pu affronter. Il nous a poussées à nous rencontrer pour pouvoir savourer sa sinistre plaisanterie, jouer la dernière carte de son jeu monstrueux. Ensuite, le regret – ou je ne sais quoi d'autre – l'a fait dérailler. Je ne comprends pas. D'autant que Lobelia m'avait dit qu'il avait été si gentil et si calme il y a à peine deux jours.

– Inutile d'essayer de comprendre un déséquilibré. C'était un dangereux psychopathe, le genre d'homme qu'on ne devrait pas laisser en circulation, pour son propre bien, ou pour celui des autres.

– Ça, nous ne le savons pas.

– Si, mon Cœur, nous le savons.

– Je ne sais pas pourquoi, je me suis sentie attirée vers lui. » Grace semblait presque se parler à elle-même. « J'ai perçu qu'il avait besoin d'être protégé. J'ai cru que je pourrais l'aider un peu.

– Qui sait pourquoi nous sommes attirés vers les gens ? Quand les affinités ne sont pas évidentes, quand une passion ou une affection irrationnelles sont l'unique lien, plutôt que tout autre sentiment plus stable, plus pratique, il peut s'ensuivre toutes sortes de problèmes, de souffrances. »

Grace ne parut pas remarquer l'effort qui perçait dans la voix de William. Elle ne pouvait, bien entendu, pas deviner le point de départ de sa brève homélie. William y veillerait, elle resterait à jamais dans l'ignorance. Grace continuait à regarder par la fenêtre. « Oh ! William ! » dit-elle enfin. Il s'aperçut qu'elle était sur le point de craquer.

« Ce n'est pas souvent que des gens normaux comme nous sont témoins d'une telle atrocité, dit-il, se sentant lui-même perdre pied. Mais nous ne devons pas sombrer dans la déprime. Quoi que tu puisses ressentir pour avoir abandonné Lucien, dis-toi bien que tu n'as rien à te reprocher. Si tu avais été là, je doute que tu aies pu l'arrêter sur la voie de ce crime. En toute innocence, tu t'es liée d'amitié avec un pervers, un malade mental. Il est probable que rien d'aussi dramatique ne risque d'arriver encore dans nos vies. Dieu merci. » Il se leva. « Maintenant, il faut que je m'y mette. » Un instant, il attendit que Grace, elle aussi, quittât la pièce, lui proposât d'aller chauffer sa soupe. Elle resta néanmoins plantée devant la fenêtre, à une distance infranchissable de lui. Au bout d'un moment, il quitta la pièce et se mit à fourgonner inutilement dans le fourneau. C'était la première fois qu'il avait préparé lui-même son déjeuner et dans le climat horrible de cette matinée, il en ressentit un sentiment inattendu de satisfaction. Comme il sortait de la maison, il entendit le téléphone sonner.

Contrairement aux craintes de Grace, William arriva en avance, et non en retard, à la grange de Grant, si bien qu'il continua à rouler jusqu'à ce qu'il fût parvenu à un banc sur un petit jardin public. Les sentiments qui bouillonnaient en lui pendant le trajet – contrariant dangereusement sa concentration au volant – devaient être maîtrisés avant qu'il affrontât ses compagnons. Il n'avait nulle intention de les embarrasser avec son agitation fébrile.

Assis sur le banc, il laissa errer son regard sur l'ensemble des bâtiments municipaux de l'autre côté du jardin ; puis sur un petit garçon qui tapait dans un ballon. Il observait chaque mouvement du pied de l'enfant, écoutait le frêle écho du soulier heurtant le ballon. Il ne disposait que de peu de temps pour mettre en œuvre ses projets et comprit que dans l'état de choc où il était encore, ce ne serait pas facile. De toute évidence, le plus important était de protéger Grace, de la persuader qu'elle ne devait en aucune façon se sentir coupable. Il se rendait bien compte que la lutte serait âpre. Mais il n'y renoncerait pas. Plus difficile encore, parce qu'elle devait rester inexprimée, serait la médiation, avec sa propre conduite impardonnable dans un passé récent. Comment lui, un musicien sain d'esprit, doux de caractère avait-il pu s'autoriser à concevoir le meurtre d'une femme très aimée à cause d'un simple désir irrationnel inspiré par une jeune fille ? Peut-être ses intentions n'avaient-elles jamais été totalement sérieuses : jusqu'à ce matin-là, il n'avait jamais compris ce qu'était un meurtre. C'était un événement dont on lisait le récit dans les journaux, à cent lieues de votre existence personnelle, une émanation d'un monde différent, ou la matière d'un roman. Il avait calculé que ce serait facile – en admettant qu'il eût *réellement* calculé –, l'avait-il fait ? En regardant en arrière, il lui était maintenant difficile d'être sûr de ses intentions, de quoi que ce soit. Ses stratégies, comme il l'avait toujours su, avaient manqué de conviction – elles étaient peu pratiques, absurdes, vouées à l'échec. À quoi diable avait-il voulu jouer ? Peut-être son projet d'assassiner Grace n'était-il pas plus réel que celui de conquérir Bonnie. Mais des pensées infâmes sont à peine moins blâmables que des actes infâmes : lui aussi, par conséquent, n'en était pas moins un criminel, un être méprisable tout autant que Lucien. La haine de soi-même, le refus de croire à sa propre conduite aberrante, la *honte*, tous ces sentiments le poignardèrent avec une telle force que la mort même lui parut un instant inéluctable.

Alors William se leva du banc et retraversa le jardin pour regagner sa voiture. Le garçon au ballon de foot lui sourit. L'innocence traversant le chemin de la violence, pensa William. Du visage épanoui de l'enfant émanait comme une parcelle d'espoir : non seulement personne ne saurait jamais ce qui avait pu lui gangrener l'esprit durant ces quelques derniers mois, mais il avait encore le temps de se racheter. De demander son pardon, de recevoir l'absolution. À partir de cet instant même – il déverrouilla la portière de la voiture toujours aussi difficilement – il allait réparer ses fautes. *Le souvenir des mauvaises actions nous est douloureux, leur fardeau est intolérable.* Il fit un signe d'adieu à l'enfant qui parut surpris.

Dans la grange, les musiciens accordaient leurs instruments, feuilletaient leurs partitions. William s'immobilisa un instant sur le seuil pour contempler ce tableau familier. Les musiciens à un bout, dans le désordre habituel où se trouvait le coin cuisine, et ce spectacle lui fit l'effet d'un placebo. Puis il songea que tout en étant incapable de comprendre comment Grant pouvait travailler dans un habitat aussi désorganisé, il en concevait le côté confortable. Des tiroirs ouverts, pendaient des affaires dont certaines semblaient prêtes à tomber : le dossier de chaque siège était comme matelassé de vestons et d'écharpes. Il émanait du décor imprégné par *la joie de vivre* de Grant un climat jubilatoire. (À la maison rouge, l'ordre qui régnait partout sauf dans la chambre de William trahissait un certain manque de vitalité.) En cette affreuse journée, comme il pénétrait dans le chaleureux chaos créé par Grant, William lui fut reconnaissant d'avoir inconsciemment transformé sa grange en accueillant havre de paix. Il traversa la pièce pour rejoindre les autres et remarqua les piles arrangées avec soin en ordre alphabétique de cassettes et de CD. En tout ce qui concernait son travail, sa précision et son efficacité ne pouvaient être mises en défaut.

Rufus, Bonnie et Grant ne lui posèrent aucune question. Ils attendirent qu'il eût accordé son violon et, quelques instants plus tard, ils s'embarquaient dans le *Quatuor* de Schubert en la mineur, dont l'andante apportait toujours à William le même apaisement qu'à Grace, encore que, cet après-midi-là, il n'espérât pas en ressentir si vite les effets. Il regarda à peine Bonnie. Et quand il le fit, il ne vit devant lui qu'une brillante jeune fille, une altiste exceptionnellement douée, une femme qu'il aimait encore (et que, sans doute, il aimerait toujours) mais qu'il ne songeait plus à évoquer dans ses fantasmes ou à poursuivre de ses assiduités. Dieu dans sa miséricorde l'avait soulagé de ce fardeau. De la nuit noire une fois de plus avait resurgi la lumière.

Quand ils firent la pause pour prendre le thé, Grant annonça qu'il y avait eu plusieurs coups de fil pour William.

« Des journalistes, dit-il. Apparemment il y a eu un meurtre. Il paraît que tu es arrivé le premier sur place.

– C'est vrai.

– Le téléphone est coupé maintenant. Peut-on faire quelque chose pour toi ? »

William sourit. « Ne vous inquiétez pas. Je n'ai pas commis ce meurtre. » Il les considéra tour à tour. « C'est un jeune homme plutôt dérangé, un protégé de Grace, qui a poignardé sa mère. Naturellement je me suis précipité pour faire entrer la police et l'ambulance. Grace m'a suivi. »

William vit Bonnie se mordre la lèvre. Des larmes brillèrent dans ses yeux. Puis l'une déborda et coula le long de la joue comme un fil d'argent.

« Sale affaire, remarqua Rufus.

– En effet, dit William.

– Tu veux un brandy... autre chose ? proposa Grant.

– Peut-être plus tard, merci. » Il n'y avait pas de groupe plus merveilleux au monde que ces compagnons, ses partenaires. Leur compréhension, son affection profonde pour eux le laissaient presque sans voix.

« Reprenons le troisième mouvement, dit-il. Le temps passe. »

Quand la répétition fut terminée, Bonnie alla retrouver William à sa voiture.

« Je suis désolée, dit-elle.

– Vous n'y êtes pour rien. » Désorienté, William se rendit compte qu'il était trop tard pour modifier sa réponse et que c'était trop compliqué.

« Comment ça ? Vous devez être en état de choc.

– On peut le dire, oui. Mais je pensais... enfin je ne pensais pas au meurtre. De toute façon, merci. »

Bonnie le prit dans ses bras. Son parfum d'été était si intact, mais distant comme l'horizon, sans pouvoir sur lui. Elle l'embrassa sur la joue. Mais ce geste était hors de propos et William ressentit cette incongruité comme une douche froide.

« Si je peux faire quoi que ce soit... »

William acquiesça machinalement. L'instant d'après, il démarrait.

Il arriva chez lui pour apprendre que Grace avait été harcelée par les journalistes tout l'après-midi, à la fois au téléphone et à la porte d'entrée. Elle avait eu beau être évasive, expliqua-t-elle, sans révéler quoi que ce soit, elle craignait qu'ils ne déforment les quelques mots qu'elle avait prononcés. Elle était épuisée, révoltée par leur insistance. S'ils revenaient, lui dit William, il les houspillerait en termes non équivoques.

Plus tard, dans la soirée, deux policiers arrivèrent pour recueillir les dépositions de William et de Grace. La séance fut longue et lassante mais sans complication. Lucien avait avoué – apparemment avec quelque satisfaction – qu'il avait tué sa mère et était donc accusé de meurtre. Toute l'affaire était limpide – en noir et blanc –, dit le policier, arrêtant enfin son mini-magnétophone. Simplement l'un de ces affreux faits divers dans un monde hideux. Les Handle seraient bien entendu convoqués comme témoins au procès mais sans doute pas avant un assez long délai. Grace songea à demander si elle aurait le droit de rendre visite à Lucien pendant sa détention. Puis... non, elle se ravisa : elle ne pouvait décemment pas pousser la compréhension aussi loin, même s'il n'était pas responsable de ses actes en raison d'un dérangement mental. Ce qu'elle devait faire maintenant, pour vivre avec son souvenir, c'était... ma foi, elle ne savait pas trop. Mais après avoir surmonté une crise de larmes et une fois les policiers partis, la vie devait reprendre son cours.

« Il y a le concert demain, donc, dit William. Je vais partir tôt dans la matinée.

– Le Beethoven ?

– Le Schubert, la mineur. Ça a très bien marché cet après-midi... Malgré tout ça. »

Grace déploya le pare-feu devant le foyer.

« Aimerais-tu que je vienne ?

– Aimerais-je que tu viennes ? Pourquoi pas, mon Cœur. » Sa présence ne l'affectait ni dans un sens ni dans l'autre et elle serait contente de penser qu'elle lui faisait plaisir.

« Alors je viendrai, dit Grace. Je pourrai te conduire. »

Autrement dit, elle n'aurait pas à se demander le lendemain ce qu'elle devait faire avec son livre : suivre les conseils d'un assassin et le terminer, ou abandonner tout son projet avec ses pénibles à-côtés. Elle avait besoin de temps pour réfléchir à la façon d'occuper les journées vides et sans angoisse qui l'attendaient. Une soirée passée à écouter l'interprétation exceptionnelle par William de quelques-uns des derniers quatuors de Beethoven pourrait lui inspirer des idées. Elle pourrait aussi dissiper cette incrédulité qui l'obsédait : Lucien, son ami, un meurtrier. Lobelia, son amie virtuelle, morte...

Grace se rendit à la cuisine et alluma la lumière. Elle vit sur le calendrier mural qu'elle avait écrit DÉJEUNER LOBELIA en capitales sous le vendredi. Ce rendez-vous était pour elle chargé d'espérance. Elle prit un crayon rouge et le biffa d'une croix. Puis elle suivit William à l'étage. Il avait refait le lit avec une négligence inhabituelle. Grace ne savait pas trop s'il fallait y voir le signe d'un changement futur ou si les événements des dernières quarante-huit heures n'avaient pas amené William à ce degré d'épuisement qui tient pour lettre morte toutes les routines quotidiennes.

Le téléphone sonna très tôt.

« Laisse, je réponds », dit William. C'était Jack.

« C'est toi, p'pa ? Te voilà célèbre.

– Comment ça ? » William, grâce aux pilules, avait dormi profondément. La journée de la veille commençait tout juste à lui revenir péniblement en mémoire.

« L'histoire est dans tous les journaux. Le meurtre. Un musicien de grande réputation accourt sur les lieux du crime... Lucien Watson, ami intime du violoniste William Handle... et ainsi de suite.

– Bon Dieu, fit William. Les salauds ! Ce Watson n'a jamais été mon ami.

– Ça doit être passionnant d'être plongé comme ça en plein drame ! Qu'est-ce qui s'est passé ?

– Passionnant, tu crois ? » Seigneur, quel triste imbécile que ce Jack, apparemment jaloux de quelques moments de renommée fâcheuse. « Extrêmement déplaisant, oui. Le jeune voisin psychopathe qui larde sa mère de coups de couteau. Comme tu peux l'imaginer, ta mère et moi avons passé une journée épouvantable hier. Et nous n'avons aucune envie de revenir là-dessus aujourd'hui.

– Non. Bien. D'accord. Compris. » Jack fit une pause. William sentit comme une pointe d'envie dans le silence de son fils. « Tout de même la notoriété, enfin...

– Ah ! je t'en prie, Jack. » Il ne comprenait que trop bien le point de vue de Jack : le Quatuor comptait des années d'existence et n'obtenait que des comptes rendus discrets pour ses concerts. Là-dessus, une voisine est assassinée et soudain, c'est la célébrité.

« Ça ne peut pas te faire de mal, insista lourdement Jack. Moi je te le dis : il va y avoir une ruée sur les billets pour ton prochain concert. Enfin, je suis désolé. Être embringué dans un truc comme ça... Si jamais tu as envie de vider ton sac...

– C'est peu probable, aboya William.

– Laurel et moi on a un bon copain conseiller psychologue, un expert dans ce genre d'histoires.

– *Je ne veux rien avoir à faire avec un psychologue,* Jack. Ta mère et moi, tu devrais le savoir maintenant, nous sommes parfaitement capables de surmonter tout seuls les traverses imprévisibles que peut nous réserver l'existence. Nous ne sommes pas de ces mauviettes qui font appel à des psychologues.

– Bon, mais c'est peut-être le moment pour toi et maman de prendre un peu le large pour digérer l'affaire. De vous mettre au vert en attendant que ça se tasse. Je suis sûr que Laurel pourrait vous dégotter des conditions intéressantes... en Espagne, en Grèce... n'importe où... Vous n'avez qu'à demander.

– Nous tiendrons le coup ici chez nous, merci. D'ailleurs nous avons un programme chargé. Avec des concerts presque chaque semaine jusqu'à Pâques. »

Jack eut un petit rire. « Ça, je veux bien parier que vous jouerez à bureaux fermés jusqu'à Noël, maintenant que vous êtes célèbres...

– Oh ! ça suffit, Jack », dit William et il raccrocha le téléphone.

Une conversation avec son fils ne constituait pas un bon début de journée et William après avoir brièvement ressenti les bienfaits de sa nuit de sommeil se retrouva d'une humeur massacrante. Le téléphone ne cessait de sonner. Il refusait de répondre. Une tranche de saumon fumé, accompagnée d'une note d'un hebdomadaire illustré lui offrant plusieurs milliers de livres pour l'exclusivité de l'histoire, lui fut glissée dans sa boîte aux lettres. Les aléas de la célébrité se faisaient lourdement sentir.

« C'est intolérable, dit William. Nous allons nous trouver un endroit agréable pour déjeuner, mon Cœur. Ensuite, nous irons droit à Windsor pour retrouver les autres. Ici nous sommes vraiment prisonniers sous notre propre toit. »

Vingt minutes plus tard, ils quittaient la maison en imperméable pour se protéger d'une pluie légère. Ils subirent une pénible épreuve devant une ruée de photographes qui les mitraillaient en leur demandant de se tourner à droite, à gauche. William n'y prêta pas attention. Grace devait conduire comme elle le faisait toujours quand ils sortaient ensemble. L'aiguillon de la vanité piqua subitement William. Il estima qu'il ne pouvait être vu par ces chacals de la presse conduit par sa femme, mais il n'avait aucun moyen de faire part de ce revirement à Grace. L'imbroglio s'ajouta à la confusion tandis qu'il la poussait pour l'écarter de la portière côté volant, en lui indiquant qu'elle devait prendre le siège du passager. Les ménages silencieux par échange de regards entre mari et femme : *Quoi ? Pourquoi ? Fais ce que je te dis !* fournirent des occasions supplémentaires de photos aux sagouins qui se bousculaient contre les lauriers. Désorienté par les cris et le crépitement des flashes, William ne put réussir la sortie facile et sans accroc qu'il espérait. La petite voiture malmenée fit un bond sur la chaussée et manqua de très peu le plus entreprenant des photographes – le seul détail, après tout, dans une matinée, qui mit quelque baume sur le cœur de William.

Dans les journaux du lendemain parurent des photos des Handle près de leur voiture, l'air désemparé.

« C'est nous ça ? demanda Grace. Nous avons l'air si vieux et déboussolés. Et ton imper, William. Franchement, tu devrais… »

Puis l'histoire fit long feu. C'était un cas d'assassinat abominable mais sans mystère. Rien de plus à signaler, ou même à ruminer, jusqu'au procès.

Grace fut une des trois personnes présentes à l'enterrement de Lobelia, une cérémonie brève et sinistre dans une petite église moderne surchauffée. En regardant le cercueil, Grace ressentit simplement toute la désolation de ce drame : une mère innocente, dont les souffrances infligées par son fils, durant toute son existence et jusqu'à ses derniers moments, étaient trop horribles pour être imaginées. Quelle issue à une vie aussi triste, solitaire, absurde ! Pour sa part, Grace ne pouvait s'empêcher de regretter que la promesse d'une réelle amitié ait été tuée dans l'œuf. Mais elle avait toujours su combien elle devait s'estimer heureuse et, tout en rentrant chez elle à pied, elle songea à la chance qui lui avait souri et en particulier à toutes les années si agréables qu'elle devait à son mari : William, qui en ce moment même devait l'attendre à la maison.

Il l'accueillit avec une effervescence joyeuse à peine contenue.

« Stephen a reçu des coups de fil toute la matinée pour des engagements ! dit-il. Où est l'agenda ? Le Quatuor Elmtree, mon Cœur, est sur le point de connaître une renaissance. »

Grace se réjouit de la nouvelle. Une semaine s'était écoulée depuis la mort de Lobelia et le contrecoup du choc s'estompait. Les deux Handle étaient encore un peu fébriles, nerveux, incrédules mais ils luttaient avec une énergie considérable pour neutraliser leurs angoisses particulières. William ressentait toujours le soulagement du sauvetage in extremis de Grace. De son côté, Grace commençait à admettre l'idée qu'elle n'était pour rien dans le crime de Lucien. Elle aussi était soulagée à la pensée que Lucien n'apparaîtrait plus jamais à la fenêtre de la cuisine et s'en félicitait chaque matin.

Une fois les funérailles terminées, Grace et William avaient éprouvé ensemble le sentiment que, dès lors, une période heureuse devait leur échoir en partage. Ce coup de téléphone était le tournant de cette longue crise. Et, comme ils le savaient l'un et l'autre, l'existence normale reprendrait son cours.

13

À la vive exaspération de William, les échos de presse déclarant que Lucien était *son* ami et non celui de Grace ne furent jamais rectifiés. Et ce fut la photo – une très vieille photo qu'il ne s'était jamais soucié de changer pour les programmes, plus de cheveux, moins de rides – qui parut dans de nombreux journaux. William trouvait aussi irritant que la prédiction de Jack se fût confirmée. Une renommée passagère, si hors de propos fût-elle, avait provoqué une vague d'intérêt musical. Au calendrier étaient inscrits plus de concerts qu'il n'y en avait eu depuis plusieurs années. Toutes les places étaient retenues. À son grand dégoût, William fut même assailli par des chasseurs d'autographes à la plupart des entrées des artistes de plusieurs salles de concert. Bien que le Quatuor Elmtree n'eût plus à se soucier de son avenir pour quelque temps, William fut écœuré par les raisons de ce succès. Cette flambée d'intérêt n'avait rien à voir avec la qualité de leur jeu, mais tout à voir avec la curiosité malsaine du public. Il était triste de penser que, même chez des amateurs de musique de chambre, se réveillaient des instincts aussi bas : mais apparemment, c'était vrai. William savait que Grant, Bonnie et Rufus, tout en évitant d'en parler, partageaient son indignation. Parfois, il décelait, lors de répétitions en ces jours moroses, une certaine âpreté dans leur concentration : un sentiment de devoir plutôt que de joie. Il pouvait seulement espérer que cette atmosphère se dissiperait peu à peu et qu'une fois les exigences d'apparitions publiques à nouveau ralenties (ce qui, selon le rythme naturel des choses, ne manquerait pas d'arriver) ils retrouveraient tous les quatre aux répétitions leur ancienne alacrité alliée au même zèle. En attendant, les engagements supplémentaires impliqueraient un élargissement de leur répertoire. Le printemps s'annonçait chargé.

De son côté, Grace n'avait pas eu autant de travail depuis des mois. Après mûre réflexion, elle avait décidé que, si funeste qu'eût été le comportement de Lucien, il n'était pas totalement dénué de qualités, dont elle avait été témoin. Il l'avait encouragée dans son travail, ce que nul autre n'avait fait et croyait en ses dons. Donc, en tribut confidentiel, elle résolut de tenir compte de son avis et de s'atteler plus sérieusement à l'achèvement de son livre. Elle sut rester ferme en ses propos et l'insatisfaction que lui inspirait son travail s'atténua. Elle savait que jamais elle ne deviendrait un peintre de talent mais son savoir-faire la réconfortait. Et elle prit plaisir à sa matinée de travail.

Durant quelque temps, elle s'interdit de réfléchir trop souvent au crime et à ses relations antérieures avec l'assassin. Durant l'absence de Lucien avant sa crise de démence finale, il lui avait manqué et en même temps elle avait craint son retour. Maintenant consciente de l'avoir échappé belle, son impression dominante était l'assurance de le savoir hors d'état de nuire. Être débarrassée de peurs quotidiennes après avoir si longtemps vécu en leur compagnie lui apportait un soulagement sans pareil. Se savoir en sécurité suscitait chez Grace une gratitude presque tangible ; tout aussi gratifiante était son appréhension d'une paix de l'esprit depuis longtemps oubliée. Quant à Lobelia... Grace s'étonna du profond chagrin où la plongeait la perte d'une amitié qui lui avait été enlevée avant même d'avoir pu s'épanouir. La pitoyable existence de cette femme, les affreuses souffrances qu'elle avait endurées, terrorisée comme elle l'avait été par son fils, lui inspiraient une profonde commisération. Eût-elle vécu et leur amitié se fût-elle affirmée, qu'elles n'auraient jamais été délivrées de la menace que constituait Lucien. Dans sa paranoïa, il les aurait vues – devenues amies – comme ses ennemies. Des complications aussi graves et aussi troublantes avaient été évitées avec la mort de Lobelia. Grace était encore sous le coup de l'horreur de ce drame mais se savoir délivrée de l'épreuve épuisante liée à une telle existence à trois était une consolation. Elle croyait qu'une vie calme, disciplinée, après un cataclysme, était capable de vous remettre sur la voie de la normalité plus facilement qu'une existence dépourvue de règles. Grace sentait ce processus se mettre peu à peu en place. Naturellement, elle gardait pour elle-même sa tristesse, ses regrets, et sa résolution d'être plus lucide à l'avenir. Ce n'était pas le genre de sujets que William et elle se hasarderaient jamais à discuter, pas plus qu'ils ne feraient allusion à Lucien ou Lobelia, personnages d'une histoire désastreuse terminée maintenant, Dieu merci.

Travail enrichissant et silence léger reprirent le dessus. William pour sa part fut heureux de voir que Grace semblait surmonter avec une étonnante rapidité tout cet abominable épisode et donnait l'impression d'être heureuse et sereine. William résolut de manifester plus d'intérêt pour le travail de sa femme, de lui prodiguer ses encouragements dès que l'extraordinaire bond en avant du Quatuor Elmtree se ralentirait dans les mois à venir.

La journée de la mi-mai que William ne devait jamais oublier fut, dès le début, remplie de petits signaux qu'il choisit d'ignorer. Ce ne fut que rétrospectivement qu'il les remarqua plus que clairement et se demanda pourquoi il était resté étranger à ces avertissements.

Le temps était si doux qu'il avait ôté son veston, ce qui lui facilitait la conduite de la voiture sur le chemin de la répétition. Libéré des manches de tweed, il roulait sans problèmes et en se faisant moins d'ennemis que d'habitude en se rendant à la grange de Grant. Et il en éprouvait une vive satisfaction. Peu à peu, il se dit que tous les autres automobilistes partageaient son humeur insouciante inspirée par la pureté du ciel bleu et la fraîcheur des feuilles vertes. William était impatient d'attaquer ce matin-là l'un des quatuors les plus dissonants de Bartok (qu'il préférait ne pas jouer en hiver) et, dans l'après-midi, de retrouver après un long intervalle *Le Lever du soleil* de Haydn qui devait être inscrit à un concert donné en juin à Londres.

À côté de lui, sur le siège du passager, Grace avait posé un bouquet de tulipes pourpres pour Grant, pour « égayer la grange », avait-elle dit. Initiative et commentaire qu'elle n'avait jamais eus jusque-là. Ce détail avait échappé à William. Depuis le crime, Grace avait multiplié les attentions amicales et William le comprenait.

William entra avec les fleurs dans la grange, se sentant un peu ridicule. Les têtes luisantes des tulipes fléchissaient contre sa chemise de nylon – fleurs fragiles, caractérielles, pensa-t-il, projetant leurs ombres colorées. Par ailleurs, jamais jusque-là, dans leur existence entière de travail, il n'avait envisagé l'éventualité de ce geste singulier consistant à offrir des fleurs à Grant. Il n'avait pas eu le cœur de contrarier l'idée de Grace mais cette démarche le mettait mal à l'aise.

Grant, assis à la table de la cuisine, étudiait des cartes routières. Il leva les yeux et sourit devant le tableau insolite qu'offrait William avec ses fleurs.

« Rufus vient d'appeler pour dire qu'il avait un pneu crevé – mais il n'aura que vingt minutes de retard. »

Tout se passait en somme comme à l'habitude mais un changement de climat ténu flottant dans l'air mit William en alerte.

« Parfait. » William posa les tulipes sur la table soulagé d'en être débarrassé. « De la part de Grace, dit-il.

– C'est très gentil de sa part. » Grant semblait un peu surpris. « Tu la remercieras pour moi. Bonnie va bien trouver un vase. » Il prenait des notes. « C'est le plan des vacances d'été. Elles se rapprochent maintenant. Un périple compliqué. Je ne me suis jamais bien débrouillé avec des cartes.

– Oh ? Où veux-tu aller ? » demanda William.

Il se sentait sur les nerfs, sans trop savoir pourquoi.

« Ici et là. Je ne suis pas très sûr. Ah ! décisions, décisions. J'en ai la tête qui tourne. » William déglutit. Le comportement de Grant était bizarre. Il ne faisait jamais de projets et n'aimait guère l'Écosse pour autant que le sût William.

« Grace et moi avons fait un séjour merveilleux aux Shetland dans le temps, dit-il.

– Je n'irai sans doute pas jusque-là.

– Il y a un charmant petit hôtel au bord d'un ruisseau perdu dans la nature. Je pourrais te recommander. »

Bonnie franchit le seuil. Elle portait une chemise bleue assortie à un bouquet de campanules qu'elle tenait à la main. Elle regarda William par-dessus l'épaule de Grant et montra du geste les tulipes.

« C'est vous qui les avez apportées ?

– De la part de Grace.

– Coïncidence. »

William fronça les sourcils.

« Quel genre de coïncidence ? »

Bonnie haussa les épaules.

« Je ne sais pas. Tant de fleurs tout à coup… J'ai fait une bien jolie promenade dans les bois. Je suis montée jusqu'aux Chilterns. » La dernière phrase s'adressait à Grant.

« Eh bien, je vais me préparer », dit William, pris d'un besoin soudain de mettre de la distance entre lui et Grant et Bonnie et toutes ces sacrées fleurs.

Quand il eut accordé son instrument, William attaqua un passage du *Concerto en ré majeur* de Mozart. C'était un choix improvisé. Les notes lui étaient venues d'elles-mêmes sous les doigts. Au-delà il avait une vague conscience de la présence de Bonnie qui remplissait des vases et disposait les tulipes au col de cygne en un dessin langoureux. Puis avec les campanules, elle créa une sorte de fontaine de têtes bleues jaillissant d'un vase dont le jaune illuminait la grange. Les yeux mi-clos, William entrevit Rufus sur le seuil de la porte. Un long moment Rufus resta immobile, écoutant le chant du violon tout en regardant ses mains souillées de cambouis. Puis il hocha la tête et se dirigea vers l'évier. Au milieu d'une phrase, William cessa de jouer.

« Merveilleux, merveilleux, dit Bonnie. J'aimerais que vous jouiez comme ça pour nous tout l'après-midi. » L'esprit de William se projeta dans un passé récent où une phrase de Bonnie comme celle-là l'aurait enchanté pendant des heures, bercé une nuit sans sommeil, raffermi un espoir chimérique. Maintenant, elle flattait simplement sa vanité, ne risquait nullement d'étayer des fantasmes absurdes. Il pouvait enfin regarder Bonnie calmement. L'abomination du meurtre réel à côté duquel ses propres fantasmes grotesques le consternaient tant, avait dépossédé Bonnie de ses pouvoirs. Il l'aimait toujours, bien sûr – Dieu qu'il l'aimait comme elle aurait pu le deviner en écoutant son solo mozartien.

« La grande forme, dit Rufus. Ah ! si je pouvais jouer comme Handle quand il s'y met... Dites donc... excusez mon retard, j'ai eu un problème de pneu.

– Alors, on s'y met, d'accord ? » En jouant William n'avait guère contribué à dissiper son anxiété. Il était impatient d'atténuer la légère tension régnant sur la réunion qu'il aurait été incapable de définir clairement mais dont il sentait la présence.

Les autres, conscients de sa nervosité, gagnèrent rapidement leurs places. L'affrontement avec le Bartok qu'ils connaissaient mal commença et la journée se perdit en efforts, en concentration, en moments équivalents de frustration et de joie.

Quand la répétition fut terminée, Grant suggéra une tasse de thé. Cette fois, les vestiges d'angoisse de William s'étaient évanouis. Il trouvait simplement bizarre que Grant, par nature inhospitalier, fît une telle proposition à la fin d'une répétition tout à fait normale. Ils s'installèrent autour de sa table où régnait le chaos : cartes routières étalées, livres, gants, biscuits, cendriers pleins – William en face de Bonnie dont le visage était une mosaïque de reflets des campanules. Elle était belle, très belle. Mais que c'était bon de savoir qu'elle ne pouvait plus, fût-ce par inadvertance, le tourmenter. Assuré de cette immunité, William se redressa sur son siège, savourant la tranquillité que lui valait un cœur en paix, goûtant l'air chaud qui pénétrait par la porte ouverte.

Grant, à un bout de la table, servait le thé dans les austères chopes habituelles. L'idée vint à William que son violoncelliste donnait à cet acte simple un certain style léger prémédité comme s'il jouait une scène qui devait être selon lui dénuée de toute solennité. William l'observait avec soin, intrigué.

Puis Grant s'assit. « Eh bien, dit-il, les yeux baissés sur une carte qu'il s'efforçait de replier, je crois que le moment est venu de vous annoncer la bonne nouvelle. Bonnie et moi allons nous marier. »

Durant la seconde qui précéda ses battements de paupières précipités, William entrevit le visage de Bonnie fracturé en mille morceaux par les reflets des fleurs – *des fleurs de circonstance*, découvrait-il maintenant – qu'elle avait mises dans le vase posé entre eux. Il agrippa de deux mains les plis de son pantalon en velours côtelé, sentit le battement de ses cils. Rufus, le cher Rufus, Dieu merci, bondit sur ses pieds et prononça les mots adéquats de félicitations.

« Et quel secret bien gardé, ajouta-t-il. William et moi ne nous sommes jamais doutés de rien. »

Ce qui était la vérité, réfléchit William, s'agrippant au velours de son pantalon.

« Eh oui ! en effet… Quelle surprise. Toutes mes félicitations aussi. » William força ses lèvres à amorcer un sourire et se demanda si l'enrouement de sa voix était perceptible.

Bonnie riait, rougissante, échangeait des coups d'œil avec Grant. Au vif soulagement de William, Grant ne se leva pas de son siège pour donner une démonstration publique d'amour envers sa fiancée, mais se dirigea vers le réfrigérateur pour y prendre une bouteille de champagne. En un clin d'œil Bonnie apporta des verres. Curieux, pensa William, il s'était souvent demandé comment elle avait toujours su où trouver les choses dans la cuisine de Grant. Jamais il n'en avait soupçonné la raison.

Ils burent à l'avenir de Grant et de Bonnie, et à l'avenir de l'Elmtree – l'avenir de quoi… Maintenant ? Les yeux de

Bonnie brillaient sous sa frange légère ; ses fossettes se creusaient à chaque instant. William ne se souvenait pas l'avoir jamais vue aussi séduisante.

« Fantastique, hein ? ne cessait-elle de demander.

– Fantastique, répéta William, incapable de trouver ses mots.

– Vous êtes les premiers à savoir en dehors de la famille. »

Elle sourit en donnant ce supplément d'information d'abord à William puis à Rufus : « Le mariage est fixé au 10 juillet dans la maison de ma tante à Marlow. Le jardin descend jusqu'à la rivière.

– Marlow ? » Ce fut pour William un crève-cœur supplémentaire. Il avait toujours nourri une aversion irrationnelle pour Marlow et la vallée de la Tamise.

« *Marlow*, répéta fermement Bonnie. Qu'est-ce que vous avez contre Marlow, William ?

– Rien, rien...

– Tenez. Reprenez un peu de champagne. » Elle remplit son verre. Le trajet de retour sera bien long, se dit-il. « Ce sera parfait, poursuivit Bonnie, le plein été. Et vous savez ce que nous aimerions ? » Elle eut un regard ouvertement chargé de coquetterie cette fois, d'abord pour Rufus, ensuite pour William. Elle avait toujours été douée pour jouer de ses charmes, se souvint William. « Nous adorerions que vous jouiez à la réception... Je veux dire, accepteriez-vous ?

– Bien sûr, dit Rufus. Avec le plus grand plaisir.

– Bien volontiers, répondit William, chuchotant presque.

– Et comment, s'enquit Rufus inhabituellement curieux, cette histoire est-elle arrivée ? Directement sous notre nez et sans que nous devinions quoi que ce soit ?

– Ah ! fit Grant.

– Je vais vous dire, commença Bonnie. Le premier jour, le tout premier jour. À l'audition. Un coup d'œil à Grant et j'ai pensé que ce serait un miracle si j'arrivais à jouer, tellement je tremblais. » *Curieux que je n'aie jamais rien remar-*

qué. J'aurais juré qu'elle était parfaitement calme, rumina William, puis il s'arracha un sourire.

« Je ne pensais qu'une chose. Voilà l'homme que j'*attendais.* C'est un poncif démodé, je sais, mais c'était comme ça. J'ai *reconnu* en Grant l'homme que je voulais. À la fin du premier concert, vous vous souvenez ? À Slough. Sous la pluie. J'ai su que j'avais ma petite chance.

– Et toi, Grant ? » Rufus posait toutes les questions, William en était incapable.

« Je ne suis pas sûr de me souvenir avec la précision infaillible de Bonnie. Mais je crois bien qu'à Northampton, j'en étais au même point qu'elle. »

Northampton : mais c'est là que nous avons bu un café très tard dans la gare vide après que Bonnie a manqué son train... William lança un coup d'œil aigu à Rufus.

« Mais vous n'avez jamais laissé paraître... le moindre signe, la moindre indication. » L'incrédulité de Rufus faisait échec à celle de William encore qu'il fût bien résolu à n'en rien avouer.

« Non, bien sûr, dit Grant. Nous voulions être absolument sûrs avant de choisir le bon moment pour vous parler. Nous n'aurions jamais pu partager ce secret depuis le début avec deux personnes auxquelles nous sommes si intimement liés dans le travail et que nous voyions presque tous les jours. Ç'aurait été une terrible entrave ; jamais ça n'aurait marché.

– Absolument, ajouta Bonnie. Ça n'aurait pas été juste. Nous connaissons tous les règles. S'il arrive une histoire entre deux êtres dans un petit groupe, elle ne doit interférer sous aucun prétexte. Tout comme si une personne souffre par une autre – disons si mon amour pour Grant n'avait pas été partagé et que j'eusse été malheureuse –, alors ne serait-ce que pour les autres, c'est un état qui doit rester secret.

– Tout à fait d'accord, dit William.

– C'est ce que nous avons cru », reprit Bonnie.

À la pensée qu'il s'était conduit selon les désirs de Bonnie, une onde de fierté traversa William. « Dieu sait que ç'a été difficile. Plusieurs fois, nous avons bien failli nous trahir.

– Je veux bien le croire, dit Rufus allégrement. C'est vraiment étonnant, comme vous vous êtes bien débrouillés. Iris va être ravie.

– Nous avons réussi à ne jamais mentir, dit Grant. Tu m'as un peu cuisiné, William, en allant à Bournemouth. Mais j'ai évité le mensonge. »

William eut un mince sourire pour saluer l'habileté dont avait fait preuve Grant en la circonstance. *Et dans combien de chambres d'hôtel ai-je imaginé que Bonnie dormait toute seule ?* En dépit des frémissements engendrés en lui par le choc, William jugea que ces révélations étaient beaucoup plus faciles à encaisser que si elles avaient été antérieures au meurtre.

« Il faut que je m'en aille, dit-il. Grace va être tellement contente. » Il se leva, appuyé du bout des doigts sur la table.

« Naturellement, un des traits qui nous ont facilité les choses, c'est que Rufus et vous soyez montrés si peu curieux, ou soupçonneux, avec la tête dans les nuages la plupart du temps, le cœur et l'âme plongés dans la musique que vous soyez en train de jouer ou pas... » Bonnie s'interrompit en voyant le visage de William.

« Vous avez sans doute raison, remarqua Rufus, épargnant à William la nécessité de répondre. Un couple marié dans un quatuor... Qu'est-ce que tu en penses, William ? »

William resta un instant silencieux, cherchant ses mots. Ce n'était pas le moment de trahir ses sentiments après une telle question.

« Je ne vois pas ce qui s'y opposerait », dit-il enfin.

Des bulles de champagne pétillaient dans sa tête, lui embrumant l'esprit.

« Ne t'inquiète pas, dit Grant. Nous avons plein d'idées sur la façon dont pourrait s'organiser l'avenir. Quand nous aurons un moment, nous pourrons discuter... te les expliquer, nos idées. »

William hocha la tête. Puis il serra la main de Grant. Grant et Rufus échangèrent aussi une poignée de main.

Bonnie embrassa William et Rufus sur la joue. Puis le groupe des quatre, Rufus et William portant leurs violons, se dirigea vers la porte. À l'instant de sortir William jeta un coup d'œil en arrière. Son regard s'arrêta sur la table égayée par les fleurs puis dévia au-delà vers le demi-cercle des pupitres. Déjà la grange semblait différente. Telle était la magie du changement. Certaines nouvelles avaient le pouvoir de transformer les cadres les plus stables et familiers.

Bonnie lui passa un bras sur les épaules.

« C'est vous que je devrais surtout remercier, cher William, dit-elle. Vous dont la décision de m'engager a compté le plus.

– Sottises, dit William en se dégageant doucement de peur que son contact, en cet instant vulnérable, ne redéclenchât sa magie ancienne. C'était une décision collective.

– Et n'est-ce pas absolument merveilleux ? » Elle tenait maintenant Grant par la taille. « Est-ce que ça n'a pas tourné au miracle ?

– À la perfection. » Tel fut le mot choisi par William, conscient de sa sécheresse, de sa précision, de sa distanciation.

Sur le chemin du retour, il se mit à fredonner le *Concerto* de Mozart dont il avait joué un extrait un peu plus tôt. Il le minuta si habilement qu'il parvint à la dernière note au moment où il s'engageait dans l'allée de sa maison. La réussite de cet exercice plutôt mineur – la perfection sur une autre échelle – lui donna une telle satisfaction que ce fut avec beaucoup plus de sérénité qu'il ne le croyait possible qu'il traversa le jardin par cette douce soirée et annonça la nouvelle à Grace. Comme il l'avait prévu, elle se montra étonnée et ravie et remarqua que, pour un couple aussi bien assorti, les chances d'un mariage heureux étaient grandes.

Bonnie et Grant se marièrent par un beau jour du plein été. Évoquant le passé, William ne parvenait à se souvenir que des bribes de l'événement. Il se rappelait les chants à l'église où l'épaisseur de la pierre romane et les vitraux aux reflets roses abolissaient la chaleur des rayons du soleil. Bonnie : image confuse, couronnée de fleurs de gypsophiles, elle portait comme d'habitude de longues et larges manches, mais d'un blanc pur cette fois. Il se rappelait aussi l'expression du visage de Grant tentant de calmer sa femme surexcitée le long du bas-côté, tandis qu'une trompette sonnait les notes triomphales du merveilleux Purcell et que les cloches de l'église carillonnaient. Puis il y avait eu le rassemblement des invités, pour la plupart inconnus de William. Ils échangeaient de brefs regards en descendant à pas hésitants la pelouse qui, comme l'avait dit Bonnie, allait jusqu'à la rivière. Les femmes portaient ces couleurs brillantes et végétales que les Anglais estiment inséparables des mariages. Les hommes, avec des œillets à la boutonnière, paraissaient singulièrement s'intéresser au bonheur de la mariée.

Un buffet avait été installé à l'abri d'une petite tente. William et Rufus furent les premiers à y arriver. Ils se tenaient l'un près de l'autre, surpris par les odeurs pénétrantes des lis et de la toile chauffée. Ils refusèrent les verres de champagne qui leur étaient présentés au passage sur des plateaux, de crainte de compromettre leur jeu. Sans appétit, ils picorèrent quelques petits sandwiches pour se pénétrer de leur rôle de musiciens professionnels requis à ce mariage estival. William se souvenait d'avoir éprouvé le besoin de consolider ses défenses ; il avait aussi remarqué qu'il communiquait sa propre nervosité à Rufus : tous deux tripotaient leurs cravates gris argent et ne cessaient de vérifier les œillets ornant leurs revers. William s'efforçait de se calmer en évoquant des images de pluie, d'abeilles somnolentes, de champignons – liées à l'automne. Peine perdue. Il se félicitait d'être à l'ombre sous la tente vide et aux côtés de Rufus.

« Tu sais, j'ai beaucoup réfléchi, lui dit son vieil ami. Quand le temps sera venu de tirer notre révérence, Bonnie et Grant feront un couple très valable pour diriger l'Elmtree. Ils ne devraient pas avoir trop de mal à dénicher deux violonistes. Les jeunes talents ne manquent pas. Et ils perpétueront la tradition de notre quatuor, j'en suis certain.

– Peut-être », admit William. Il voyait d'ici le tableau : Bonnie se répandant en révérences, Grant d'accord pour concéder des *bis* à la pelle. Et encore, ce n'étaient là que des considérations mineures. Rufus avait raison. Quand leurs dernières chances seraient épuisées et qu'ils devraient affronter le départ peut-être serait-ce une bonne solution. Mais le temps n'était pas encore venu d'y penser.

« Qu'est-ce que tu comptes faire cette semaine ? » demanda-t-il. Aucun concert n'était programmé jusqu'au retour de Bonnie et Grant de leur voyage de noces.

La main de Rufus errait distraitement au-dessus des petits pains fourrés de brun et de blanc. Comme William, il constatait avec surprise que, même après avoir donné durant tant d'années des concerts en public, la perspective de jouer à un mariage faisait naître en eux une certaine tension nerveuse.

« Iris et moi allons dans le Norfolk », dit-il. C'était William qui leur avait recommandé l'endroit, des années plus tôt, ce dont il lui restait particulièrement reconnaissant depuis qu'il s'était passionné pour la survie des oiseaux. « Nous allons faire de longues marches dans les champs. Le blé sera fauché. J'espère voir quelques alouettes… Et toi ?

– Je n'ai aucun plan. »

Leurs sandwiches terminés, les deux violonistes sortirent et rejoignirent les invités qui se massaient autour de Grant et Bonnie. William craignait de voir arriver son tour d'embrasser la mariée : une sorte de crainte sèche et vide ; mais elle se dissipa sans peine. Il ne perçut qu'une bouffée fugitive de l'habituel parfum d'été de Bonnie, ses joues douces comme des pétales de roses, ses yeux souriant à travers une profusion de fleurs blanches, minuscules comme des insectes. La main de Grant, lorsque William la lui serra, était moite et sa cravate trop voyante – il aurait dû venir lui demander des conseils vestimentaires, pensa William : les goûts de son violoncelliste en la matière avaient toujours frisé la vulgarité. Mais il avait l'air tellement content de lui. Ce n'était pas le moment d'exprimer des réserves.

« Je reviens tout de suite. Je vais m'occuper de la musique », dit Grant à sa femme lorsqu'il eut fini de tapoter Rufus sur l'épaule. Mais Bonnie, son voile mêlé aux nuages blancs qui flottaient dans le ciel, ne parut pas l'entendre.

Grant conduisit William et Rufus jusqu'à leurs chaises, installées avec les pupitres à l'ombre d'un petit hêtre. Sans hâte, ils sortirent leurs instruments, mirent en place leurs partitions – leurs mains s'activant machinalement tandis qu'ils laissaient errer leurs regards sur les remous de la foule des invités. Il y avait eu plusieurs soirées excellentes au cours desquelles les quatre membres de l'Elmtree avaient eu de longues discussions sur ce que William et Rufus devraient jouer. Bonnie, aux opinions toujours très arrêtées, s'était formellement opposée à ce qu'ils incluent dans leur récital certains des duos de Mozart qu'elle et William avaient joués une certaine matinée d'hiver, en dépit du fait qu'ils étaient écrits pour violon et alto. William répugnait à s'incliner mais, comme il était à court d'arguments contraires, il avait acquiescé avec un enthousiasme courtois. Pour finir, ils avaient opté pour le premier et le deuxième mouvement du *Concerto pour deux violons* de Bach : peut-être, songea William, Bonnie avait-elle été effleurée par l'idée de l'épreuve que serait pour lui l'interprétation des duos de Mozart et il lui fut reconnaissant de sa décision. Quand ils en arriveraient à Bach, déclara Bonnie, elle abandonnerait ses invités pour venir s'asseoir à leurs pieds et les écouter. Leurs choix arrêtés, William et Rufus avaient encore passé d'enrichissantes soirées à répéter.

Tandis qu'ils accordaient leurs instruments, William laissa ses yeux errer plus lentement sur la foule des invités, sur les robes et sur les chapeaux que faisaient légèrement onduler les bouffées de vent tiède. Il s'interrogea sur tous ces étrangers appartenant à une partie de l'existence de Bonnie dont il ne savait rien. Certains des hommes y avaient peut-être joué un rôle prépondérant dans le passé. Lesquels ? Lesquels l'avaient aimée ? Et l'aimaient-ils encore ? Y avait-il parmi eux des cœurs qui battaient pour elle contre leur gré à un rythme doux-amer comme le sien ?

Les questions sans espoir de William furent interrompues par l'apparition de Jack et Laurel. Même de loin, William s'en rendit compte, ils ne semblaient pas particulièrement ravis. Les offres de Laurel à propos de voyages de noce à prix réduits avaient été poliment déclinées par Grant et Bonnie qui avaient opté pour une destination secrète en Écosse. Laurel avait très mal pris leur refus. Jack, dans un élan de loyauté, avait jugé nécessaire de donner plusieurs coups de fil à William, le pressant de persuader les jeunes mariés de se raviser. William s'y était formellement refusé. Son obstination, selon le point de vue de Jack, avait envenimé les choses. Toute communication entre père et fils avait été suspendue durant quinze jours. De sa position cachée, William continua à observer le couple ingrat que formaient Jack et Laurel. Il vit Laurel tirailler Jack par le bras en montrant Bonnie. Il se douta de ce qu'elle disait et détourna les yeux avec un soupir.

William regarda alors Grace et Iris qui se tenaient aussi près l'une de l'autre que Rufus et lui un peu plus tôt. Elles paraissaient enchantées, captivées par la vue de la rivière. Même par une journée pareille, William ne pouvait surmonter ses préjugés sur le voisinage de Marlow. Grace l'avait admonesté pendant le trajet jusqu'à l'église mais cela n'avait rien changé. De loin, Grace donnait l'impression d'une femme avenante : son visage était piqueté de points lumineux à travers le bord de paille ajouré de son chapeau qui ployait sous le poids d'une véritable rose Louis Odier. Elle parcourut des yeux le décor, un doux sourire aux lèvres, fit de la main à William un petit signe joyeux. Grace, son très cher Cœur, quelle femme merveilleuse. Elle semblait avoir surmonté de façon étonnante le drame du meurtre ; pas de cauchemars manifestes, pas d'expressions de regret prolongé concernant son absence le jour du crime. Toute cette horrible histoire n'était pas oubliée, sans doute ne le serait-elle jamais. Mais, du moins, étaient-ils parvenus tous les deux à la reléguer de côté, et dans la continuité de leurs existences normales ils avaient puisé de nouvelles forces inattendues.

William considérait avec des yeux attendris sa femme qui maintenant donnait le bras à Iris. Il la vit s'effacer rapidement. Avant tout le monde, elle s'était rendu compte qu'un passage s'ouvrait comme par magie pour la mariée. Bonnie, remarqua William, se dirigeait vers le hêtre, vers Rufus et lui, sans nul doute impatiente d'entendre commencer le concert. Belle, heureuse, elle souriait. Grant, à quelques pas derrière elle, se hâtait pour la rattraper. William et Rufus échangèrent un regard.

Après tant d'années passées à jouer ensemble, les mots étaient superflus entre les deux fondateurs du Quatuor Elmtree. Ils levèrent leurs archets, assurèrent la position de leurs violons au creux de leurs épaules. William adressa à Rufus un signe de tête si bref qu'il eût été imperceptible pour un musicien moins habitué à l'économie de gestes de son ami.

Bonnie dans toute sa glorieuse blancheur les avait presque rejoints. Ils commencèrent à jouer.

CET OUVRAGE
A ÉTÉ REPRODUIT
ET ACHEVÉ D'IMPRIMER
SUR ROTO-PAGE
PAR L'IMPRIMERIE FLOCH
À MAYENNE EN OCTOBRE 2000
POUR LE COMPTE DE QUAI VOLTAIRE
7, RUE CORNEILLE, 75006 PARIS

ISBN : 2-912517-12-5.
Dépôt légal : octobre 2000.
N° d'édition : ★ 068. N° d'impression : 49905.

Imprimé en France
R4